Critical Chain
クリティカルチェーン

なぜ、プロジェクトは予定どおりに進まないのか？

エリヤフ・ゴールドラット▶著
三本木 亮▶訳　津曲公二▶解説

ダイヤモンド社

CRITICAL CHAIN

by

Eliyahu M. Goldratt

Original English language edition published by
The North River Press Publishing Corporation, Great Barrington, MA, USA.
Japanese translation rights arranged with
The North River Press Publishing Corporation through Ryo Sambongi

『クリティカルチェーン』目次

●主な登場人物

リック……エグゼクティブMBA準教授（プロジェクト・マネジメント論担当）
ジム……エグゼクティブMBA主任教授（生産システム論担当）
ジョニー……エグゼクティブMBA教授（製造論担当。ユニコ社でTOCを学ぶ）
シャーレーン……エグゼクティブMBA教授（会計学担当）
B・J・フォンブラウン……学長
クリス……ビジネススクール学部長
ジューディス……リックの妻
マーク……エグゼクティブMBA学生・ジェネモデム社 エンジニア
ルース……エグゼクティブMBA学生・ジェネモデム社 マーケティング担当
フレッド……エグゼクティブMBA学生・ジェネモデム社 経理担当
テッド……エグゼクティブMBA学生・建設会社勤務
チャーリー……エグゼクティブMBA学生・QEC社ソフトウェア・マネジャー
ロジャー……エグゼクティブMBA学生
ブライアン……エグゼクティブMBA学生
ダニエル・プルマン……ジェネモデム社 会長兼CEO
アイザック・レビ……ジェネモデム社 エンジニアリング部門担当上級副社長
ドン・ペダーソン……ユニコ社副社長

Critical Chain

クリティカルチェーン

なぜ、プロジェクトは予定どおりに進まないのか？

エリヤフ・ゴールドラット ▶著
三本木 亮 ▶訳　津曲公二 ▶解説

Critical Chain

I

プロジェクト・マネジメント

1

「本日の取締役会は、これにて終了」ジェネモデム社の会長兼CEO、ダニエル・プルマンが横柄な口調で告げた。エレガントな造りの会議室に、部屋をあとにする取締役連中の話し声が響いた。昨四半期のジェネモデム社の業績は、創業以来最高の数字を記録した。取締役連中も喜んではいるが、ことさらそれを騒ぎ立てる者は誰もいない。当然のことと受け止めているのだ。ここ六年間、ほぼ毎四半期ごとに業績を伸ばしてきたからだ。

「ちょっと、話があるんだが……」退室していく社外取締役らと笑顔で握手を交わしながら、プルマンがアイザック・レビに向かって声をかけた。全員が去ってから、二人は椅子に腰を下ろした。

「マクアレンの最終報告書には、もう目を通したかね」会長が訊ねた。

コンサルティング会社を雇って、製品開発の現状を徹底的に分析すべきだと主張したのは、エンジニアリング部門担当上級副社長のアイザック・レビだ。分析はエンジニアリングだけに限らず、プロセス全体に及んだ。新たに開発するモデムに搭載する機能がいかに決定されるのかから始まり、開発プロセス、そして新しい設計・仕様がどのようにして製造部門、マーケティング部門に受け渡されるのかまで、詳細な分析が行われた。

いままで何もしていなかったわけではない。新しいテクノロジー、新しいツール、さらには新しい経営メソッドに至るまで、新しいものに自ら積極的に取り組んでいくことが、この会社では全員に期待されている。でなければ、会社幹部は務まらない。にもかかわらず、アイザックは分析を行うために、外から専門家を雇うことにこだわった。「当然のこととして、見過ごしていることがたくさんあるはずだ。外部の人間でなければ気がつかないことが山ほどあるはずだ」というのが理由だった。プルマンもアイザックの主張を全面的にサポートした。実際、反対する者は誰一人いなかった。

決して簡単な作業ではなかったし、コストも高くついた。そして、ようやく一週間前に四〇〇ページに及ぶ報告書が届けられたのだ。

「なかなかの内容だと思います。これまで、私たちが見過ごしてきたことが数多く指摘されています。コストに見合った内容以上の出来だと思います」

「私もそう思う。参考になることがたくさん書いてある。しかし、報告書に提案されていることをすべて実行に移したとして、それでどれだけ開発時間が短縮できると思うかね。残念ながら、そのことは報告書には書かれていない。私は、それが知りたいんだが」

「なるほど、難しい質問ですね……。五パーセントぐらいでしょうか。いや、五パーセントも無理かもしれません」

「ああ、大して期待できないと思う。ということは、これだけ時間とお金をかけたのにもかかわらず、結局のところ、見通しというか、答えはまだ見つからないということか……」プルマンは立ち上がった。「やれることが、あとひとつだけ残っている……。アイザック、こうなったら社内にシンクタンクを立ち上げるしかないな」

「シンクタンク？　ずいぶん大胆な発想ですね。そう簡単なことではないと思いますが」アイザックも立ち上がった。

「ああ、かもしれない。だが、薄氷を踏むようないまの状態をずっと続けるわけにはいかないんだ」プルマンは部屋の出口に向かった。「何とか、この状態を脱出する方法を見つけなければならない。何としても……」


デスクの前に並んで座っている三人の若いマネジャーに視線を送るアイザックの顔には不安そうな表情が浮かんでいた。みんな、若すぎる。この仕事をこなすには経験も浅すぎる。しかし、それが会長の決定だった。

「在籍年数の長い連中は、会社のやり方にすっかり染まりきっている。これまでとは違う斬新でいい方法を思いつくことができるとしたら、それは若い連中だ。これまでのやり方に楯突いたり、既存のルールに満足することができない若さを備えた社員だよ。自分たちのことを思い起こしてみてくれ。会社を立ち上げた時、いかに若く、経験不足だったかを。それまでの考え方なんかすべて無視して、ことごとく破っていたじゃないか。それが、いまの自分たちにつながっているんだ」

確かに……。しかし、最初の会社は大失敗だったではないか。だが、そんなことをあらためてプルマンに指摘する必要もない。

「君たちは、お互い初めてだったかな」アイザックは三人に訊ねた。「だったら、まずは自己紹介から始めようか。マーク、君からだ」

「エンジニアリングのマーク・コワルスキーです」

マークは三二歳。大柄な男で、声もその体格に相応しい。ジェネモデム社に入って八年、最近Ａ226モデルのプロジェクト・リーダーに昇進したばかりだ。彼は、プルマンが求めているような反骨精神を持っているタイプの人間ではない。それに、彼をいまの仕事から外してまで、Ａ226の開発に支障をきたすようなリスクも冒したくない。しかし、この仕事にはしっかりしたグループ・リーダーが必要だ。

「マークが、君たちのグループ・リーダーだ。建設的な批判には前向きに対応できるオープンなマインドの持ち主だし、非現実的な批判はきちんと拒否できるだけの見識と思慮も持っている。それに明朗な男で、グループの和を大事にする」アイザックが、マークの紹介を補った。「しかし、もしそんな立派な奴じゃなかったら、ちゃんと教えくれよ」

冗談のつもりで言ったのだが、三人は極度の緊張のせいか、笑うどころではなかった。なにしろ上級副社長の部屋に招き入れられることなど、彼らにとっては初めての経験だ。アイザックは、次の者に自己紹介をするよう促した。女性だった。

彼女は、マークと同じように自己紹介した。「マーケティング担当のルース・エマーソンです」

「マーケティングでの君の仕事は？」アイザックは、もう少し詳しく説明するよう求めた。

「ブランド・マネジャーをやっています。Ａ106モデルのマーケティング企画チームにいました」

あとの二人は、感心した様子を見せた。ジェネモデム社にとって、Ａ106モデルはいま最大のヒット製品だからだ。

「ルースがこのグループのメンバーに選ばれたのは、徹底して完璧を目指す彼女の比類なき追究心ゆえだ。わからないことは徹底して質問する。君たちも、いまにすぐわかるはずだ」

「フレッド・ロメロです」アイザックの視線に応えて、最後の一人が自己紹介した。「経理から来ました」

「ただの経理マンじゃないぞ」アイザックが笑顔を見せた。「フレッドは、企業経理の反逆児だ。だが、ことプロジェクト監査に関しては彼の右に出る者はいない。社内一だ。ところで、君たちはどうして自分がここに呼ばれたのか知りたいだろう」

マークとルースがうなずいた。フレッドは無表情のままだ。

「これから、シンクタンクを作る。君たちがそのメンバーだ。君たちの使命は、この会社の将来を脅かしている最大の脅威を取り除くこと、ソリューションを見つけることだ」

アイザックはそう言うと、しばらく間を置いて三人の目を順に見据えた。

「まず、我が社がどんな問題を抱えているのか、そこから説明しよう」アイザックは立ち上がると、マーカーを手に取りホワイトボードに向かって曲線を描いた。「何だかわかるかね」

「どんな教科書にも載っていることだ。製品のライフサイクルだよ。まず製品が市場に投入され、売上げは伸びていく。しばらくすると、売上げは安定して横ばいで推移する。製品は成熟期に入り、そして最後は減退していく。我が社の製品もそうかな?」

わかりきった質問に、三人ともアイザックが自分たちに返事を期待しているとは思わなかった。

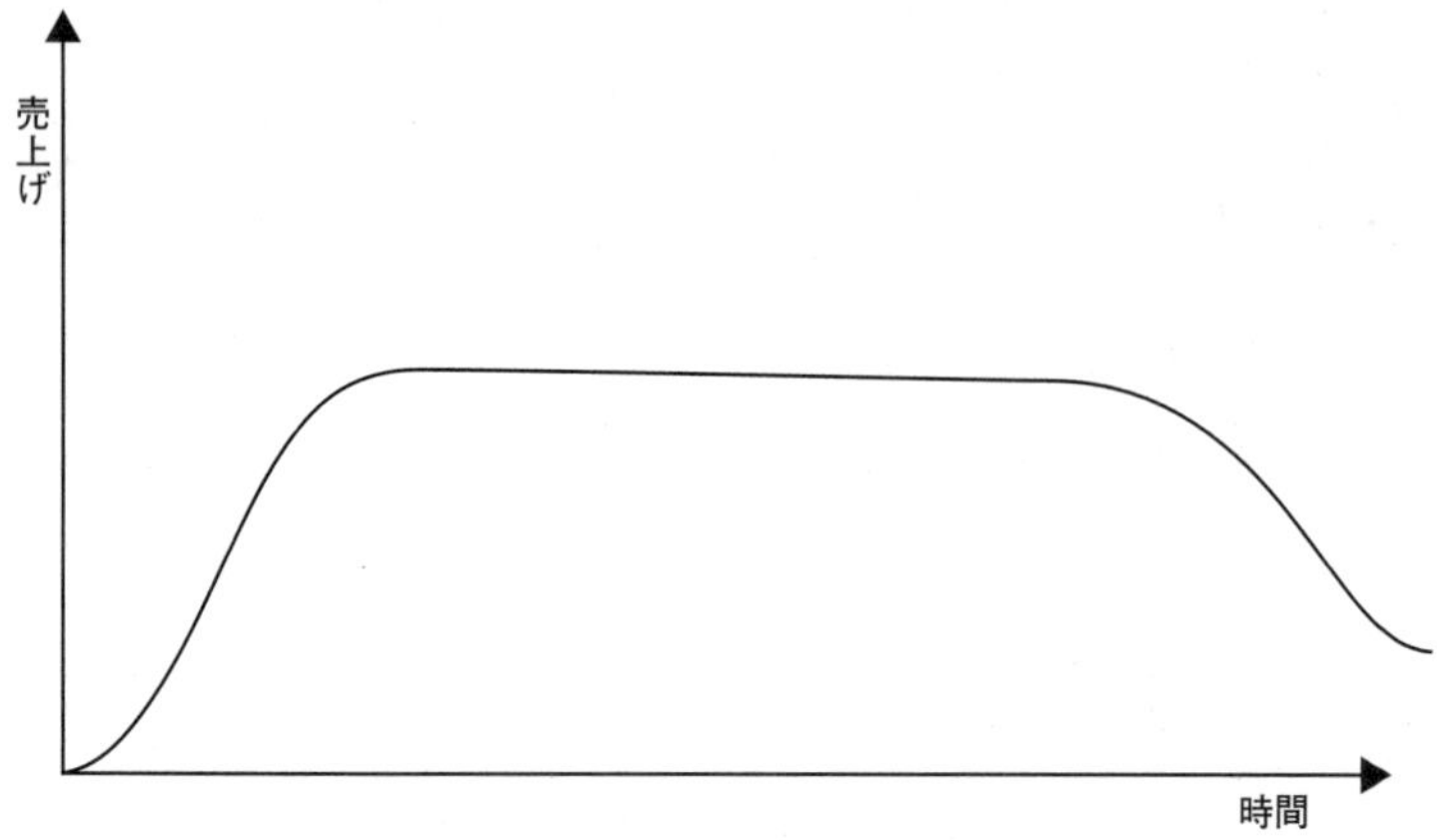

「どうかね？」その口調に、三人はそうではないことに気づいた。

「我が社の場合、どちらかというと、もっと三角形に近い形になるのでは？」まず、マークが口火を切った。「新しいモデムの市場導入が完了する前に、さらに新たな製品の市場投入を発表します。当然、導入期にあるモデムは影響を受けます」

「ナンセンスだと？」

「いいえ、そうは言っていません」マークは慌てて正した。

「我が社が新しいモデムを立ち上げなくても、他社がやります」ルースが、マークを援護した。「いずれにしても、いま販売しているモデムは廃れる運命にあります。新しいモデムを投入していかなければ、マーケットシェアが失われるだけです」

「そのとおりだ。競争が熾烈を極めている現状では、半年おきに新しい世代のモデムを投入していかなければいけない」

全員、うなずいた。

「君たちにはあまり関係のない話かもしれないが、少し観点を変えてみよう。我が社のウォールストリートでの株価だが、昨日の新聞によると六二ドル四八セントだ。だが、会社の資産や利益だけでこんなに高い株価をつけるわけがない。こんなに高い株価がついているのは、おもに将来の成長性や利益増加への期待感からだ。これまでの業績をもってすれば、当然な期待感だろう。しかし、それがどんなにもろいものかわかるかね」

みんなが黙っているのを見て取ると、アイザックは言葉を続けた。「一度でも失敗したり、出来の悪い製品を投入しようものなら、いや、たとえいい製品を出したとしても、競合他社に三か月でも後れをとろうものなら、どんなことになるかわかるかな。ルース、どう思う」

「たいへんなことになります。マーケットシェアを大きく失うことになると思います」

「これまで、我が社の製品を使っていたユーザーも他社に乗り換えてしまうだろう。古きよきブランド志向などあったものじゃない」アイザックはため息をつくと、さらに深刻な口調で続けた。「一度でもしくじったら、株価は一気に落ち込む。株主が被るダメージは深刻だ。一度ならず二度続けてしくじろうものなら、会社の存続さえ疑わしくなる」

そう言うと、アイザックはしばらく黙った。三人の若いマネジャーはお互い、顔を見合わせた。

「我が社の製品はライフサイクルが非常に短い。いまは約六か月だが、周りの状況を考えると、今後ますます短くなっていくのは避けられない。しかしその一方で、製品開発はどうがんばっても二年はかかる。どういうことか、わかるかね。問題がわかるかね」アイザックはここでまた一呼吸、間を置いた。

　しばらくの沈黙の後、アイザックは三人の心を見透かすように言った。「製品の開発には二年かかる。しかし、新しい製品は六か月おきに出していかなければいけない。行き着くところはひとつしかない。いつか、しくじる時が必ず来るということだ。〝しくじるかどうか〟ではない。このままでは、しくじることは目に見えている。問題は〝いつ、しくじるか〟だ。しかしさっきも言ったように、我々にしくじることは一度たりとも許されない」

　それが何を意味するのか――みんな、その言葉を理解しようと、座ったまま口を閉じた。しばしの沈黙を破って、アイザックが口を開いた。「君たちの使命は、開発期間を大幅に短縮する方法を見つけることだ。これまで何年もその答えを探し続けてきたが、いまだに見つかっていない。君たちは、最後に残された希望だ。君たちには、何としても答えを見つけてもらいたい」

「しかし、どうやって？」マークの顔は紅潮していた。

「マーク、そこなんだ。どうすればいいかは、私にもわからない。君たちに探してもらいたいんだ」

「そう言われても……。何らかのヒントか、サポートがなければ」

「君には、Ａ２２６の責任者も続けてもらう。Ａ２２６プロジェクトをテストに使ってもらおうと考えている。君のバックアップには、君が選んだ人間を使ってもらって構わない。ルース、フレッド、君たちにはいまやっている仕事からは完全に外れてもらう。必要ならば、どこかに視察へ行ったり、学会やカンファレンスに出席したり、大学でエグゼクティブＭＢＡを取得するのも構わない。言ってくれれば、いくらでも予算は組む。制限なしだ」

「私たちの上司は誰ですか」

「私だ。直接、私に報告してくれればいい。定期的に報告書を上げて進捗状況を知らせてもらいたい」

「時間はどのくらいあるのですか」

「A226モデルは、あと一六か月で市場に投入する予定だ。スケジュールどおりか、それ以前までに完了させてもらいたい。ところでだ、もしそれなりの答えを見つけることができれば、君たちシンクタンクにはそれなりの見返りを用意させてもらう。自社株だ。報酬として、かなりの株を用意する」

「かなりとは、どのくらいですか」フレッドは、訊かずにいられなかった。

「ひとり、一万株ずつだ。だから、がんばってくれ」

アイザックの部屋を出ると、三人は顔を見合わせた。「がんばってくれと言われても……、宝くじで一等を当てるようなものだな」マークが、ため息を漏らした。

「株だなんて、まるで本当に宝くじを当てるようなものね」ルースが続けた。「だけど、一万株は確かにすごいわ。億万長者になれるわね」

「まあ、まず無理だな」

2

私は、もう一度メモを手に取った。もう、何十回も目を通したメモだ。

リックへ
今回、先生にエグゼクティブMBAの授業を持ってもらうことになりました。どの授業を担当してもらうのか相談をしたいと思います。
月曜日の午後二時から打ち合わせしたいと思いますが、都合はいかがですか。
ジム

たった三行の短いメモだ。だが、私にとって大きな意味がある。大きな意味が……。

私は、大学のビジネススクールで教鞭を執っている。長い間、その階層制度の底辺で甘んじてきたが、ようやく一年前にそこから這い上がることができた。助教授から準教授への昇進がかなったのだ。

助教授は、玄関マット程度の地位でしかない。準教授はそれより一段上で、周りからも多少は尊敬される。しかし正直なところ、奇跡としか言いようがない。準教授になるには数多くの論文を発表しなければいけないが、私はほとんど論文らしきものを書いていない。しかし、冷静に考えればそれほど驚くことでもない。教えることにかけては誰にも負けない評価を得てきた。そう簡単なことではない。一回一回の授業を学生たちにとって充実した習得の場にしなければいけないのだ。しかしその甲斐あって、私の教える授業は学生たちに人気がある。常に最初に満員になる。

そして、このメモがその証拠だ。黒いインクで書かれた三行だけのメモ。今度は、声を出して読み上げた。

「……今回、先生にエグゼクティブＭＢＡの授業を持ってもらうことになりました……」

なんとも響きがいい。まるでシンフォニーのようだ。エグゼクティブＭＢＡで授業を持つということは、来年は終身在職に推薦されるということだ。そうに違いない。終身在職教授であるかないかは、天と地ほどの差がある。まさに地上の楽園なのだ。教授として終身この大学に残ることができるのだ。何をしようとも、いや何もしなくとも、クビを切られることはない。仲間として認められることなのだ。地位が保障されるのだ。

そう、地位の保障……私が求めてきたのは地位、身分の保障だ。妻も同様だ。これまでは執行猶予付きの身分の保障だった。大学教授たる者、すべてこれを経験しなければならない。執行猶予を与えられるのは、犯罪者と若き大学教授ぐらいだろう。ただし、大学教授の執行猶予期間のほうが長い。優れた教師であることを五年かけて証明しなければならない。五年だ。五年もかけて、他の教授仲間にチームの一員たるに相応しいことを証明しなければいけないのだ。

「……月曜日の午後二時から打ち合わせしたいと思いますが、都合はいかがですか……」

ジム。もちろん、都合はいいとも。決まってるじゃないか。

まだ、二時までは時間がある。まるで永遠とも思えるような時間に感じられる。しばらくどこかを歩いて時間を潰そう。外は寒い。新雪が三〇センチ以上も積もっているが、空は晴れ渡り、太陽は高く輝いている。時計の針は、もうすぐ一時だ。

思い返してみれば、初めて終身在職に挑んだ時は見事に失敗した。五年間の努力が水の泡と帰した。規模も格も、いまより上の大学だった。しかし、黙ってはいられなかった。教科書がよくないと批判したり、学生にただ暗記させるだけではダメだと指摘するだけならまだいい。だが、同僚の教授の論文を批判するとなると話は別だ。特に先輩の教授となればまずい。

頭のいい奴は自らの失敗から学ぶが、賢明な奴は他人の失敗から学ぶという。となると、私は賢明ではない。そう、断じて賢明ではない。だが、頭は悪くないはずだ。痛い思いを何回かすれば、すぐに学ぶ。しかしその結果は、ぶざまなものだった。だが、そんなことはどうでもいい。今度は違う。今度ばかりは、しくじってはならない。今度のはでかい。

外を歩いている人はほとんどいない。いや、ぶらぶらと歩いているのは私だけだと言ったほうが正確だ。歩道はところどころ凍っているにもかかわらず、みんな駆け足のような歩調だ。吹きつけるような強い風から早く逃げたいのだ。しかし、私は寒さを感じなかった。

人生は美しい。私もいまは、準教授だ。終身在職も手中に収めたも同然だ。次に狙うのは教授だ。いちばん上の教授職だ。それから最後は学科長、つまり学科の責任者だ。学科長になれば、自分の研究に充てる時間も増える。大物の仲間入りだ。給料も年一〇万ドルは下らない。

そんな大金は、いまの私には想像がつかない。その半分でももらえれば幸せだ。長年、博士課程の大学院生として、年一万二〇〇〇ドルの奨学金で生活をし、助教授になってからもわずかばかりの給料で長いことやってきた。高校の教師でさえ、自分より金持ちに見える。

私は、氷のように冷たくなった鼻先をこすった。ただ、いちばん上の教授になるには論文をたくさん書かなければいけない。これを無視し続けては、昇進は望めない。教え方がうまく、よき同僚であれば、終身在職は可能だ。ただし、いちばん上の教授職は別物だ。論文を発表しなければ、道は閉ざされる。例外は認められないのだ。

私は、これがどうも気に入らない。論文にまとめて発表できるようなテーマもアイデアもないからだろうが、いったい、みんなはどうやっているんだ。ちょっとしたテーマを見つけては、数学モデルを構築して論文に仕上げていく。私には何かもっと実体的なもの、もっと実世界に即したもの、現実的なテーマが必要だ。そう考えながら歩いているうちに体が冷えてきた。そろそろ建物の中に戻ることにしよう。

ジムは、いったい私に何の授業を担当させるつもりなのだろうか。メモには相談したいと書いてあったが、そんなことはあまり関係ない。何の授業を受け持つにしても、準備にはそれ相当の時間を費やさなければいけない。エグゼクティブＭＢＡは同じ大学院でも、通常のＭＢＡの授業とは違う。無論、大学院より下の学生を教えるのとは訳が違う。エグゼクティブＭＢＡの学生は、昼間、働いている社会人、マネジャーたちだ。隔週土曜日に、大学にやって来て授業を受けているのだ。

私の歩幅は次第に広がっていった。アドレナリンの分泌が増えたからではない。体が凍りそうなのだ。プロのマネジャーを相手に教えるのは、私にとってはまったく初めての経験だ。教科書に書いてあるというだけで、私の言うことすべてを納得してくれるような相手ではない。実際に彼らが直面している問題にどう対応したらいいのか、回答を求められるのは必至だ。そう容易なことではないが、私にとってはチャンスかもしれない。研究課題や論文のテーマのいいアイデアを得られるかもしれない。

ただし、アイデアだけでは不十分だ。アイデアだけでは研究はできない。少なくとも、私はそれだけで研究できるような人間ではない。もしかするとやり方によっては、学生たちをうまく使って、彼らの会社へ入り込むことができるかもしれない。可能性はある。

建物の中に戻り、私は自動販売機のホットチョコレートを飲んだ。冷えた体を温めるには、これがいちばんだ。もう、二時一〇分前だ。少し急いだほうがいい。

「ありがとうございます。いただきます」コーヒーをすすめるジムにそう応えると、彼の手招きに応じて私は布張りの椅子に腰を下ろした。だが、なんとも座り心地が悪く、キーッキーッと耳障りな音のする椅子だ。

「コーヒーを二つ頼むよ」ジムはミリアムにそう伝えると、ソファーに腰を沈めた。ミリアムは、ジムの秘書で驚くほど大柄な女性だ。

大学ではステータスシンボルが大事で、ジムの部屋はその役職に相応しい角部屋の大きな部屋だ。いや、言い方を変えよう。どこの大学でもステータスシンボルが大事かどうかはわからないが、我がビジネススクールの学部長にとってはステータスシンボルは間違いなく重要だ。彼は、この大学の看板学部がどこかを知らしめることを忘れない。それもうなずける。ビジネススクールの学生数は毎年どんどん増え続け、いまでは六〇〇〇人もの学生が授業に登録している。この大学の学生総数の半分近くに相当する。そのビジネススクールの看板プログラム、つまりエグゼクティブMBAの主任を務めるのがジム・ウィルソン教授だ。ジムにこんな立派な部屋が与えられているのは当然のことなのだ。だが、彼の家具の趣味はよろしくない。しかし考えてみれば、彼がそんな俗事に関心があるはずがない。きっとミリアムが選んだ家具だろう。それならば、話はわかる。

「このたびは、本当にありがとうございます」私は心を込めて感謝の気持ちを表した。「ご期待には必ず応えます。がっかりさせるようなことはしません」

「そう願うよ」ジムは笑顔で答えると、すぐに今度は真剣な顔つきになった。「リチャード、実はそのことでも君と話がしたかったんだが」

私は身を乗り出した。ジムが私のことをリックではなくリチャードと呼ぶ時は、何か重大な話がある時だ。

「リチャード、君もわかっていると思うが、エグゼクティブMBAで教えたいと思っている者は、君より上の教授にも何人かいる。それなのに、どうして私が君を選んだかわかるかね」

見当がつかない。わかっているのは、博士課程に進む以前から私が彼のお気に入りだったことぐらいだ。最初の大学で失敗して、もう一度どこか他の大学でと行き場を探している私に、この大学で教えられるよう、いろいろ取り計らってくれたのはジムだ。その時のことは決して忘れない。

「君のティーチング・スタイルだよ。教え方がユニークだから、君を選んだんだ」私は、彼の説明に戸惑いを覚えた。

「オープン・ディスカッションですか?」

「ああ、そうだ」ジムがはっきりと答えた。「君のようなオープン・ディスカッションこそが、エグゼクティブMBAにはぜひ必要だと思う。学生はみんな、仕事を持っているプロだ。日々、さまざまな経験をしている。オープンなディスカッション、討論を通して、彼ら自らがノウハウを築けるよう導いてあげることが、我々の本来教えるべき姿だと思う。しかしそれに前向きに取り組み、なおかつその方法を知っている人間といえば、我がビジネススクールにもそう多くはいない」

なるほど、そういうことか。しかし、考えてみれば怖いことだ。「ジム……」私は、少しばかりの抵抗を試みようとした。「普通の学生とエグゼクティブMBAの学生は違います。プロのマネジャーを相手にオープン・ディスカッションを使えるかどうかは、いまひとつ自信がないのですが……」

「どうしてだね。何が違うんだ」

「うまく彼らのディスカッションを誘導できるかどうかわかりません。理論としての私の知識が、彼らの経験、知識に足りるものかどうか少し不安です」私は率直な気持ちを伝えた。

「心配はいらない」ジムの言葉には力がこもっていた。

「しかし……」

「リック、いいかい。相手はエグゼクティブMBAの学生だ。彼らを相手に教える時に、最も大事なのは、わからない時にわかったふりや知ったかぶりをしないことだ。彼らは、高い授業料を払って勉強しに来ている。普通のMBAよりずっと高い。問題があれば、学部長、いや学長にさえ直接訴えることができる。役に立たない、くだらない授業をしようものなら、許してもらえない」

そんなレベルの高い要求に自分が堪え得るのかどうか、私は不安に襲われた。もしかすると、これをきっかけに自分のキャリアが崩れ落ちるかもしれない。そんな不安な気持ちが顔に表れていたのだろう。私を励ますジムの言葉にさらに力がこもった。「君と知り合って、何年になると思っているんだ？　君だったら大丈夫だ。君なら、学生たちも大歓迎だよ。それにこれまで何度も、君は証明してきたじゃないか。君には自分が思っている以上に力がある。恐れないで、君のティーチング・スタイルを貫くんだ。相手がエグゼクティブMBAの学生であっても、必ず通用するさ」

そこまで言われたら、引き受けるしかない。「わかりました。がんばってみます」自然と、リックは答えていた。

「よし」ジムは安堵の表情を見せた。「それじゃ、あとはどの授業を担当してもらうか決めるだけだ」立ち上がりドアに向かいながら、ジムは言葉を足した。「何を教えるか、少しは考えてくれたかね。ミリアム。コーヒーはどうなっているんだ？」そうドアの外に向かって声をかけると、ジムは彼女の部屋へ消えた。一分ほどして、今度はカップを載せたトレーを手に彼が戻って来た。

「ジム、昔のことですが、博士論文を書き始めた時、私にしてくれたアドバイスを覚えていますか」

「アドバイスなら、たくさんしたからな……」ジムは微笑みながら、私にカップを手渡した。「どのアドバイスかな」

「あれもこれもと、あまり欲を出してはいけない。世界を変えてやろうなんて夢は忘れて、確実に達成できるテーマを取り上げるようにとおっしゃいました」

「ああ、そうだった。いいアドバイスだった。特に博士課程の大学院生には必要なアドバイスだ」

私はコーヒーをすすった。「ええ……。ですが、それじゃ夢はいつ追い求めたらいいんですか」

ジムは私の顔をしばらく黙って見つめると、「中年の悪あがきかね？」と、私の質問にジャッジを下した。「いったい、それがどの授業を教えるのかというのとどういう関係があるんだね」

彼の質問に、私は質問で応えた。「どの授業を教えるかで、今後の私の研究課題も左右されるのでは？」

ジムはしばらく考えてから、「そうかもしれない」とうなずいた。私が黙っていると、彼はニヤリと笑った。「なるほど、自分の研究にもつなげたい。やるからには、広くその分野で認められる研究にしたい。そういうことだな」

私はうなずいた。

ジムは、私の表情をまたしばらくうかがった。先ほどより時間は長い。「まあ、簡単なことじゃないが、君のことだ。やってみないことには気がすまないだろう。それで、どの分野で貢献しようと考えているのかね、シルバー先生」

「わかりません」皮肉は無視して、私は答えた。「まだ、既存のノウハウだけでは不十分な分野がいいと思うのですが」

「ビジネスの世界では、どの分野にも当てはまるな」ジムの声は冷ややかだ。

「私が言いたいのは……」そう言いかけて、私は適切な言葉を探した。「つまり、既存のノウハウでは満足いく答えが得られないのが明白な分野です」

「満足いく答えが何かは、個人の主観による」ジムはあくまで思慮深い。「逆に、こう考えてみてはどうかね。何をしたくないかだ。そのほうが、もっと考えをまとめやすいかもしれない」

「まず、流行モノは追いたくありません」私はきっぱりと答えた。「それから、研究者が多すぎる分野も御免です」

「なるほど。それから？」

「さらに研究が本当に必要とされている分野、ニーズがある分野がいいですね……。長い間、大きな進歩が見られていない分野です」私は言葉を嚙み締めながら、自分自身に言い聞かせた。

「なるほど、それで……」ジムは、あくまで私にどの授業を教えたいのかを言わせたいらしい。問題はそこだ。恥ずかしいことだが、それがわからないのだ。

「プロジェクト・マネジメントはどうだ？」ジムがゆっくりとした口調で言った。「プロジェクト・マネジメントならぴったりだ。ニーズがある分野を探しているのなら、プロジェクト・マネジメントがナンバーワンの候補だ。過去約四〇年の間、少なくとも私の意見ではだが、目新しいことは何も起きていない」

「しかし、プロジェクト・マネジメントは、ジム、あなたが教えているんじゃないですか」

「ああ、そうだ」そう言いながら、ジムは天井を見上げた。「実は、プロジェクト・マネジメントの授業を利用して面白い研究を始めたんだ。実に面白い研究だよ」

「それなら私にも何かお手伝いできるかも……。私が、調べごとが得意なのはご存じだと思います。

それに、文章を書くのも苦手ではありません」

「ああ、知っているさ」ジムは、まだ天井を見上げたままだ。

「ジム、プロジェクト・マネジメントの授業を一年だけ教えさせてもらえませんか。一年だけで構いません。研究が仕上がるようお手伝いさせてもらいます。面倒な作業は、私がやりますから」

ジムは視線をテーブルに移すと、私にというより、自らに語りかけるように話し始めた。「できれば、生産システムの授業にもっと時間を使いたい。最近、ずいぶんいろんな動きがあったから。テキストを書くいい準備にもなる」そう言い終えると、ジムは私の目を見据えた。「それで、プロジェクト・マネジメントの授業と研究だが、具体的にどんな提案を?」

3

彼女は、背が高い。そう一八〇センチ以上あって、それに細身だ。装いもエレガントだ。いや、エレガントすぎるぐらいだ。それも常にだ。綺麗と呼ぶようなタイプの女性ではない。きらびやかなのだ。第一印象は、高価なシルクといった感じだろうか。決して声を荒げるようなことをしないからか。あるいは、かすかに聞き取れる柔らかな南部訛りのせいかもしれない。しかし、それは最初の印象だけで、長続きはしない。華やかな顔の裏に隠された鋼鉄のような性格は、そう簡単に見逃すことはできない。

分析家で野心家、そして人を操る力にも長けている。そんな彼女は、自らをB・J・フォンブラウンと名乗る。彼女の便箋にも名前はそう印刷されている。聞くところによると、最初のイニシャルはブルンヒルデの略らしい。だが、あえてそれを確かめる者はいない。便箋にはこうも印刷されている――〝学長〟。要するに、この大学に君臨する女王様なのだ。彼女に対抗できるような王様は、いまのところいない。

夏、真っ盛り。ワシントンDCはうだるような暑さだ。日が暮れたというのに、まだ暑い。しかし、このレストランの中は別だ。全米各地の大学から学長が集まってフォーマル・ディナーが催されている。

B・Jは、バーナード・ゴールドスミスとアリスター・フランクリンの間の席に着いた。もちろん彼女がそう仕向けたのだが、彼女にしてみればさして難しいことではなかった。両氏とも理知的で経験も豊富、B・Jとは旧知の仲だ。それ以上に重要なのは、二人ともそれぞれの大学で大きなビジネススクールを有している点だ。

「今年のビジネススクールの出願状況はいかがですか」B・Jは、ごく何気ない会話を始めるかのように質問した。

「いまひとつですね」アリスターはさりげなく答えた。

いまひとつ――その曖昧な言葉が何を意味するのか。その質問は、脇からバーナードがB・Jに代わってしてくれた。「例年より少ないということですか。うちの大学もそうですが、これまでのように黙っていても願書が数多く届くという時代は、もう終わったのかもしれませんね」

バーナードのいいところはここだ。必要以上に攻撃的になりすぎず、しかしなおかつ要点は的確につく。一方のアリスターは、決して要点を曖昧にごまかしたりしない点がいいところだ。

「まだ、何とも言えませんが、おっしゃるとおりかもしれません。今年は、不合格の通知をそれほど出す必要がないかもしれません」

バーナードがうなずいた。「私のところも、自分の名前のつづりを間違えないで書ける者なら、全員合格にしないといけないような状況ですよ。B・J、おたくのビジネススクールはどうですか」

声の様子からうかがう限り、バーナードもB・J同様、出願状況には憂えている様子だ。

「同様ですね」

B・Jは、サラダを口に運び続けた。彼女のビジネススクールだけではない。ある意味ではひと安心なのだが、別の意味では重大な問題だ。

「ここ一〇年ほど、出願数は増え続け、好調でした」アリスターが状況を解説し始めた。三人とも考えていることは同じだ。「企業側のMBA取得者に対する需要は増える一方でしたし、若者のMBA取得に対する意欲もそれに比例して増えていきました。うちのビジネススクールでは、増え続ける需要を満たすだけのキャパシティが不足していました。常に、入学希望者の列はあとを絶ちませんでした」そう言うと、アリスターはワインを口にした。バーナードとB・Jは話の続きを待ったが、アリスターは口を閉じたままだ。

満を持してバーナードが訊ねた。「ということは、いまの状況は需要を満たす十分なキャパシティを大学側が用意した結果だと？」

「そうかもしれません」アリスターの視線はワイングラスに固定されている。「しかし、そんなに単純なことではありません。いつものことですが、需要に対してキャパシティが少なかったり、逆にキャパシティを多く用意しすぎたり……、ビジネススクール入学希望者が急激に減っている現状を考えると、今回はキャパシティを広げすぎたのかもしれません」

「ビジネススクールは、いまも全米各地で拡大し続けています。このままのペースだと、ビジネススクールに空席ができるのは時間の問題かもしれませんね」バーナードもアリスターと同じ意見だ。

ここに来たのはどうやら正解のようだ。B・Jは内心喜んだ。ディナーの席をともにしたのがこの二人だったのもよかった。「一流のマネジャーになることを望んでいる人の数より、ビジネススクールのキャパシティのほうが大きくなった。だから、十分な入学希望者がいないと?」柔らかな物腰でB・Jは訊ねた。

「かもしれませんね」アリスターがそう答えたところへ、ウェイターがメインのリブを運んで来た。

「ということは、我々のビジネススクールも、これまでのようなペースで拡大していくことは控えなければならない。あるいは、もっと多くの若者に経営を志すよう働きかけないといけない。しかし少なくとも、どうやって働きかけたらいいのか、その方法が見つかるまでは、控えないといけないということですね」バーナードが思慮深げに結論づけた。

「それだけだったら、まだいいのですが……」やたらと世話好きのウェイターがテーブルを離れるのを待って、アリスターが顔をしかめながら言った。

「どういう意味ですか」突然、テーブルの反対側からスタンレーが質問してきた。どうやら、この話題に関心があるのは彼ら三人だけではないらしい。

「入学希望者が減ってきているのは、すでに供給が需要を超えていて、MBAを取得したとしても、もはやいい仕事が保証されているわけではないという見方が広まっているからかもしれません」

「もしそうなら……」バーナードは思案顔だ。「単にビジネススクールの拡大をスローダウンすればいいというような単純なことではないわけだ。逆に、キャパシティを縮小しないといけないことになる。どうやってスムーズに縮小するかですね。これは難しい」

B・Jは皿の上のリブに神経を集中させながら、バーナードの言葉の意味を考えた。確かに、彼女も同じことを危惧している。しかし面白いもので、他人の口からそれを聞くと、逆に疑いたくなる。そんなにひどい状況のはずは……。

「しかし、よく考えてみれば」バーナードが言葉を続けた。「需要を増やしてやればいいのでは。方法はありますよ。株式が公開されている会社のマネジャー、つまり管理職にMBA取得を義務づければいいんです。それを法律で定める。医者や公認会計士、それから弁護士と同じように、資格がないと仕事ができないようにするんです」

「それは、どうでしょうかね……」スタンレーが、すぐに異論を唱えた。「法律で定めるというのは、どうも。それは忘れたほうがいいのでは。そんなことをしたら、資本主義の根底を否定するようなものです。それに現実的ではありません。強制するのは無理な話ですよ。だいたい、もともとの話が少し……。私の大学では、ビジネススクールへの入学希望者は今年も増えています」

「ハーバードやMITの友人に聞いてみましたが、確かに彼らのビジネススクールでも入学希望者が減るというような傾向はないようです」アリスターが付け加えた。

「ハーバードやMITは、減りませんよ」バーナードの言葉には、わずかばかりの羨望が含まれていた。彼は皿の上のリブを口に運ぶでもなく、わずかに脇に寄せた。「ハーバードやMITでは、どの学部でも入学希望者のリストは私のこの腕よりも長い。いや、それどころの長さじゃない。聞くところによると、入学が認められるのは五人に一人。法外な授業料を考えたら、まったく詐欺ですよ」

「詐欺？　どうしてですか」今度は、ジェリー・プレストンが訊ねた。もはや会話はテーブル全体に広がり、みんながバーナードの答えを待っていたが、彼は急ぐことはしない。みんなの注目を集めているのが心地よいのだ。赤ワインを少々口にしてから、真っ白なナプキンで軽く唇を押えた。

「どうしてだか、知りたいですか。いいでしょう。彼らのビジネススクールの授業内容を見てください。講義概要を読めばわかります。使っているテキストや資料は、私のところとほとんど変わりありません。確かにリサーチや研究に関して言えば、教授陣はうちより優秀かもしれませんが、こと授業を教えるという点に関しては、大差ないはずです。違いは、アイビーリーグか、そうでないかだけです。アイビーリーグのビジネススクールを卒業すること自体が、ある種の資格なんです。実質的な内容は何も違わない。要は名前です」

「なるほど」スタンレーが単調な口調で言った。「もう一つ重要な違いがあります。学生の質です。優秀な学生が多い。全米から優秀な学生が集まってきます。その中から選りすぐられた者だけに入学が認められる」

「確かに。ですが結局のところ、やはり名前ですよ。知名度です。実質は違いありません」言い争おうというのではない。バーナードは、いくばくかの鬱憤を晴らしたいだけなのだ。

ビジネススクールは危機に直面しているのかもしれない——B・Jは心の中でつぶやいた。いや、スタンレーの言うように、危機はまだ先の話かもしれない。しかし結局、一部の有名大学だけが安泰で、それ以外の大学は危機に瀕することになるのかもしれない。

「どうしたら、知名度を上げることができると思いますか」今度はジェリーが質問した。

「簡単ですよ」バーナードが皮肉交じりに答えた。「二〇〇年前に戻ってもう一度大学を設立し直して、立派な卒業生を輩出し、彼らの力を利用する。それだけです」口を挟む者がいないか、バーナードはテーブルを見回した。やはりスタンレーだ。

「他にも方法はあります。教授陣です。優秀な人材を集めて、画期的な研究で成果を上げることができれば、全米にその名を知らしめることができます。実例はいくらでもあります」

アリスターは、首を横に振って異議を露わにした。その理由をB・Jはよくわかっていた。

アリスターやB・Jの大学のような小さな大学が、そんな優秀な人材を集めるのは簡単なことではない。優秀な人材は、すでに知名度の高い大学へ行きたがるし、そう望めば断られることもない。単純に言ってしまえば、求められるような高い給料を払える余裕が、B・Jたちの大学にはないのだ。

現在いる教授たちの才能を、いま一度掘り起こしてみてはどうだろうか。何らかの方法で彼らに動機と励ましを与えて……。しかし、いったいどんな方法があるというのだ。それにそんな救世主がいる可能性がいったいどれだけあるというのだ。

4

私は、教室の中を見回した。予想していたよりも学生の数は多い。三〇人近くはいるだろうか。だが、そんなことは関係ない。この四倍の規模のクラスを教えたことだって何回もある。それに、準備は万端だ。夏の間、手当たり次第に本を読みあさり、準備に準備を重ねてきた。プロジェクト・マネジメント経験者へのインタビューも試み、一〇人以上から話を聞くことができた。ここに座っている若手マネジャーたちより、豊富な経験の持ち主だ。これだけ準備したのだから、どんな質問が来ても大丈夫なはずだ。たとえ的確な答えが見つからなくても、それなりにうまくかわすぐらいのことはできるはずだ。

もう、すでに全員着席している。教室の中は静かだ。そろそろ始めよう。

いつものことながら、最前列に座る者はほとんどいない。逆に最後列の席からは、まだ話し声が聞こえてくる。大柄な男で、年齢は私と同じくらいだろうか。いいだろう、少しばかりからかってやろう。「名前は?」指差しながら、私は最後列のこの男に向かって声を張り上げた。

彼を選んで正解だった。自分が指されているのに、他人ごとのように無視する者もいるが、彼は違った。「マーク・コワルスキーです」彼は、大きな声で答えた。

「どうして、この授業を?」私は、唐突に質問をした。みんなの注目が私に集まった。私のようなティーチング・スタイルには、みんな慣れていないはずだ。大学の先生は一方的に講義をするのが普通で、生徒に向かってインタビューのような問答はしないものだ。生徒の視線は半分が私に、半分がマークに向けられていた。うっすら笑みを浮かべている者もいる。

「プロジェクト・リーダーの仕事をしているからです」マークが答えた。

私が黙っていると、彼は言葉を続けた。「コンピュータのモデム・メーカーで働いていますが、開発チームのひとつを担当しています」

私は、彼から視線をそらさなかった。しかし、彼の説明はそこまでだった。「まだ、私の質問に答えていないと思うが」そう私が催促すると、居心地の悪い空気が教室内に漂い始めた。

私は、再び教室全体を見回した。誰も私と目を合わそうとしない。次の餌食にされるのは御免のようだ。私は視線をマークに戻した。「プロジェクトのマネジメントで、何か問題でも?」

「いいえ、特に」

「それでは、なぜこのプロジェクト・マネジメントの授業を取ることにしたのかね」

マークは苦笑いした。「……、やはり少し問題が……」

「……あるわけだね。どんな問題か、ちょっと話してもらえないかな」

「自分で始めたプロジェクトではないのですが、前任者がとんでもない約束をしたんです。非現実的な約束ばかりです」

「例えば?」

「いま開発中の、新しいモデムの仕様や開発期間です」

苦笑しながらうなずく者が何人かいた。

「それで、この授業でその問題の解決方法や奇跡を起こすノウハウを学びたいと思ったわけだね」私は彼の目を見据えた。

「そう、願いたいのですが」マークは、気まずそうに答えた。

「それで。どうしてこの授業を取ることに？」私は、同じ質問を再度繰り返した。

「プロジェクト・マネジャーだからです。ＭＢＡを取得しようと思って、このビジネススクールに入ったんです。この授業はプロジェクト・マネジメントの授業では？　違うのですか」

「なるほど、自分の仕事に授業の名前が似ているから取ることにしたと……」

マークは、口を閉じたまま答えようとしない。それもそうだ、何と答えればいいのだ。もう、この辺で勘弁してやってもいいだろう。

「他のみなさんはどうですか。なぜ、この授業を取ろうと思ったか、理由を言える人」私は全員に向かって質問した。

誰も答えない。質問の仕方が威圧的すぎたのかもしれない。

「私が学生の時は、まず宿題の少ない先生から授業を選んだものです。残念ながら、この授業は、そういった類いのものではありません」

雰囲気を和らげようと冗談のつもりで言ったのだが、あまり効果はなかった。

「いいですか」私は続けた。「みなさんがＭＢＡという学位を取るために、いまここにいるのはわかっています。それぞれの会社の中で、昇進していくために必要な証書を手に入れるためです。しかし、それだけではないことを願っています。それぞれの仕事において、実際に役に立つようなノウハウを身につけたいと望んでいることを願っています」

教室のあちらこちらで、うなずく顔が見られた。

「さて、私の授業の進め方ですが、選択肢が二つあります。ひとつは、私がこの教壇から一方的に講義するやり方。難しい理論やテクニックを披露して、複雑なアルゴリズムをこと細かく説明することもできます。簡単には理解できない話ばかりです。実際に使ってみるとなれば、なおさら難しいでしょう。みなさんの役に立たないことは、保証します。

二つ目は、みなさんの経験やテキストに書かれている理論、ノウハウをベースに全員で討論し、知恵を出し合って、どうすればプロジェクトをうまくマネジメントすることができるか、その答えを出していくやり方。どちらがいいですか」

選ぶまでもない。

後方で、マークが手を挙げた。「この授業には、何を期待していいのですか」

いい質問だ。「マーク、君は自分のプロジェクトで問題を抱えていると言っていたが、この授業では、そうした問題にどう対処すべきか、そのための能力を身につけてもらうことができると思う」

「なるほど。いいですね」

私は視線をクラス全体に移した。「私には、教科書や論文に書かれているようなノウハウ、知識がありますか。みなさんは、どの程度プロジェクトの経験がありますか。みなさんはどうですか。マーク以外で、プロジェクトに関わっている人は？」

前から三列目に座っていた細身で赤毛の若者が手を挙げた。「テッドといいます。建設会社で働いていますが、建設会社の仕事は、すべてプロジェクトです」

「いまの会社には、もう何年ぐらい？」

「六年です」

「なるほど。他に誰か？」

予想に反して、それ以上は手が挙がらなかった。また、重い空気が漂い始めた。それを救ってくれたのは、最前列に一人で陣取っていたブロンドヘアの女性だった。ためらいがちに、彼女が質問した。

「プロジェクトの定義は、いったい何ですか」

その瞬間、私の頭の中をテキストで読んだ四つの定義が駆け巡った。しかし、どの定義も大袈裟すぎる。〝特定の目標、目的を達成するために行われる一連の活動で、開始—中間—終了の段階を明確に特定できるもの〟などと言われても、誰もピンとこないだろう。彼女らにわかるように説明するには、そんな複雑極まりない定義や、過度に平易すぎる定義は使わないほうがいいだろう。そこで単に定義を並べるのは避け、具体的な例を示すことにした。「表を作って仕事を管理したことはありませんか。誰が、どんな作業をしなければいけないかといったことをまとめた表です」

「表……？」彼女が怪訝な顔をした。

「目標を達成するために、どの作業をどういう順で行わなければいけないのか、あるいはどの作業とどの作業なら並行して行えるのか、フローチャートを作って仕事を管理したことはありませんか。あるいは、どの作業をいつ始めていつ終わらせたらいいのかタイムチャートを作ったことはありませんか。もしそのようなチャートを使って仕事をした経験があるのなら、プロジェクトを経験したことがあるということです」

「なるほど」彼女がうなずいた。

「それで、君はプロジェクトに関わった経験は？」私は彼女に聞き返した。

「いまの定義に従えば、現在関わっています。会社でブランド・マネジャーをやっていますが、新製品を出す時は、その前に長い時間をかけてそうしたチャートを作ります」

「君の名前は？」

「ルース・エマーソンです」

彼女とのやり取りをきっかけに、他の生徒もみな、私の定義に従えば、自分がある種のプロジェクトに多かれ少なかれ関わっていることがわかったようだ。中には、はっきりプロジェクトと呼べる環境の中で働いている者もいる。例えば、マークや赤毛のテッドだ。マークは設計エンジニア、テッドは建設会社で働いている。アロハシャツを着たチャーリーもそうだ。彼は、コンピュータソフトのプログラミングの仕事をしている。

他のみんなもプロジェクトには何らかの形で関わっている。プロジェクトを直接指揮している者もいる。例えば、ルースやフレッドだ。ルースはマーケティングで、フレッドは経理が仕事だがプロジェクトの監査もしている。それからブライアン。彼は工場の拡張に携わっている。なかなかいい。クラス全員をもってすれば、プロジェクトを広い範囲でカバーすることができる。しかしその裏にはもちろん危険も潜んでいる。全員に共通した話題を誘導できなければ、それこそ話があちこちに飛んでしまい、まとまりのないディスカッションになってしまうだろう。

だから、みんなが関わっている個々のプロジェクトについては突っ込んだ質問はしないほうがいい。私がした質問はこうだ。「海底トンネルについて、何か知っている人は？」

テッドがまず手を挙げた。「イギリスとフランスを結ぶ鉄道用の海底トンネルのことですか？」私がうなずくと、彼は続けた。「予算を大幅にオーバーしていると、新聞で読んだことがありますが」

「何十億ドルもです」経理のフレッドが補った。

「あまりに大幅にオーバーしたので、一時は設計の見直しまで検討したそうです」テッドが続けた。

「他には？」もっと活発なディスカッションを促そうと、私はクラス全員に向かって質問した。

最前列のルースがそれに応えた。「テレビで開通式を見ましたが、女王陛下が渡り初めをしていました。しかし、実際の開通は数か月遅れて、その時はまだ電車を走らせることもできない状態でした」

「典型的な例だね。予定の期日には遅れるし、予算もオーバーするプロジェクトの典型的な例だ」

私は、もうひとつよく知られた例を挙げた。北海の油田掘削プラットフォームだ。世界でも一、二の荒海の底から三〇〇メートルの高さに建てられた巨大な設備だ。プラットフォーム一基からは、ひとつだけでなく数多くの油井がボーリングされる。最大五七度の角度でボーリングし、深さ三〇〇〇メートルに埋蔵されている原油を掘り当てる。掘り当てた原油は、砂から分離してポンプで吸い上げ、パイプを通して岸まで運ぶ。こうした大規模なプロジェクトでプラットフォーム一基建設するのに四〇億ドル近くの投資が必要とされるのもうなずける。数基建設すればノウハウも蓄積され、もっと円滑にプロジェクトを進められると期待するのが普通だが、実際はそう簡単にはいかない。慎重に計画を立てコストも緻密に計算するのだが、最後はその数字を四倍にして、あとは祈るのだという。

「しかし、もちろん祈るだけではうまくいくはずがない。九〇年代初頭、ノルウェーの石油会社スタットオイルの経営トップが、こうしたプロジェクトのひとつで大幅な予算超過の責任を取って辞任に追い込まれた。

マーク。期限どおりにプロジェクトが終わらないのは、君だけじゃないようだね」私は茶化した。

「少なくとも君の場合は、予算はオーバーしない」

「いいえ、予算もオーバーします」マークの声が教室全体に響き渡った。「私の前任者のプロジェクト・マネジャーですが、あまり何も考えず周りにいろいろ約束したんです。実はその人がいま私の上司で、自分の名誉を守るためなんでしょうが、彼の指示でスタッフの数を増やしたり、仕事をコストの高い下請け業者に発注したりしているんです。予算は間違いなくオーバーします。ただ、どれだけオーバーするのかだけはまだわかりません」

「もうひとつ、わからないことがある。誰がその責任を取るかだ」

「彼ではないと思います。彼のことはよくわかっていますから、責任を取らされるとすれば、間違いなくこの私です」

「それじゃ、どうするんだい」ソフトウェア・マネジャーのチャーリーが、心配そうに訊ねた。

「特に何も」マークは、あっさり答えた。「エンジニアリングでは、期限に遅れたり予算をオーバーするのは当たり前のことです。それに、実はとっておきの策がひとつあるんです。どうしようもなくなった時は、設計や仕様を縮小すればいいんです」

　これは面白い。「そんなことは頻繁に?」私は、この点を強調しようと質問した。

「あまり認めたくはありませんが、結構やっています」

「他のみんなはどうですか。プロジェクトが期日までに終わらなかったり、予算をオーバーしたために機能や仕様を削ったり、当初の計画を縮小して妥協した経験はありませんか」

「妥協と呼べるかどうかはわかりませんが」これには、ブライアンが応えた。「新しいオフィスが完成して、それも予定より四か月しか遅れていなかったのですが、いざ入居してみると、デスクはないし、エアコンも動かなかったことがありました」

　私がコメントしようとしたが、一瞬早くチャーリーが自信満々に言った。「プロジェクトは、予定どおり終わらないし、予算オーバーするものです。そんなこと、誰でも知っています。予定の期日までに終わるとしたら、それは当初の計画を縮小して妥協したということです。特にシステム・プログラミングや製品設計の場合はそうだと思います」

「そうかな。必ずしもそうとは限らないと思うが」私は抵抗を試みた。「製品の設計やエンジニアリング・プロジェクトが期日より大幅に早く終わったりする場合もある。コストも予算より大幅に少なく、内容も当初の計画から機能や仕様が追加されたりすることもある」

　設計やエンジニアリングの経験のある者、あるいは設計技師と仕事をした経験のある者（このクラスの半分ぐらいがそうだと思うが）にとっては、そう簡単に納得できる説明ではないはずだ。

「五〇年代初頭、ソ連も原子爆弾を保有していることを発表して、世界を震撼させたことがあった。

そうなるとアメリカは、ソ連が広い極東地域で何をしているのか、これを監視しなければいけない。その方法を見つける必要性に迫られた」

「それがきっかけで、衛星計画が始まったわけか」誰かが勝手に憶測する声が聞こえた。

「いや、その当時は、まだ衛星はSF小説の世界だけの話だった。しかしジェット機の技術は急速に進歩していて、クラレンス・〝ケリー〟・L・ジョンソンという有名なエンジニアがいたんだが、それまでの戦闘機の限界を超えた高度で飛ぶことのできる飛行機を作ろうという構想を立てたんだ。その飛行機を作るのにどのくらいの時間がかかったと思う？　構想から、実際に飛ぶことのできる飛行機ができるまでの時間だ」

「一〇年以上」ブライアンが自信ありげに答えた。「以前、空軍にいましたから」

「空軍にいたというだけでは、当てにはならないな」テッドがからかった。

「確かに、通常は一〇年以上かかる」私はブライアンの答えをとりあえず立てた。「だが、U-2は驚くほど短期間で開発された。開始から八か月後には、すでにソ連上空を飛行して写真を撮影していたんだ」

「ただし一九六〇年、フランシス・ゲリー・パワーズが撃墜されるまでです」ブライアンが補足した。ことこれに関しては、詳しいところをみんなに披露したいようだ。

　クラス全員が感心している。ブライアンの博識ぶりに対してもそうかもしれないが、それ以上にそんな短期間でU-2が完成したことに対してだ。唯一、経理のフレッドだけは懐疑的な表情をしている。

私は彼と視線を合わせて、片方の眉を吊り上げた。それに応えるかのように、フレッドが質問してきた。

「シルバー先生、失敗事例を二つ挙げてくれましたが、他にももっと例を聞かせてもらえませんか」

「いいとも」私は大きな笑顔で答えた。「いくつ聞きたい？」

「それから成功事例もひとつ挙げてくれましたが、こちらももう少し例を挙げてくれませんか」

「それは難しいな」私は多少の戸惑いを隠せなかった。

「そうだろうと思っていました」フレッドは、あっさりと言った。

結論は生徒たちに自ら導き出してもらおうと思っていたが、フレッドの質問のおかげで一気に話を結論までもっていくこともできる。私は思わず訊ねた。「フレッド、どうしてそう思ったのかね」

「経験からです」そう言うと、フレッドは説明を続けた。「私は三つの大きな企業でファイナンシャル・マネジャーとして働いてきました。新製品開発の監査も覚えきれないほど経験があります。プロジェクトの監査役というのは、たいてい冷めた目でものを見るものですが、私もそうです。予算内で完成したプロジェクトをまったく見たことがないわけではありません。ただ、そういうプロジェクトもありますが、例外的に少ないんです」

「設計やエンジニアリングの場合は、確かにそうだと思う」私はフレッドの意見を肯定した。「チャーリー、コンピュータのプログラミングの場合はどうかな」

「コンピュータのプログラミングの場合は、よく言うことですが、常に時間は足りませんが、言い訳にこと足りなくなることはありません」

私もみんなと一緒に笑った。笑い声が静まると、今度はまた、ブライアンが話に参加してきた。「空軍では、最終期限にはいつも間に合わせました」そう言うと、彼は一呼吸置いてから続けた。「裏を返せば、当初の期限や、二番目、三番目の期限には間に合わなかったという意味です」

「建設業の場合はどうかな」今度は、テッドに質問を投げかけた。「建設業のプロジェクトは他の業種と比べて、不確実な部分が少ないと思うんだが」

「ええ、そのとおりです。異なるプロジェクトでも共通する部分が多いので、経験がものをいいます」笑顔を見せながら、テッドが言葉を足した。「プロジェクトの途中でクライアントからああしてくれ、こうしてくれと設計の変更があった場合は、期限どおりに完成しなかったり予算をオーバーしても、それを理由にできます。そうした経験や悪知恵も私たちには豊富にあります」

私は腕時計に目をやった。そろそろ、話をまとめに入らないといけない。

「結論をまとめよう。つまり、すべてのプロジェクトに共通して言えるのは……」そう言いながら、私は振り返ってホワイトボードにマーカーを走らせた。「(1)予算がオーバーする。(2)期限までに終わらない。そして多くの場合、(3)計画を縮小する。この三つの可能性が高い」

クラス全員の意見が一致した。

「プロジェクトが計画どおりにいかないと、運が悪かったなどと言い訳をすることがよくある。そういう意味では、成功例であるU-2プロジェクトは非常に重要だと思う。運がよかったという理由だけで、当初計画の一〇分の一という非常に短い時間でプロジェクトが完成したとは考えにくい。たいていのプロジェクトが陥りそうな穴というものがあると思うが、それにはまることなく何らかの方法でこれをうまく避けることができたと考えるのが妥当だと思う」

「どうやってですか」ルースがすぐに訊ねた。他のみんなも同じ疑問を持っているに違いない。

「それを解き明かすことができたら、すばらしいと思わないかね。それは、次の授業までの宿題だ」

生徒の年齢にかかわらず、こうした場合の反応はみな同じだ。クラス中に深いため息が漏れた。

構わず、私は続けた。「それぞれの会社でプロジェクトをひとつ選んでほしい。最近、終わったばかりのプロジェクトか、もうすぐ終わりそうなプロジェクトだ。それから、そのプロジェクトを指揮した人、つまりプロジェクト・リーダーにインタビューしてきてもらいたい。次にプロジェクトで実際の作業を行った人、それからプロジェクト・リーダーの上司にもインタビューしてほしい。それが終わったらリストを二つ用意して、ひとつはプロジェクトが遅れた公式の理由、もうひとつには非公式な理由を挙げてきてもらいたい。

それでは、また二週間後に」


大学から帰宅する途中、私はフライドチキンを買いに寄った。妻のジューディスは、週末ニューヨークに遊びに行っている。だから、家で待っている者はいない。楽しい旅行になるといいのだが。いや、彼女が買い物好きなのを考えれば、あまり楽しくないほうがいいのかもしれない。

ジューディスは、最近新しくなった我が家に調度品やらを買い揃えるのが特に楽しいようだ。正確に言えば、我が家ではない。頭金を支払うのにも資金を借りたし、給料が上がった分も月々のローンの支払いで消えていく。いや、昇給分以上だ。今年の夏は、個人指導の仕事からの収入もさほどなかったし、楽ではない。

しかし、買った家はよかった。いい値段で手に入れることができた。ジューディスは、こうした買い物が得意だ。いいものを見分ける目を持っている。特に家の場合はそうだ。それもそのはず、彼女は不動産の仲介が仕事だ。今年に入って三件の家を仲介した。ただしどれも他の不動産業者が一緒に仲介している物件なので、彼女の取り分は微々たるものだ。最近では、先週一軒仲介したばかりだ。彼女の取り分は六八七ドル。そのお金が、ニューヨークへの旅行資金になった。

飛行機代とホテル代で約六〇〇ドル。残りの八七ドルだけで買い物というのはあり得ない。クレジットカードもすでに与信額ぎりぎりまで使い切っている。彼女とは少し話をしておいたほうがよさそうだ。なんだか、悪い予感がする。予感が的中しなければいいのだが。

5

B・Jは窓の外を眺めていた。木々が色づき、学生たちが戻って来るこの季節のキャンパスはことさらに美しい。

およそ一〇〇メートルほど先には、威容を誇るビジネススクールの建物の正面玄関が見える。幅広い階段をビジネススクール学部長のクリス・ペイジが足早に下りてくるのが、B・Jの目に入った。彼が向かう先は、彼女のオフィス。気の重いミーティングになりそうだ。

B・Jはカップに紅茶を注ぎ、銀製のつまみで角砂糖を二つ入れると、カップをクリスに手渡した。彼の好みはわかっているので、あらためて尋ねる必要もない。彼のことならすべて承知だ。でなければいけない。彼女の仕事にとって、クリスは重要な位置を占める。

「どうでした。気に入っていただけたと思いますが」そう言って、クリスはマホガニー製の大きなデスクを指した。デスクのことではない。その上に置かれている分厚い書類のことだ。

「そうね、だいたいは……」彼女は笑って見せた。

クリスはB・Jより年齢が若干上で、身なりはB・Jと同様に上品だ。しかし、数年前までは同じ人間かと思うほど違っていた。スニーカーに開襟シャツ、それにナイロン製のウィンドブレーカーというまったく地味で目立たない装いだった。しかし、いまはそうもいかない。長年待ち望んでいたビジネススクール学部長の職に就いたからだ。かろうじて手に入れた職だが、いまやその地位は安泰だ。ビジネススクールは彼の砦なのだ。どうやら任期いっぱいまで勤め上げるつもりらしい。ことによっては、定められた任期を延長してまで居座ろうと思っているのかもしれない。

これから来年度のビジネススクールの予算を二人で話し合うのだが、フォーマルなミーティングではない。正式に予算を組む前に、できるだけ二人の間で意見を調整しておこうというのがこのミーティングの意図だ。特に大きな問題があるわけではない。クリスが要求している額は、B・Jの予想の範囲内のはずだ。昨年の一五パーセントアップだ。驚くような数字ではない。しかしだからといって、すぐに承認してもらえるわけでもない。一応の話し合いは必要だ。B・Jが予算カットを要求し、クリスが抵抗する。最後は、お互い妥協して交渉成立となる。どの項目がその対象になるかも、クリスにはわかっている。B・Jも同じ考えに違いない。

「聞いてもらいたい話があるの」B・Jは柔らかな口調で言った。「私が最初に教えた大学は、中西部の小さな私立大学だったわ。だけど、以前はもう少し大きな大学だったの。私が赴任する二〇年ほど前は、かなりの規模だったらしいわ。どうして小さくなったかわかる？」

「いいえ」クリスはそう答えながら、予算カットの話とどう関係があるのだろうかと考えた。

「農学部は特に大きくて、予算も毎年一〇パーセントずつ増やしていったの」B・Jはいつもながらの柔らかな口調だ。「どんどん増えていって、あなたたちの言葉を使えば、固定資産が膨れ上がっていったの。教室の数も、研究室の数も、それに終身在職教授の数も増えていったわ」

「それから?」一応の礼儀として、クリスは彼女の話に興味を示すことを忘れなかった。

「次第に農学部の新卒の学生に対する需要が減っていったわ。当然のことながら学生数は減り、大学院に進む学生の数も減ったわ。結局、建物を維持するための負担や終身在職教授の給料の負担だけが残ったわ」

「そういうこともありますね……、農学部では」クリスの声は落ち着いている。

B・Jは、そんな言葉にはぐらかされない。話にはまだ続きがあった。「影響は農学部だけにとどまらなかったわ。経済的な負担が大きくなりすぎて、他の学部でも大幅な縮小が余儀なくされたのよ。大学が潰れなかったのが不思議なくらいだと言う人もいたわ」

ここで、B・Jは一呼吸置いた。クリスも黙ったままだ。

「そんなこと、ビジネススクールで起きるはずがないと思っているのでは?」

「もちろん、そんなこと、起こるはずありませんよ」クリスは、可能性を軽く否定した。

「どうしてかしら」

「農業とビジネスを比べることはできません」クリスはさりげなく答えた。「農業で成功するのに学位は要りません。大学に行かなければいけないなどというプレッシャーもありません」

「でも、ビジネスの世界は違う」B・Jが言葉を挟んだ。

「ええ、もちろん。会社でトップを目指すのならMBAは不可欠です」

「大学にとっては都合がいいわね」

B・Jの反応にクリスは拍子抜けした。もっと手強い反論が返ってくると思っていたからだ。そんなやり方で予算カットを承諾させようというのなら、方法が間違っている。

「クリス、他にも大学や大学院を出ないと就けない仕事があるわ。弁護士よ。弁護士になるには、必ず大学を出なければいけないし、選択の余地はないわ。でもビジネスの場合、ＭＢＡが絶対不可欠かというと、まだそうではないわ」

彼女を侮ってはいけない。そう、クリスは自らに言い聞かせ気を引き締めた。そして、語気を強めて訊ねた。「どういう関係があるのかよくわかりませんが」

「昨日、ポール・ディマーズと話をしたの。彼のことは知ってるかしら」

「よく知っていますが」クリスは、彼女が持っていこうとする話の流れが気に入らなかった。

「彼のところも深刻のようだわ。ロースクールへの入学者数が三年前の半分以下まで落ち込んでいるのよ」

クリスは、Ｂ・Ｊの顔をまじまじと見つめた。彼女がいったい何を言わんとしているのか、彼にはまったく見当がつかなかった。来年度の予算のことか。それとももっと別の大きなことなのだろうか。そんなことを匂わすような言動はいままで何もなかった。あるいは、これがその警告なのだろうか。これは真面目に受け止めないといけない。少なくともＢ・Ｊの意図がはっきりわかるまでは真剣に話を聞いたほうがよさそうだ。

「ポールは、学生の数が減っている理由を何と？」クリスは無関心を装いながら、さりげなく訊ねた。

「そこなのよ。学生が減ってきているのは最近だけのことじゃなくて、ずいぶん前かららしいの。うちの大学にロースクールがあったら、同じようなことになっていたわね」

「それで？」クリスは、そう喉まで出かかった言葉を呑み込んだ。

「弁護士になるのが流行っていたのよ。給料を考えれば、当然と言えば当然だけど。とにかく、弁護士を目指す若者が増えて、ロースクール側もどんどん大きくなっていったわけね。さっきの私の話と同じよ」

B・Jがビジネススクールを、これに喩えようとしているのはクリスにも明白だった。予想していたよりも手強そうだ。来年の予算の話だけならまだいい。もっと根本的で長期的な話なのだ。

「あとの私の話は想像がつくわね？」そう言いながらも、彼女は言葉を休めなかった。自分の口からはっきり伝えなければいけないことなのだ。「入学してくる学生は、数年後には卒業していくわ。入学する学生の数が多ければ、卒業生の数も多い。卒業生が多くなりすぎて需要を超えてしまったのよ」

B・Jの説明を聞きながら、どう返答していいのかクリスは思いあぐねていた。まずは、彼女の心配ごとに理解を示す。そのうえで、心配するには及ばないことを納得させる。

クリスは躊躇せずに言った。「ロースクールを卒業する学生全部がいい仕事に就けるとは限りません。そういう情報が広まって入学希望者の数も減る……」

「そのとおりよ」B・Jがうなずいた。

「でも、心配することはありません」クリスは、そう断言した。「MBAを取得してビジネススクールを卒業する学生に対する需要はまだまだ満たされていません」

切り札のつもりで言ったのだが、B・Jには通用しない。まったく表情を動かさない。「でも、今年のビジネススクールの入学者の伸びは、これまでで最低では？」

「一時的な現象ですよ。特に心配する必要などありません」クリスは軽くかわした。

「そうかもしれないわね。だけど、違うかもしれないわ」B・Jが呟いた。

このままで終わらすわけにはいけないと、クリスは思った。「B・J、どう説明したら安心していただけるのですか」クリスは徹底的につきあう構えだ。

「目先のことを心配しているわけじゃないの。大きくなりすぎたビジネススクールを維持する経費だけで首が回らなくなる、縮小したくても縮小できない、そんな日がいつかやって来るんじゃないかと心配しているのよ。例えば、終身在職教授をあと八人増やそうと予算を組んでいるようだけど、それが命取りになるとも限らないわ。終身在職教授の新規承認はしばらく凍結するとか、少なくとも状況がもっとはっきりするまで見送ってはどうかしら」

「いや、それはダメです。間違っています。必要な人材には終身在職を認めないといけません。もしこちらにその意思がないのなら、この大学に引き留めておいてはかわいそうです。そんなことをしたら、どんなことになるか考えてみてください。どんな波紋が広がるか。B・J、あなたの心配していることはわかります。ですが、警告を発する必要など私はないと思います。特に終身在職を凍結するなどといった過激な対応はまったく必要ありません」

「でも、ある程度のメッセージは発したほうがいいと思うわ」彼女も簡単には譲らない。

予定している八人の終身在職は、そう簡単に認められそうにない。クリスにもそれぐらいのことはわかった。それでも交渉してみる価値はある。「そうですね。おっしゃるとおりかもしれません」滑らかな口調でクリスは交渉に入った。「何らかのシグナルを発する必要があるかもしれませんね。申請すれば終身在職が自動的に承認されると思われても困りますから」

B・Jはそのままクリスがどんな提案をしてくるのか待った。

「どうでしょう。六人だったら認めてもいいと思うのですが」

だが、B・Jはこの数字に何の反応も示さない。「ロースクールで起こっていることがビジネススクールでもいつか起きるんじゃないかと、まだ私は心配だわ」B・Jはこだわった。「ビジネススクールの風向きだって変わる可能性があるわ。それにはどう対応したらいいと考えているの？」

クリスは、ここでもお決まりの戦術を使った。「その可能性を否定しようなどと言っているわけではありません」まずは相手に安心感を与えなければいけない。「そんなことは毛頭考えていません。当然、可能性は考慮しなければいけません。まずは少し調べてみる必要があると思います」

「そのとおりね」B・Jはクリスの意見に同調した。「まずは、卒業生の就職率が手がかりになるわね。どう？」

「そうですね」冷めた声で答えながら、クリスはどう対処すべきか考えていた。

「MBAの卒業生が希望する仕事に就けないような状況になるまで待たないといけないのかしら」

「そういう状況になった時は、警報ベルを鳴らすべきだと思います。でも、まだまだ先の話です。いや、もしかするとそんな事態はずっと起きないかもしれません」

「でも、責任ある立場の人間として、あなたも私もちゃんと状況だけは監視しておかないといけないわ」

「そうですね」クリスも負けてはいない。こうなったら議論を委員会に持ち込むしかない。委員会に持ち込むことさえできればこんな話、永遠に葬り去ることができる。どうやって持ち込んだらいいのか、クリスは考え始めた。「でも、どうやって監視したらいいと？」

「三年前、ビジネススクールで卒業生を対象にアンケート調査をしたわよね。そしてその調査結果を、入学者を増やすためのPRに使った」

「あれは、私が始めたんです」クリスは誇らしげに言った。「非常にうまくいきました。確かにおっしゃるとおり、もう一度アンケート調査をするという手はあると思います。いや、毎年やるべきかもしれません。毎年やればどういう状況なのか、もっと正確に把握できるはずです。私が委員会を招集してやります。すぐに始めます」

B・Jは穏やかな笑顔を見せた。クリスもよき協力者を装うのに必死だ。

「クリス、委員会をやっている時間などはないわ」クリスが反論を試みる前に、B・Jは後ろのデスクに向かった。「これが新しい調査の結果よ。あなたも興味があると思うわ。でも、事態は深刻よ。この結果を見てもらえれば、終身在職の新規承認は完全凍結すべきだという私の意見にあなたも納得するはずよ」

「そうですか。それでは目を通して分析する時間を少しください。話は、そのあとでもいいですか」

「そうね。そうしましょう……。ところで、紅茶のおかわりは？」

6

教室に入るとまだ騒々しく、席に着いていない者も何人かいたが、机の上には宿題のレポートがすでに高く積まれていた。私はきちんとこれらの端を揃えると、軽く目を通し、いちばんきれいにまとめられているものを選び出した。「フレッド・ロメロ」私は、大きな声で名前を呼び上げた。教室全体が急に静まった。

「プロジェクト・タイトル『マレーシアにおける新生産施設』」私は続けた。

「ちょっと、いいですか」このレポートを書いたフレッドが言葉を挟んだ。

「ああ、いいとも」

「このマレーシアのプロジェクトは、私が関わっているプロジェクトではありません。自分が関わっているプロジェクトは、進め方ややり方など、それなりに自分たちに考えがあってやっていることなので、ここではあえて他人のプロジェクトを選びました」

「なるほど、客観的に評価できるプロジェクトを選んだというわけだな。いい考えだ」そのまま、私は声に出して先を読んだ。「プロジェクトの進捗状況：マレーシア工場は八か月前に完全操業開始の予定だった。機械、設備などの設置は一部門を除き全部門ですでに完了しているが、五つある製造ラ

Critical Chain

II

象牙の塔

インのうち操業しているのはいまだに三つだけ。現在の生産高は当初目標のわずか三〇パーセント。フレッド、他に何か付け足すことは?」

「品質がまだ満足のいく基準に達していないという、クレームが出ているようです。でも、はっきりした数字はわからなかったので、レポートに書くのはやめておきました」

「そうか、わかった。先を続けよう。〝財務状況〟。ところで、君のはまとめ方がなかなかいい」

「普通だと思いますが……」そっけない反応だが、気をよくしているのはフレッドの顔を見ればわかる。

「財務状況」私は続けた。「当初の予算を一六・二パーセントオーバーし、製造ラインの操業が遅れているため、ペイバックは当初予想の三年から五年へと大幅に下方修正」

「ペイバックの意味がわからない人?」私はみんなに向かって質問した。

たぶんルースは知っているだろう。これぐらいの用語を知らないと認める者は誰もいない。だが、ここで私はあえて説明を怠らなかった。「ペイバックとは投資回収期間。つまり、投資してからこれを回収するまでの期間だ。例えば、一〇〇ドル投資するとしよう。投資してから毎年五〇ドルずつ回収する。インフレがゼロだと考えれば、ペイバックは二年ということになる。しかし、フレッドの場合は少し違う。最初に必要なお金を全部一度に投資したわけではない。少しずつ時間を置いて投資したので、計算はもう少し複雑になる。ただ新しい工場への投資で、三年でペイバックというのは悪くない。非常にいい投資と考えていい。リスクを考慮すれば、五年が限界だ」

「五年というのは会社側が出した新しい予想ですが、私の友人は五年でも楽観的すぎると言っています」フレッドが説明を加えた。「現場の人間は、最低でも七年という線で予想の修正を迫っているらしいのですが、社長自ら陣頭指揮を執って始めたプロジェクトなので、修正されるにしても、ずいぶん先の話になると思います」

なかなか面白い。フレッドのコメントに、臨場感を覚えずにはいられなかった。「公式の原因・理由……」私がレポートを読み続けようとしたところで、すぐにフレッドがまた説明を挟んだ。

「もちろん、社長にインタビューしたわけではありません。その部分は、会社がウォールストリートのアナリストに発表したプレスリリースから抜粋しました」

「そのほうがいい」私はうなずいて、レポートの先を続けた。「1：悪天候が続き工場建設が遅れた。2：予期しない納入業者側の問題によって機械・設備の導入が遅れた。3：マレーシア政府との雇用条件交渉が予想以上に長引いた。

この三つに共通したことがあるが、何だかわかるかね」私は気づいた点をすぐにみんなに質問した。最初に答えたのはテッドだった。「天気、納入業者、政府……、どれも自分ではコントロールできない問題です。向こうが悪いんです」

「当たり前のことじゃないか」フレッドはわずかばかりの苛立ちを感じた。「都合が悪くなると、いつも他人のせいにする。企業の悪い癖です。非公式の原因・理由も読んでみてください。社内でもお互い責任の押し付け合いをしています。

ところでシルバー先生、残念ながら現在のプロジェクト・リーダーはマレーシアに出張中だったので、インタビューできませんでした。ですが、あまり関係ないと思います。プロジェクトが工場建設から製造の段階に移った段階で、プロジェクト・リーダーも替わっているので。でも、前のプロジェクト・リーダーにはちゃんと話を聞いてきました。彼の下で働いていたスタッフからも数人話を聞くことができました。みんなほとんど、現在は本社に戻っています」

「プロジェクト・リーダーによる非公式の原因・理由……」私はレポートの先を続けた。「１：もともと非現実的なスケジュールを会社側に押し付けられた。２：あまり信頼できない業者でも、コスト優先で使わざるを得なかった。３：再三の指摘にもかかわらず、現地工場での従業員の採用、トレーニング開始が遅すぎた」

「ところで」フレッドが説明を付け足した。「いまの三つ目の理由ですが、従業員の採用が遅かったのは機械や設備の導入が遅れたからだと言う人もいました。機械がなければ、当然従業員も働くことができません。何もしないのに従業員を雇って給料を払うことはできないからだということでした」

　私はフレッドの適切な説明に感謝し、さらに先を続けた。「プロジェクト・リーダーの下で働くスタッフによる非公式の原因・理由。１：業者の進捗状況レポートを信頼しすぎた（非常に不正確なレポートであったことがあとになって判明）」私は説明を求めるべくフレッドに視線を送った。

「工場で使う機械の製作状況については、ちゃんと業者からレポートが上がっていたんですが、いざ実際に現地に行って調べてみたら、まだ作業に取りかかったばかりだったなんて話がざらだったんです。それから、極端なケースでは、使っていた業者が他の会社から大きな注文を受けて、こちらのオーダーを三か月近く放っておいたなんてこともありました」

「なるほど」私は相槌を打ってまた先を続けた。「２：現地マレーシア建築業者に対する管理・監督が甘すぎた。3：プロジェクト・スタッフは、負担が大きく、緊急の問題が発生するたびに、次から次へと仕事を移動させせられた。4：作業調整のための無駄な会議が多すぎ、実際の作業の妨げになった」

「最後の二つの理由ですが、意味がわからなかった人はいますか」フレッドがみんなに向かって訊ねた。

教室のあちらこちらで、首を横に振る顔が見られた。

「フレッドのレポートを聞いて、自分にも当てはまることがあると思った人？」私は、教室全体を見回しながら訊ねた。

みんながうなずくのを確認しながら、私は言葉を続けた。「それではこのレポートを参考に、プロジェクトとは何か、考えをまとめてみましょう。何か意見のある人は？」

「さっきも言いましたが」テッドがすぐに手を挙げた。「問題の原因ですが、すべてに共通している点があります。すべて、他人のせいだということです。みんなで責任の押し付け合いをやっています」

「それだけではありません」マークがはっきりと言った。「共通した傾向が見られます。下のほうの人間になればなるほど、社外ではなく社内で責任の押し付け合いをしています。私のレポートでも同じです」

「なるほど。他にも、自分のレポートで同じような傾向が見られた人は？」みんなに、私は訊ねた。

ほぼ全員がうなずくのを確認してから、私は質問を続けた。「それでは、どちらの理由を優先して考慮すべきだと思いますか。全体的な視点から見ているトップ・マネジャーの言う理由か、それとも現場の作業に詳しい下級マネジャーの言う理由か」

生徒からいくつか意見は挙がったが、何の結論にも結びつかず、議論が行き詰まりを見せ始めた時だった。「ひとつだけ、はっきりしていることがあります」テッドが手を挙げた。「下級マネジャーの説明は無視できないということです。もしそうなら、少なくとも問題の多くは社内に責任の所在を求めることができるということでは?」

みんなが肯定すると、テッドは発言を続けた。「ということは、つまり、社内努力でもっとプロジェクトをうまくマネジメントできたはずだということになります」

「どうやって?」ルースがすぐさま訊ねた。わからない時、恥ずかしがらずに質問できるのがルースだ。

「どうやって? どういう意味だい」今度はチャーリーだ。彼は、ルースの質問に苛立ちを感じた。

「彼らの言い分を聞いて、それを直せばいいだけだよ」

「そんなことはわかってるわ。でも、具体的にどうやって?」落ち着いた口調でルースが答えた。

プロジェクト・リーダーの下で働いていたスタッフが挙げた理由に、私は再度目を通した。なるほど、ルースの観察力は大したものだ。彼女には事実を冷静に観察できる稀な能力がある。先ほどの彼女の〝素朴な〟質問は、そのためだ。みんなは手元にレポートがあるわけではないので、私はルースの質問の意味をみんなに説明した。

「業者の管理・監督が不十分だったというのが、彼らの言い分だが、同時に仕事が多すぎて問題に対処する時間がほとんどなかったとも言っている」

しかし、テッドも簡単には引き下がらない。「それなら、人を増やしてプロジェクトの管理・監督を強化すればいいのでは？」

「人が増えるということは、作業調整のための時間と努力も増えるということだ」私は、テッドの意見の弱点を指摘した。「人が倍になれば、調整努力は四倍必要になる。いまでも作業調整のために無駄な会議が多すぎるとクレームが出ているんだ」

「もっと効率的に仕事するしかないですね」テッドが無理やり結論づけた。

「どうやって」ルースがまた迫った。

「それを学ぶために、ここにいるんじゃないか」テッドは、そう言って私にボールを投げた。

「ありがとう、テッド。ということは、下級マネジャーが挙げた理由から判断する限り、プロジェクトをマネジメントするもっといい方法を見つけないといけない。そういう結論にたどり着く。疑う余地はない。だけど、トップ・マネジャーが挙げた理由はどうだろうか。彼らの言い分も無視するわけにはいかないいんじゃないのかな」

全員うなずいた。

「すみませんが、会社側の公式な理由をもう一度読んでくれませんか」教室の後ろのほうから声があった。

「ああ、いいとも。１：悪天候が続き工場建設が遅れた。２：予期しない納入業者側の問題によって機械・設備の導入が遅れた。３：マレーシア政府との雇用条件交渉が予想以上に長引いた。何か共通点があるかね」

「はい」最初に手を挙げたのは、またテッドだった。「不確実性です」

「不確実性？　もう少し詳しく説明してくれないか」

「悪天候が続いた、予期しない問題が納入業者側に起きた、予想以上に交渉に時間がかかった。どれも不確実性です。つまり、プロジェクトの開始時点ではどれも予想が困難なものばかりです」

「だから、重要じゃないと？」

「いいえ。不確実性こそがプロジェクトの本質です。それがプロジェクトというものです」

「もしプロジェクトがそういうものなら、プロジェクトに関わったすべての人が挙げた理由の中に潜在する不確実性要因を見つけなければいけない。トップ・マネジャーが挙げた理由だけじゃない」

「そういうことになりますね」ルースが静かな声で言った。

私たちは再度、フレッドのレポートを吟味した。ルースの言うとおりだ。プロジェクト・リーダーの言い分にはすべて不確実性が絡んでいる。まずは、非現実的なスケジュール。不確実性を考慮すれば非現実的と言わざるを得ない。次に、業者の選定。業者の選定は信頼性よりコストが優先された。つまり、不確実性への対応能力が選定基準とはされなかった。また、必要な機械設備がいつから使えるようになるのか不確実だった。そのため従業員の採用が遅れた。

続いて、私たちはプロジェクト・リーダーの部下のスタッフの言い分を分析した。まずは、業者の進捗状況レポートを信頼しすぎたという点だ。みんなからは不確実性とは関係ないなどといった意見が最初続いたが、これは予想外の反応だった。しかし、しばらくの討論のあと、まずは業者が故意にプロジェクトを遅らせることなどないという点でみんなの意見が一致した。業者への支払いの多くは、通常、仕事が完了してから行われるからだ。では、どうして遅れたのか。フレッドの会社と同様、業者も不確実要因を抱えているからだ。次に、みんなの意見が一致したのは、多くの問題が不確実要因を直接的、間接的に持っているという点だ。これらの問題が発生し、遅れが生じた場合は、作業を調整するための継続的な努力が必要になる。

「話をまとめてみよう」私はクラス全体を見回した。「社内でも責任の押し付け合いをしている。問題が社内に存在するのなら、プロジェクトをもっとうまくマネジメントしなければいけないという点だ。

次は、プロジェクトに存在するのなら、自分たちで何とかできるはずで、まだ救われる可能性がある。

プロジェクトには不確実要因が潜在していて、これがいわゆるミス・マネジメントの大きな原因になっている」

「つまり、誰も何もできない」いきなりチャーリーが結論づけた。「不確実性が多く存在しているのに、確実性を無理やり押し付けることはできません」

実は私もこの夏、これと同じことでずっと頭を悩ましていた。プロジェクトがうまくいかないのは不可抗力で何もできないのか。潜在する不確実要因が原因なのか。自分たちでできることは、果たしてあるのだろうか。

最初はまるで大きな岩の壁にぶち当たったように感じられた。U－2のことを知ることがなければ、私もきっと諦めていたに違いない。

さて、ここからだ。ここからクラスの討論をうまくリードしなければいけない。

「プロジェクトに関わっている人なら誰でも、プロジェクトに多くの不確実性が潜在していることはわかっているはずだ。別に、私たちが発見したことでも何でもない。それならどうしてプロジェクトを計画する段階で、予想にその不確実要因がうまく組み込まれていないのか」

「できないからです」すぐにマークが答えた。

「できない？　どういう意味だね。誰かが邪魔しているとでも？」

「トップ・マネジメントです。例えば、私のプロジェクトですが、もともとの見積もり時間は完成まで三〇か月でした。でもこれを会社側は時間がかかりすぎると言って、万が一のためのセーフティー（時間的余裕）部分を全部削られてしまったんです。私の上司は二年以内で完了することを約束させられましたが、とても無理な話です」

「なるほど。君たちの予想では三〇か月必要だったが、トップ・マネジメントがこれを無理やり二四か月にまで短くした。その差は二〇パーセントか。マーク、ひとつ質問していいかな。不確実要因を考慮したうえで、セーフティーは本当に二〇パーセントで足りると思ったのかい」

「いいえ。しかし、どうすることもできません。会社のトップは、それすら認めてくれないのですから」

「そうだろうか。どうやら、私は君と意見が違うらしい。たぶん、君が話しているセーフティーと私の考えているセーフティーの意味が少し違うからだと思う。君が言っているセーフティーは、プロジェクト全体に対して加えられるセーフティーのことだと思う。私が言っているセーフティーはそうじゃない。プロジェクトの各ステップ、各段階ごとに足されるセーフティーだ」

みんなの表情から判断する限り、もう少し説明が必要のようだ。「もう少しゆっくり説明してみよう。普通、プロジェクトでは各ステップごとにどの程度時間がかかるのか予想を立てる。それぞれのステップの開始から終了までの見積もり時間だ。マーク、プロジェクトの期間を見積もる時、各ステップにはどの程度のセーフティーを組み込むかな」

「ゼロです。セーフティーなどありません。現実的な見積もりを立てるだけです。できるだけ正確に予想します」テッドの声には自信がみなぎっていた。自分が正しいと信じ切っているようだ。そうなると、こちらもそれ相応の対応が必要だ。もっと突っ込んで説明をしないといけないらしい。

「確率分布という言葉は、みんな聞いたことがあると思う」そう切り出して、私は説明を始めた。とは言っても、統計学が大好きだなどという生徒は誰もいないだろう。そこで私は要点をできる限り簡単に段階を追って説明していくことにした。「射撃の名手がいるとしよう。バランスのとれたい銃で標的を狙っている。見事、標的のど真ん中を撃ち抜く確率はどのくらいあると思う?」

そう言いながら、私はボードにガウス分布のグラフを描き始めた。

「このグラフはみんな、何度か見たことがあると思う」そう確認したうえで、私は説明を続けた。

「射撃の名手が標的を完全に外す確率は非常に少ない。しかし、その標的のど真ん中を撃ち抜く確率はと言えば、これも一〇〇パーセントではない。だけど、標的のどこか他の特定の部分に当たる確率よりは高い。これがその確率分布だ」

そう言って、私はさらに縦に細長い曲線をもう一本描いた。

「もうひとつ別の例を考えてみよう。この大学から君たちの家まではクルマでどのくらい時間がかかるかな。ブライアン、どうだい」

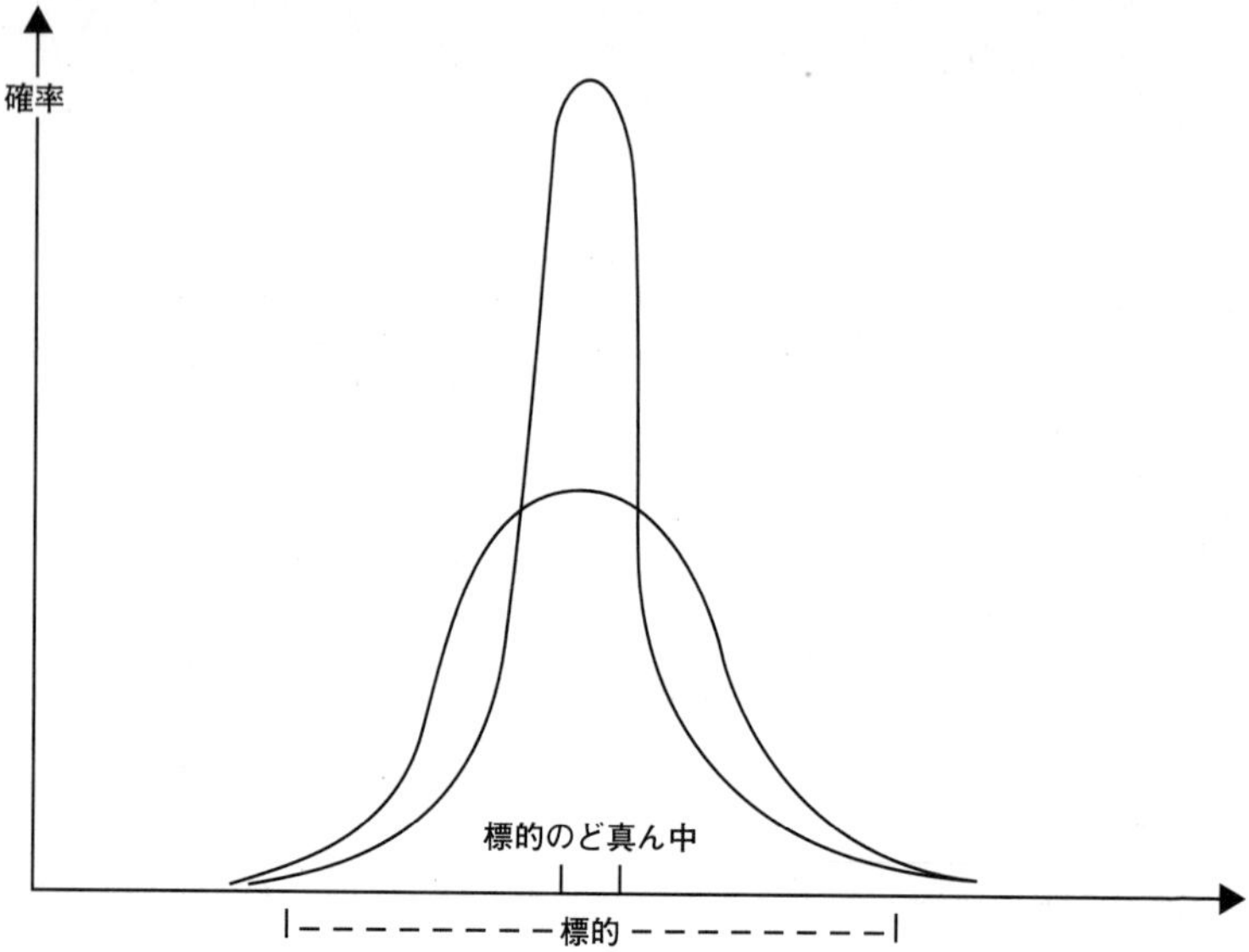

「約二五分くらいです」彼は即答したが、質問の意図はわかっていないようだ。

「『約』とは、どういう意味だね」

「『約』とは、『約』です。三〇分かかる時もあれば、二五分かからないで着く時もあります。道路の混み具合によります。夜遅い時間だったら、レーダー探知機もあるので、一〇分以内で行けるかもしれません。逆に渋滞がひどい時だったら、一時間以上かかる場合もあります」ブライアンは、私の説明の意図がわかってきたのか、そのまま説明を続けた。「タイヤがパンクすれば、もっと時間がかかります。一緒に乗っている友人にバーに寄って行こうと誘われれば、さらにもっと時間がかかるかもしれません」

「そのとおり」そう言いながら、私はその確率分布をグラフに表した。五分で着く確率はゼロ、いちばん確率が高いのは二五分。しかし、三時間でも確率はゼロにならない。

「マーク、もしプロジェクトの各ステップの時間を

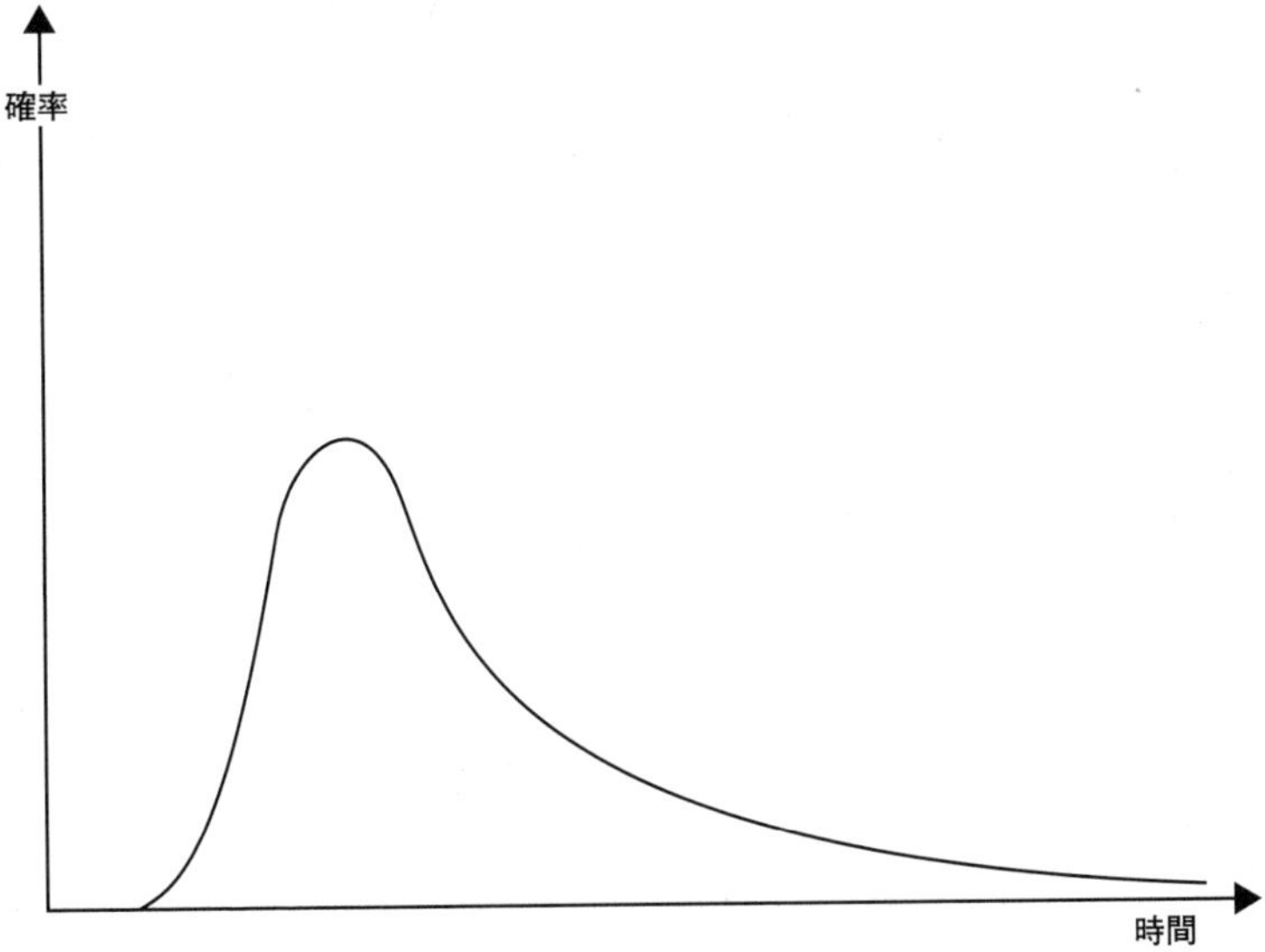

見積もるとしたら、この二つの確率分布のどちらに近い形になると思うかね」

「二番目のほうです」ニヤッとしながらマークが言葉を続けた。「バーに立ち寄るのが好きなブライアンのグラフのような分布になると思います」

「不確実性が高ければ高いほど、この尾の部分は長くなる」そう説明を加えた後、私はグラフに一本の線を描き入れた。「これが分布の中央値だ。この時間までに家に着く可能性は五〇パーセントという意味だ」

ここで私は一呼吸置いて、みんなが私の説明をきちんと理解しているのか、その消化具合をうかがったうえで、あらためてマークに向かって言った。

「マーク、ブライアンの見積もりは中央値に近かったんだが、君たちの場合はどうかね。プロジェクトの各ステップに必要な時間を見積もる場合、どういう見積もりを立てるかね。前に来て、ブライアンのこの確率分布のグラフの上にもう一本グラフを描い

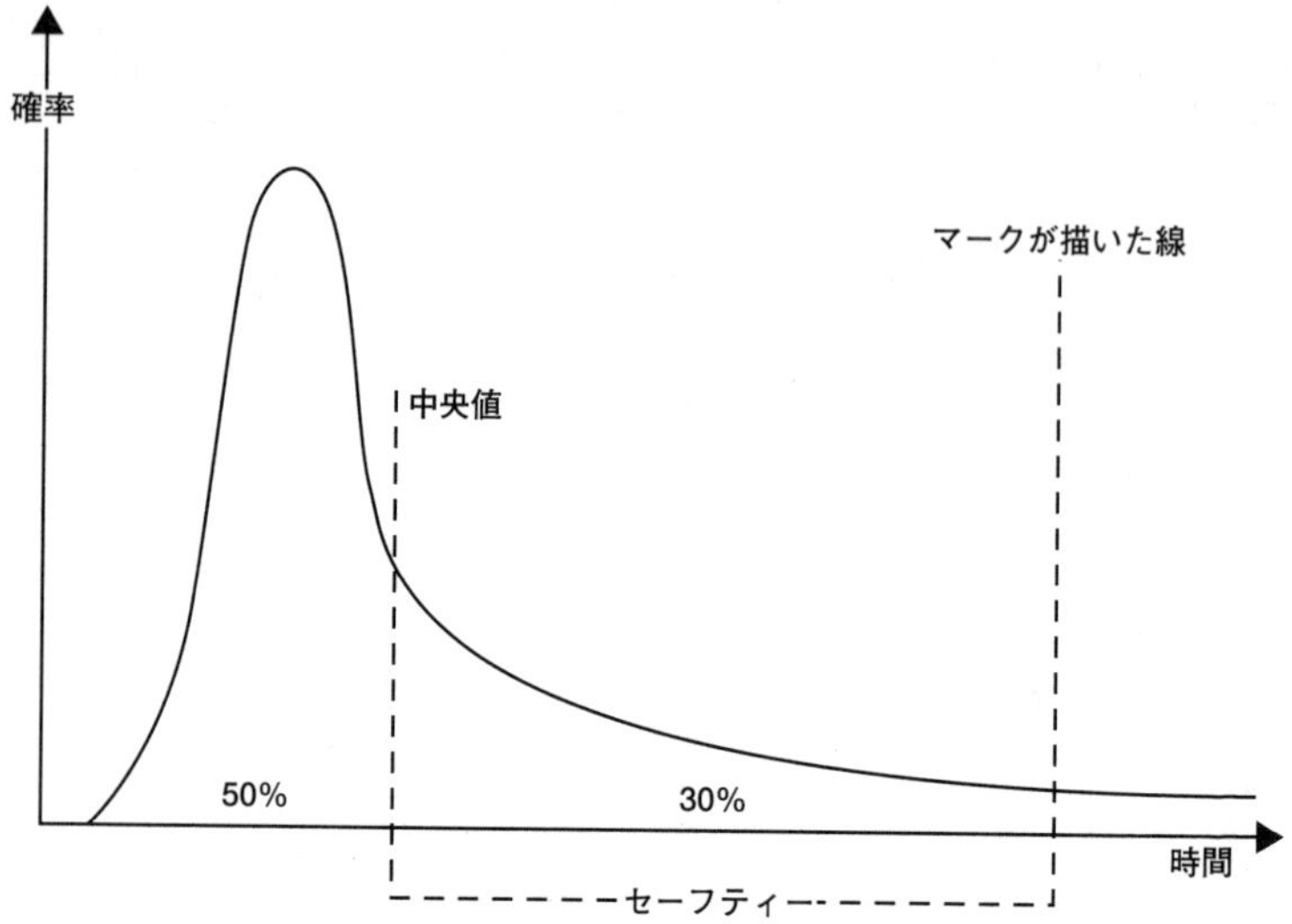

てくれないか」

マークが前に出て来るまで、しばらく時間がかかった。私がマーカーを手渡すと、彼はためらうことなく、一気に縦に線を一本描いた。それも分布曲線のずっと右端のほうだ。

「どうして中央値でないんだね」私は訊ねた。

「マーフィーが、存在するからです」彼は笑った。

「マーフィー？　予期しない問題のことかね。それだったら、ブライアンの場合にもいるはずだと思うんだが」

「ええ、プロジェクト経験が浅い人なら中央値を選んでも仕方ありませんが、そんなことは自殺行為です」

「なるほど、そうかもしれない。プロジェクトを期限より早く終わらせようなどというインセンティブは、通常ではほとんど起こらない。逆に期限まで終わらすことのできない場合の言い訳はいくらでもある。そういう状況なら、期日までに終わらせることのできない可能性が五〇パーセントもある中央値を選んでわざわざ危険を冒す人はほとんどいない。マークの言うとおりだ。それでは、期限まで終わらせることのできる確率が何パーセントだったら安心できるかね」

「最低でも八〇パーセントは必要です。できれば、九〇パーセント欲しいところですが」

マークが挙げた数字に異論を唱える者は誰もいない。

「マーク、どうして見積もりを確率分布の右端のほうへ置いたかはわかった。八〇パーセントから九〇パーセントあたりだな」

「はい」

私は視線をクラス全体に移した。「確率分布の中央値と実際の見積もりとの間のこの部分がセーフティー、つまり安全余裕時間だ。これを加味する」そう言ってから、私はみんなにしばらく考える時間を与えた。

そして、またマークのほうを見て言った。「つまり、君の見積もりには不確実要因、君の言葉を借りればマーフィーだが、それから身を守るためにセーフティーを組み込むということかね」

「そういうことだと思います」

「しかし、君が妥当だと考える見積もりと中央値を比べると、セーフティー部分は二〇パーセントどころじゃなさそうだが」

「そうですね、二〇〇パーセント近くあると思います」マークが認めた。

「グラフを見てくれ」クラス全体に向かって私は言った。「確率が五〇パーセントの時は、八〇パーセントの時に比べてずっと時間が短い。忘れてはいけないのは、不確実性が大きければ大きいほど、この差が大きくなるということだ」

「ということは、セーフティー部分が二〇〇パーセントか、それ以上あっても別に異常ではない。普通だということですね」ルースが考えながら言った。

「たいていは、八〇パーセント以上の範囲で見積もりを立てるものだ。仕事が命のようなエンジニアは別かもしれないがね。つまり、プロジェクトを構成する一つひとつのステップには、実はセーフティーがたくさん組み込まれているということだ。わかってきたかな。普段、私たちがどれだけのセーフティーを組み込んでいるのか」

私の説明を呑み込むかのようにクラス全員がうなずいた。マークは、ボードに描かれた確率分布を肩越しに眺めながら自分の席に向かった。途中、彼は二度ほど通路脇に座る生徒の足につまずいたが、大丈夫なことを確認してから私は話をまとめに入った。

「結論だが、すべてのプロジェクトには不確実要因が存在しており、これが多くの問題の根本的な原因になっている。そのことはみんな、わかっている。だからこそプロジェクトの計画にあたってはセーフティーをたくさん組み込む。さて、このセーフティーだが、もう少しみんなで深く考えてみたいと思う。いいだろうか」

全員一致で賛成だ。

「よし。それでは、今日の宿題だ。各自会社に戻って、自分が選んだプロジェクトからそれを構成するステップを任意に最低三つ選んでほしい。次に、それぞれのステップの時間がどのように見積もられたのかを調べてほしい。プロジェクト・リーダーに聞くだけではダメだ。実際に、誰が見積もりを立てたのかをちゃんと調べて、出所から話を聞いてきてほしい」

私の指示に、テッドが難しい表情を浮かべながら手を挙げた。

「なんだね」

「そう簡単にはいきません」

「どうしてだね」

テッドが返答に詰まって言葉を探しあぐねていると、横からチャーリーが援護した。「ひとつのステップでも、たくさんの作業から構成されていることが多いからです。関わっている人間も大勢います」

「ステップひとつの時間を見積もるのにも複数の人間が関わっています」ブライアンが続いた。

「ということは、少しばかりたいへんな作業になるな」私は皮肉交じりに言った。

「少しばかり?」テッドが私の言葉をなぞった。「とんでもない。ものすごくたいへんな作業になります」

「それに、ほとんど資料が残っていません」ブライアンが続けた。「どうやって見積もりを立てたかなんて、覚えているかどうか」

「そうか。それでは、とりあえずできるところまでやってみてください」私は努めて冷静な口調で答えた。「ただし、忘れないでほしい。プロジェクトを計画する際に組み込まれるこのセーフティーについては、もっと理解を深めることが不可欠だという結論に君たちも賛成したんだ。図書館や本屋を探しても、ちゃんと説明してくれるような資料がほとんどないことだけは保証しよう。理解を深めるには、自分たちでデータや資料を調べるしかない。他に方法はありません」

「無理です」テッドが大きなため息を漏らした。「次の授業までには難しいと思います」

私もそう簡単には譲るわけにはいかなかったが、クラス全員を相手に回しては分が悪い。困った。予定していた授業スケジュールどおりにいかなくなる。しかし考えてみれば、そう慌てることもない。次回の授業は、順番を入れ替えてPERT（Program Evaluation and Review Technique）とクリティカルパス（Critical Path）について話をすればいい。宿題は、その次の授業までということで妥協だ。少なくとも、全員にちゃんと調べてくることだけは約束させることができたのだから善しとしよう。


マーク、ルース、フレッドの三人は小さな部屋に集まって、互いのレポートを読み合っていた。最初に読み終わったのはマークだ。彼は残りの二人が終わるのをじっと黙って待った。「どう思う？」

フレッドが読み終えるのを待って、マークは訊ねた。

「授業で習ったとおりね」ルースがゆっくりと口を開いた。「みんな、過去の経験、それも特に苦い経験をもとに現実的と判断される見積もりを立てているわ」

「ああ、そうみたいだな」マークも同意見だ。「一人の例外を除いては、みんな、万が一に備えて余裕を持った見積もりを立てているようだ。シルバー先生の言うとおりかもしれない。みんな、セーフティーをたくさん組み込んでいるようだ。もしそうなら……」

そう、マークが言いかけたところで、フレッドが言葉を挟んだ。「ちょっと待ってくれ。それは、エンジニアの人間に話を聞いた印象だろう?」

「ああ、でもエンジニアだけじゃない。購買部門の連中はもっとだ。あんなコネクターを仕入れるだけで、七週間もかかるなんて信じられない」マークは憤慨している。

「ああ、確かに。だけど、見落としていることがある」そう言いながら、フレッドは黒髪をかき上げた。

マークとルースは、フレッドが言葉を続けるのを待った。

「我々が選んだステップの中にはすでに作業が完了しているものもあるけど、当初の見積もりからそう大幅に遅れてはいないじゃないか。僕が調べた四つのステップのうち、ひとつは見積もりより早く終わっている。二つは見積もりどおりに終わっている。残りのひとつは大きく遅れたけど。いずれにしても、授業で話していた二〇〇パーセントのセーフティーなんかはどこにも見当たらなかったじゃないか」

「たぶん、時間を見積もるとそれに甘んじてしまうからじゃないかしら」ルースが首をかしげた。

「どういう意味だい」マークが怪訝そうな表情を見せた。

「製造の授業で学んだこと覚えていないの」

「ルース、この宿題が出てからというもの、いやというほど新しいことを頭に詰め込まされたんだ。頼むから簡単に説明してくれないか」

「製造でも同じようなことがあったじゃない」

大きくため息をつきながら、マークがルースに言った。「頼む。ポイントを説明してくれ」

「あご髭をはやした、あの背の高い資材マネジャー覚えている?」

「スティーブかい? 君が気に入っていた奴だろ。もちろん覚えているよ。忘れようったって忘れられないさ」フレッドがルースをからかった。

「別に気に入ってたわけじゃないわ。それに彼、奥さんがちゃんといるのよ」そう言うと、ルースは話題を戻した。「出荷が遅くてクレームがたくさんあったとか、納期遵守率がひどかったって彼が言っていたじゃない。そこで、それまでクライアントに約束していた二週間で納入というのを三週間に延ばしたって。つまり、作業開始を納入三週間前から開始したわけよ」

「でも、何も変わらなかった」マークの記憶にもまだ新しい。「納期遵守率は、一向に改善しなかった」

「二週間かかると言えば、実際には二週間ちょっとかかる。そこでセーフティータイムを足して三週間に伸ばす。しかし三週間かかると言えば、三週間ちょっとかかる。つまり期間を見積もると、それに甘んじてしまって作業も遅れてしまうのよ」ルースが説明した。

「しかし、それは製造が違う生き物だからだ」フレッドが反論した。「製造では、仕掛りや部品は機械の前で処理されるのを待機するか、組立ラインの前で他の部品ができあがってくるのを待っている時間がほとんどだ。リードタイムのほとんどは、実際には製造に使われていない。ウェイトタイムやキュータイムがほとんどだ。しかし、プロジェクトの場合は違う」

「もしシルバー先生の言うとおり、プロジェクトの各ステップにそんなにたくさんセーフティーが組み込まれているとしたら？　どういう意味になるのかしら。プロジェクトでもリードタイムのほとんどは、ウェイトタイムやキュータイムということになるわ」

「ルース、フレッド、まあ二人とも落ち着けよ。もう少しじっくり考えてみよう」

それから三〇分ほど三人で議論を戦わせたが、結局、何の結論も導き出せなかった。

「結論は……」マークは何とかこの論議に終止符を打ちたいようだ。「先生の言うとおりだと思う。たぶんこの方法で間違いはないと思う。しかし、いざ実践的な行動に移すとなるとまだ不十分だな」

「いや、違う」突然フレッドが異論を唱えた。「セーフティーがたくさんあることが実証できたとは思わない」

また熱い論議が交わされようとした時、マークが妥協案を提示した。「そうか、それじゃもっとデータを集めてみよう」

この提案にルースは反対した。「何のために？　データをもっと集めても仕方ないわ。何の役にも立たないわ。それよりもっと話し合って、考えてみては」

「いいだろう」マークが笑顔を見せた。「じゃ、君はもっと考えてくれ。我々はもっとデータを集める」

「集めたデータに変な細工でもして、実はセーフティーなんか組み込まれていないなんて言ったら、絶対に許さないわよ」ルースが二人に警告した。

「おいおい、怖いな。君のほうが絶対に正しくないといけないのかい。それともスティーブのことで、冷やかしたから怒っているのかい」フレッドが遠慮がちに訊ねた。

「スティーブは関係ないわ。もっとちゃんとした理由があるのよ。セーフティーはたくさん組み込まれているはずよ。組み込まれていなければいけないの。でなければ、株がもらえるチャンスが遠のいてしまうわ。一万株よ。私は絶対に欲しいわ」

「僕もだ」フレッドも笑顔を見せた。「まあ、みんなに寝るのを忘れて一生懸命がんばってもらえれば、いずれ手に入るさ」

「それはどうかしら。エゴの塊のようなエンジニアを相手にしたら、そんなことうまくいくはずないわ」

「まあ何とか、方法は見つけるさ」そう言ったものの、フレッドにも確たる自信はうかがえない。

「きっと、シルバー先生の言うとおりよ。セーフティーはきっとたくさんあるはずなのよ」ルースは確信している。

マークは、どちらの考えにもつかない。「副社長に報告しておいたほうがいいかな。突破口らしきものが見えてきたと」

「まだ、早すぎるわ」ルースが反対した。

「そう、まだ早すぎる」フレッドも断固反対のようだ。

7

クリス・ペイジが部屋へ招き入れられると、Ｂ・Ｊはデスクの後ろで構えていた。クリスは黙ったまま、彼女からのメモを机の上に置き、椅子に腰を下ろした。

Ｂ・Ｊはメモを手に取り、目を通すふりをして、おもむろに口を開いた。「それで？」

「まったく納得できません」クリスは言い放った。

「どうしてなの。予想をもとにした予算よ。もともとの予想は、学生の登録数が三〇〇人以上多く見積もられていたのよ」Ｂ・Ｊも断固たる口調だ。「実際の数に応じて、予算が削られても仕方のないことじゃないの」

「ビジネススクールは、そうはいかないんです」込み上げるものを必死に抑えながら、クリスは答えた。「そこら辺のスーパーマーケットとは違うんです。数が増えた減ったといって、そう簡単に予算を上げ下げしてもらっては困るんです。こちらは長期的な戦略があって動いているんですから」

「長期的な戦略って、どんな？」Ｂ・Ｊが柔らかな口調で訊ねた。

その質問に、クリスは言葉を詰まらせた。戦略など何もない。毎年一五パーセントずつ予算を増やしていくのが戦略だというのであれば、話は別だが。クリスにとって、ここでビジネススクールの将来についてB・Jと論議を交わすのは得策ではない。

「クリス、ビジネススクールも実際の学生数に応じて予算を削ってもらわないと困るわ」B・Jは繰り返した。

「非現実的です。そんなことはあなたもわかっているはずです」クリスの声には苛立ちが隠せなかった。「一クラス当たりの学生数が少し減ったところで、こちらのコストは減りません」

「だったら、クラスの数を減らせばいいわ」

「いまさら遅すぎます」クリスが言い切った。

「そうかしら、そんなことはないわ」彼女も譲らない。「この二年間で、選択科目のクラスを五割以上も増やしたじゃない。来年まで待つ必要なんかないわ。次の学期で減らせばいいのよ」

「簡単におっしゃいますが、実際に減らすとなるといろいろたいへんなんです」クリスが反論した。

彼の言葉を無視してB・Jは続けた。「必須科目だって、そうだわ。同じ授業が二つも三つもあるじゃない。一緒にすれば減らすことができるわ。そうすれば教えるほうの数だって少なくて済むじゃない」

二〇分後、完敗したクリスがB・Jの部屋から退散していった。勝ったとはいえ、B・Jも決していい気分ではない。まだ、戦いにひとつ勝ったにすぎない。ビジネススクールでは終身在職に推薦された教授連中の審査をいまも行っているし、校舎をもう一棟建てるといって活発に寄付も募っている。ただ、B・Jが睨みを利かせれば阻止することはできる。そんなことは、彼女も承知している。

B・Jは考えを決めた。インターホンを押し「バーナード・ゴールドスミス氏に電話して」と秘書に告げた。

バーナードが空港へＢ・Ｊを出迎えに来ていた。駐車場のクルマまで来るとＢ・Ｊが「行き先は決めないで、少しドライブしましょう」と提案した。

その提案にバーナードも驚いた様子はない。前にも経験がある。クルマの中は、誰にも邪魔されず落ち着いて話のできる数少ない場所だ。

二分後、クルマはフリーウェイを郊外に向かって走っていた。道はすいている。

「バーナード、どうしていいのかわからないの」囁くような声でＢ・Ｊが言った。

バーナードは、Ｂ・Ｊと知り合って久しい。彼女は頭も切れるし、強い女性だ。人の助けなどなくても、ちゃんと自分で問題をはっきり説明できることはバーナードもわかっている。しかし、Ｂ・Ｊはしばらく口を閉じたままだった。バーナードにも話しかけない。彼女は答えを探しにバーナードのところへやって来たのだ。バーナードも黙ったまま待った。しばらくして、ようやくＢ・Ｊが口を開いた。

「ワシントンでの会話の内容を覚えているかしら」

「ビジネススクールへの入学希望者数が減っているという話かい？」

もちろん覚えている。大きなビジネススクールを抱える大学の学長だ。関心があって当然だ。いや、関心というよりは危惧と言ったほうがいいかもしれない。実はワシントンでみんなと話をする前から危惧していた。その危惧があのディナーの席での会話をきっかけに増大したのだ。しかし学長として忙しい身のため、なかなか落ち着いて考える時間もなかったが、Ｂ・Ｊから電話をもらってその危惧が蘇ってきた。

「あの時の分析は、正確ではなかったと思うわ。問題はもっと深刻よ」Ｂ・Ｊがきっぱりと言った。大学の学長として、Ｂ・Ｊには先を読む力がある。そうバーナードは考えている。それゆえに、彼女の言葉にバーナードは強い不安感を覚えた。はやる気持ちを抑えて、バーナードはＢ・Ｊの説明を待った。

「ビジネススクールの学生数がこの先次第に減っていくんじゃないかって、みんな心配してたわね」いちばん最初からＢ・Ｊが説明を始めた。「ビジネススクールのキャパシティがＭＢＡに対する市場ニーズより大きくなった、これから先も大きくなり続けるのが原因だっていう話だったわ」

「ＭＢＡを取得しても、もはやいい仕事は保証されない。そんな見方が広がったからかもしれないという話も出た」バーナードが補足した。

「ええ。あのあと、それを確かめようと思って、ちょっと大がかりな調査をしてみたの」

「調査？　よかったら拝見させてもらいたいな」

「いいわ。でもバーナード、どうやら根本的な考え方が間違っていたみたい。ロースクールでも同じように学生数が減っていて、特に意識していたわけじゃないんだけど、そこからいろいろ推測してみたの。学生数が減るっていう現象は同じなんだけど、原因が大きく異なるのよ」

一呼吸置いて、Ｂ・Ｊが説明を続けた。「ロースクールでは、需要と供給の関係は教科書で習ったとおりよ。いまは需要に対して供給が多くなっただけ」

「供給が多くなった？　それは、言い方が甘すぎるな。あんなにたくさん、誰が弁護士を雇うっていうんだい」

B・Jは、バーナードの言葉を無視して続けた。「でも、ビジネススクールは少し違うわ。市場のニーズがまだ満たされていないの。供給過多が原因なんかじゃないの」

「どうして、そんなことがわかるんだい」

「どこの企業、組織でも、優秀なマネジャーがまだまだ不足しているわ。そんなことぐらい誰でもわかっていることじゃない。あなたの大学でも、もっと優秀なマネジャーが必要なんじゃないかしら」

「ああ、クビを切れる奴がいれば、すぐにでも雇いたいね」

B・Jが笑ってみせた。「バーナード、あなたって本当にいい人ね。あなたとは意見が合うわ」

「〝君も〟と言いたいところだが、それは答えを聞かせてもらってからにしよう」

「答え？　何の答え？」

「もし供給が需要を超えていないんだったら、どうして学生数が減っているかだよ」

B・Jの顔に、再び緊張感が走った。「供給が需要を超えていないなんて言っていないわ。市場のニーズをまだまだ満たしていないって言ったの」

「おい、おい、そんな揚げ足取りはやめてくれよ。私は、ただの学長にすぎないんだ」バーナードが冗談めかした。

「バーナード、私たち、いつになったら目を覚ますのかしら」静かな声でB・Jが言った。

「さあ？　君に覚まさせてもらおうかな」皮肉交じりにバーナードが答えた。

B・Jは虚しさを感じて、口をつぐんだ。こんなにはっきりしている。それなのに、バーナードでさえ、現実に向き合おうとしない。そんな彼に無理強いをしても仕方がない。

なだめるように、バーナードがB・Jの手をさすった。「頼むよ」彼の声からは純粋な好奇心しかうかがえなかった。無理もない。そう簡単に呑み込める話ではない。B・J自身、納得するまではずいぶんと時間がかかった。

気の抜けたような声で、B・Jがまた説明を始めた。「ロースクールに、学生は卒業証書だけが目当てで大学に通っているわけじゃないわ。知識よ。弁護士になるために、なくてはならない知識を得るために大学に来るの。勉強もせずに、いい弁護士になれると思う人がいる？」

「いい弁護士になるには、死ぬしかないなんて言っている奴もいる」B・Jを元気づけようと、バーナードがジョークを飛ばした。「でも、君が言わんとしていることはわかる。MBAを取らなければいいマネジャーになんか絶対なれない、などと言う人はあまりいないっていうことだな。君も私もMBAを持っていないが、ともに大きな組織を動かしている」

「ここ数週間、ビジネススクールで学んだことがどれだけ実践で役に立っているか、機会があるたびにいろいろな会社のマネジャーに聞いてみたの。結果は散々よ。役に立たないというのが大方の見方だったわ」

「少しばかり誇張していないかい」

普段そんなコメントをB・Jを相手に言おうものなら、彼女の憤りを買うだけだ。バーナードもそんなコメントをB・J相手には使うことすら考えない。

「ＭＢＡを取ったばかりの若い連中には、もうまったく興味がないと言っていた人もいたわ。それからＭＢＡを取ってもしょうがないと、若い社員に悪評を立てている人もいたわ」

Ｂ・Ｊの説明を聞きながら、バーナードはそれを自分の経験になぞらえてみた。同じだ。「つまり、私たちは砂上の楼閣を築いているようなものだと君は言いたいんだな」

「いい、バーナード。ビジネススクールはやるべき仕事をやっていないの。市場はそのことにとっくに気がついているのよ」

二人は、無言のままクルマを走らせた。しばらくしてバーナードが口を開いた。「しかし、Ｂ・Ｊ、やっぱりそんなことは……。もし君の言うとおりなら、誰もビジネススクールに来ないはずじゃないか。何万ドルも払って人生の貴重な時間を犠牲にして来てるんだ。それなのに、私たちは仕事をしていない、価値のあるものを何も提供していないと言うのかい。もしそうならいま頃、石を投げられているよ。やっぱり、Ｂ・Ｊ、君の言っていることは少し違うと思うな」

「違う？　バーナード、どうしたの。何を言っているの。自分が間違っているって私に言わせたいの？　ヒステリックな女が馬鹿なことを言っているって思いたいだけじゃないの？　でも、何のために。そんなことしたって事実は変わらないわ」

彼女の熱意がようやくバーナードに届いた。もはや単なる心配ごと、議題として軽く扱うことはできない。彼女が正しいことはバーナードもうわかっている。彼の知り合いでＭＢＡが重要だと考えている者はほとんど誰もいない。バーナード自身、部下を雇う時に、ＭＢＡを持っているかどうかなどは、もはや問わない。しかし……。

「Ｂ・Ｊ、これだけ答えてくれないか。どうすれば、ビジネススクールを救えると？」

「尊敬ね。ＭＢＡに対する尊敬の念というか信頼よ」生気のない声でＢ・Ｊが答えた。

これにはバーナードも同感だ。それがどういうことを意味するのか、彼の頭の中でさまざまな考えが駆け巡った。「企業がＭＢＡという学位に対する尊敬の念を失ったら、それこそ一大事だ。そんなことにでもなったら、果たしてビジネススクールは生き残っていけるかどうか。Ｂ・Ｊ、何とかしないといけない。ビジネススクールを救わなければいけない。うちの大学ではビジネススクールが大学全体の半分を占めているんだ」

「何もできないわね」Ｂ・Ｊが冷めた声で言った。「経営はアートよ。それをあたかもサイエンスであるかのように教えているわ。そんなことではうまくいきようがないし、実際うまくいっていないわ。これからだって、うまくいくはずがないわ」

「そうかな。私は違うと思うよ」バーナードが異論を唱えた。「経営は、アートなんかじゃない。組織にはやり方っていうものがある。定められた方法で物ごとを行わなければいけない。そのために、ルールを決める。経営は雰囲気や勘だけでやるものじゃない。多くは、数字で測って表すことだってできる」

バーナードの言葉に、Ｂ・Ｊは考え込んだ。「あなたの言うとおりかもしれないわ」彼女は、反論する構えを見せなかった。「でも本当に、いまのような状況でも、経営は緻密なサイエンスと同じだって思っているの？」

「いや、残念ながら……もしそうなら、いま頃こんな問題で頭を悩ます必要なんかないよ」

「それじゃ、近い将来は？　近い将来、ビジネスのノウハウがサイエンスに変身する可能性は？　私は、そんな奇跡は期待できないと思っているけど、あなたはどうなの？」

バーナードの反応を待つまでもなくB・Jは続けた。「ということは、一つだけはっきりしていることがあるわね。ビジネススクールが崩壊していくのをただ手をこまねいて黙って見ていてはダメだということよ。バーナード、何とかしなければいけないわ。私たちの責任よ」

「でも、どうしたらいいと？」ほとんど聞き取れないような声でバーナードが言った。

「やれることが、ひとつだけあるわ。ビジネススクールを縮小するの。だけど、慎重にやらないといけないわ」

B・Jがそう言ったあと、二人は口を閉じ、クルマは五キロほど進んだ。それがどういう意味なのか、バーナードはじっと考えた。B・Jも同じだ。

「B・J、君には感謝しないといけない。だが、私の目を開かせるためだけにわざわざここまで来たわけじゃないと思うが。何か他に問題があるのでは？　どんな問題なんだい」

「バーナード、実はまだよくわからないの。大学を大きくしようとがんばって、学長にまでなったわ。若者や、若者だけじゃないわ、彼らが成長することのできる場所を作るためよ。それをいまは縮小しなければいけない。それしか方法はない。でもその準備が、まだ私にはできていないの」

「気持ちはわかる」静かにバーナードがうなずいた。「だけどB・J、これは無視できない。無視し続ければどうなるか、君も私もわかっている。ビジネススクールは崩壊してしまう。いますぐにでも縮小に着手しなければ、傷は深くなるばかりだ。それだけじゃない。ビジネススクールだけでなく他の学部にまで影響が及ぶ可能性がある。私たちは何百人、いや何千人もの人々に対して責任を負っているんだ」

「わかっているわ。そんなことわかっているわ。だけど、私にはできないわ。終身在職教授の新規承認をしばらく凍結しようとしたけど、それすらできないの。今年は新たに八人、終身在職に推薦されているわ。彼らのファイルを見たの。別に大したことは書いていないんだけど、彼らが終身在職を認められるために、どれだけがんばってきたかはわかったわ。何年もの間、大きな犠牲を払ってきたのよ。彼らの家族の姿が頭に浮かんだわ。もし終身在職を認められなかったら、彼らの生活がどうなるのか……。

誤解しないでほしいの。仕事のできない人のクビを切るぐらいのことは、もちろん何とも思わないわ。でも、彼らは違うの。終身在職を認められるに値する人たちなの。優秀で勤勉な人たちばかりよ」

「オムレツを作るには卵を割らないといけない。つまり、目的を達成するには犠牲を払わないといけない」バーナードが諭した。

「それじゃ、誰か別の人に卵を割ってもらうわ」彼女が顔をしかめた。「……実は、学長を辞任しようかと考えているの」

B・Jは、そんなことを軽々しく口にする人間ではない。予想外の言葉に、バーナードは驚きを隠せなかったが、あえて追及はせず、「犠牲なんかじゃない。助けてあげるんだよ」と冷静を装って言った。

バーナードの言葉に、B・Jは喉を詰まらせかけた。

「いいだろう」語気を強めてバーナードが続けた。「いますぐ引導を渡してやるんだ。彼らは若い、それに頭もいい。自分たちで自分たちなりのニッチを見つけられるはずだ。君のビジネススクールに長くいればいるほど、それだけチャンスが減るだけだ。遅くなればなるほど、他の大学に順応するのが難しくなる」

B・Jは黙ったままだ。五分ほど経ってようやく口を開くと、彼女は自分の手をバーナードの手の上に重ねた。「空港に戻ってくれないかしら。いまなら、六時の便に間に合うわ」

二人は黙ったままクルマを空港に向け走らせた。

別れ際、B・Jはバーナードの頬に軽くキスして言った。「いい友達を持って幸せだわ」

8

ドアをノックする音が聞こえた。デスクから視線を上げると、ジムが厚く束ねられたレポートを抱えて入ってくるところだった。

「すばらしい」そう言いながら、ジムは私の机にレポートをどさっと置いた。「君のこの二六ものレポートと、私がこの二年間でまとめたレポートを合わせれば、相当の数になる。これだけあればいい論文が書けそうだ」

ジムは椅子を引いて、腰を下ろした。「私の考えを少しまとめてきた」そう言って、ジムはレポートの山の中から掻き分けるように手書きの紙を一枚取り出し、私に渡した。彼の字は非常に癖がある。普通の人には難しいが、私ならたいていは読める。しかし、これは少々難しい。

「期限超過と予算超過」いちばん上のタイトルは何とか判読できた。

「リック、これまでにも同じタイトルで発表されている研究論文はたくさんあるが、私たちが今回集めたケースの場合、ほとんどははっきりとした数字が用意されていない。これは私の提案なんだが、君に必要な資料、データを集めてもらって、今回私たちが発見した事実が、これまでの研究成果を裏づける結果になったという具合にレポートをまとめたらどうだろう」

必要な資料、データの収集――なるほど、これだけで最低二日はかかる。図書館でまた単調な作業を二日やらないといけない。他にどんな作業を命じられるのだろうか。

「期限超過や予算超過がどうして起きるのか、会社側が発表した公式の理由と、現場の人間たちが説明する非公式の理由を分けて分類するというのはユニークだと思う。そこを特に強調すべきだと思うんだ。どんな具合にまとめたらいいのか、試しにいくつか項目に分けてみたんだが、他にもあれば付け足してくれ」

なるほど、これがリストか。さっそく目を通して、ジムに返した。「一緒に内容を一つひとつ確認したほうがいいと思うのですが」

リストをひととおり確認するのには二〇分ほどかかった。この山には、およそ七〇ほどのレポートがある。そんな細かい作業を一つひとつやっていたら、全部のレポートが終わるまでいったいどれだけ時間がかかるのだろうか。相当の時間が必要だ。単純な作業だが、やらないわけにはいかない。ジムの研究生にやらせることもできない。

しかし、もともとそういう約束なのだから仕方がない。授業を教えるのも、資料集めも私の仕事だ。最初の原稿を書くのも、二稿、三稿を書くのも私の仕事だ。その原稿の私の名前の前には、いつもジムの名前が来る。

そんなふうに考えるのはやめたほうがいい。もともと彼の授業だし、彼のアイデアだ。私も論文を発表しなければいけない。こんなネガティブな考えはやめて、こんな機会を与えられたことに感謝しなければいけない。

私はジムに授業の討論のなかで発見したパターンについて説明した。下級マネジャーほど、社外だけでなく、社内に非難の矛先を向ける傾向が多いという点だ。

「面白い」そう言うとジムは考え込み、しばらくしてからレポートの山を手に取ってページをめくり始めた。私は、やりかけだった仕事に目を戻した。少なくとも一〇分が過ぎた。ジムはレポートを机に置くと、考え込みながらゆっくりと部屋の中を歩き始めた。

「面白い」ようやく口を開いたかと思ったら、一五分前と同じ言葉だった。それをわざわざ彼に指摘することもあるまい。

「リック、これはなかなか面白い。今度の論文はこれを中心に話を展開したらいい。裏づけるケースもたくさん揃っている。非営利団体から一般民間企業まで全部で四四社、プロジェクトの数は全部で七八、規模は三万ドル未満のものから三億ドルまでと実に幅広い。そのほとんどに同じパターンが見られるんだ。リック、これはいい。今回の論文の核がようやく見つかった。論文のタイトルもそれに見合ったものにしないといけないな」

確かに面白いとは思うが、そこまで大騒ぎすることもないだろう。だが、ジムはプロだ。小さな論点を取り上げては立派な論文に仕上げる方法を心得ている。私が異論を唱えることもない。しかし……。

「ジム」私は戸惑いながら声をかけた。「レポートに目を通していて、気づいたことが他にもあるんですが……」そう言いながら、私はレポートの山を掻き分け、フレッドのレポートを探した。

なかなか見つからずジムの忍耐がいまにも切れそうという時に、ようやくお目当てのレポートが見つかった。

「財務状況のところを見てください」そう言いながら、私はレポートをジムに手渡した。

すばやくこれを目で捉えると、ジムは声に出して読み始めた。「えーと、『当初の予算を一六・二パーセントオーバーし、製造ラインの操業が遅れているため、ペイバックは当初予想の三年から五年へと大幅に下方修正』。よくあることじゃないか。何が言いたいのかね」

「予算が一六・二パーセントぐらいオーバーしただけで、ペイバックが半年以上長くなるはずがありません」

「だから？」

「彼らは、ペイバックの予想を三年から五年に延ばしているんです。それに、このレポートを書いたのはそのプロジェクトの監査を担当している学生なんですが、その彼によると、一部の関係者は予想をさらに七年にまで延ばすよう働きかけているそうです」

ジムは、まだ呑み込めていない。彼らしくない。忍耐強く、私は説明を続けた。「もし予算が一六・二パーセントオーバーしただけで、ペイバックがそんなに延びるはずがないのであれば、他に何か原因があるに違いありません。……プロジェクトの遅れです。プロジェクトの完成が遅れていることが原因に違いありません」

「なるほど、そのようだな」ジムは再び部屋の中を歩き始めた。「そのようだ」彼は同じ言葉を繰り返した。「つまり、ペイバックが悪化しているのはコストが増えたからだけではない、と君は言いたいのだな」

「経済的な観点から見れば、コストが増えたことよりプロジェクトの完成が遅れることのほうが影響が大きいんです」私は語気を強めた。

「このケースについて言えば、君の言うとおりだ」

「他にも六つのケースで同じような問題が見つかりました」

「それ以外には？」ジムは、さほど感心している様子でもない。

「わかりません。さっき、ジムが言ったように、多くのケースにはどのぐらい予算をオーバーしたのか、どれだけ期限に遅れているのか、はっきりとした数字が載っていません。もちろんペイバックなど載っているはずがありません」

「残念だな」そう言うと、ジムはフレッドのレポートを机の上に戻した。「面白いが、今回の論文で取り上げる必要はないな。すでに材料は十分揃っている」

「ジム、論文のことは少し忘れてください。これは重要なポイントです。授業で生徒たちに説明するに値するぐらい重要です」

「面白いかもしれないが、重要かどうかは……。どのように重要だと？」

「さっきのレポートに書かれていることなんですが、信頼できる業者よりコストの低い業者を選んでいるんです。それで、どれだけコストを節約できたと思いますか」私はなかなか諦めなかった。

「そんなこと訊かれても……、五パーセントぐらいかな。五パーセントよりずっと多いことはないだろう」

「プロジェクトの完成が遅れた理由ですが、実はコストの低い業者からの機械の納入が遅れたのがいちばん大きな原因だったんです」

「なるほど、君の言いたいことが見えてきたぞ」そう言うと、ジムはフレッドのレポートを再び手に取り、しばらくの間じっくりと目を通した。「なるほど、機械のコストは約五パーセント節約できたわけか。投資額全体からするとたぶん三パーセント以下だろう。この節約のせいで、三年でペイバックできるはずのプロジェクトが……」そう言いかけたところで、ジムは口を閉じた。

「たった三パーセント節約するために、せっかくのプロジェクトを台無しにしてしまった」私は、ジムの言葉を補った。

「リック、そう慌てるな。まあ落ち着け。自分たちで勝手に仮定をいくつも立てているが、そう簡単じゃないぞ。もっと複雑なはずだ」

ジムが何の話をしているのか、私にはわからなかった。どういう影響があったかは明白だ。企業はコストを削減することばかりに目を奪われて、重要なことを忘れている。プロジェクトの目的は、コストを減らすことではなく、お金を儲けることだということを。

声を大にして私は言った。「たった数パーセント予算を削ろうとして、ペイバックが倍に延びたのは明らかな事実です」

「ああ、それは認める。だが、そう単純じゃない。例えば、投資だが、最初に全額投資されたわけじゃないはずだ。プロジェクト期間に、何回かに分けて投資されたはずだ。同様に、利益にしても一度に全額入ってくることはない。それから金利とインフレも考慮しなければいけない。機械や設備の減価償却、それからマレーシア工場で製造される製品のライフタイムなども考えなければいけない。数学モデルを作ったら、かなり複雑になるな」ここで、私が口を開きかけたのを見て、ジムが手で制した。

椅子に腰を下ろすと、ジムは続けた。「こうしよう。複雑だからと言って、何もしないで放っておくわけにもいかない。同じ内容についてどんな研究論文が発表されているのか、何か内容的に見落としている点、隙間はないかを調べて、あればジョニーに数学モデルを作ってもらおう。彼は腕がいい。君も知っていると思う。彼がやってくれればうまくいくかもしれない。きっとうまくいくはずだ」

「それもいいのですが、でもやはり今回の論文に入れたほうがいいのでは？　せっかくたくさんケースが揃っているのですから、それを使えば、作った数学モデルをバックアップすることができます」

「いや、二つのことを一つの論文に詰め込む必要はない。もしモデルをバックアップするのにケースが必要と言うのであれば、またケースを集めればいい。私も去年卒業した生徒に電話をかけることもできるし、君も何人かもう少し生徒に訊いてみればいい。もしかしたら、データがたくさん集まって三つ目の論文も書けるかもしれない」

どうもすっきりしない。そんな気持ちが顔に表れていたのだろう。ジムが噴き出した。「おい、おい、リック。いつになったら大人になるんだよ。ひとつの論文に違うことを二つ書いてはダメだ。材料が二つあったら、それで論文を三つ、四つ書くぐらいのことをしないと」

ジムはデスクを回って近寄ると、私の背を軽く叩いた。「いつか、君も一本立ちしないといけない」そう言うと、ジムはドアに向かった。ドアを開けながら彼が訊ねた。「ところで、あんな宿題を出して、生徒からは文句が出なかったのか？」

「危ないところでした」私は笑った。

「きっといい論文が書けるぞ」そう言葉を残して、ジムは部屋を出て行った。

「……ジム、ちょっと待ってください。ジム」そう呼びかけたものの彼の耳には届かない。急いで彼のあとを追って部屋を出ると、ようやくエレベーター近くで追い着いた。彼の足早なのには驚く。ジムを呼び止め、私は前から気になっていたことを訊ねた。この間、ミリアムと話している時に聞いたことだ。

「予算カットの噂を聞きましたが」誰から聞いたか、その情報源は漏らさないように私は気をつけた。「私の終身在職の件ですが、なくなるといったことは?」

「リック、心配しなくていい」

「そう言われても、心配しないわけにはいきません。私にとっては重要なことですから。この機会を失ったら、もう次のチャンスはありませんから」

「リック、大丈夫だ。終身在職はちゃんと認められるさ。それに見合うだけのことはやってきたじゃないか。みんなそう思っているよ。委員会のメンバー一人ひとりに私が聞いて確認したことだ。それより君が心配しなければいけないのは、いちばん上の教授職への昇進だ。君はまだ書いたものが少なすぎる。だから、今度の論文は大事だぞ。さっそく作業を始めてくれよ。君の将来がかかっているんだ」

「わかりました。でも、予算カットの話は?」

「安心したまえ。いま、学長とうちの学部長との間で話し合っているところだ。いろいろ駆け引きがあるらしい。しかし、君には関係ないことだ。私が保証しよう」そう言うと、ジムはエレベーターの中に姿を消した。

9

「この中でPERTやガントチャートを知っている人」

ほとんど全員が手を挙げた。

「〝知っている〟とは、どういう意味ですか」ルースが訊ねた。

「実際に使ったことがあるかどうかだ」特に答えを用意していたわけではないので、私は思いついたまま答えていた。

「それでしたら、私は知りません」

「ルース、なにも専門家であるかどうかを聞いているわけじゃない。ガントチャートを仕事で使ったことがあるか、見たことがあるかどうか、その程度で十分だ」

「ええ、それだったら何度かあります。でも、よくわかっているわけではないので、簡単で結構ですから説明していただけませんか」

私は、クラスを見回した。みんなの顔から察する限り、そう思っているのはルースだけではなさそうだ。正直言って、これは予想していなかった。みんな、大学で基本的なことは学んでいるはずだ。実例のチャートやグラフだったら、私にもたくさんストックはある。あれを使えばどんな例でも説明できるのだが、残念ながら今日は持ってこなかった。これから部屋に取りに戻ることもできるが、貴重な時間が無駄になる。適当に思いつく例を説明すればいい。大したことではない。

「概念を理解してもらうために、ひとつ簡単な例を挙げてみよう」

「簡単なのをお願いします」ルースの言葉にみんなが笑った。複雑で難しい例を好む者は、誰もいない。私だってそうだ。

「例えば……」そう言いながらも、私はまだどんな例を挙げたらいいのか頭の中で話がまとまっていない。「例えば……、工場を建設するプロジェクトがあるとしよう。まず建物を建てて、それからそれを操業可能な状態にまで持っていく」

ルースに「操業可能な状態とは?」と質問される前に、私は説明を続けた。「電気のケーブルや水道、圧縮空気のパイプなどを設置する。それから必要な機械や設備を作ってもらうメーカー、業者を選定して、機械を作ってもらう。建物と機械が完成すれば、あとはできあがった機械を設置するだけだ。これで操業可能な状態になる」

「従業員を雇って、トレーニングするまではまだです」フレッドが口を挟んだ。

「そんな細かいことなんか、どうでもいいよ」テッドがきつい言い方をした。「そんなことを言い出したらきりがない」

「ここではできるだけシンプルにしておこう」そう、フレッドに向かって言うと、私は彼に前に出てきてPERTチャートを描くよう命じた。自信に満ちた表情で前に出てくると、フレッドは二分もしないうちにチャートを描き上げた。

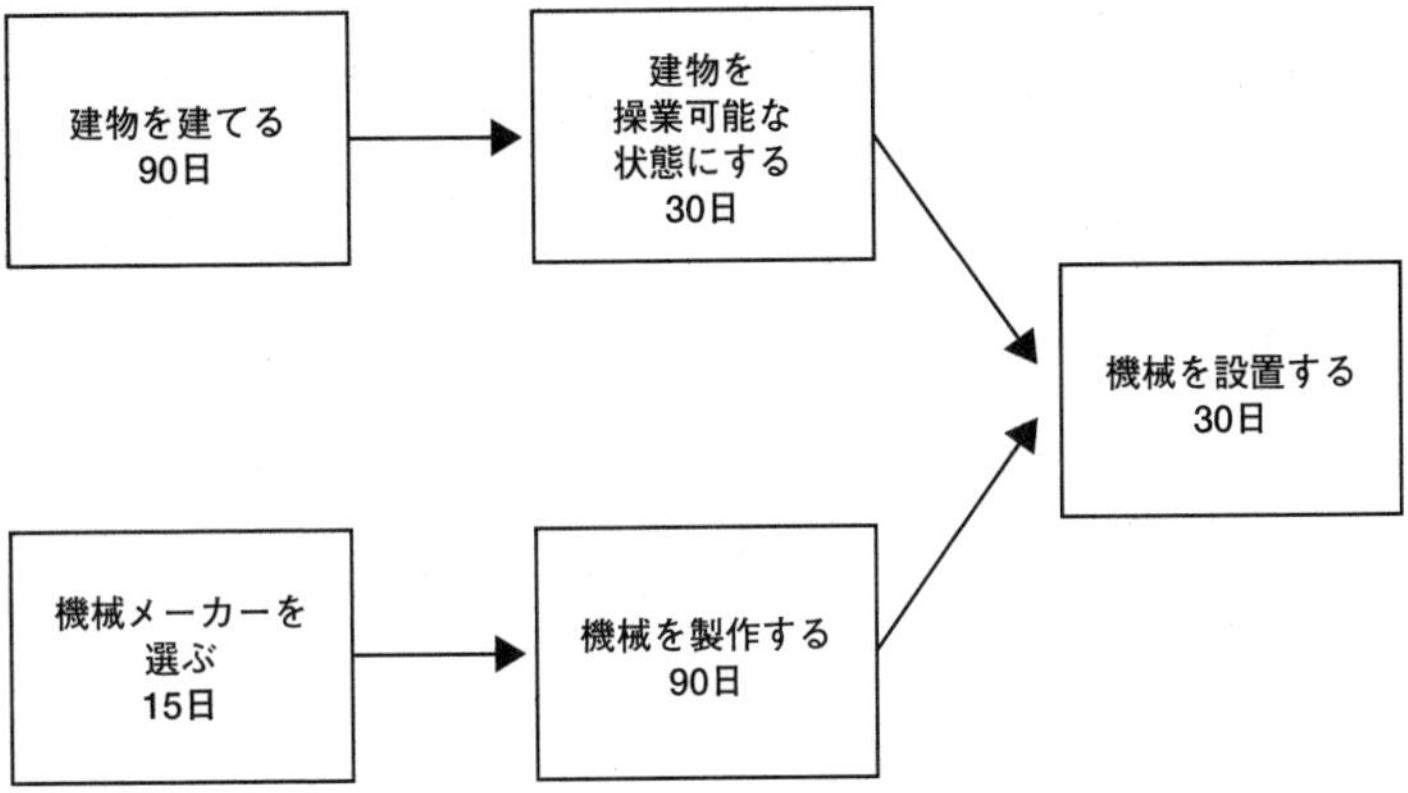

「それぞれのステップに、必要な日数も適当でいいから入れてくれないか」

「わかりました。投資のほうも適当に入れておきましょうか」経理という仕事柄、彼はこういう質問を忘れない。

「それは要らない」

フレッドがチャートを描き終わり、席に戻るのを待ってから、私は説明を始めた。「フレッドの数字によると、建物を建てるのに九〇日、これを操業可能な状態にするのに三〇日かかる。合計一二〇日だ」

「フレッド、ずいぶん非現実的な数字だな。どこからこんな数字を拾ってきたんだ」テッドが叫んだ。

「適当だよ」フレッドが落ち着いた口調で答えた。

私は二人のやり取りを無視して続けた。「機械メーカーを選ぶのには一五日かかる」

「一五日？　夢みたいだな」また、テッドが茶化した。

私がテッドに睨みを利かすと、「すみません」と彼が小さくつぶやいた。私はそのまま説明を続けた。「選定したメーカーが機械を作るのに九〇日、機械の設置にはさらに三〇日かかる。では、クリティカルパスは？」

「建物です」今日のテッドは口が休むことがない。

「どうしてだね」

「フレッドの非現実的な数字によると、建物を準備するのには一二〇日かかりますが、機械の製作のほうは一〇五日で済みます」

「テッド、そんなに慌てることはない」私は彼に向かって言った。「まずクリティカルパスとは、従属関係にあるステップをつないだパス、つまり経路で、いちばん長い経路と定義される。もちろん時間でだ」

「わかっています」テッドは苛ついた口調で答えると、今度は一転ゆっくりとした調子で続けた。「この場合のクリティカルパスは、建物を建てて、それを操業可能な状態にして、そこに機械を設置するステップをつないだ経路です。合計で一五〇日です」

「クリティカルパスは、プロジェクトが完成するまでの時間を決定する」私は説明を加えた。「クリティカルパス上で何らかの遅れが生じると、プロジェクトを完了する時間も延びてしまう。だから、クリティカルパスに注意を集中させることが非常に重要になってくる」

異論を唱えるものはもちろん誰もいない。みんなのプロジェクト経験を考えれば当たり前の反応だ。

「クリティカルパスの開始時間を0とすると、プロジェクトが完成するのは150だ。では、他のパスはいつ開始したらいいだろうか。機械メーカーの選定はいつ開始したらいいと思う？」

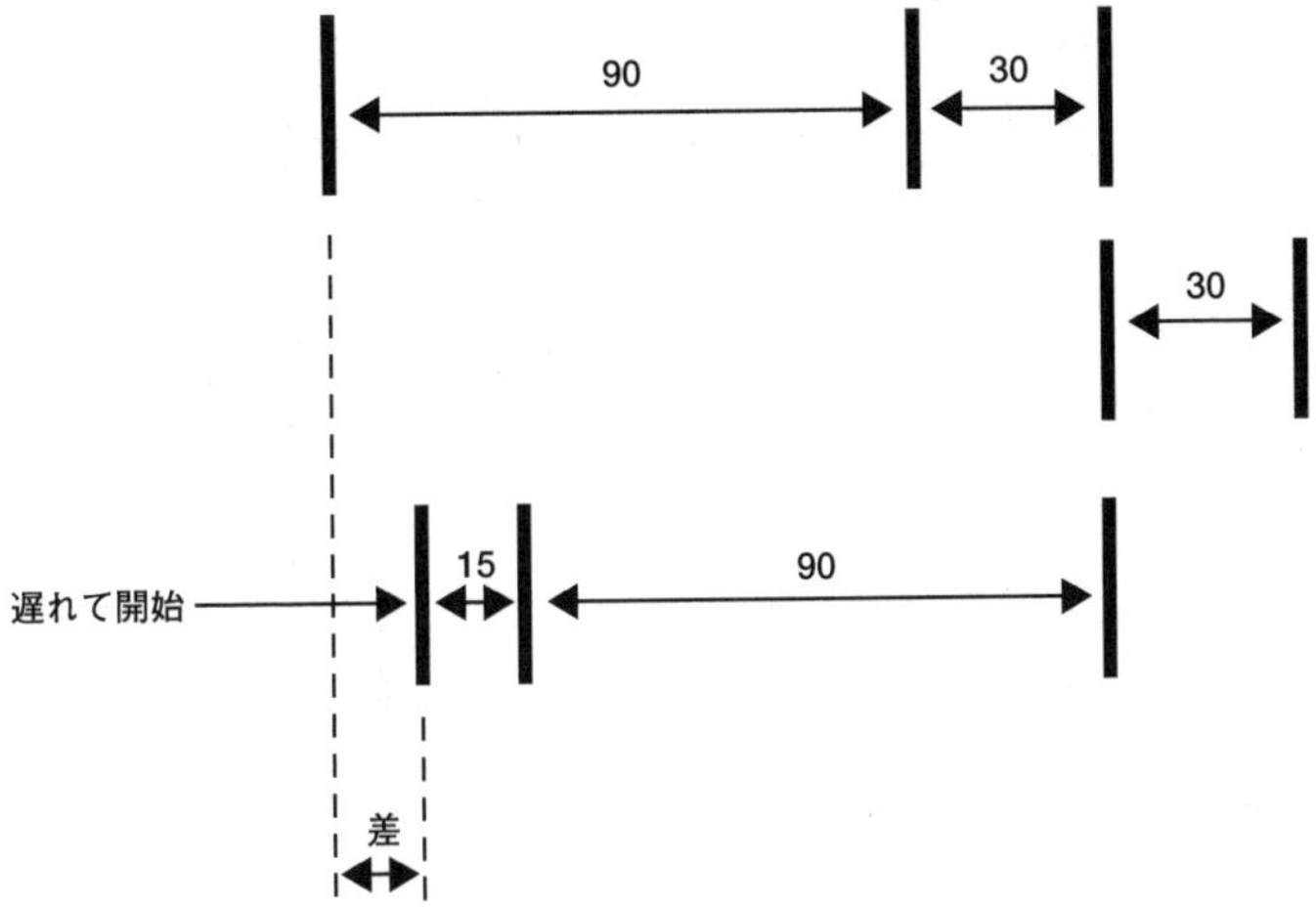

「急ぐことはありません」ブライアンが手を挙げて答えた。「時間が15の時に始めればいいと思います」

「15?」テッドが声を上げた。

私は、テッドに向かって静かにするよう視線を送ってから、ブライアンに前に来てガントチャートを描くよう命じた。彼は、なんなくチャートを描いた。

「ブライアンによると、機械メーカーの選定は遅らせて開始する」ボードに描かれたチャートを見ながら私は解説を始めた。「でも、きっとテッドの意見は違うと思う。テッド、前に来てボードにチャートを描いてくれないか。しゃべりはいらない」

急な命じに、テッドはほんの一瞬慌てた。しかしチャートを描き終えるや否や、今度はブライアンに攻撃を開始した。「本当かい? 本当に、ぎりぎりまで待ってから、メーカーの選択を開始するのかい。だから、プロジェクトが期限どおりに終わらないんだよ。時間的余裕があるんだから、それを活かさない手はない。それが僕のモットーさ」

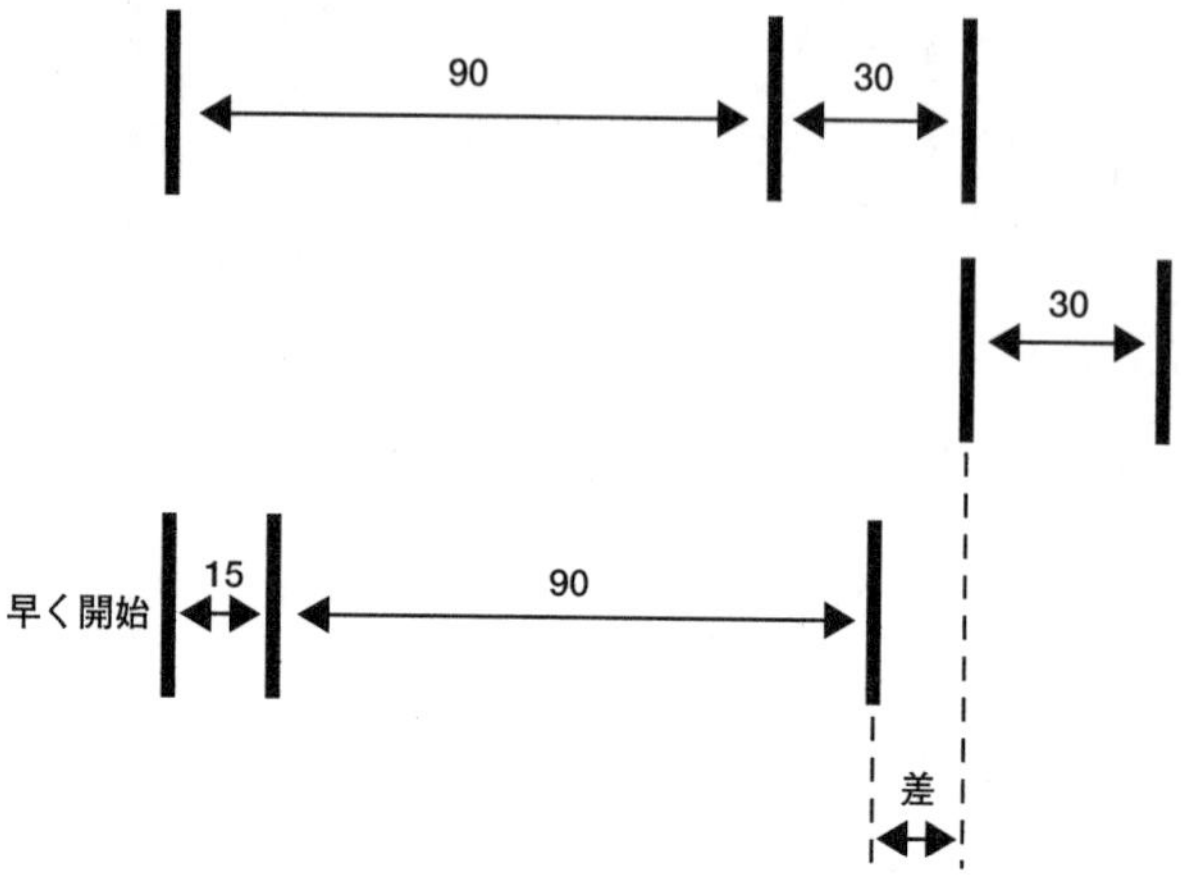

「わかったよ、テッド」私は彼を黙らせた。「とにかく、まず自分の席に戻りたまえ。みんなに、君のチャートをよく見てもらおう」と命じた。

「PERTのチャートとは違って、ガントチャートには意思決定が反映される。どのパスをいつ開始するのか、計画する人間の意思が反映される。ブライアンは機械メーカーの選定を遅く開始することを選んだが、テッドは最初から始めることを選んだ」

「もちろんです」叫ぶようにテッドが言った。「不必要なリスクを冒して、何になるんですか」

「本当に必要になるまで、投資を先に延ばすことができます」フレッドが応戦した。「経済的な面から考えれば、それも非常に大事なことです」

「そうだろうか」テッドも諦めない。しかし、彼の顔からは先ほどまでの自信に溢れた表情が薄らいでいた。

「オプティマイゼーション、つまり最適化の問題だと思います」一方、ブライアンは確信に満ちた表情をしている。「投資を先に延ばすことでお金を節約できます。この節約部分と、プロジェクトの完成が遅れて損害が発生するリスクとを天秤にかけて比較しなければいけません」

最適化――それは、私が忌み嫌っていることだ。最適化についてはたくさん論文が書かれているが、どれも複雑な数学モデルが用いられていて、読んで理解しようとすると恐ろしく時間がかかる。それだけではない。私の経験からする限り、どれもほとんど実用性に欠ける。しかし、だからどうだと言うのだ。私に何かできるわけでもない。

そう考えていると、ルースが手を挙げた。ほら、また来たぞ。きっと数式を使って実際どうやって計算したらいいのか、その方法を教えてくださいとでも言ってくるのだろう。それはまずい。退屈で無意味な授業になってしまう。それにもちろん、この私に何も見ないでそんな数式が説明できるはずもない。私はため息をつき、教科書を開きながらルースを指した。

私の予想は外れた。「単に、経済的な問題ではないと思います。どちらかというと、マネジメント上の問題だと思います」とルースが意見を述べた。

「ほお、説明してくれないか」私は努めて平静を装った。

「実際のプロジェクトでは、こんなシンプルな例よりもっとたくさんパスが存在しています。ステップもずっとたくさんあります」

「もちろん」

「もしすべてのパスを、始められる最も早いタイミングで始めたとしたら、同時進行しなければいけない作業が増えて、プロジェクト・リーダーは混乱してしまいます。私の経験では、同時にたくさんのことに手をつけたら、何を先にやったらいいのか神経を集中することができなくなってしまいます。プロジェクト・リーダーにとって、何がいちばん致命的かと言えば、集中力を失うこと、優先順位を取り違えてしまうことです」

なるほど、そんなふうに私は考えたことがない。時間を稼ごうと、私はクラス全体に向かって、「どう思うかね」と訊ねていた。

「筋が通っていると思います」チャーリーが真っ先に答えた。「彼女の言うとおりです。振り返ってみれば、私がいつも失敗していた原因はそれじゃなかったかと思います」

みんなの表情を見れば、全員チャーリーに同意しているのがわかった。フレッドは、ポーカーフェースを保ったままだ。

「どう思うかね、フレッド」

「投資するタイミングも大切だと思いますが、投資額が非常に大きい場合を除けば、ルースが指摘した点のほうがずっと重要だと思います」

すぐにはそうと気づかなかったが、つまりフレッドは、ルースの意見に賛成なのだ。その理由をフレッドが説明した。「もしプロジェクト・リーダーの注意が散漫になって、優先順位を間違えるようなことになれば、プロジェクトが遅れる可能性があります。プロジェクトが遅れると、入ってくるはずの利益が入ってこない。これは非常に大きなダメージです。他のどんな問題より深刻です」

誰も異論を唱える者はいない。テッドでさえ、今度は口をつぐんだままだ。

「だそうだ、ルース。おめでとう。みんな、君の意見に賛成のようだ」

「私の話は、終わっていません」彼女は私の祝福の言葉を退けた。

「すみませんが、クリティカルパスの説明をもう一度してくれませんか。どうして、クリティカルパスに注意を集中しなければいけないのか」

彼女の意図が、私にはまったく見当がつかなかった。だが、説明するのは何のこともない。「クリティカルパスによって、プロジェクトがいつ終了するのかが決まる。クリティカルパス上で遅れが発生すれば、プロジェクトの完成も先に延びる」

「他のパスでもぎりぎり最後まで待ってスタートすれば、同じことになるのでは？」言葉を噛み砕くようにゆっくりとルースが質問した。

これには、私も少し考える時間が必要だった。「もし、ぎりぎりまで待ってスタートすれば……」私は声に出しながら思案した。「……パスには、時間的余裕は一切なくなる。ということは、もしそのパス上で何らかの遅れが生じたら、プロジェクト全体にも遅れが生じる」

「そのとおりです」テッドが割って入った。「つまり、すべてのパスを最後まで待って開始したとしたら、すべてのパスが重要になってしまうということです。つまり、すべての作業に常に注意を払わなければいけない、すべてを優先しなければいけないことになります。つまり、何を優先したらいいのか、もはやわからなくなるということです」

「すべてを優先しなければいけないということは、言い換えれば、どれも優先しないということと同じだ」私もテッドの意見に同感だ。「ということは、どうなるかな。もし早いタイミングで始めればプロジェクト・リーダーの注意は散漫になる、優先順位を取り違える可能性が出てくる。もし遅く始めれば、優先順位をつけることができなくなる。困ったな。ちゃんとプロジェクト・リーダーがやるべきことを見失わなくて済むようなメカニズム、ルールが必要だ」

「注意を集中することは重要です」誰かが発言した。「でも、同じように重要なことは他にもたくさんあると思いますが」

「一言、いいですか」フレッドは苛立っていた。立ち上がって彼が言った。「監査する立場からの経験ですが、プロジェクトが承認されていったん動き出したら、重要なことはひとつだけです。たくさんはありません。ひとつだけです。プロジェクト・リーダーが、いま何をすべきかきちんと把握しているかどうかです。もし把握していれば、問題が発生してもすべて解決できます。把握していなければ、利益は諦めなければいけません。損害が最小限であるように祈るだけです」そう述べると、フレッドは席に着いた。

「他に、何か言いたい人は？」

「はい」マークが手を挙げた。私は身ぶりで彼に発言を促した。つい先ほどまでは、数学モデルの説明がだらだらと続く退屈な時間になるのではと心配していたのだが、それが一転して、今度は目まぐるしく意見が飛び交う授業となった。なかなかいい。これが教育の本来あるべき姿だ。現実に即した教育、授業だ。

マークは咳払いすると、話し始めた。「もしかするとこの中には、注意を集中させることがどれだけ重要なことかピンとこない人もいると思うので、少し説明させてもらいたいと思います。プロジェクトをやっていれば、マーフィーが現れます。一度や二度ではありません。私の経験では、プロジェクト・リーダーの注意が散漫になっていることが原因で、緊急な問題が発生した場合、それが大きな失敗につながることがたびたびあります」

「だったら、どうしたらいいのかね。早くスタートしても、遅くスタートしてもいけない」

「その中間でスタートしたらいい」誰かが茶化した。

「さて……どうしたらいいかな?」私にも答えはわからない。

「前から言っていることですが」今度は、チャーリーの出番だ。「プロジェクトをマネジメントする、もっと何かいい方法が必要です」

「わかっている。そのために、みんなここにいるんじゃないか」マークの低い声が教室に響いた。

なんという難題を掘り起こしてしまったんだろう。私は努めて平静を保ち、落ち着いた口調で言った。「別の角度から考えてみてはどうだろうか。適切なコントロール・メカニズムがあれば、注意を集中できるはずだ」

みんな黙ったままだ。いま自分で何と言ったのか、私自身も含め誰も理解していない。しかし、すぐに生徒の手が挙がった。

「どういう意味ですか」やはりルースだ。

墓穴を掘るような発言は慎まなければいけない。実は、私自身この先、どう話を展開させていいのかわかっていない。行き詰まっているのは私だけではない。既存のノウハウも同じだ。そう言葉が喉まで出かかったちょうどその時だった。授業終了の鐘に、私は救われた……。いや、鐘ではない。鐘よりもっと大きな音、そうテッドの声だった。

「わかりきったことじゃないか」ルースに向かって、テッドが叫んだ。「プロジェクトの進捗状況をちゃんと測っておけばいい。そんなこと、誰でもわかっていることだよ。問題なのは……」そう言いかけたところで、テッドは視線を私に移した。「進捗状況レポートが手元に届いて、問題が発生していることに気づいた時には、たいていもう遅すぎるということです」

「そうです」二列目の端に座っていた細身の生徒がテッドを支持した。

「名前は？」私は彼に向かって訊ねた。

「私の名前ですか？　トムです」

それだけで終わらせようという彼の意志に反して、私はどうしてそう思うのか、どうして進捗状況レポートで報告を受けてからでは遅すぎるのか説明するよう彼に命じた。

彼は黙ったままだ。彼に代わってフレッドが答えた。「プロジェクトの九割は一年で完了、残りの一割を完了するにはあと一年かかる――進捗状況レポートにはそんなことしか書かれていないからです」

クラス全員が爆笑した。

「みんな、同じ経験があるようだな」

私の問いに、うなずく顔がたくさん見られた。

「ということは、プロジェクトの進捗状況をどうやったらもっとよく監視できるのか、話し合ったほうがよさそうだな」そう言いながら、私は安堵感を覚えていた。

この作業にはそれほど苦労しなかった。実際のプロジェクトで進捗状況がどう測られているのか、評価されているのかはすぐに意見がまとまった。教科書に書かれていることと大差ない。進捗状況は、すでに完了した作業またはすでに投下済みの投資金額を、これから行わなければいけない作業、これから投下しなければいけない残りの投資金額と比較することで計測される。しかし、生徒がレポートしたいずれのケースにおいても、またその中で作業や投資が段階的に設定されている場合でさえも、この計測方法、評価方法がクリティカルパスとそうでないパスを区別して用いられているものはひとつもなかった。

「この評価方法を用いた場合、どういうことになるか予想がつく人?」私は、みんなに向かって質問を投げかけた。

「どのパスも、早く始めようとすると思います」すぐさまブライアンが答えた。「プロジェクト・リーダーは、どのパスを優先すべきかを考えずに作業をスタートさせてしまうことになります」

「スタートしたあともそうです。特に優先順位など考えずに作業を続けてしまいます」チャーリーが補足した。

「どうしてだね」

「この方法では、ひとつのパスの遅れを他のパスで補うことができるからです。つまり、ひとつのパスで作業が遅れている場合でも、他のパスでがんばって作業を早く進めようとします」

「そのどこが悪いんだ?」マークが怪訝な顔をして訊ねた。「もしひとつのパスがなかなか前に進まない時に、他に作業を進めることのできるパスがあれば、そのパスでがんばることのどこが悪いんだい」

「最後は、ひとつになるんだ」チャーリーが説明した。「いくら他のパスでがんばったとしても、結局、遅れているパスを最後は待たないといけない。投資するタイミングも不必要に早くなるし、もっと悪いのは、遅れているパス、つまり本来いちばん注意を必要としているパスに対し注意が向けられなくなる可能性があることだ」

マークは黙ったままだ。

「目先のことしか考えないプロジェクト・マネジャーだったら、問題が発生して作業が遅れるパスが出ても、無視することはできる」チャーリーのマークへの説明はまだ終わっていない。「数字だけ見れば、プロジェクトははかどっているように見える。ちゃんと仕事をしているように見える。しかし、それは少しの間だけだ。他のパスの作業が全部完了して、遅れているパスの作業だけが残る。その時に、ああ間違っていたんだなと気づくんだよ。マーク、別に君を個人的に非難しているわけじゃない。実は、私もこれまでまったく同じことをしていたんだ。間違っていたことに気づいたのは、ほんの一五分前だよ」

「ありがとう」しおらしくマークが答えた。「だけど、まだよくわからない。もう少し考えさせてくれないか……」

私は急いで沈黙を破ることをあえて避けた。こんなことは、大学で教える者に毎日起きることではない。生徒が何かを学んでいる。実践できる何かを学んでいるのだ。知識を習得するだけでなく、それを自分のものにする。実は私にとっても初めての経験だ。

その時、大声でフレッドが言った。「そうか、やっとわかったぞ」不意に沈黙を破られて、私は少しばかりの苛立ちを感じた。無理もない。

「何がわかったんだ」私の言葉には棘があった。

「どのプロジェクトも、最後の一〇パーセントで苦労するんです。最後の一〇パーセントのせいで、プロジェクトの完成がずるずると遅れるんです。その理由がわかったんです。進捗状況を測るうえで、クリティカルパスの重要性を見落としていたからです。問題は、私にあったんです。進捗状況レポートは、すべて私が作成していたんですから」

まったくすごいことになった。私は、ただただ授業の展開に感心するばかりだった。


角を曲がって私道にクルマを勢いよく乗り入れると、私は急ブレーキを踏んだ。わずかに身震いしながら、外に出ると私はクルマのフロント部分をチェックした。ピカピカのシボレーと私のクルマの間にはタバコ一本分の隙間もない。誰のクルマだろう。ナンバープレートは仮ナンバーだ。今夜、客が来るとはジューディスからは聞かされていない。

私は、舐め回すように見ながらクルマの周りを一回りした。夢にまで見るようなクルマだ。四駆のスポーツ・ユーティリティーカー。大型で室内も広く、頑丈なボディー。私には、少なくともいまは、手の届かない夢のクルマだ。値段だって、きっと私の年収分ぐらいはする。そう考えながら、私は家の中に入った。

だが、客など誰もいなかった。ジューディスはシャワーを浴びているところだ。ダイニングのテーブルの上には、二人分の食事の用意ができている。真ん中には、赤い大きなローソクが立ててある。

ローソク!?　私は急いで外に出て、シボレーのダッシュボードの中から登録証を取り出した。やっぱり。いくらなんでも、それはやりすぎた。私はリビングルームに戻り、ジューディスの分も飲み物を用意すると、ソファーに腰を沈めて彼女を待った。

ようやく、彼女が上から下りてきた。綺麗だ。新しいヘアスタイルだ。イヤリングには見覚えがないが、ドレスは前に見たことがある。私のそばに腰を下ろすと、彼女はさっとグラスに口をつけ、中のウィスキーを凝視しながら言った。「私からのプレゼント気に入ってくれた?」

あれは、私へのプレゼントなのか。

「色は気に入ってくれたかしら。シルバーが私たちの色よね。そう思わない?」

私もウィスキーを口にした。

「スポーツ・ユーティリティーカーを前から欲しがっていたでしょ。もう、そろそろいいんじゃないかと思ってね」

「もっと待ってもよかったんだけど」

「でも、あなたのクルマいまにも壊れそうじゃない」そう言いながら、ジューディスは私の膝の上に体を預けてきた。

今日は、そうはいかない。彼女のペースにさせるもんか。「ジューディス。あんなクルマ、どうやって支払うんだ」

「何とかなるわ」そう言いながら、彼女は私の頬に唇を寄せてきた。

私は、彼女を現実に引きずり戻そうとした。「そんな余裕はないよ」私ははっきりと言った。

「あら、あなた。大丈夫よ」彼女は私のネクタイを緩めると、今度はシャツのボタンに手をかけてきた。「もうすぐ終身在職が認められるんでしょ。そしたら、今度はすぐにいちばん上の教授職だって、あなた何度も言ってたじゃない」彼女は私の胸を柔らかな手で撫でた。

私は彼女の肩をつかみ、体を少し離した。そして、ゆっくりと一語一語はっきりと言った。「いまは買う余裕がないいんだ」

彼女は私の顔を見つめると、すっと立ち上がった。「リック、結婚してからずっと同じことを聞かされてきたわ。いまは余裕がないってね。もう十分よ。あなたが勉強に打ち込んでいる間、私はずっと何年も辛抱していたわ。あなたの友達がお金をいっぱいもらっているのに、あなたはまだ勉強。でも、私は顔には出さなかったわ。だけど、もう十分なの。十分よ。人並みの生活がしたいの。いますぐに」

「ジューディス、もっと現実的になってくれ。いますぐは、買う余裕がないんだ。それが事実なんだよ。借金がどれだけあるかも知っているじゃないか。中古のスバルだって買えない。そんなことぐらいわかっているじゃないか。なのに、新品のシボレーを買おうっていうのかい」

「いい、リック・シルバー」彼女は腰に手を当てた。「そんな話は、もう聞きたくないの。いまは余裕がない、もう少し待たなければいけない、いつかはなんて話、もううんざりよ」

「だけど、ジューディス……」私は、何とか彼女の気を静めようと試みた。「それが、僕たちの人生なんだ」

「人生!? 私に人生の話をしようっていうの? 冗談言わないでちょうだい。あなたの話なんか、もう聞きたくないわ」そう叫びながら彼女が泣き始めた。「もう十分よ……」

これはつらい。何年も前のことだが、「子供を作る余裕がない。いまはダメだ」と言って、彼女を納得させたことがある。それが一年前、彼女はもはや子供を生むことのできない体であることがわかった。私は立ち上がって、彼女を強く抱き締めた。しかし、そんなことで彼女の気持ちが休まるわけではない。もちろん、新しい家やシボレーでも……。

Critical Chain

III

スループット・ワールドへ

10

「最初の草稿にしては、悪くないな」そう言うと、ジムは原稿をテーブルの上に置いた。「手を入れたほうがいい部分には印をつけておいた」

最初のページは、まるでひどい麻疹にでもかかったように真っ赤だ。他のページにもざっと目を通した。まいった、他のページにも全部広がっている。図や表にも伝染している。しかし、几帳面なジムのことだ。それほど驚くこともない。予想どおりだ。ため息をつきながら、私は原稿をテーブルの上に戻した。

「きっといい論文に仕上がるぞ。どんな編集者でもノーとは言わないだろう」そう言って、ジムは私を励ました。

「今年度中に発表できると思いますか」

「運がよければ。だけど、そんなことは気にするな。この論文は絶対に発表される。保証する。君はこれからもっともっと論文を発表しなければいけないんだ。たったひとつの論文のことで、心配なんかするな。ところで、ジョニーと例の数学モデルのことで話をしたんだが……」

「何と言っていました」

「興味ないそうだ」

意外だ。ジョニーらしくない。数学モデルの構築ならいやと言わなかった彼が、いつから断るようになったのだろう。だが、そう簡単に諦めるはずのないジムが、ダメだったと言っているんだ。私がしゃしゃり出る必要もない。彼を説得しようとしても無駄だろう。「どうするんですか」少しばかりの失望感を露わに、私は訊ねた。

「私がやろう。でも、体力と時間ができるまで少し待ってくれ」もし他の者の言うことなら、〝待ってくれ〟というのは永遠を意味する。しかしジムは違う。「それとも、君がやってくれても構わないが……」それは無理だ。「それほど難しくはない」

「他の選択肢としては……、論文のテーマを変更するというのもありますが」

「論文のテーマを変更する？　おいおい、これを諦めようっていうのかね。プロジェクトが遅れることで経済的にどのような影響があるのか、それを論文の中心にしようというのに、それを諦めるって言うのかね。どうやら、君は論文なんて書いても何の役にも立たないと考えているようだな。今回も私が無理やり一緒に書くように迫っていなければ、きっと君はひとつも論文を出さないで終わってしまうに違いない。そんな君がようやく実際に役に立ちそうなテーマを見つけたんだ。それもひとつだけじゃない。二つも、三つも論文を出せそうじゃないか。それを諦めるというのか。数学モデルを構築するのが、面倒だからという理由で？」

そう言うと、ジムは私のポーカーフェースをまじまじと見つめた。そして、あきれたように言い放った。「それに、論文のテーマを変更すると言っても、どこにそんなテーマが落ちているんだ」

「もう、考えてあります……。二つほど」

「何年もまったく雨の降らない干ばつが続いていたと思ったら、今度は急に洪水かい。インスピレーションが洪水のように湧いてきたっていうのかね。リック、目を覚ましたらどうだ」

「本当です。論文にできるようないいアイデアが二つあるんです」私は繰り返した。

「二つ？」ジムは、あざけるように耳に指を突っ込んでほじくる仕草をして見せた。

私は、ジムの顔をまっすぐ見つめ返した。

「聞かせてもらおうじゃないか」ジムは懐疑的な顔をしている。というより、ほとんど怒ったような表情だ。

「わかりました。でもまず、どこからこのアイデアが生まれたのか、それを説明させてください。もともとは、私の考えじゃないんです。授業中、みんなで話し合いをしている時に閃いてきたアイデアなんです」

「なるほど」彼の顔には、それで合点がいったという表情が浮かんでいた。「そういうアイデアか」

「どういう意味ですか」ジムの言葉に私は少しばかりムッとしたが、気にするなと彼が手ぶりで私に向かって合図した。

「ひとつ目のアイデアは、プロジェクトの各ステップを早くスタートするか、遅くスタートするか——この点を中心にした話です」

「おいおい、最適化を取り上げようっていうのかね。それがいいアイデア、重要なアイデアだと言うのかね」ジムは立ち上がりゆっくりと歩きながら、私に諭すようにしゃべり始めた。「そのテーマで、これまでいくつの論文が発表されてきたのかわかっているのかね。斯界きっての学者たちが長年、緻密な研究を重ねてきたんだ。そこに、君も参戦しようっていうのかね」

矢継ぎ早に、ジムの口から攻撃的な質問が浴びせられた。今日のジムはどうも忍耐が足りない。ようやく私の表情に気づいたのか、ジムは足を止めた。「もしかしたら、まったく違う角度からアプローチする方法を見つけた、そういうことなのかね」訝るような目つきでジムが訊ねた。

私が肯定すると、ジムは耳を傾け始めた。私が説明して、ジムが質問をする。それに私が答える。すると、またジムが質問を重ねる。この繰り返しがしばらく続いた。

「つまりだ、クリティカルパス以外のパスを早くスタートさせるべきか、遅くスタートさせるべきかについては、多くの学者が多大の努力を払って、すでに何十、何百もの論文が発表されてきたが、君はそれがすべて時間の無駄だったと言いたいわけだな」

彼は一呼吸置いて、私の反応をうかがった。私は口を開きかけたが、何と言ったらいいのだろう。「はい、そうです」というのは、どうも傲慢すぎる。しかし、曖昧な返事をするわけにもいかない。

「彼らは小さなことにばかり気を奪われて、真に重要なことを見落としていたからと言いたいわけだな」黙っている私に代わって、ジムが言った。

私に肯定する間も与えずに、彼は続けた。「そのいちばんの鍵になるのが、プロジェクト・リーダーがいま何をなすべきかを把握できるかどうか、注意を集中させることができるかどうか、その能力だと言いたいんだな。早くスタートしても遅くスタートしても、程度の差こそあれ、その能力に影響は出る。これこそが問題の真髄で、これを無視すること自体、問題全体を無視することになる。そう、君は主張するわけだな」

説明しようと口を開きかけるのだが、そんな余裕を私に与えることなく、ジムは言葉を続けた。

「驚くかもしれないが、君に賛成だ。一〇〇パーセント賛成だ」

意外な言葉に、私は口を閉じた。

「とは言ったものの、……実は少しばかり失望している」

口を開け閉めするのには疲れた。私は黙っていることに決めた。

「君のこの説は、どう言ったらいいのかな、好奇心をそるとでも言うんだろうか。確かに面白いんだが、まったく実用的ではない。そう思わないかね」

そこまで言われるとは。しかしよくよく考えてみれば、彼の言うとおりだ。「いつ、それぞれのパスで作業を開始したらいいのか、それを提示することができなければ、確かに実用的とは言えません」

私は素直に認めた。

「いや、そういうことじゃない。わかっていないな」そう言いながら、ジムが頭を振った。

どうも私には、ジムが言わんとしていることがわからない。

「いいか、リック」苛立ちを抑えながらジムが言った。「把握しているかいないか、注意を集中しているかいないか、そんなこと数式で表すことなんかできない」

「ええ、だから?」

「だから、この問題は数学的に解決できないんだ」

私には、まだわからなかった。「ええ、でも論理的には解決できます」私は譲らなかった。「何を調べたらいいのかはもうわかっています。諦めずに考えれば、論理的な筋道が見えてくるはずです。プロジェクトを行う者にとっては、たいへんな助けになると思います」

ジムは納得していない。私は、それでも諦めなかった。「押しつけがましく聞こえたら申し訳ないんですが、こうしたブレークスルー的なアイデアを見つけることをずっと夢みてきたんです。JIT（ジャスト・イン・タイム）やTQM（トータル・クオリティ・マネジメント）のようにパワフルな何かを探していたんです。JITやTQMだって、数学的な理論ではありません。常識をベースにしているからこそ、筋の通った理論をベースにしているからこそパワフルなんです。まだまだブレークスルーに到達するには、道のりは長いのはわかっています。答えもまだ見つかっていません。でも、何が問題なのかはわかりました。大きな進歩です。認めてくださってもいいと思うのですが」

「役には立たないな」ジムは大きなため息をついた。

「よくわかりません。どうしてですか」

「君も大学という世界へ入って一〇年になる。そろそろルールを理解しないといけないな。この世界で身を立てるためには、書かないといけない。書くためには、一定の標準に従わなければいけない。論文を書く時に、何が求められているのか、そんなことは君も知っているはずだ。リサーチの結果や数学モデルにもとづいていなければいけないんだよ」

「しかし、ジム。それだったら、JITやTQMはどうなるのですか。いまの説明では、JITやTQMは大学では理論として不足だということになります。だけど、どこの大学でも教えていますよ」

「産業界で、実証済みだからだ」

「でしたら、ＪＩＴやＴＱＭのような理論で新しいブレークスルー的なものはどうなるんですか」

「もし見つけたら、本を出せばいい。出版するのは自由だ。本だったら、周りからいろいろ言われることもない。しかし本を出しても、いちばん上の教授職を得るには役に立たないぞ。学術論文でなければダメだ」

「わかっています。でも、馬鹿げていませんか」

「どうしてだね」

「ジム、あなた自身、何度も私におっしゃったじゃありませんか。企業運営のあらゆる面における知識、ノウハウはまだまだとても満足できるものではない、ほど遠いものだとおっしゃっていたじゃないですか。それを改善するのがビジネススクールの教授としての役割だと。いったい、世界中のビジネススクールに何人教授がいると思いますか。何千人、何万人？　その彼らが、これまでにどんな貢献をしてきたんですか。何も貢献してきていません。ここ三〇年の間に、知識、ノウハウは飛躍的な進歩を遂げてきました。そのうち、どれだけが大学から出てきたと思いますか。ゼロです。わかりませんか。論文として認められるか認められないか、その基準に問題があるんです。その基準が首を絞める原因になっているんです。そんな基準を用いていては、本当に意味のある貢献などできるはずがありません。どうすれば………」

そこまで私が言いかけたところで、ジムが手で私の言葉を制した。「君は気に入らないかもしれないが、実は私も気に入らないんだが、学術界における無秩序を防ぐためには、みんなが一定の標準に従うしかない。民主主義やこの国の法制度と同じだ。確かに欠点はある。そのせいで失うものもあるかもしれない。しかしいまの現状では、それがベストの方法なんだ」

ジムは腕時計に目をやった。「それで、もうひとつのアイデアは何だね」

「忘れてください」苦い口調で私は言った。「プロジェクト・マネジメントにとっては重要なことです。非常に重要なことです。でも、非実用的です。数学モデルにもとづいていませんから」

「そうか。それでもいいから聞かせてもらいたい」ジムの口調は穏やかだった。

「何のためにですか」そう言いながらも、ジムがプロジェクト・パフォーマンスの評価について強い関心を持ち、本を出した経験もあることを知っている私は思わず答えていた。「プロジェクトの進捗状況の評価方法についてです。評価方法が間違っています」と答えていた。

「間違っている？　何を基準にそんなことを？」彼は、本気で興味を抱いたようだ。「私が考えた基準かね」

「はい、そうです」そう答えながら、私は記憶をたどった。「『条件1：評価方法は、プロジェクト全体にとって有益となることをプロジェクトの各部分が行うよう促す方法でなければいけない』。いま、私たちがプロジェクトの進捗状況を評価している方法では、ほとんど逆を促すことになっていると思います。

『条件2：評価方法は、マネジャーの関心、注意を、必要とする部分に対し向けさせることのできる方法でなければいけない』。これも逆です。評価方法が原因でプロジェクト・リーダーの関心、注意が必要としている部分から遠ざけられています。馬鹿げています。評価方法が有害な結果をもたらしているんです。また、これは私の意見ですが、評価方法が理由で、プロジェクトが失敗することもしばしばあると思います。しかしそんなこと、学術論文として取り上げるには不十分だし評価もされません」

ジムは笑顔を見せると、柔和な声で言った。「まあ、落ち着け。ジョニー・フィッシャーのところへ行って相談してみるといい。彼だったら助けになってくれるはずだ」

「そうですか」私は、気乗りのしない声で答えた。彼のところへ行って、最適化のテクニックについて講義でも受けて来いというのだろうか。それだけは勘弁願いたい。

「君が考えているようなことじゃない」私の表情を見て、ジムが言った。「ジョニーは、去年一年間、研究休暇をもらっていたんだ。他の大学じゃない。ユニコ社へ行っていたんだ」

「得意の数学モデルを駆使して何百万ドルも節約できるふりでもしてきたんですか。大したものだ」

「リック、君の教授とは何たるかという話はもういい。もう勘弁してくれ」ジムが苦笑いを浮かべた。

「ユニコ社で、新しいメソッドを学んだらしい。私はよくはわからないが、君だったら非常に面白いと思うに違いない。論理的な手順を構築していく方法らしい。まさに、君が探している方法と同じだよ。原因と結果の因果関係、必要条件間の対立にもとづいた解決方法、それにコモンセンス、つまり常識だ。数学は使わない」

ジムは、いったい何の話をしているのだろう。私には興味のない話だ。

「興味ないのかね？　まあ、いい。でも、今度の研究発表会には出席したほうがいい。ジョニーが発表することになっている」

だからどうだというのだ。

11

リックが講堂に入ったのは、研究発表会が始まる寸前だった。驚いたことに、中はほとんど人で埋め尽くされていた。おそらく、いつもの発表会とは違うという噂でも広まっていたのだろう。確かにいつもとは様子が違う。見回すと、ジムが私に手を振りながら「君の席もとっておいたよ」と声をかけてきた。ということは、途中で抜け出すことはできないということか。

「ありがとうございます」

リックが席に着くや否や、ジョニー・フィッシャーの研究発表が始まった。

「先ほどまでそこに座って、この講堂がだんだん人で埋まっていくのを眺めていたのですが、ああ、みなさん、私の話を聞くためにわざわざ来てくれたんだなあ、何と私は人気者なんだろうと感慨に耽っていました。しかし、よくよく考えてみれば、博士課程の学生は来ないといけないから来ているわけだし、先生たちは儀礼的にいらしているのだろうし、それから産業界からのゲストのみなさんは、私の話というより話のテーマに興味があって来場なさっているのだと思います。まあ、そんなところでしょうか」

講堂に穏やかな笑いが広がり、リックもそれに加わった。

話を始めたジョニーは演壇を離れ、ステージの上をゆっくりと歩き始めた。「昨年一年間、休暇をもらってユニコ社で研究をしていたのですが、今日はそこで新しく学んだことについて話をしてくれということでした。ただ断っておきますが、たかが一年でエキスパートになれるわけがありません。ようやく、それなりのイメージがつかめてきたという程度です。今日は、そのイメージをみなさんと分かち合いたいと思います」

「よかった」リックは心の中で呟いた。いくらジョニーでも数学モデルを〝イメージ〟などといった言葉で呼ぶことはないだろう。だが、相手はジョニーだ。喜ぶのは話を聞いてからにしよう。

「ユニコ社は、今日では超有名企業です。みなさんもご存じのとおり、稀に見る成長率と利益を誇っています。また当地では大規模なハイテク関連工場も建設しており、地元コミュニティーからも大きな関心を集めています。ただし、この成長はハイテク部門の子会社に限らず、全部門の事業に共通していることです。今回の私の研究補助金には旅費の枠が大きくとられていたので、自分の足で出向いて確認してきました。間違いありません」

「うらやましい限りだ」そう思ったのはリックだけではない。他の教授連中も同じだろう。

「彼らが、会社の運営に新しいマネジメント手法を取り入れていたのは明らかでした」さらに導入部分の話が続いた。「彼らも、それを隠したりしませんでした。〈制約条件の理論〉、あるいはTOC（Theory of Constraints）と呼んでいました。では、TOCとはいったい何でしょうか。私も少しかじってみました。細かい部分はさておき、まずは概念、フレームワークを勉強しました」

他のみんなも同じだろうが、リックもここ一〇年ほど、TOCという言葉を耳にする機会が増えてきた。人から話を聞いたり文献を読んだりしたが、なるほどと思うことが多かった。しかし、とどまるところがない。TOCは常に進化しているらしい。最初は生産スケジュールを中心とした考え方だったが、次に〝製品原価〟方式にメスを入れる急先鋒となった。続いてマーケティング、最近では人間関係の摩擦を取り除く手法として扱われることが多い。もし、ジョニーがこれをきれいに整理してわかりやすく説明してくれるのなら、一時間ここに座って話を聴くのも悪くはない。しかし、せいぜい一時間が限界だ。

「私のイメージですが……」そう言いながら、ジョニーはオーバーヘッドプロジェクターのスイッチを入れた。「TOCは異なる、しかも関連した三つのブレークスルー的なアイデアをひとつにまとめたものです」

一枚目のスライドをセットしながら、彼は説明を続けた。「第一に、みなさんもそう思われたかもしれませんが、TOCは新しい経営哲学だということです」

「また、そういう話か」リックが呟いた。

「ここ一〇年の間、新しい経営哲学がいくつも生み出されてきました」リックの呟きに応えるように、ジョニーはゆっくりと歩きながら説明を続けた。「TQM、JIT、リエンジニアリング、ラーニング・オーガニゼーションなど、次から次へと生み出されてきました。最初はひとつの流行から次の流行へとみんなの関心が移っているだけのようで、紛らわしく思われました。みなさんもそう思われたのではないでしょうか。特に、大学で教えている私たちにとっては、教科書や授業で使う資料などを頻繁にアップデートしなければいけなかったので、結構たいへんでした。

しかし、これらの理論が、実はそれぞれ非常に重要な意味を持っているのだということに次第に気づき始めたのです。それ以前の理論とは異なり、これらの新しいアイデア、理論にはお互い矛盾する点がありません。それどころか、多くの面でそれぞれ相互補完的な役割を果たしているのです。同じパズルを構成する一つひとつのピースだと考える人が増えてきたのです。私も今回TOCをよく勉強してみて、そう思うようになりました。まさにそうなんです。みんな同じパズルのピース同士なのです。それも私たちが考えている以上に、です。それを今日はみなさんにお見せしたいと思います」

ジョニーはそう言って、オーバーヘッドプロジェクターのところへ戻ると、二行目を指差した。

「二番目。実は、私はこれがいちばん重要なブレークスルーだと思うのですが……、TOCの手法。緻密なサイエンスをベースにしながら、なおかつ人的要素を含むシステムへも対応できる手法だということです。

三番目のブレークスルーは、実はこれがTOCについていちばんよく知られている点なのですが、非常に幅広い実用性があるということです」

ここでジョニーは間を置き、演壇に戻ってスクリーンに映し出された三つの点を順に指差した。

「新しい経営哲学、新しい手法、そして幅広い実用性。これらをわかりやすく説明するには、質問を出してそれに答えていくという形がいいと思います。では、最初の質問ですが、今日、企業のマネジャーが直面しているいちばん大きな問題は何でしょうか。どなたか、意見のある方？」

最前列に座っている白髪の男性が、まず手を挙げた。「いかに競争に勝つか！」

リックの見たことのない顔だ。どこかの会社のお偉いさんだろう。当たり前のことのように聞こえるが、忘れてはならないことだ。

「他には？」

「私の考えは違います」もう一人、どこかの会社のトップ・マネジャーらしき人が発言した。「いちばんの問題は、いかに社員の力を伸ばすことができるかということだと思います。エンパワーメントとか、コミュニケーションとか、チームワークといった言葉は頻繁に耳にするのですが、いざ実際にどうやったらいいのかというと、あまりそうした話は聞きません」

「言うとおりだな」ジムが耳元で囁いたが、リックは確信が持てなかった。

「私の会社では、競合他社にどう対抗すべきかはわかっています。それに、どうすれば社員を伸ばしてやれるか、これも特に問題ありません。私たちのいちばんの問題は、新製品の開発期間をどうしたら短縮できるかです。ＴＯＣは、そんな問題にも対応してくれるのですか。もしそうなら、非常に興味があります」

「同感だ」リックはそう呟くと、ジムに向かって囁いた。「あの人は誰ですか」

「プルマン氏だ。ジェネモデム社の会長だよ。彼のところからも、何人かＭＢＡを取得しにきている」

「私のところは、違います」プルマンの隣に座っていた男が手を挙げた。「我が社のいちばんの問題はクライアントです。頭が痛くなります」

その後もたくさんの手が挙がったが、ジョニーが手で制した。「ありがとうございます。でも、これで十分です。どれも貴重なご意見だと思いますが、今日のプレゼンテーションはそういう趣旨ではありませんので……」

講堂が静まったところで、ジョニーが続けた。「いま、みなさんからたくさんのご意見をいただきましたが、実は、TOCはこれらを単なる症状としてしかとらえていません。どれも同一の根本的な問題から発生した症状だと考えるのです。もし本当にそうであるならば、これは非常に深い意味を持っています。それをどうやって実証するかです」

ジョニーはまたゆっくりと歩き始めた。「通常、マネジャーはもっとうまく仕事をマネジメントできないかと考えているものです……。まずは、これからいきましょう。朝、出社して、『さあ、今日はどうしたら仕事を失敗できるかな』などと考える人はいないでしょう。しかし〝うまくマネジメントする〟とはいったいどういう意味なのでしょうか。いろいろな意味があると思います。今日この場では時間がありませんので、すべて挙げることはできませんが、とりあえず二つ挙げてみたいと思います。この二つが絶対的な必要条件であることは、みなさんにも賛成していただけると思います。まず、うまくマネジメントするために、マネジャーはコストをしっかり管理しなければいけません。もう一つ、マネジャーはうまくマネジメントするためにスループットを守らなければいけません。つまり、必要な製品を必要なクライアントに対価を払ってもらえるような形で届けなければいけません」

ここで、ジョニーは聴衆を見回すと、今度は派手に手ぶりを加えてさらに詳しく説明を始めた。

「例えば、みなさんの会社でマネジャーの一人がやって来て、コストをうまく抑えた、経費を二〇パーセント削減できたと言ったとします。しかし、クライアントの半分を怒らせてしまいました。彼を優秀なマネジャーと呼んでいいのでしょうか？　逆に、もう一人別のマネジャーがやって来てスループットを守った、すべてを納期内に出荷したと言ったとします。でも、そのために人をもっと雇って残業も限りなく増やしたとします。彼は、いいマネジャーなのでしょうか？」

「ジョニーが、あんなに話がうまかったなんて知りませんでした」リックが、そうジムに耳打ちすると、ジムは、そう言ったはずだと言わんばかりの表情をして見せた。

「コスト管理とスループット維持。この二つは絶対的に必要な条件です。どちらが欠けてもダメです。ここで、みなさんにお見せしたいのは、このどちらも各々違うマネジメント・モードを必要とする点です。両極端なため、お互い妥協する余地などありません。わかりやすくするために、喩えを使います。会社を一つの長い鎖、チェーンだと考えてください」

そう言うと、ジョニーはプロジェクターに何も書かれていないスライドを載せた。「まずこの輪ですが、これは購買部門です。必要な資材を調達するのが仕事です。次の輪、これは製造をスタートするのが仕事です。また次の輪、これは製品を仕上げるのが仕事です」説明しながら、彼が楕円形を一つずつ描き加えると、スクリーンには鎖が次第に姿を成していった。

「それから配送、営業、経理などの輪も必要です」鎖は、どんどん長くなっていった。

そこまで説明すると、ジョニーは聴衆に向かって訊ねた。「この鎖のどこがコストに相当すると思いますか？」間髪を入れず、ジョニーはマーカーを置き、ジョニーは次の質問をした。「コストとは何でしょうか？　コストは各部門、すべての部署で発生します。購買部門、製造部門などすべての部門、部署でです。コストの発生しない部署などありません。会社全体のコストを算出するには、各部門、部署で発生したコストを合計すれば求めることができます」

ジョニーはここでしばらく間を置き、聴衆が自分の説明を理解しているかどうか様子をうかがった。

大丈夫だと確認すると、また先を続けた。「この鎖で、コストに喩えることができるものがあるとしたら、それは重さです。どの輪にも重さがあります。会社全体の重さを知るには、すべての輪の重さを合計すればいいのです。それで、何がわかるのでしょうか？」

「知りたいのは、そこだよ」リックは、苛ついたように呟いた。

「コストをコントロールするということは、ひとつのマネジメント手法を意味します。この鎖を使ってそれを示してみましょう」休むことなく、ジョニーは説明を続けた。「みなさん、自分がこの鎖全体の社長だと思ってください。私はあなたの部下で、一部門、つまりこの鎖の輪のどれかひとつを任されているとします。社長であるあなたは、私に改善しなさいと指示を出します。従順である私は、さっそく作業に取りかかります。そして、しばらくしてあなたのところへ戻って来て、がんばりました、輪を改善しました、重さを一〇〇グラム軽くしましたと告げます。ですが、あなたは私の輪の重さには興味がありません。興味があるのは、鎖全体の重さです。しかし、私の輪が一〇〇グラム軽くなったということは、鎖全体の重さも一〇〇グラム軽くなったということです。あなたもそれはわかっています。それがいったいどういう意味なのか、わかりますか」

リックには、あまりピンとこなかった。

「経営哲学です。マネジメント・フィロソフィーを意味するのです。つまり、一つひとつの部門、部署における部分改善は自動的に組織全体の改善につながるということを意味するのです。要するに、組織全体の改善を達成するには、多くの部門、部署において部分改善を進めなければいけないということです。これを私は〝コスト・ワールド〟と呼びます」そう言って、ジョニーは口を閉じた。

「いったい、何の話をしているんですか」リックは苛立っていた。「そんなこと、誰でもわかっていることじゃないですか」

「まあ、待て」ジムが小声で答えた。「まだ私にもよくわからないが、ジョニーのことだ。何かあるのだろう」

「みなさん、そんな当たり前の話をどうして、と思っているのではないですか」ジョニーは笑顔を浮かべた。「でも、どうしてそれが当たり前のことなのでしょうか。これが唯一絶対の経営哲学だからでしょうか。いえ、そうではありません。それは、私たちがこの経営哲学に染まっているからです。長年使い続けてきた経営哲学だからです。おそらく産業革命が始まった頃からでしょう、私たちはずっとこの〝コスト・ワールド〟に従って、企業経営を行ってきたのです」

ここでジョニーが語気を強めた。「あまり知られていないことなのですが、先ほど言った〝スループットを重視する〟という考え方は、実はこのコスト・ワールドとは相容れない哲学なのです。〝スループット・ワールド〟を意味するのです。スループット・ワールド――いったい、それは何でしょうか」

講堂が一気に静まり返った。リックでさえ言葉が出ない。

「まず、スループットの本質とは何か、それを明確にしておきたいと思います」

スクリーンに映し出された鎖の絵を指差して、ジョニーが説明を始めた。「一つひとつの輪は資材を調達する、製造を開始する、製造を終了する、組み立てる、出荷するなど、それぞれ役割を持っています。そのどれかひとつの輪で作業が遅れたとします。会社全体のスループットはどうなるでしょうか」

「遅れる」あちらこちらから答えが返ってきた。

「スループットを考える時、重要なのは一つひとつの輪だけでなく、輪同士のつながりです。これが重要になってきます」

思わずリックは、ジョニーの説明にうなずいていた。

「では、この鎖の中でスループットに相当するものは何でしょうか。一つひとつの輪ではなく、複数の異なる輪がつながった時に何かが決まります。何でしょうか。重さではありません。もし鎖のつなぎ目を全部外したとしたら、残るのはバラバラになった輪の山です。しかし、合計した重さは変わりません。では、輪をつなぎ合わせることで、鎖のいったい何が決まるのでしょうか……。それは強度です。鎖の強さです。もしたったひとつでも輪が切れれば、鎖は切れてしまいます。鎖の強度はゼロになってしまいます。

さて、ここでみなさんに質問があります。とても簡単な質問に聞こえるかもしれませんが、実は非常に重要な質問です。いいでしょうか。では、何によって鎖の強度は決まるのでしょうか」

「強度のいちばん弱い輪」最前列から大きな声で答えがあった。

「なるほど。それでは、ひとつながりの鎖の中には強度のいちばん弱い輪はいくつありますか」ジョニーは〝いちばん弱い〟という言葉をことさらに強調した。

「ひとつです」

リックは、どうもジョニーのスタイルが気に入らない。そんな簡単な質問など、自分ならしないとリックは思った。しかし、効果はあるようだ。みんなの視線がジョニーに集中している。

「いいですか」張りのある声でジョニーが言った。「それが、どういうことを意味しているのか考えてみましょう。みなさんは、まだ鎖全体の社長です。私も、まだあなたの部下でひとつの輪を担当しています。強度のいちばん弱い輪はひとつしかありません。こうしましょう。私が担当している部門、つまり私の輪はいちばん弱い輪ではありません。いいですか。ここで社長であるあなたは、私に輪を改善しなさいと再度命じます。そして、私は命じられたとおりがんばって、あなたのところへがんばりました、改善しましたと報告に行きます。私は自分の担当する輪の強度を高めたのです。以前の三倍の強さにしたのです。褒めてやってください」

彼は間を置いて、笑顔を見せた。「いいですか。みなさんは、実は、私の輪にはあまり興味がないんです。興味があるのは鎖全体です。私の輪は、いちばん強度の弱い輪ではありません。私ががんばって自分の輪を強くしたとしても、鎖全体の強度はどれだけ増したのでしょうか。ゼロです。まったく強くなっていません」

ジムが、リックの顔を見て「言ったとおりだろ」と囁いたが、リックは黙ったままだった。彼の頭の中ではたくさんの質問が交錯していた。

「どういうことだか、わかりますか」ジョニーがまた歩き始めた。一歩、一歩に力がこもっている。「部分的にいくら改善したとしても、組織全体の改善にはつながらないのです」ほとんど叫ぶような声だ。「目指すのは、組織全体の改善、強度アップです。改善努力には時間とお金、そして労力が伴います。ということは、組織全体の改善を図るには、部分的にいくらたくさんの努力を行ってもダメだということです」

「面白い」ジムが呟いた。

「では、どうしたらいいのか……。コストをコントロールするには、コスト・ワールドに従ってマネジメントします。同様にスループットを守るには、スループット・ワールドに従えばいいのです。では、同時にコスト・ワールド、スループット・ワールド両方に従ってマネジメントすることはできるのでしょうか」

当てずっぽうでもいいから答えてみようという勇気のある者は誰もいない。

「やってみましょう」ジョニーがため息をついた。「例えば、〝月末症候群〟という言葉をご存じですか」

大勢が笑った。特に企業招待者から多くの笑いが漏れた。

「月の初めは、コストをきちんとコントロールします。残業も極力抑えます。バッチサイズも最適に保たれます。しかし月末になると、そんなことを言っている余裕などありません。早く出荷するためだったら、何でもありになってしまいます。この製品をあと三つだけ大急ぎで作れ、週末はずっと残業だ、とにかく早く出荷しろ、となってしまうのです」

ここで、ジョニーは急に声を低くした。「何が起こったかわかりますか。つまり、月初はコスト・ワールドに従ってマネジメントしているのですが、月末にはスループット・ワールドに従っているのです。

こんなことをしていては、企業は生き残っていくのがますます難しくなります。どうしてでしょうか。昨日まで許されていたことでも、今日は許されなくなっているからです。私たち自身が厳しくなったからではなく、私たちのクライアントの目が厳しくなってきたからです。一〇年前、オーダーの八割を納期どおりに出荷していれば、クライアントは何も言いませんでした。しかしいまでは、九割を納期どおりに出荷したとしても、顧客は満足してくれません。ああだこうだと言われてしまいます。一〇年前、私たちは自分たちにでき得る限りの品質を維持し、それを顧客に届けました。今日、同じ品質の製品を出荷しようものなら、すぐに返品されてしまいます。つまり、スループットを守ることがますます難しくなってきているのです。以前は許されていた妥協が、いまではもはや認められないのです。

では、コスト・ワールドと、スループット・ワールドの二つの間にどうして妥協が許されないのでしょうか。理論的にも無理です。証明してみましょうか」

「はい」講堂にたくさんの声が響いた。

ジョニーはポケットからハンカチを取り出し、額をぬぐった。

「証明するには、その前に、もうひとつ別の話をしなければいけません。〝選択と集中〟についてです」

その言葉に、思わずリックはまっすぐ座り直した。もしかすると論文を書くうえで、何らかのヒントになるかもしれないと彼は思った。

「集中することが重要なことは、みなさんおわかりだと思います」ジョニーの口調が柔らかになった。

「大切なことに集中できない、注意が散漫なマネジャーは、コストを管理することもスループットを守ることもできません。しかし集中するとは、いったいどういうことでしょうか。〝パレートの法則〟という言葉を聞いたことがあるでしょうか。主な問題の二〇パーセントに注意を集中することで、利益の八〇パーセントを得られるという法則です。これは統計的なルールです。ただし、統計学を教えている先生方はご存じと思いますが、この80：20ルールは独立変数で構成されるシステムにしか適用されません。つまり、それぞれの輪が個別にマネジメントされているコスト・ワールドにしか適用されないのです。

スループット・ワールドの場合はどうでしょうか。普通、企業には、輪が五つよりもっとたくさんあります。そうなると、二〇パーセント改善しても、その努力の多くは組織全体のパフォーマンス向上にはつながらないのは明白です。スループット・ワールドでは、輪と輪のつながりが重要です。変数は従属関係にあります。つまり、パレートの法則は適用することができないのです。

それでは、何に集中すべきなのか、それはどうすればわかるのでしょうか。どんな方法を用いればいいのでしょうか」

「面白い」再度ジムが呟いた。今度はリックも同感だ。

「意外と簡単です」ジョニーが、みんなを励ました。「鎖とは何か、よく考えてみてください。鎖の強度はそのいちばん弱い輪によって決定されます。もし鎖の強度を高めたいのなら、まず何をしなければいけませんか。最初のステップは何だと思いますか」

ここまでの話を聴いていれば、たいていの人ならわかるはずだ。ジョニーは、最前列に腰かけている男性に、どうぞと身ぶりで答えを促した。「いちばん弱い輪を探す」

「そのとおりです」そう言うと、ジョニーはマーカーを手に取って説明を続けた。「第一のステップは『制約条件を見つける』です。さて、制約条件が見つかったら、今度は何をしなければいけませんか」

「見つけた制約条件を強くする」先ほどと同じ最前列の男性が答えた。

「そのとおり」ジョニーは、彼に向かって笑顔を見せた。「しかし、ちょっと待ってください。ここは少し気をつけなければいけません。みなさん、自分の会社に戻って観察してもらえればすぐにわかると思うのですが、実は、制約条件には二種類あります。ひとつは物理的なもので、例えば、ボトルネック――需要を満たすだけの十分な生産能力を持たない機械や設備などです。この場合、いちばん弱い輪を強めるということは、ボトルネックのキャパシティを増やすことを意味します。

もうひとつの制約条件も見落としてはいけません。会社の方針が適切でない、間違っているような場合、実はこれも制約条件になるのです。この場合、いちばん弱い輪を強めるために方針のキャパシティを増やすといっても、何のことか意味がわかりません。この場合は、方針を変えなければいけないのです。ところで、この物理的な制約条件と方針上の制約条件ですが、最初はTOCについていろいろ混乱を巻き起こしたようです。TOCについて、いろいろ本や論文が出された当初、ほとんどは物理的な制約条件についてしか説明がなかったからです。そのため、TOCの方針制約への適用について論文や本が出始めた当時は、なかなかそれが理解されず、少なくとも学界では、理解を得るまでしばらく時間がかかりました」

「知らなかった」リックがぼそりと呟いた。

「面白い」ジムが、また同じ感想を繰り返した。

ジョニーはざわめきが静まるのを待って先を続けた。「ただ、ここでは物理的な制約条件に話を絞って説明します。重要度でいくとこちらのほうが低いのですが、こちらのほうがわかりやすいので。〝強度のいちばん弱い輪を強くする〟ということですが、次のステップについて話をする前に、ひとつ強調しておきたいことがあります。ボトルネックを強化するには方法が二つあるということです。ひとつは、人をもっと雇ったり機械を増やしたりして、単純にキャパシティを追加する方法です。もうひとつは、既存のキャパシティからアウトプットを最大限引き出す方法です。わかりますか」

聴衆がうなずくのを確認してからジョニーは説明を続けた。「ですから二番目のステップは『制約条件を徹底活用する』です。TOCではコスト管理を絶対的必要条件として認めているので、うなずいていただけると思います。

次のステップですが、もう一度思い返してください。スループット・ワールドでは、一つひとつの輪だけでなく、輪同士のつながりも非常に重要です。つまり、どれかひとつの輪で何かを行おうとするなら、他の輪への影響も考えなければいけないということです。あまり難しく考える必要はありません。スループット・ワールドは、直感的に理解できるはずです。それを証明しましょう」

そう言って、ジョニーは聴衆から協力者を一人選び出し、彼に向かって言った。「あなたにボトルネックになってもらいます。いいですか。ボトルネックということはあなたがいちばん重要で、会社全体のスループットがあなたにかかっているということです。責任重大です」

「責任が重大なのには、慣れています」

「そうですか。では、あなたに製品を加工してもらいます。がんばったら、一時間当たり一〇個加工できます。それ以上は無理です。いいですか」

ジョニーは、もう一人聴衆から選び出した。プルマンだ。「あなたは、非ボトルネックです。あなたは簡単に一時間に二〇個加工できます。しかしあなたが加工した後、製品はすべてボトルネックで加工されなければいけません。そうしないと製品は完成しません。では、あなたは一時間に何個の製品を加工したらいいですか」

「一〇」プルマンが即答した。

ジョニーは問題を繰り返し、もう一度同じ質問を繰り返した。

「みなさん、いかがですか。非ボトルネックは、一時間当たり何個の製品を加工したらいいと思いますか」

「一〇」大勢が、一度に答えた。

「そうです。それが第三のステップです」そう言いながら、ジョニーはボードにマーカーを走らせた。

「ステップ3『他のすべてを制約条件に従属させる』。どうがんばっても、ボトルネックで一〇個以上加工できないのであれば、非ボトルネックでそれ以上やっても意味がありません。さて、先ほどの方がまだボトルネックだとします。そのスループットをもっと増やすことにします。そのためには、ボトルネックの負担を軽くしてあげなければいけません。場合によっては、機械を購入したり、人をもっと雇うことが必要かもしれません」

再度みんながうなずくのを確認してから、ジョニーは四番目のステップをボードに書いた――『制約条件の能力を高める』だ。

リックは、慎重にここまでのステップをメモに書き写した。このロジックには欠点がない。きっとプロジェクト・マネジメントにも応用することができるはずだ。だが、どうやって。はっきりとはわからない。あとでじっくり考えよう。

ジョニーはマーカーを置くと、ステージの前のほうへ移動した。「これで、おしまいではありません。まだ、次のステップがあります。おそらく、みなさん直感的にわかると思います。これが鎖です」

そう言いながら、ジョニーは宙に手で大きく鎖を描いて見せた。「これがいちばん弱い輪です。この輪を強くします。すると、鎖全体の強度が高まります。さらに、この鎖を強くします。鎖の強度はさらに高まります。そして、さらにもう一度この輪を強くします。しかし、今度は何も変わりません。どうしてでしょうか」

あちらこちらから答えが返ってきた。

「そうです。この輪がもはや制約条件ではないからです」ジョニーが、みんなの答えをまとめた。「となると、今度は惰性を避けて、ステップ1に戻らなければいけません。これはすごいことなんです。何か気づきませんか」

ジョニーはしばらく聴衆の反応をうかがったが、手を挙げる者はいなかった。

「これが選択と集中のプロセスなんです。スループット・ワールドにおける集中プロセスなんです。それだけではありません。これは、継続的な改善プロセスでもあるんです。すごいと思いませんか。スループット・ワールドにおいては、集中プロセスと継続的改善プロセスは同じことなのです」

「面白いですね」リックがジムに耳うちした。

「いや、面白いというよりすごい」

「覚えていますか」そう言いながら、ジョニーは演壇に戻った。「みなさんに約束したことがあります。コスト・ワールドと、スループット・ワールドはお互い相容れない、妥協の余地はないと先ほど言いましたが、それを証明しなければいけません。覚えていますか。簡単です。とても簡単です」

ジョニーは、先ほど選び出したボランティア二人に再度視線を向けた。「あなたは、まだボトルネックです。一時間に加工できるのは最大一〇個です。あなたも、まだ非ボトルネックです。簡単に一時間二〇個加工できますが、やはりあなたが加工した製品は完成する前にボトルネックでも加工されなければいけません。みなさん、もう一度、非ボトルネックでは一時間に何個加工したらいいですか」

みんな、だんだんと彼のこのダイナミックなスタイルが気に入ってきたようだ。「一〇」みんなの答えが唸るように響いた。

「本当ですか?」ジョニーが頭を少し後ろに反らした。視線は、聴衆を捉えたままだ。「本当にそうですか」

「はい」みんな自信があるかのような表情だ。

「それでは、この方はどうなりますか」そう言って、ジョニーはプルマンのほうを指差した。「もし、あなたが自分の会社の従業員だとしたらどうですか。一時間に二〇個加工するキャパシティを持っているにもかかわらず、一〇個しか加工しないんです。あなたの能率はどうなりますか」

プルマンも、次第にわかってきたようだ。その表情が顔に表れていた。「よくないですね。五〇パーセントです」

「もし能率が五〇パーセントだとしたら、あなたのクビはどうなりますか」笑顔を見せながら、プルマンは手を首に当てて横に引いて見せた。

笑いが少し収まってから、ジョニーは説明を続けた。「でも、ここにいるみなさんは一〇個しか加工してはいけないと言っていますよ。みんなで、あなたのことをクビにでもしようっていうのでしょうかね。大した仲間です」

講堂は大きな笑いで埋め尽くされた。

聴衆が静まるのをじっと待って、ジョニーが続けた。「どういうことかわかりますか。スループット・ワールドは直感を働かせればいいのです。その直感に従えば、〝一〇個しか作ってはいけない〟ということになるのです。でも、みなさんの企業はおそらくコスト・ワールドの中でしょう。コスト・ワールドに従えば、部分的な能率を最大限にまで伸ばすことが求められるのです。つまり、二〇個加工しろということになります」そう言うと、ジョニーは口を閉じた。

「コスト・ワールドと、スループット・ワールドはお互い相容れないのです。もし、その中間の一五個で妥協すれば、両方のワールドから絞め殺されます」

これは重要なポイントだ。だが、みんなまた笑っている。

「では、どうしたらいいでしょうか。スローダウンするんです。例えば、一二個以上は加工できないと言えばいいんです。嘘をつくわけですが、そうでもしなければ、彼の仕事が危うくなります」

ジョニーはゆっくりと演壇へ場所を移し、しばらくしてから説明を続けた。「問題が発生した時、これを解決するにはまず問題が何かを正確に認識しなければいけません。そのぐらいのことはみなさんもわかっていると思います。しかし、〝正確に認識する〟ということがどういう意味なのか……これをはっきりと定義することは誰もしません」

この説明は少しわかりづらいようだったので、ジョニーは説明を加えた。「私たちは、いつ、どの時点で問題をはっきり正確に認識したと知ることができるのでしょうか。それは問題が解決し、振り返って考えてみた時です。では、問題が解決する前はどうでしょう。問題が解決する前に、どうしたら問題を正確に認識したと知ることができるのでしょうか」

「なるほど、いいポイントですね」リックが、ジムに向かって囁いた。

「TOCでは、サイエンスで用いられる定義を使用します。〝問題を正確に認識する〟ということは、二つの必要条件の間にコンフリクト、つまり対立点があることを示すことです。コンフリクトを示すことができなければ、問題を正確に認識したとは言えません」

ジョニーは聴衆の反応をうかがった。

「いままで私が説明してきたのは、実はその話だったんです。二つの必要条件の間にコンフリクトがあることを示して見せたんです」そう言うと、ジョニーはプロジェクターに戻って、別のスライドを映し出した。

「マネジャーの目標は、仕事をうまくマネジメントすることです。うまくマネジメントするための必要条件は、まずコストを管理すること。もうひとつはスループットを守ることです。しかしコストを管理するには、コスト・ワールドに従ってマネジメントしなければいけません。一方、スループット

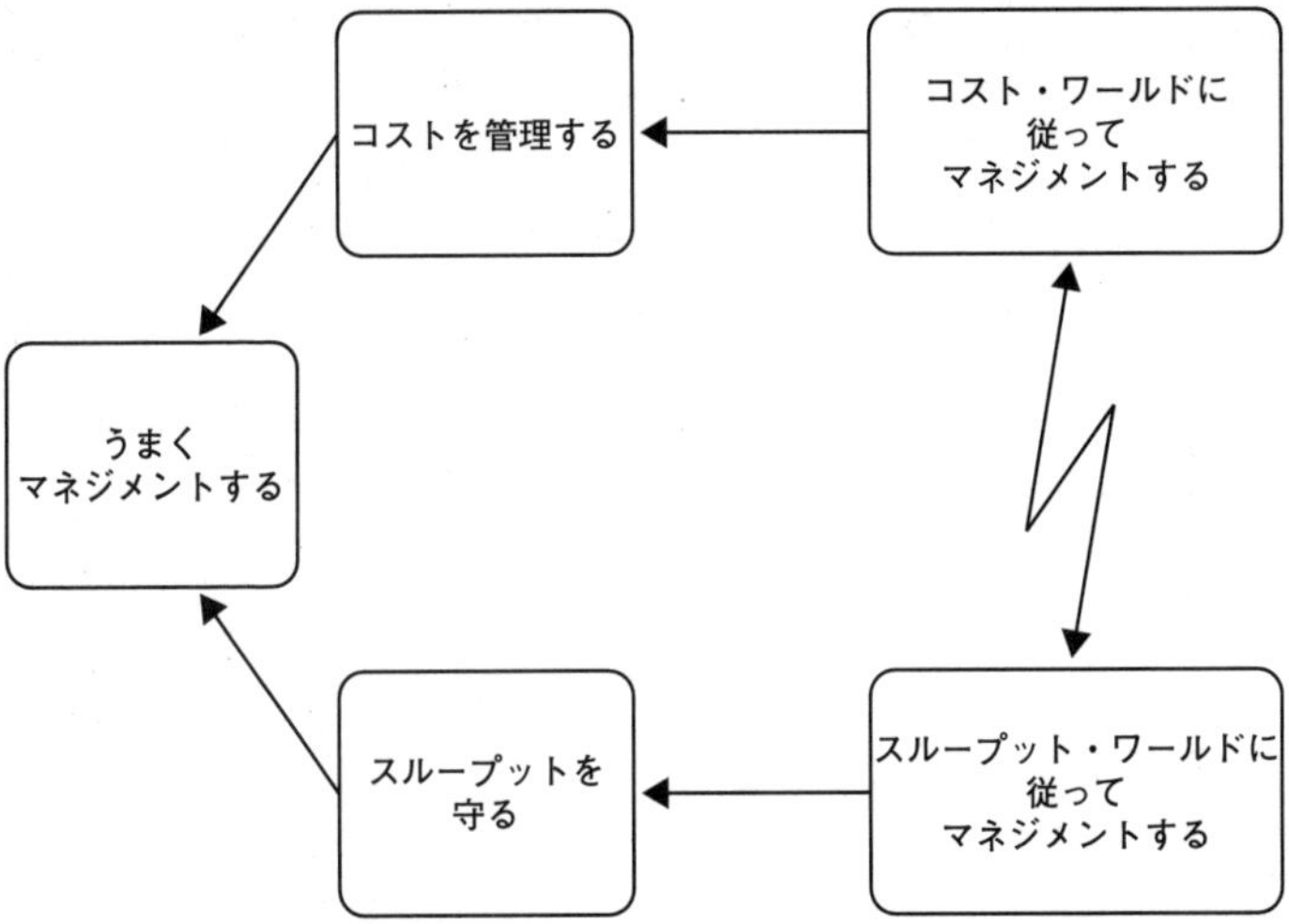

コスト・ワールドに
従って
マネジメントする
コストを管理する
うまく
マネジメントする
スループット・ワールドに
従って
マネジメントする
スループットを
守る

を守るには、スループット・ワールドに従ってマネジメントしなければいけません。そして、これまでにも見てきたように、この二つはお互い相容れません。コンフリクトがあるのです。

どうしたらいいのでしょうか。まずは、お互い歩み寄る余地はないか考えてみます。もし、なければ、どうしたらいいでしょうか。何か別の方法がないか考えてみましょう。サイエンスではどうするのでしょうか」

みんな、ジョニーの答えの続きを待っていた。

「例えば……、建物の高さを測るとしましょう。ある方法を用いて測ったら、高さは一〇ヤードでした。別の方法を用いたら二〇ヤードでした。コンフリクトです。しかし、だからと言って、お互い妥協して一五ヤードで手を打とうなどという話になるでしょうか」

みんな笑っている。

「サイエンスの世界では、コンフリクトが発生した場合いったいどうするのでしょうか。科学者のリアクションは、私たちのとはずいぶん異なります。私たちは、何とか折り合いのつくところで妥協点を見出そうとしますが、サイエンスではそんな考えは微塵たりとも起こりません。スタート地点からして違うのです。妥協をまったく許さないのです。この世の中にコンフリクトなど存在しないと考えるのです。

二つの方法がともに広く認められている方法だとしても、科学者は本能的にいずれかの方法に問題がある、論理上の仮定が間違っていると結論づけるのです。そうした時、彼らは、間違った仮定を探して修正することに全精力を注ぎ込みます。

私たちも同じことをすべきでしょうか」

しばらく間を置いて、ジョニーがまた訊ねた。「いや、同じことができるでしょうか」

演壇に戻りながら、ジョニーは質問を続けた。「私たちが相手にしているのは人をベースにした組織です。そんな私たちが、コンフリクトは存在しないなどと信じることができるでしょうか。

どうしたら、そんなことが信じられるのでしょうか。私たちの周りはコンフリクトだらけです」

まるで、会話でもするような口調でジョニーは続けた。「TOCの理論の中で何がいちばん斬新かと言えば、おそらくこの考え方でしょう。コンフリクトが生じた場合、それは誰かが間違った仮定をしているからだ、しかしその仮定は修正することができ、修正することによってコンフリクトは取り除くことができる、という考え方です。どう思いますか」

「私はどうも……」リックが呟いた。

「Win-Win（ウィン・ウィン＝双方にとって都合がよい状況）のソリューションというものを、君は信じていないのかね」ジムがリックに訊ねた。

「あるとは思いますが……」

「だったら、ジョニーの話も信じていいはずだ」

どういうつながりがあるのか、リックにはわからなかったが、ステージではジョニーが説明を続けていた。

「私たちの例を使って、このアプローチ――〈雲〉(Cloud)あるいは〈蒸発する雲〉(Evaporating Cloud)などと呼ばれているのですが、これがどれだけ強力なものかお見せしましょう」そう言って、ジョニーはオーバーヘッドプロジェクターへ向かった。

「それでは、基本となる仮定を考えてみましょう。まず、コストを管理するには、コスト・ワールドに従ってマネジメントしなければいけない。どうしてですか。優れたコスト・パフォーマンスを実現するには、組織内の一つひとつの部門、部署においてローカル・パフォーマンスを向上させなければいけないと考えるからです。つまり『優れたコスト・パフォーマンスを実現するには、優れたローカル・パフォーマンスを図るしかない』ということです」そう説明しながら、ジョニーは図にこの仮定を書き足した。

「では、スループットを守るためには、どうしてスループット・ワールドに従ってマネジメントしなければいけないのでしょう。それは一つひとつの部門、部署のローカル・パフォーマンスが優れていたとしても、組織全体としては優れたスループットは実現できないと考えるからです。つまり『ローカル・パフォーマンスが優れていても、優れたスループットは実現できない』ということです」図に

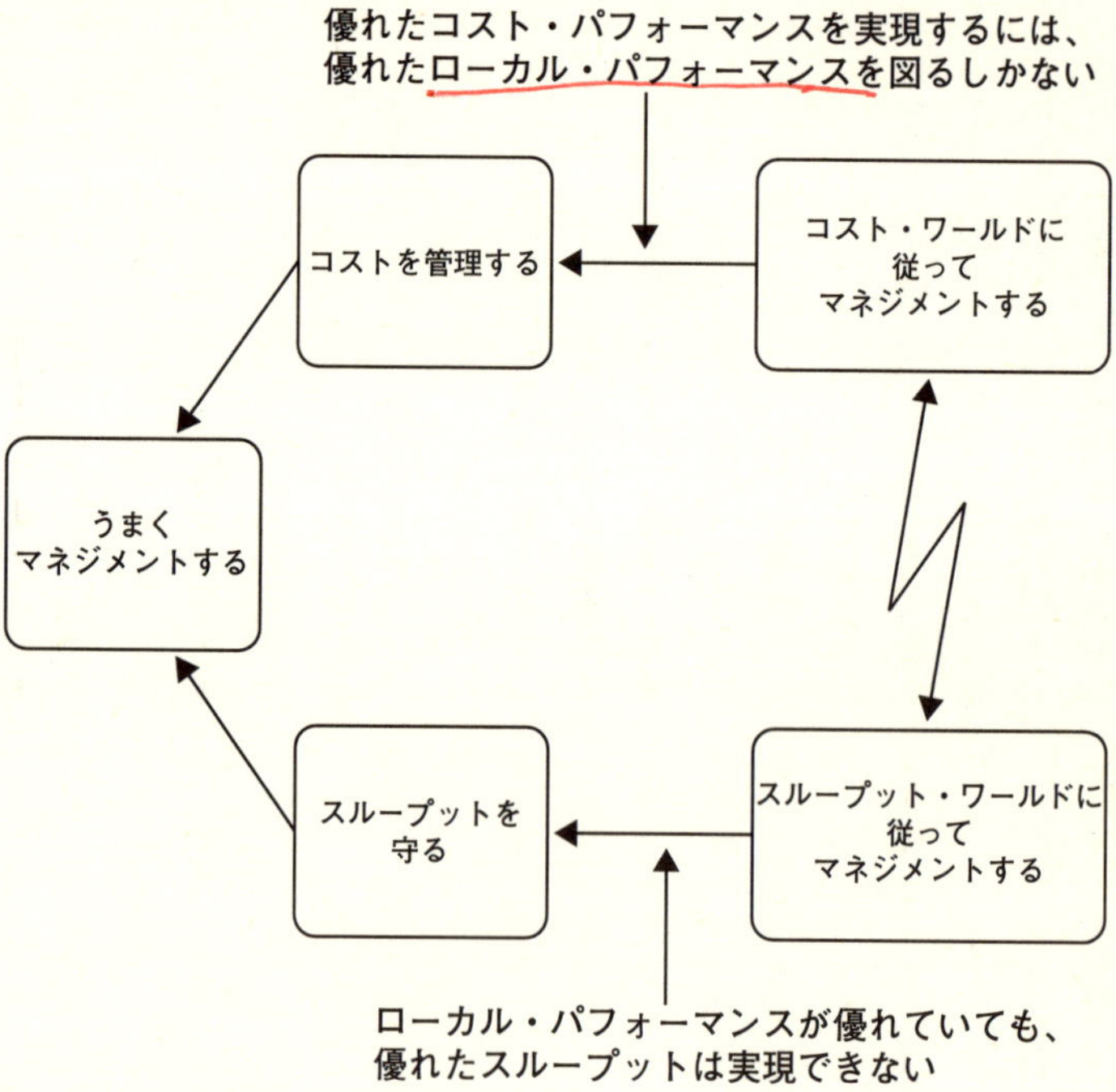
優れたコスト・パフォーマンスを実現するには、
優れたローカル・パフォーマンスを図るしかない
コストを管理する
コスト・ワールドに
従って
マネジメントする
うまく
マネジメントする
スループットを
守る
スループット・ワールドに
従って
マネジメントする
ローカル・パフォーマンスが優れていても、
優れたスループットは実現できない

この仮定を書き加えると、ジョニーはしばらく黙って、みんなに考える時間を与えた。

「どうですか。どの仮定が間違っていますか。選択肢は三つです。上の『優れたコスト・パフォーマンスを実現するには、優れたローカル・パフォーマンスを図るしかない』という仮定が間違っていると考えるのか、あるいは下の『ローカル・パフォーマンスが優れていても、優れたスループットは実現できない』という仮定が間違っていると考えるのか、あるいはこの二つの仮定の間で妥協点を探し出すか。どうしたらいいと思いますか」

ジョニーは聴衆に向かって同じ質問を繰り返した。「上の仮定が間違っていると思う人？　手を挙げてください」

五人ほどが手を挙げたが、間を置いてさらに数人がこれに加わった。

「慌てないでください。いいですか。この仮定が間違っているということが、どういうことを意味しているのかわかりますか。産業革命が始まって以来、企業が長年にわたってやってきたことがすべて間違っていたということなんですよ。それでも、手を挙げますか」

先ほど手を挙げたほとんど全員が、ジョニーの警告にひるむことなく再度手を挙げた。

「大した自信ですね」ジョニーは、笑顔を見せて先を続けた。「では、下の仮定が間違っていると思う人？　ローカル・パフォーマンスが優れていても、優れたスループットは実現できないという仮定が間違っていると思う人、手を挙げてください」

今度は誰も手を挙げない。リックにとっては意外だった。

「投票結果は、はっきりしていますね」ジョニーが告げた。「しかし残念ながら、答えはそんな民主的な方法で決めるわけにはいきません。証明しなければいけないのです。では、上の仮定が間違っているいることをどうやって証明したらいいでしょうか」

「どうせまた、華麗な数学モデルでも披露するんだろ」と呟いて、リックはため息をついた。

しかし予想に反して、ジョニーは数学を一切使わなかった。「あなたは、まだボトルネックです。あなたも、まだ非ボトルネックです」ジョニーが先ほどの二人を指差した。「シナリオは、さっきと同じです。非ボトルネックが加工していいのは一時間に一〇個だけというのがみんなの一致した意見でしたね。どうしてですか。スループットを守るためですか。少し考えてみてください。

非ボトルネックで一時間に一五個、いや二〇個加工したとしたら、ボトルネックの妨げになりますか。ボトルネックが一時間に一〇個加工する邪魔になりますか。

だったら、どうして非ボトルネックが加工できる数を一〇個に制限する必要があるのでしょうか。どうして一〇個にこだわる必要があるのですか。非ボトルネックの意見を聞いてみましょう」

「一〇個より多く加工したら、不必要な在庫が溜まるからです」プルマンが自信を持って答えた。

「なるほど。では、在庫が増えるとコストはどうなりますか」

「増えます」

「そうなんです」ジョニーが聴衆に向かって声を大にした。「みなさん、非ボトルネックは二〇個加工してはいけない、一〇個しか加工してはいけないと言いましたね。どうしてでしょうか。それはスループットを守るためじゃなくて、実はコストを抑えるためだったんです。非ボトルネックに、ローカル・パフォーマンスを五〇パーセントに抑えて作業するように指示する理由はただひとつ——コストを管理するためです。となると、この図の上の仮定はどうなりますか。

優れたコスト・パフォーマンスを実現するには、優れたローカル・パフォーマンスを図るしかない。これが間違っていたんです」

ゆっくり一語一語はっきりと、ジョニーは結論をまとめた。「私たちは、どこかに妥協点はないかと探し、そのためにパフォーマンスを下げ、その結果惨めな思いをすることがあります。どうしてですか。それは、仮定が間違っているからです」

ほんの一呼吸置いて、ジョニーが繰り返した。「優れたコスト・パフォーマンスを実現するには、優れたローカル・パフォーマンスを図るしかない。企業やマネジャーの多くは、この仮定が正しいと考え、これに従って行動しています。TOCでは、これが今日企業が抱えるいちばんの根本的な問題だと考えています」

「本当だろうか」リックが呟いた。

「新しい経営哲学はどれも、はっきりとは示していなくても、暗黙のうちにこれを認識しているのです」ジョニーの口は、ますます滑らかになっていった。「どれもスループットを重要視し、部分最適化からは距離を置いています。

例えばTQMとJITですが、TOCのようにもっと集中しなさいとは教えていませんが、スループットについてはこれを非常に重要視しています。それからリエンジニアリングは、基本的な仮定を見直すことの重要性を強調しています。またラーニング・オーガニゼーションですが、これは中途半端な妥協をWin-Winのソリューションに置き換えようというのが考え方の基本です。TOCがもたらす透明性をもって、またTOCの分析手法を系統立てて用いることで、これらの経営哲学は実はすべてひとつにまとめることができるのです。

しかし、そんな理論の講義を聴きに、みなさん今日ここに集まったのではありません。TOCで何ができるのか、それが知りたいはずです。どのようなことを、どのくらいの時間でできるのか。そして何より、どうやってTOCを用いたらいいのか、その方法が知りたいはずです。

さて、話を先に進めますが、今度は私が昨年経験したある興味深い事例をご紹介したいと思います。ユニコ社の例ですが、買収した会社をガタガタの状態から、どうやって見事利益の出せる状態に建て直したかという話です。ほんの三か月で金脈に生まれ変わらせたのです。でも、そろそろ話が始まって一時間経ちますので、ここでいったんコーヒーブレークにしたいと思います。私の話をもっと聴きたい方は、休憩が終わったらまた戻って来てください」

12

「戻って来なかった方もおられるようですね。まあ、いいでしょう。気が重くなるような退屈な話はもうやめましょう。それでは、今度は私の経験をお話ししましょう。みなさん、経験談はお好きですよね。ユニコ社で、私が実際に経験した話です。

ある日、副社長の部屋へ呼ばれたのです。彼の名前は、ドン・ペダーソン。ですが、彼は他の副社長とはちょっと違います。アシスタントが何名かついてはいるのですが、それ以外には直属の部下はいません。でもだからと言って、彼が重要な人物ではないかと言うと、そうではないのです。少なくとも私にとっては、研究補助金の申請書に署名してくれた人物ですから、非常に重要な人物です。

とにかく、それまでは直接彼に会ったことはありませんでした。メモを通してのやり取りだけでした。そのメモが、なかなかよかったのです。丁寧で緻密で、それに彼からのメモはこの子会社へ行ってみてくれ、あの部門に行ってみてくれといった内容が多く、メモが来るたびにどこかへ出向いて行くことを意味していました。その時は、ユニコ社へ行ってからもう半年ほど経っていたのですが、とにかく彼に直接会うのは初めてだったんです。彼のオフィスへ行く時は、すぐに見つかるかどうか不安だったのですが、まったく問題ありませんでした。CEOの部屋のすぐ隣だったからです。それだけで、彼がいかに重要な人物かはだいたいわかりました。どれだけ重要な人物か、結局最後まで正確には知ることはできませんでしたが。

しかし、とにかくドンはとても人当たりがよくて、非常にオープンな感じの人でした。それに、驚くほど若かったんです。せいぜい、三〇そこそこといった感じでした。その彼から、きっと生涯ずっと忘れることのできない貴重な教訓を学びました。

彼とは、私が最後に出向いて行った部門について長時間、話をしました。大きな配送センターで、どうすればトラックの運行スケジュールを最適化できるかを彼に示して見せたのです。私の計算では、少なくとも年間五万ドル、コストを節約できたのです。彼もたいへん興味を示し、質問もたくさんしてきました。複雑な数式が書いてあるメモも用意してあったのですが、それまで見せてくれと言ってきました。私も悪い気はしませんでした。ご覧のように、私は知識溢れる大学教授。一流企業の幹部を相手に、会社を科学的にいかに経営すべきかを伝授させてもらったのですから……。

ですが、相手が私のことをどう思っているのか、あとから考えてみたら、とても恥ずかしくなりました。年間五億ドル以上もの取扱い高を誇る配送センターでほんの数週間過ごして、出てきたのは訳のわからない節約方法。それも、たったの五万ドルです。

ですが、ドンは礼儀を欠かしませんでした。私の能力を他で活用できるかもしれない、と言ってくれたのです。当時、ユニコ社はある製鋼会社を買収するところで、その翌週の金曜日には買収の調印が予定されていました。その一か月ほど前には、ドンも自ら丸二日かけてその会社について簡単な分析を行っていました。ドンは私に、その会社へ翌日すぐに飛んで、詳細な分析を行い、そして意見をまとめてほしい、と言ったのです。私もその提案に飛びつきました。鉄鋼業界については以前に論文を四つほど出したこともあって、結構詳しかったのです。

しかし、買収が終わってすぐの週末に現地で待ち合わせて、私の意見書を見せてほしい、彼の分析と比較したいと言われた時には、少し抵抗を感じました。そんな分析がたったの一〇日でできるはずがないし、そんな中途半端な分析をプロがまとめた分析と比べてもしょうがない、と言おうかと思ったんです。でも結局、彼には何も言いませんでした。で、そのまま現地へ飛びました。

現地では、向こうの人が期待して待っていました。私も一生懸命がんばりました。昼間は大勢の人から話を聞き、夜は資料や報告書を山ほど読んで、集めたデータの中から役立つ情報を引き出そうと努力しました。

最初は情報が多すぎてその情報量に溺れたような感じでしたが、次第にその状況が明らかになってきました。他の多くの製鋼会社と同じで、この会社も損失を出していたのです。しかし競争が激化し、鉄の価格がどんどん下がるような状況では、それも仕方がないと思われていました。

クライアントからは、いつものようにああだこうだとクレームはあったようですが、それを除けばそれほど大したクレームは見受けられませんでした。納期までのリードタイムと納期遵守率は競合他社と同程度でした。もちろん価格もです。品質面では他社をわずかながら上回っているようでしたが、特筆するほどの差はありませんでした。

機械や設備は、ほとんど最新鋭のものを使っていました。ただし、スリッターはよくなかったですね。スリッターとは鋼材を必要なサイズに裁断する機械なんですが、これは遅いし効率が悪かったですね。これは新しいものに交換する必要がありました。計算してみたのですが、新しい機械を購入したとして、ペイバックは三年少々でした。

問題は在庫でした。できあがった鋼材が屋外の広いスペースに山のように積み上げられていたのです。状態もよくなく、錆が出ているものがたくさんありました。どうしてそうなったのかを調べてみたのですが、これが簡単にはいきませんでした。みんな、互いに責任をなすり合うばかりだったのです。そして、ようやく突き止めたのがコンピュータ・ソフトでした。作業スケジュールを組むのに使っていたのですが、これがかなり時代遅れのコンピュータ・ソフトだったのです。信じられますか。溶鉱炉や圧延部門、コーティング部門には多額の投資を惜しまないのに、コンピュータ・ソフトは七〇年代の超時代遅れのソフトだったのです。何を考えているのか、理解に苦しみました。

原材料も、問題ありでした。原材料そのものではなく、支払っていた価格です。不適切な調達システムが原因で、これは変える必要がありました。ドンに会った時にすぐ見せることができるよう、どうやってシステムを効率化したらいいかも考えました。ずいぶんと時間がかかりましたが、購買部に必要なのは三人だけで、その三人でそれまでと同じ作業をこなすことができ、なおかつコストをかなり節約できることがわかりました。最低でも一〇〇万ドル、いや一五〇万ドル節約ができることがわかりました。

さて、金曜日に調印が行われ、ドンが翌日の土曜の朝に来ることになっていたので、こちらも準備して待っていました。ところが、緊急の用が入りそれを済ませてから来るので、到着するのが日曜の午後になると彼から電話があったのです。一日余裕ができたので、私はもう一度、計算結果を確認しておきました。

日曜午後七時、まだ紅茶がカップに残っているような素ぶりをしてロビーで座って待っていると、ドンがホテルに入ってきました。彼はさっそく自分のスイートルームに来るよう、私に告げました。こちらは早く彼に自分の分析結果を見せたくてうずうずしていたので、すぐに自分の部屋へ資料を取りに戻りました。一〇分もあれば、彼も部屋に入ってとりあえず落ち着くことができるだろうと思い、私は資料を取るとそのまま彼の部屋へ向かいドアをノックしました。

しかし、彼は私の用意した資料は見もしませんでした。彼が最初に口にしたのは、『何が会社の制約条件になっているのか』という質問でした。

こちらもユニコ社に行ってからもう半年も経っていたので、実はそんな質問もされるのではないかと一応準備はできていたんです。すぐに用意してあったリストを取り出し、彼に手渡しました。制約条件は、全部で二六ありました。すばやく目を通すと、彼はため息をついて、リストを脇に置きました。当然です。誰でもそんなにたくさん制約条件があるのを目にすれば、ため息のひとつもつきたくなります。

それから、彼に質問されました。私の分析では、会社が利益を出せるようになるまでどのくらい時間がかかるのかと。その答えは用意してありませんでしたが、とっさにそれは鉄の市場価格が今後どう動くかによると答えていました。

では、仮に価格がいまのままずっと変わらないとしたらどうなるのか、とまた訊ねられました。価格が現状のままでは、いつまで経っても利益は出ないと言いたいところだったのですが、ほんの二日前に製鋼会社を買収した人を相手にそんなことを言えるはずがありません。

その時、ふとあるジョークを思い出したんです。自分の犬に三年以内に字の読み方を教えようと決心した男の話です。でも心の中では、三年のうちに犬か自分のどちらかが死ねばいいなと願っていたのです。鉄の価格は頻繁に変動します。それがわかっていたので、私は自信があるかのように『二年』と答えてしまいました。助かったことに、どうして二年なのかは彼から追及されませんでした。

その代わり、どのくらいの投資が必要と思うか、と訊ねられました。この質問には、詳しい答えを資料にまとめて用意してありました。しかし、彼はまた私の資料には目を通そうとしませんでした。答えだけを聞きたかったのです。あまりいい気分はしませんでしたが、相手が相手だけに仕方ありませんでした。私は『二二三四万ドル……約』と答えました。

彼の口からは『なるほど』という返事しか返ってきませんでした。そして、翌朝七時にリムジンが迎えに来るからとだけ言って、私を部屋の外まで案内してくれました。

翌朝、リムジンで会社に着くとみんなが広い会議室で待っていました。トップ・マネジャー全員です。みんなで二〇人ほどいました。一人ひとりと握手を交わすと、さっそくドンが話を始めました。

まず彼は、自分は鉄鋼業界にはついては詳しくない、彼らの会社の業務についてはなおさらだと告白しました。だから教えてほしい、よくわかるように助けてほしい、よくわかっていればいるほど間違った決定を下す可能性が低くなるからとみんなの協力を仰ぎました。要は、これから何らかの変化がある。そのための決定が下されることを彼はみんなに明確にしました。

続いて、彼はバランスシートなど会社の数字は全部チェックした、だが、そんなレポートからは会社の実態は何もわからないと言いました。鉄鋼業界においては業務効率を測るうえで〃時間当たり生産トン数〃という指標が、主要指標として長年用いられてきたことは彼も知っていましたが、その〃時間当たり生産トン数〃を彼らがきちんと監視しているかどうか、いつも把握しているかどうか彼は訊ねました。

彼らは、ちゃんと監視していると答えました。三〇分ほどこれについて会社側から詳しい説明がありました。ワークセンター、部門部署、あるいは工場全体それぞれのレベルでどのように監視しているのか。またデータをどのように収集し、それをどのように処理報告しているのか。シフト、日、週、月、四半期、年、それぞれの単位ごとに作成したレポートやグラフを見せてくれました。

彼らが説明している間じゅう、ドンはずっと前向きな姿勢で話を聞いていました。ただ説明が終わると、なかなかの仕事ぶりだとしかコメントしませんでした。どう思うか、私も意見を求められたのですが、私は素直に感心したと答えました。あの時、主要指標の主要の意味が初めてわかったような気がしました。

ドンは、そのまま黙って考え込みました。他のみんなも黙っていました。そしてしばらく沈黙が続いた後、ようやくドンが口を開いて、彼らの〃時間当たり生産トン数〃の監視体制が万全である、申し分ないと認めたのです。しかし彼の頭にひっかかっていたのは、実はそんなことではなかったのです。そこまでの体制を敷いて〃時間当たり生産トン数〃を監視する必要が本当にあるかどうかということだったのです。

彼らにとってそれは異説でした。鉄鋼業界において〃時間当たり生産トン数〃は、彼らのパラダイムの支柱だったのです。それに疑問を抱いても構わないのだと、彼らが理解するまではしばらく時間がかかりました。

どうして〝時間当たり生産トン数〟を計測、監視しなければいけないのか、彼らからはたくさん理由が挙がりました。しかし多くの説明は、私の耳には、〝これまで長年そうやってきたからそうしないといけない〟といった感じにしか聞こえませんでした。しかし、ドンは熱心に耳を傾けていました。そのうち彼ら同士でもいろいろ意見の衝突が起こり始めたのですが、その間もドンはずっと黙って様子をうかがっていました。

ようやく彼らが落ち着いたところで、ドンが彼らに向かって評価指標の目的をあらためて指摘しました。つまり、各部門、各部署が会社全体にとって利益となることを行うよう促すのが評価指標の目的だと。

これにはみんな、うなずいていました」

ここで、ジョニーはオーバーヘッドプロジェクターにスライドを映し出した。

「見にくいかもしれませんので、私が読み上げましょう。ドンが説明したのと同じ手順でやってみます。

まずはいちばん下からです。鉄鋼業界においては、各部門、各部署は一時間に何トン加工したかによって評価されます。つまりいちばん左下のステートメント500の『鉄鋼業界において〝時間当たり生産トン数〟は長年、主要評価指標である』となるわけです。

ここで、ドンは『私がどう振る舞うかは、あなたが私をどう評価するのか次第』という言葉を引用

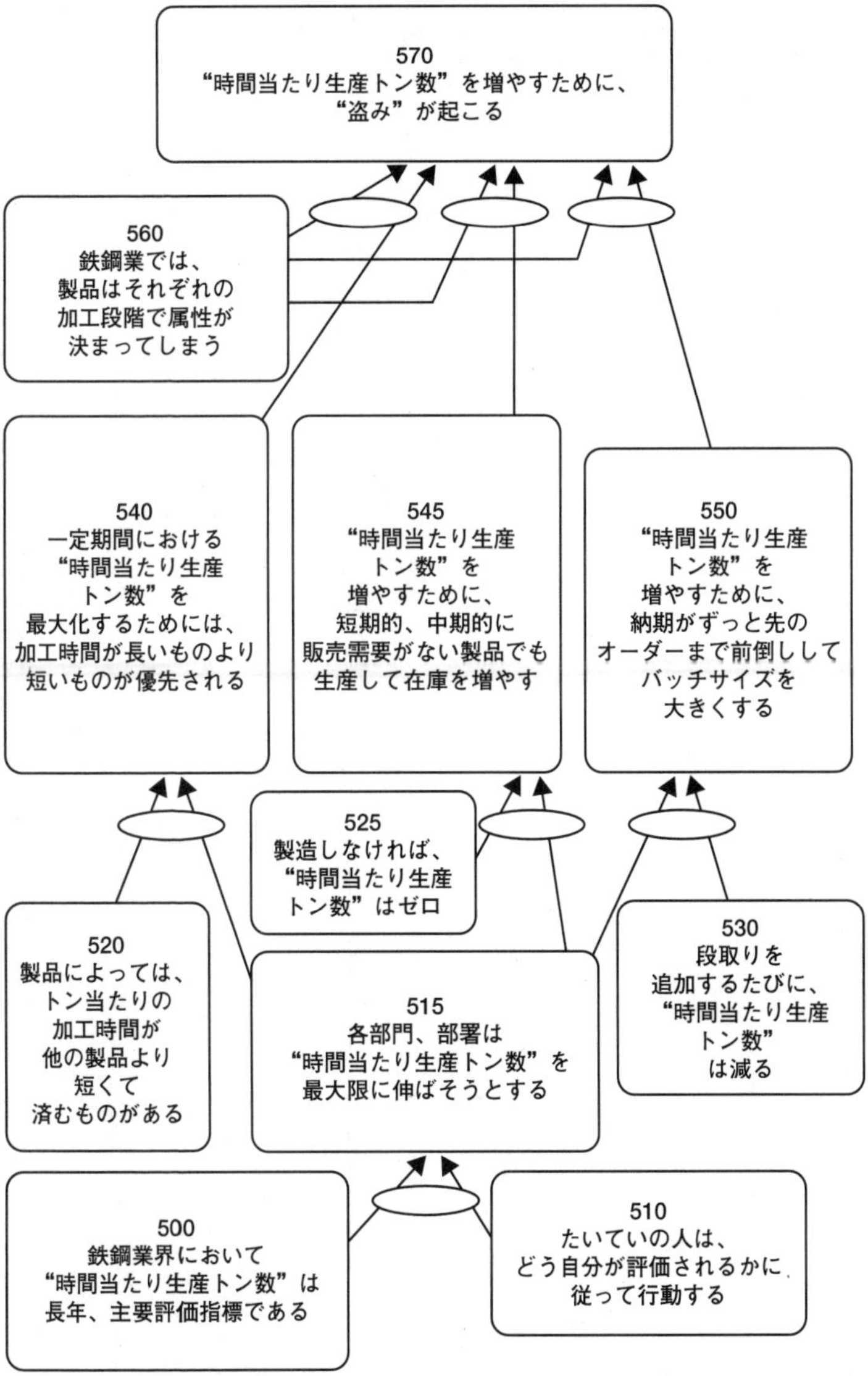
570
“時間当たり生産トン数”を増やすために、
“盗み”が起こる
560
鉄鋼業では、
製品はそれぞれの
加工段階で属性が
決まってしまう
540
一定期間における
“時間当たり生産
トン数”を
最大化するためには、
加工時間が長いものより
短いものが優先される
545
“時間当たり生産
トン数”を
増やすために、
短期的、中期的に
販売需要がない製品でも
生産して在庫を増やす
550
“時間当たり生産
トン数”を
増やすために、
納期がずっと先の
オーダーまで前倒しして
バッチサイズを
大きくする
525
製造しなければ、
“時間当たり生産
トン数”はゼロ
520
製品によっては、
トン当たりの
加工時間が
他の製品より
短くて
済むものがある
515
各部門、部署は
“時間当たり生産トン数”を
最大限に伸ばそうとする
530
段取りを
追加するたびに、
“時間当たり生産
トン数”
は減る
500
鉄鋼業界において
“時間当たり生産トン数”は
長年、主要評価指標である
510
たいていの人は、
どう自分が評価されるかに
従って行動する

しました。つまり『たいていの人は、どう自分が評価されるかに従って行動する』——ステートメント510となります。これには、みんなすぐに賛成しました。この二つのステートメントを踏まえたうえで、彼は次のステートメント515『各部門、部署は〝時間当たり生産トン数〟を最大限に伸ばそうとする』という結論を導き出しました。

これにもみんな、すぐに納得しました。

さて、これが次にどこにつながるかです。ここまでだけでしたら、みなさんもすんなりと理解できると思うのですが、さらに他の条件が入ってくると、そう簡単にはいかなくなります。鉄鋼業界には他にもたくさん考慮しないといけないことがあります。例えば、『製品によっては、トン当たりの加工時間が他の製品より短くて済むものがある』——ステートメント520です。具体的な例としては、圧延部門ですが、二インチ厚の鋼板一〇トンのほうが、〇・五インチ厚の鋼板一〇トンよりずっと短い時間で加工することができます。その結果、『一定期間における〝時間当たり生産トン数〟を最大化するためには、加工時間が長いものより短いものが優先される』という結果になります。ステートメント540です。それがどういうことになるのか、みなさん想像がつくと思います。加工時間が短い製品の在庫が増える一方、加工時間の長い製品はオーダーが入っても在庫が足りない、つまり在庫切れが生じるのです。

この問題についてては、みんなで長い時間、その影響の深刻さについて論議を交わしました。さほど心配することもないと主張する者もいましたが、ドンは特に言い返すことはしませんでした。その必要がなかったからです。他のマネジャーが彼に代わって反論してくれたんです。実際の数字を使って証明してくれました。数字自体はおかしくも何ともなかったんです。どれも一〇〇万ドル以上の大きな数字でした。でも、その説明はおかしかったですね。私のようにひねくれたユーモアのセンスがあればの話ですが。

話が決着して次にドンが指摘したのは、製鋼会社ではどの部門でもラインのセットアップ、つまり、段取りに相当時間がかかるという点です。段取りに二四時間かかるというのも、二〇年前ではごく当たり前のことでした。最近では技術が進歩したおかげで、たいていの段取りは三時間から五時間で済むようですが、それでも相当の時間であることには違いありません。

段取りが多ければ〝時間当たり生産トン数〟が減ることくらい、誰にでもわかることです。段取りの作業をしている間は、何も生産できません。つまりステートメント530の『段取りを追加するたびに〝時間当たり生産トン数〟は減る』ということになります。例えば、段取りに四時間かかるとして、どのくらい動かしたらいいのかという質問をドンがしたのですが、最低でも一シフト、というのが彼らの一致した答えでした。それでは、オーダーが一シフト分もない時はどうするのでしょう。彼らの答えはこれでした……。ステートメント550『〝時間当たり生産トン数〟を増やすために、納期がずっと先のオーダーまで前倒ししてバッチサイズを大きくする』です。その影響についてもみんなで討論したのですが、結果はやはり不必要に在庫が増えるということと納期遵守率が低下するということでした。

いちばん怖いのは何も生産しないアイドル状態です。ステートメント525『製造しなければ〝時間当たり生産トン数〟はゼロ』です。となるとステートメント545『〝時間当たり生産トン数〟を増やすために、短期的、中期的に販売需要がない製品でも生産して在庫を増やす』という結果になったとしても驚くことではありません。しかし、こんなことをして在庫を増やしても何の役にも立ちません。

そこまでの説明を聞いて、どうしてあんなに在庫がたくさん溜まっていたのか、私にもようやく理解できました。本当に巨大な山のように溜まっていたのです。にもかかわらず、七週間とクライアントに約束していた納期の遵守率はわずか六割程度しか達成できていなかったのです。でも、本当の問題はそんなことではありませんでした。もっと大きな問題が待ち受けていました。

鉄鋼業のような基幹産業に見られる特徴ですが、製品は加工の早い段階でその属性が決定してしまいます。例えば圧延工場では、同じ鉄から厚さの違うさまざまな鋼板を生産します。二インチ厚の鋼板は一度生産したら、あとから〇・五インチに厚さを変えようと思ってももう遅すぎます。鉄はすでに冷えているからです。スリッター部門も然りです。七〇インチ幅に裁断された鋼板は、あとから八〇インチ幅に変えることはできません。つまり、ステートメント560の『鉄鋼業では、製品はそれぞれの加工段階で属性が決まってしまう』となります。

さてこれらとステートメント540、545、550を全部合わせるとどうなるでしょうか。『〝時間当たり生産トン数〟を増やすために、〝盗み〟が起こる』となります。ステートメント570です。もちろん、従業員が五トンの鉄をポケットに隠し持って家に帰るという意味ではありません。実は、それよりもっとたちが悪いのです。

例えば、納期の近いオーダーが二つあって、これを生産するとします。六インチ幅の鋼板一〇トンと七〇インチ幅の鋼板一〇トンです。スリッター部門では、段取りに約三時間かかります。でも、一〇トン分の鋼板を裁断するだけなら、実際の作業はそれよりずっと短い時間で済みます。当然現場は、少なくとも一シフトは同じ段取りで作業をしたいと考えます。すると、どういうことになるでしょうか。二〇トン全部を同じ幅に裁断してしまうのです。そして、もう一つのオーダーを裁断しようという段階になって、裁断する鋼板がないと言って悲鳴を上げるのです。そしてみんなで責任のなすり合いをするのです。もちろんクライアントは怒るし、売れるはずのない鋼板が残ります。

ドンは、みんなにその影響がどの程度か、また計算させたんです。販売が失われる、余剰在庫が増える、無駄なコストが発生する、納入までのリードタイムが伸びる、納期遵守率が低下する、そしてこれも他と同じぐらい重要なことなのですが、部署間で責任のなすり合いをして時間が浪費される、などたくさんの意見が出され、その影響が計算されました。結果は非常に恐ろしい数字でした。

それから、今度は話題を変えて、ドンはみんなに他に問題はないか質問しました。その後の三時間は、私にとってすばらしいレッスンとなりました。不平不満をどう処理すべきか勉強させてもらいました。ドンは、彼らからの意見一つひとつに耳を傾けました。私には単なる言い訳にしか聞こえないものもありましたが、それでも彼はどれひとつ軽視することはありませんでした。ただ、彼は提示された問題一つひとつに対し、その影響を金額でどの程度なのかを計算させたんです。それから、その金額のうちどれだけがこの図で説明できるかを検討させたんです。ドンはこの図のことを〈現状問題構造ツリー〉（Current Reality Tree）と呼んでいました。〃時間当たり生産トン数〃を標準としているとどのような影響が起こるのか、それを論理的にまとめた図です。

とにかく面白かったですね。例えば、原材料がサプライヤーからいつも予定どおりに届かないという意見が出たのですが、これに対してドンは、製品の余剰在庫をあんなに作らなければ原材料の在庫をもう少し蓄えておくことができると説明しました。そうすれば、たとえ原材料が予定どおり届けられなくても、それほど大ごとにはならないと指摘したんです。この説明にはなるほどと、みんなも納得していました。

それからもうひとつ。クライアントが時々最後の最後になってオーダーの内容を変えてくるという意見がありました。でも、よくよく聞いてみると〝最後の最後〟が納期からまだ四週間も前のことだったりするのです。これもリードタイムがこれよりもっと短ければ、問題にはならないはずです。クライアントの気持ちが変わる前に製品を納入できるからです。

とにかく長い話を短くまとめると、彼らは、他のすべての問題は実はそれほど大した問題ではない、大した問題であったとしても、それは混沌とした環境のせいだということに気づいたのです。それだけではありません。〝時間当たり生産トン数〟が主要評価指標として扱われていることが根本的な問題なのだ、制約条件なのだと、まさに全員の意見が一致したのです。

みんなこれは大変なことになったと心配し始めたのですが、しかし、逆にこれは実は喜ばしいことなのだと、ドンは指摘したのです。競合他社もまったく同じ根本的問題を抱えていて、そのせいで苦労しているからです。ですからこれを修正することで、他社より一歩も二歩も前をいくことができるのです。

どうして鉄鋼業界ではそんな無茶苦茶な評価指標を使っていたのだろうか、きっとみなさんも私と同じように思われているに違いありません。それは他の業界同様、製鋼会社のシステムがコスト・ワールドをベースにしているからです。コスト・ワールドの仮定を覚えていますか。優れたコスト・パフォーマンスを実現するには、優れたローカル・パフォーマンスを図るしかない、というやつです。もしその仮定が正しいと信じるなら、〝時間当たり生産トン数〟といった評価指標を使ったとしてもやむを得ないことなんです。

今日、私たちのマネジメント・システムの多くは、このコスト・ワールドの仮定が有効であるという考えの上に成り立っています。TOCでは、実はこれが多くの企業にとって根本的問題、制約条件であることを指摘しているのです。その理由も、みなさんなら、もうわかっていただけると思います。ドンに制約条件のリストを見せたと言いましたが、二六も制約条件を挙げていたことを思い出すと、とても恥ずかしくなります。みなさんにも想像していただけると思います。どうして、彼が一つひとつ目を通さなかったのかもうなずけます。TOCを一度理解すれば、この世の中には二六も制約条件のあるシステムなど、存在し得ないことが理解できます。そんなシステムは、もともと存在し得る前に抹殺されてしまうのです。現実のシステムには一つ、多くても二つしか制約条件が存在しないのです。

それから気づいたのは、制約条件を見つけるためのツール、方法が私にはなかったということです。〈現状問題構造ツリー〉を見たのは、その時が初めてだったからです。

話の冒頭に、いちばん重要なブレークスルーはTOCの手法だと言いましたが、それもどうしてか、わかっていただけたと思います。TOCの〈思考プロセス〉（Thinkig Process）……、〈蒸発する雲〉

とも呼ばれていますが、これは私の仕事にまさに革命を起こしました。私がそれまでやってきた方法は、この〈思考プロセス〉とは正反対の方法だったんです。

問題を二つの必要条件間のコンフリクト（対立点）として捉えるという考え方は、実に的を射ていました。それまでの私はコンフリクトに遭遇すると、すぐに妥協点を見つけようとしていました。アカデミックな世界では、それを妥協とは呼ばずオプティマイゼーション、最適化と呼びます。私がこれまでに書いた論文の四分の三は、最適化モデルについてです。そんな私ですから、妥協点を探すことをやめて、その裏に隠されている仮定を前面に出すことによって、最適化より、もっと優れたソリューションが見えてくるという考えを受け入れるのには苦労しました。想像していただけると思います。

原因と結果という、因果関係を分析するＴＯＣの思考プロセス、〈現状問題構造ツリー〉はそのひとつですが、これを知ったことで、私は大きなパラダイムシフトを経験しました。もはや表面上の症状だけにとらわれることはなくなりました。

私が大勢の人からヒアリングをして到達した結論は、鉄の価格が大幅に上昇しない限り、この会社は利益を出すことができないというものでした。しかし、どうでしょう。ドンは、ほんの一か月で、この会社を利益の出せる体質に変えてしまったのです。一か月後、ドンはまた新たに発生した制約条件と格闘していました。今度は、マーケティング方針でした。今日、この会社には、その時と同じ人たちが働いています。一人も従業員は解雇されていません。マネジャーも同じです。機械や設備も同じです。一台も新しい機械は購入していません。あの時とまったく同じ会社が、いまは金の卵なのです。

私の話はだいたいそんなところです。もう、そろそろ時間もなくなってきたようですので、それでは、この辺で終わらせていただきたいと思います。もし質問があれば、また後ほど……」

研究発表会の後、ジョニーはみんなに囲まれ、一時間ほどその場を去ることができなかった。

13

すでに、クラス全員のほとんどが着席していたが、驚いたことに私の机の上にはレポートがほとんど提出されていなかった。私はムッとした。みんな、やる気があるのだろうか。もっと時間が必要だと言うから期限を二週間延ばしたというのに、提出されたレポートがたったのひとつというのはどういうことだ。

いったい、どうなっているんだ。いや待てよ。怒るのは簡単だが、その前になぜなのか、理由を確認したほうがよさそうだ。

「今日の授業だが……」私は、努めて冷静に言った。「セーフティーの重要性について勉強する。プロジェクトの各ステップに組み込むセーフティーだ。各自、プロジェクトの関係者にインタビューして、どのくらいセーフティーを組み込んでいるのかを訊ね、それをレポートにまとめてくるはずだったと思う。確か、期限は今日のはずだったと思うが……」

みんな、お互いの顔を見合わせたり、うつむいたり、なかには窓の外を眺めている者さえいる。私と視線を合わせようとする者は一人もいない。

「彼らから話を訊き出すのは無理です」テッドがまず口を開いた。

「どうしてだね」私は率直に驚いた。

「セーフティーの話をしたがらないんです」

「ちゃんと訊いたのかね」

「ええ、何度もしつこいくらいに訊きました」テッドは、苦々しい口調で答えた。「それが間違いだったんです。逆に、彼らを怒らせてしまいました」苦笑いを浮かべながら、テッドは続けた。「彼らは、怒らせたらおしまいです」

「他に誰か」

誰も返事をしない。

「チャーリー、君はどうだね」

「私ですか。怒らせるようなことはしませんでしたが……」そう答えながら、チャーリーは笑顔を浮かべた。「はっきりとした答えは見つかりませんでした。みんな覚えていないのか、それとも覚えていたくないのか、とにかく誰も見積もり時間にセーフティーを組み込んでいることなど認めなかったですね。彼らにセーフティーが二〇〇パーセントとかいう話をしたら、面と向かって笑われました」

「それはそうだろう。それは訊き方がまずい。君たち二人ともだ。……何が悪かったか、わかるかな」

「もしわかっていたら、最初からちゃんとした訊き方をしていましたよ」テッドは、私の指摘を軽くかわした。

確かにそのとおりだ。この宿題を与えた時、もう少し具体的な指示を出しておけばよかった。

「どのくらいセーフティーを組み込んでいるのですかと、面と向かって訊いてもダメだろう。彼らは、自分たちの見積もりが現実的なものだと信じているのだから。問題は、彼らが現実的だと考えている、その内容にある。この間の授業で確率分布について説明したが、その説明を聞く前のマークのリアクションを覚えているかね。中間値と八〇パーセントの差がどれくらい大きいかに気づいた時の彼のリアクションだよ」

「では、どんな訊き方をすればよかったんですか」テッドの口調には棘があった。自分の質問が蜂の巣を突っつくような結果になって、刺された針がまだ残っているのかもしれない。

「彼ら自身が見積もった時間内に作業を完了させる可能性がどのくらいあると思うか、彼らの意見を訊くべきだったな」

「それだけですか」

「そうだ。意見を訊いたら、それが何を意味するのかその解釈は自分たちですればいい。見積もり値を八〇パーセントのところまで持っていくと、セーフティーが二〇〇パーセントになるということは、この間勉強したからみんなわかっていると思う。場合によっては、それ以上のこともある。確率分布のグラフの形を覚えているかね。不確実要因が大きければ大きいほど、セーフティーもより多く必要になる」

「もし本当にそれだけでいいなら、答えは見つかりました」チャーリーが発言した。

「ほう、聞かせてくれないか」

「彼らに質問して、ひとつだけはっきりしたことがあります。プロジェクト完了までの時間の見積もりですが、プログラマー次第だということです。プログラマーの作業がひとつ前のプロジェクトでどのぐらい遅れたのか、これによって大きく左右されます」

チャーリーの説明に全員が笑った。みんな、多かれ少なかれ経験があるのだろう。

彼の説明はさらに続いた。「プログラマーに、スケジュールどおりに作業を完了させる可能性がどの程度あると思うか、訊いてもしょうがありません。九〇パーセントだとか、八〇パーセントだとか言うプログラマーなんているはずもありません。スケジュールどおりに作業を終わらせたことのあるコンピュータ・プログラマーなんて、いまだかつて目にしたことがありませんからね。でも、経験豊富なプログラマーは大したものです。セーフティーをしっかりとることは忘れません」

「どうしてだ?」コンピュータのプログラミングについては、あまり知識のない私は純粋に訊ねた。

「簡単なことです。理想とする機能をあれもこれもと全部追加するのにたくさん時間がいるからです。しかしあんな誰も使わないような機能ばかり追加していたら、いくら時間があっても足りません。とにかく、彼らから目を離してはいけません。でなければ、いつまで経っても終わりません」

チャーリーのおかげで、クラスの雰囲気が和んだ。

テッドさえも、表情が緩んでいる。「たぶん質問の仕方が悪かったんだと思いますが、でも、ちゃんとした訊き方をしたとしても、経験から相手が何と答えるかはだいたい想像がつきます」

「ほう、そうかね」

「もし全部用意されていれば……、まあ、これ自体大きな疑問ではあるんですが……、とにかく必要なものが全部準備されていれば、自分の仕事を時間内に終わらせるのは大して難しくないと言うと思います。確率で何パーセントとかいう答え方はしないと思いますが、まあ九〇パーセント以上とかいった具合じゃないでしょうか」

　みんな、いまのやり取りを聞いていて、今回の宿題の趣旨がやっと呑み込めたようだ。何を調べてこなければいけなかったのか見当がついたようで、次第に手が挙がり始め、それぞれ経験を分かち合った。どれもなかなか面白い話なのだが、結局大した結論には至らなかった。

　これでは不十分だ。そう思い、私はさらに質問を重ねた。「みんなの話は面白いんだが、もっと突っ込んだ何か新しい発見のあった人はいないかな」

「はい」マークが手を挙げた。「私は、みんなに具体的な数字で答えてもらいました。そのための質問票まで用意しました。レポートにまとめてあります。見てもらえればわかると思いますが、一人だけ慎重すぎる人がいましたが、それ以外は、時間内に終わらすことのできる確率は八〇パーセントだという意見が大半でした」

「でも、条件つきです」ルースが説明を補足した。「ほとんどみんな、それは周りの人次第だと言っていました。周りが遅れないでちゃんと仕事をしてくれるかどうか、同時に他の仕事をいくつも押しつけられないかどうか……、それ次第だと言っていました」

「なるほど、当然だな。となると、どういうことになるのかな」

　そう訊ねて、私は自ら答えを用意した。「これまで話し合ってきた話の裏づけが、これでできたと思う。見積もりを立てる時はみんな、その時間内にステップを終了できるよう、確率で言えば五〇パーセントを大きく上回る確率で完了できるような見積もりを立てるだろうという話だったが、それが確認できた。それから、具体的にどれだけのセーフティーを組み込んでいるかは認識していないだろうという話だったが、これも確認できた。話をまとめると、だいたいこんなところだと思うけど、どうかな」

「まだ、あります」フレッドが穏やかな口調で言った。「マーク、ルースと私の三人で一緒に調べたのですが、他にも発見したことがあります。〝5＋5＝13〟だということです」

「どういうことだ？」

「当たり前の話なんです」マークが答えた。

「5＋5＝13が当たり前だって？　何かのジョークかい」

「プロジェクトのステップがいくつかの作業で構成されていて、それぞれの作業が違う人間によって行われるとします」ルースが説明を始めた。「このプロジェクトのリーダーは、各人に見積もりを立てるように指示します。集まった見積もり時間をリーダーは全部合計します。ただし、それだけではないんです。その合計にリーダーも自分のセーフティーを足してしまうんです」

「つまり、あるひとつの作業の見積もり時間が五日で、続く作業の見積もり時間も五日だとすると、リーダーは合計で一三日という見積もりを立ててしまうんです」フレッドが説明を補った。

「なるほど」

「当たり前のことだな」テッドも納得している。

「マネジメントが、何段階か関わっている場合もあります」ブライアンが口を挟んだ。「その場合も各段階ごとにセーフティーが追加されます」

これは、私にとって新しい発見だ。人間が関わっているのだから、当然のことと言えば当然なのだが、私が読んだ教科書にはどこにも書かれていない。「みんなはどうかね。みんなの会社でも同じようなことがあるのかな」私はクラス全員に向かって質問した。

多くの者がこれにうなずいた。

「他にもあります」テッドが付け足した。「私の会社では、プロジェクトがいつ終わるのか見積もりを立てても、上に認められないことがよくあります。時間がかかりすぎる、もっと期間を短縮しろと言うのです。半分ぐらいのケースでは、最終的な見積もりがすべて出揃った後に、リードタイムを例えば二〇パーセントカットしろと求めてきます。その結果、各ステップでもそれぞれ二〇パーセントカットしなければいけなくなります。でも、いまではみんなそれに慣れていて、逆に最初から二五パーセント水増しして見積もりを立てています」

うなずく顔がたくさんあった。フレッドの会社だけではない。どこの会社でもあることなのだろう。

「他には、何か?」

それ以上、手は挙がらなかった。「よし、それでは、話をまとめてみよう」クラスを見回しながら、私は言った。「これまでにわかったのは、プロジェクトの各ステップの見積もり時間にセーフティーが組み込まれるのには三つ異なるケースがあるということだ。

まずは、いままで自分が経験した体験にもとづいてセーフティーを組み込む場合だ。確率分布グラフの右端のほうになる。

二つ目。マネジメントが関わっている場合、その関わっている段階が多ければ多いほど、見積もりは長くなる。各段階ごとにセーフティーが追加されるからだ。

三つ目は、見積もりした時間がカットされるのを最初から予想して、その分を水増しする場合だ。これを全部足すと、立てた見積もりの大部分をセーフティーが占めるということになる」

そう言い終わってから、私はみんなに訊ねた。「何か、おかしくないかな」

すぐにチャーリーが手を挙げた。「もし立てた見積もりの大部分がセーフティーなら、どうしてプロジェクトはスケジュール内に終わらないんですか。時間内に終わらないプロジェクトが多すぎます」

「具体的な例を挙げて考えてみよう。そのほうが、答えを見つけやすいだろう。誰か、例を挙げてくれないか。プロジェクトが大幅に遅れているケースがいい」

「デンバー空港」誰かから声が上がった。

「いや、この中の誰かが関わっているプロジェクトのほうがいい。具体的な状況がよくわかっているプロジェクトのほうがいいだろう」

テッドが、さっと手を挙げた。

「テッド、いいのかい？　プロジェクトが遅れているなんてことを認めたら、イメージダウンになるんだぞ。時間内にプロジェクトを仕上げるというのが、建設会社にとっては大切なイメージなんじゃないのかい」私はテッドをからかった。

「大丈夫です。ここにいるみんなも、同じ穴の狢でしょうから」テッドが大笑いをした。「私のケースは、プロジェクトが遅れた場合のいい実例だと思います。

一年前のことですが、新しいショッピングモールを建設したんです。かなりの規模のモールです。その完成が、まる二か月遅れたんです。表向きには完成間近になって、いろいろ変更があったことが原因だとしているんですが、本当の理由は天候でした。天候が非常に不順だったんです。やり直しなければいけないことも数え切れないくらいありました。どうすることもできませんでした」

「合計して、どの程度余計に時間がかかったんだ?」

「約二か月です。その分だけ完成が遅れたんです」

「なるほど」私はゆっくりと相槌を打った。「もともとの見積もりはどのくらいだったのかね。プロジェクト開始から完成までの時間だ」

「一四か月だったと思います」

「おかしくないかい。もし見積もった時間のほとんどがセーフティーだとするなら、君のプロジェクトのセーフティーは二か月どころではないはずだ。もっとたくさんセーフティーがとってあったはずだ。プロジェクトの完成が遅れることもなかったはずだ」

テッドは私の追及に納得していない。「でも、遅れたんです。おそらく組み込んだセーフティーはあくまで通常予想される範囲内の問題に対してのものだと思います。誰かが仕事を休んだとか、窓が割れたとか、天気が悪いとか、そういった類いの問題に対するセーフティーだと思います。でも、予想できないような大きな問題は考慮されていません」

「そうかな」ブライアンが異論を唱えた。「確立分布のグラフだけど、私の理解では予想できないような大きな問題もちゃんとカバーしているはずだ。でなければ、セーフティーが二〇〇パーセントというのは少し多すぎるんじゃないかな」

「だったら、セーフティーがたくさんとってあるという話は違うと思う。少なくとも私の会社では、セーフティーがたくさんとってあるとは思わない」

そんな答えで、ブライアンは満足しない。テッドへの追及を緩めようとはしなかった。

「なるほど、君の会社は違うと言いたいのかい。でも言っていることが前と違うじゃないか。確か、君の会社では各ステップを九割の確率で仕上げることのできる見積もりを立てているんじゃなかったのかな」

二人のやり取りはだんだんとエスカレートし、このままだと収拾がつかなくなるかもしれない。他の者も参加しようと、機をうかがっている状況では特にそうだ。仕方なく、私は割って入ることにした。「セーフティーが十分とられていると考えるロジックに問題があるのか、それともそのセーフティーの用い方に根本的な問題があるのかな」

ロジックには問題は何もない。みんなもそれはわかっている。テッドもわかっているはずだ。だが、それだけでは答えにはならない。

私はボードに向かってボックスを二つ描いた。「この二つのボックスは、プロジェクトの中のステップを表す。二つのステップはつながっている。各ステップの見積もり時間はそれぞれ一〇日。ところが最初のステップに一二日かかったとしよう。ということは、二番目のステップは予定より作業開始が二日遅れることになる。当たり前だ。では逆に、最初のステップが予定より早く八日で作業を終えたとしたらどうなるかね」

「何かのひっかけ問題ですか」誰かが訊ねた。

「もし最初のステップが八日で終われば、二番目のステップはいつスタートしたらいいかだ」私は質問を繰り返した。

　この質問にテッドの目が光った。「もともと予定していたタイミングでスタートします」自信満々に答えて笑顔を見せた。

「どうしてだね」

「予定より早く作業を終わらせても、最初のステップはそれを報告しないからです。現状の仕組みでは、作業を早く終わらせても何もご褒美はもらえないんです。いやそれどころか、ペナルティーが課されます」さらにテッドは説明を加えた。「もし作業を早く終えたら、上はできるものだと思って、次からは時間を短縮しろとプレッシャーをかけてきます。自分だけでなく同じような仕事をしている周りの人にも同じようなプレッシャーがかけられて、みんなから恨みを買うことになりかねません」

「だったら、どうするんだい」

「適当に時間を潰すんです。作業を早く終えても、隠す方法はいくらでもあります。大丈夫です」

　そう言うと、思い出したようにテッドが言葉を続けた。「たとえ報告したとしても、まあ、そんなことは普通ないのですが、もし仮に報告したとしても、次のステップがすぐにスタートするとは限りません。他の仕事で忙しくしていたり、他の現場にいるかもしれませんし」

「他の現場……？　なるほど」テッドの説明は、建設会社ならではの答えだ。しかし、これは建設会社に限ったことではない。他の業界にも当てはまることだ。それをみんなが理解しているかどうか不安になった私は、みんなに向かって質問した。「こういったことは、他の業界でもあるかね」

「もちろんです」しっかりとした口調でチャーリーが答えた。「理由は違うかもしれませんが、あります。プログラマーは同僚や周りからどう思われるかなんて考えたりしませんが、しかし前にも言ったことですが、作業が早く終わってもそれを報告しようなどという考えはこれっぽっちも浮かびません。時間が余ったら、機能を追加したり、やることはいくらでもあるんです」

「それでも、もし報告したとしたら、どうなるんだ」私はチャーリーに迫った。

「特に、何も起きないと思います。次のステップを担当している者は、時間に余裕ができたことを知るだけで、急いで作業に取りかかろうとはしないはずです」

「なるほど。つまり君たち二人の話をまとめると、作業が早く終わっても、それは報告されないわけだな。たとえ報告されたとしても、早く終わった分の時間は次のステップで活かされることはない。ただ、浪費されるだけだと」

そうまとめると、私はボードに「最初のステップで作業が遅れた場合、次のステップの作業はその分開始が遅れる。最初のステップで作業が早く終わっても、節約できた時間は次のステップに活かされず無駄になる」と書いた。

他にもいろいろ意見は挙がったが、結論は変わらなかった。

「これがどういう意味だかわかるかね」ここで、私は一気に問題の本質へと迫った。「ステップがつながっている場合、それぞれのステップで作業が早く終わったり、逆に遅く終わっても、これが平均化されることはない。つまり、作業が遅れた場合は時間が溜まっていくが、早く終わってもその分時間が減ることはない。たくさん用意されているはずのセーフティーが消えてしまうのは、これで説明がつく」

私はここで間を置き、みんなに少し考えさせてから続けた。「それでは、ステップが直列につながっている場合でなく、並行している場合はどうなると思うかな」

そう質問して、私は四つのボックスが横並びに一つのボックスにつながる図をボードに描いた。

「例えば、この四つのステップのうち三つのステップでは、みんな作業が五日早く終わったとしよう。逆に残りのひとつは一五日遅れたとする。この四つの平均をとると、プラスマイナス・ゼロになって、スケジュールどおりに作業は進むはずだ」

クラス全員が噴き出した。

「ところが、そうはいかない。ステップが並列になっている場合、普通どういうプロジェクトにも並列しているステップはたくさんあるものだが、その場合、いちばん遅れている部分が次のステップへと引き継がれる。他のステップがいくら早く終わろうが、それはまったく関係ない」

「つまり……、セーフティーをいくらたくさん用意しても大部分は役に立たないと、そういうことですか」思案顔でルースが訊ねた。

「そのとおり」

「もしセーフティーを本当に必要な部分にだけ用意することができれば……」

そう、ルースが言いかけたところで、テッドが割り込んできた。「どこで問題が起きるか、予言してくれる水晶球でもあればできるさ。でもルース、そんなの現実には無理だよ」

ルースは、テッドの言葉に多少顔を赤らめたが、そのまま引き下がるような彼女ではない。「でも、もう少し考えてみましょうよ。重要なのは、プロジェクト全体のパフォーマンスよ。途中のステップ

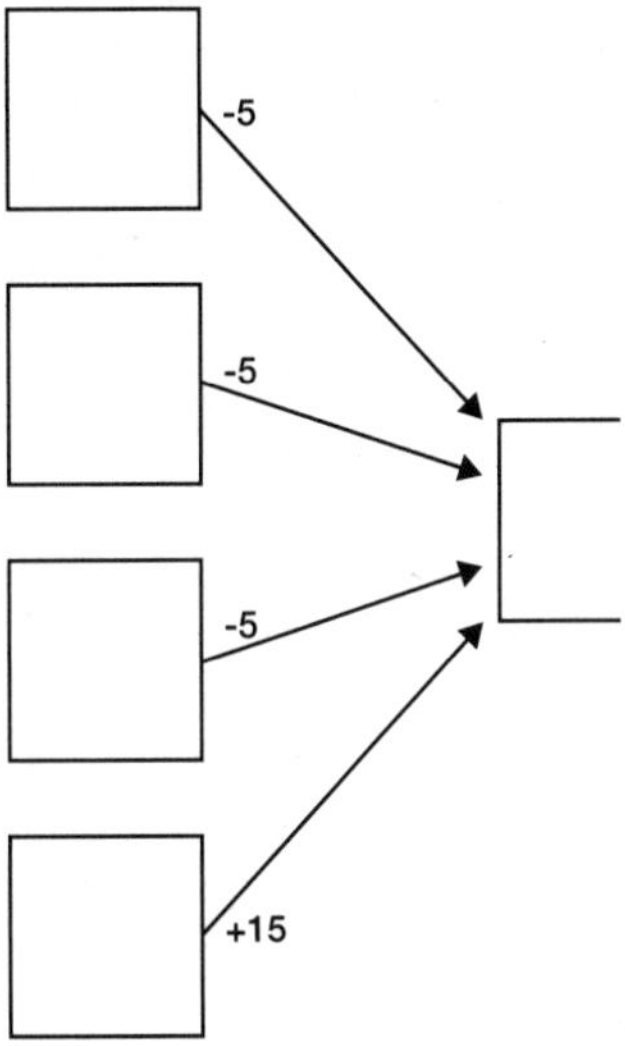

でどれだけ作業が遅れようが、最終的にプロジェクトが予定どおり終わればそれでいいのよ。それなのに、私たちは何をしているの？　一つひとつのステップのパフォーマンスを守ろうとしているわ。だけど、その努力のほとんどが無駄になっているのよ。あれだけセーフティーを用意しても、プロジェクト全体としては役に立っていないわ」

ルースの言葉を聞いて、私の頭の中では一気にさまざまな考えが駆け巡った。「一つひとつのステップのパフォーマンスを守ろうとしている」――これは、コスト・ワールドの考え方だ。「重要なのはプロジェクト全体のパフォーマンス」――これはスループット・ワールドの考え方だ。もしかして、ジョニーが言っていたのはこのことだろうか。このコンフリクトのことなのだろうか。何か仮定が間違っていて、その結果、パフォーマンスが悪かったのだろうか。だとすれば、いったいどんな仮定だ。どんな仮定を立てたのだ。

教室の中は、しばし沈黙が続いた。

考えるのはいいが、授業中はやめたほうがいい。教えるのが私の仕事だ。私は、「誰か、ルースの意見にコメントのある人は」と訊ねた。

フレッドが手を挙げた。「気になっていることがあるんです。みんなの話を聞いていると、各ステップにたくさんセーフティーが組み込まれているというようなことになっていますが、それはどうでしょうか。本当にそうでしょうか。いろいろ数字をチェックしてみたんですが、どうもそういう結論にはつながりません」

これは面白い。特に、フレッドからそんな意見が出てくるとは意外だ。「詳しく話してくれないか」そう、私は彼に説明を促した。

「私の会社では、各ステップごとに開始した時間と終了した時間を記録します。そのデータを使って各ステップにかかった時間を計算して、初めに立てた見積もり時間と比べてみたんです。何がわかったと思います？」

フレッドは二、三秒ほど間を置いてから続けた。「もともとの見積もり時間より、実際にかかった時間が短いステップが少ししかないんです。ごく少数です。……みんな、作業が早く終わっても報告しないからかもしれません。見積もりが正確すぎるというのも疑問だったのですが、それなら説明がつきます。半分近くのステップがほとんど見積もりとぴったりの時間で作業を終えているんですが、どうしてなのか、それならわかります。

それから全体の三分の一近くのステップは、見積もり時間より一〇パーセントから二〇パーセントほど長く時間がかかっているんです。最初の見積もりにセーフティーが十分組み込まれているならどうしてですか。どう説明したらいいんでしょうか。

セーフティーを用意していても、プロジェクトが予定どおりの期間で終わらない。どうしてそうなるのか、ここまでみんなの話を聞いていて説明がつくような気がします。ひとつのステップから次のステップへ移る際に、セーフティーが浪費されてしまうんでしょう。でも、私が疑問に思っているのは、一つひとつのステップに組み込まれているはずのセーフティーがどこにも見当たらないことです。探しても見つかりません」

「それは、重要なポイントだ」私は、フレッドの疑問に応えた。「つまり、もし我々のロジックに間違いがなければ、プロジェクト全体としてだけではなく、各ステップごとでもセーフティーをどこかで浪費していることになる。しかしどうやって。誰か意見は?」

長い沈黙の後、トムが手を挙げた。「単純に無駄遣いしているだけでは?」

「そうかもしれないが、例えば、どのように?」みんなの意見を引き出そうと、私は柔らかな口調で訊ねた。

「例えば、今日の宿題です」

どう関わりがあるのか、私には見当がつかなかったが、チャーリーにはすぐピンときたようだ。

「トムの言うとおりです」

何のことだかわからない人のために、もちろん私も含めてだが、チャーリーは説明を始めた。「宿題をもらった時、二週間では足りないと抗議して、提出日を先に延ばしてもらいました。だけど時間がもっと必要だとあれだけ大騒ぎしたあとで、すぐに宿題に取りかかった人がこの中に何人いるでしょうか。おそらく、一人もいないと思います」

チャーリーの説明に、トムもうなずいている。

「学生症候群です」ブライアンが発言した。「セーフティーが必要だと大騒ぎする。そして、セーフティーをもらう。時間的に余裕ができる。でも時間的に余裕ができたからといって、すぐに作業を始めない。じゃ、いつになったら作業に取りかかるのか。結局、ぎりぎり最後になるまで始めないんです。それが人間というものです。人間だからしょうがないんです」

「だけど実際に作業を始めるまで、問題があるかどうかはわからない」今度はフレッドだ。「もし、作業を開始して何か問題があることに気づくと、今度は慌てて働くことになる。しかし、とってあったはずのセーフティーはとうに使い果たしているから、結局、作業は遅れてしまう……、ということです。これで説明がつきます。セーフティーを十分にとってあったはずなのに、どうしてスケジュールどおりにステップが終わらないのかこれで説明がつきます」

「なるほど、トム。みんな、君の意見に賛成のようだな。私も自分のことを振り返ってみれば、賛成せざるを得ないな」

「すみません。せっかく話がまとまったところで申し訳ないのですが、私は納得できません」マークが低い声で異論を唱えた。「トムの言ったことは確かにあると思いますが……、いつでもじゃありません。特に、プレッシャーがある時は違います」

マークは、そのまま説明を続けた。「フレッドがチェックしたステップを調べてみたんですが、多くの場合、作業員はプレッシャーの下で働いています。例えば、見積もりより時間のかかっているステップにはデジタル・プロセッシング部門のステップがあったのですが、デジタル・プロセッシング部門にはここのところずっと何年もプレッシャーがかかりっぱなしです。無駄にできるような時間は少しもありません。本当です」

私は、腕時計に目をやった。あと一〇分しか残っていない。話をまとめるのなら、急がないといけない。

「マーク、このデジタル・プロセッシング部門だが、いくつものプロジェクトに関わっていないかね」

「すべてのプロジェクトに関わっています。うちのボトルネックです。作業員を一度にひとつのプロジェクトだけに担当させるような余裕がないんです。一つひとつのプロジェクトにしても、作業しないといけないステップがいくつもあります」

「ということは、作業員みんなが複数のタスクを掛け持ちしている。つまり、作業の掛け持ち（マルチタスキング）だな」

「ええ、そうです」

「そういう状況でプレッシャーがかかるということは、つまり何人もの人からあれをやってくれ、これをやってくれと、違う作業を求められるということだ。となると作業員は、どのタスクが本当に緊急なのかわからなくなって混乱するはずだ」

「そのとおりなんです」マークがうなずいた。「優先順位は、誰がどれだけ大きな声を出したかで決まるんです。だけど、どんなプロジェクトであっても大きな声を出せる輩が何人かはいるんです」

「だったら、どうするんだい」

「できるだけのことをやるしかありません。ひとつのプロジェクトから、次のプロジェクトへと次々とこなしていくしかありません」

「典型的な作業の掛け持ちだな。作業の掛け持ちがリードタイムにどんな影響を与えるかわかっているかね」

誰もわからないのは、みんなの表情から明らかだった。

「例えば、ステップA、B、Cという三つのステップを抱える作業員がいるとしよう。一つひとつのステップは、それぞれ異なるプロジェクトに属する場合も同じプロジェクトに属する場合もある。だが、それはどうでもいい。各ステップは通しで一〇日かかる。この作業員がひとつのステップをこなしてから次のステップに移るとしたら、各ステップのリードタイムは一〇日間になるということだ。例えば、この作業員がステップBを開始したら、その一〇日後にはステップBは次の作業員に作業が引き継がれる。しかし、もしこの作業員にプレッシャーがかかっていたら、彼は何人もの人からの要求に同時に応じようとする。そうすると、彼はひとつのステップをちょっとやっては、次のステップに移る。例えば、ひとつのステップを五日間作業して、次のステップに移ってしまう。そうなると作業の順番はA、B、C、A、B、Cとなる。この場合の各ステップのリードタイムはどうなると思うかな」

そう説明しながら、私は図を描いた。図があったほうが答えを見つけやすい。

最初に答えがわかったのは、マークだった。驚いた顔をしながら彼が言った。「リードタイムは、

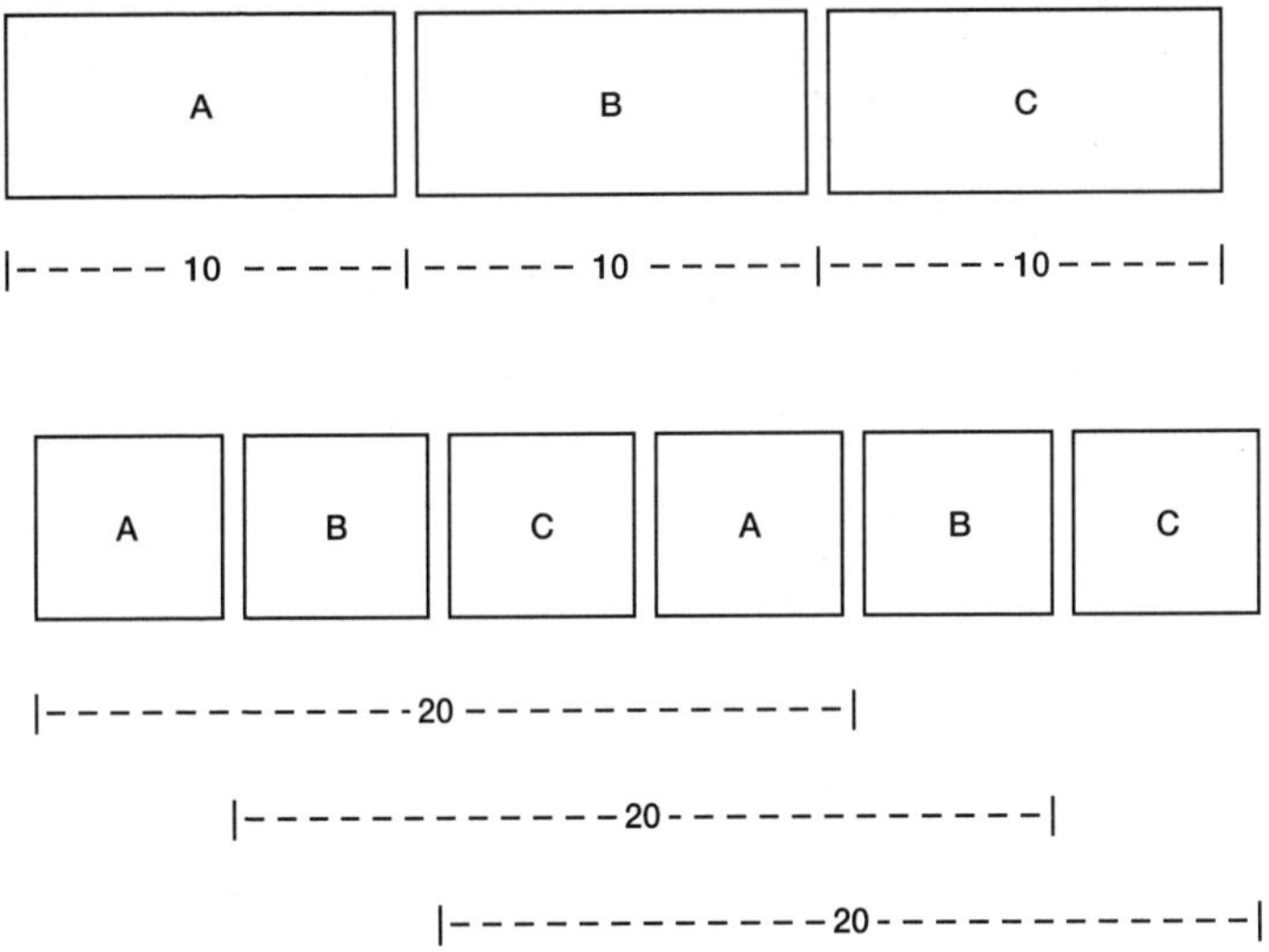

倍になります。作業の掛け持ちが好ましくないのはわかっていましたが、こんなにとは思ってもいませんでした。それに段取り時間も無駄になります。そんなこと、考慮さえしていませんでした」

「リードタイムにとって、最大の敵はおそらく作業の掛け持ちだろう」私は説明を始めた。「みんな、それで苦しんでいる。会議だの、緊急事態だの他の仕事だのといっては横ヤリが入る。結果は同じだ。リードタイムが長くなる。考えてもみてくれ。作業時間を見積もる場合、実際の時間がその予想よりずっと短いのはみんなわかっているはずだ。しかし本能的にみんな、作業の掛け持ちの影響を考えて予想を立てている」

みんな、経験があるのだろう。うなずいている。

「待ってください。ちょっとおかしいのでは」また、マークが口を挟んだ。「私の会社では、半年おきぐらいに新製品を出さなければいけません。セーフティーの時間を増やすということは、つまりプロジェクトのリードタイムが長くなるということです。そうなると、同時進行するプロジェクトの数が増えることになります」

彼が何を言わんとしているのか、私にはわからなかった。「ああ、そうだけど。どこがおかしいんだ」

ゆっくりとした口調でマークは続けた。「プロジェクトが増えれば、作業の掛け持ちも増えます。作業の掛け持ちが増えるということは、いま話していたことによると、リードタイムが長くなるということです。ということは、セーフティーを追加しても、それだけリードタイムが長くなるので、かえって逆効果だということでは？」

「長くなると思えば、長くなるわ」今度はルースが答えた。「自己暗示よ。そんなこと、みんなわかっているわ。それより、どうして作業の掛け持ちを許すのかが問題だと私は思うわ」

「そんなことわかりきったことでは？」私は答えた。「作業の掛け持ちなしでは、仕事が十分になくて手持ち無沙汰な作業員が出てくる。能率が低下してしまう」

「部分効率など、どうでもいいはずでは」フレッドが興奮した口調で言った。こんな表情の彼は初めてだ。「重要なのは、プロジェクト全体が成功するかどうかです」

「それにボトルネックでは、作業の掛け持ちをしようがしまいが、やらなければいけない作業は十分あります」マークもこれに続いた。

彼らに続いて、次々と手が挙がった。どこから、そんなにたくさんの意見が出てくるのかはわかっている。ジョニーだ。みんな、ジョニー・フィッシャーの製造の授業を取っているのだ。これ以上は、あまり突っ込まないほうがいい。地雷原に足を踏み入れるのは、十分な準備をしてからだ。

「待ってくれ」私は手でみんなの意見を制した。クラスが静まったところで、私は言った。「みんな、面白い意見なんだが、時間切れだ。時計を見てくれ。続きは、次の授業までお預けだ」

この言葉で、みんなの勢いが止まった。

「今日の話をまとめてみよう」そう私が言うと、みんなメモを取り始めた。「まず、セーフティーを見積もり時間に組み込む方法だが、これには三つの方法が考えられる。しかし、せっかく組み込んだセーフティーが無駄にされる理由もどうやら三つあるようだ。まず学生症候群。ぎりぎり最後になるまで作業に取りかからない。二つ目は、作業の掛け持ち。三つ目は、ステップ間の従属関係。ステップ同士が従属しあっているから、作業が遅れるとどんどんそれが蓄積したり、逆に作業が早く終わってもその分は浪費されてしまう。

そこでだ、次の授業までの宿題なんだが、今度のは簡単だ。いま、話したセーフティーを組み込んだ三つの方法の具体例をそれぞれひとつずつ挙げてきてほしい。それからセーフティーが無駄にされるほうも、三つそれぞれ、例をひとつずつ挙げてきてほしい。大切なのは、実例であること。架空の話はダメだ。それと、具体的に数字で表すことのできる例でなければいけない」

14

私は、学部長の部屋の前で待機していた。このミーティングは形式的なものだ。私はあまり形式的なミーティングを好まないが、このミーティングだけは別だ。ここまでたどり着くのに九年以上もかかったのだ。

二週間前、私の終身在職が委員会で承認された。やっと夢がかなったのだ。あとは書類に学部長が署名して、そして学長も署名する。型どおりの手続きだ。学部長は、終身在職が認められた者一人ひとりと面談することを慣わしとしている。部屋に招き、祝いの言葉を述べ、雑談して、それから……あとはわからないがそんな感じらしい。というわけで、今日は私の番だ。ネクタイは持っている中で、いちばんお気に入りのものを選んできた。

部屋の中へ招き入れられると、学部長のクリス・ペイジが握手を求めてきた。そして、腰をかけるよう勧められた。この部屋についてはいろいろ周囲から話は聞いていたが、自ら足を踏み入れるのは初めてだ。厚手の絨毯に、すばらしい額に収まった絵画。私の好みとは異なるが、この部屋にはよく似合う。家具もすばらしい。すばらしいだけでなく、居心地もなかなかのものだ。

しかしその時、私はクリスの顔がこわばっているのに気づいた。いつも笑顔を絶やさない彼らしくない。

「実は、悪い知らせがあるんだ」彼がそう告げた。あとの言葉は、虚ろにしか聞こえなかった。

「ビジネススクールの終身在職は、当分凍結されることになった。例外は認められない……。君がどんなに優秀な教師であるかはよくわかっている……。だが、どうすることもできない。大学全体で決まったことだ……。ジムとも話したんだが、わかってほしい。私には、どうすることもできない……。すまない、残念ながらできない。君の雇用契約を延長することもできない。一年でも無理だ……。学長の決意は固い。覆すのは無理だ……。私には紹介状を書くことぐらいしかできないが、君にはそれだけの……」

なんとありがたいことか。

自分の部屋へ戻る途中、すれちがう顔は一切目に入らなかった。頭に浮かんでくるのは、ジューディスに愛想を尽かされないかどうか、その不安ばかりだった。

私は部屋に鍵をかけ、デスクに向かって腰を下ろした。そして自分の状況を冷静に分析しようと努めたが、考えれば考えるほど憤りを感じた。

二時間経って、ようやく私は受話器を手に取り、フィルに電話を入れた。彼とは古くからの知り合いで、ともに学んだ仲だ。フィルは、私立大学ですでに終身在職を得ている。給料も私の大学よりずっといい。私も、身の振り方を考えないといけない。

「フィル、君の大学で空きはないかな」

「もちろんあるさ。だけどリック、君には五年前、こっちに来ないかってずいぶん勧めたじゃないか。

あの時に言ってくれればよかったのに」

「あの時は、あの時さ。で、どうすればいいんだ」

「難しいな」暗い返事が、フィルから返ってきた。

「難しい？　どういう意味だ。空きがあるって言ったじゃないか」

「ああ、確かに空きはあるが、君のような人間を探しているわけじゃない。ビジネスを教えたいっていう人間は溢れるほどいるんだ」

「ああ。だけど、僕は教えるのがうまい」

「わかってるさ、リック。だけど、そんなことじゃないんだ。いまは、大学のイメージアップのためにそこそこ有名な教授を雇うか、非常勤の教授を雇うかどちらかなんだ。ただ、それには実務経験も豊富でないとダメだ。悪いけど、君にはチャンスはないよ」

そのとおり、私にはチャンスはない。続けて、私はそれから三本電話をかけた。州立大学やコミュニティーカレッジで教えている友人たちだ。しかし、結果は同じだった。私にはチャンスはない。どうやら電車に乗り遅れてしまったようだ。このまま私は、大学という世界から追放されてしまうのだろうか。戻る道はないのだろうか。どうして、こんなことになったのだ。私には理解できない。

ジューディスの言うとおりかもしれない。コンサルティングの仕事でもして、少しは金儲けを考えたほうがいいのかもしれない。

コンサルティングは、私にとっては売春みたいなものだ。しかし、実務の世界に足を踏み入れる勇気のない連中の意見に影響されすぎているのかもしれない。何の役にも立たない論文を書いているほうが好きな連中だ。私は再びアドレス帳をめくった。

「ダニエル、久し振りだな。元気かい。ところで、君のところでは優秀な人材がもっと必要なんじゃないかな……、どんな人間かって？　僕みたいな人間だよ。……嬉しいことを言ってくれるじゃないか。それで、どうしたらいいかな。担当者にいつ会いに行ったらいいかな。……履歴書？　コンサルティングの実務経験をまとめろって？　……コンサルティングの実務経験はないよ。……これまでに申請してもらった研究助成金をリストアップしろって？　ダニエル、勘違いしないでほしいんだが……」

話にならない。私は憤りを感じて、五分も経たないうちに受話器を置いた。なんて奴だ。

しかし、乗りかかった船だ。始めたからにはとことんやれるだけのことはすべてやろうと、私は腹を括った。大手のコンサルティング会社でなくてもいい。中堅、いや、もっと小さなコンサルティング会社でもいい。電話をかけることのできるところは、片っ端からかけてみることにした。

馬鹿げている。クライアントは自分で見つけなければいけない。何から何まで自分一人でやらないといけない。それなのに事務所代や経理とかいって、毎月一五〇〇ドルも支払わなければいけないだと？

コンサルティングは無理だ。諦めよう。そう、私は自分に言い聞かせた。そんな仕事は、私には向いていない。自分を売り込むことのできるような人間じゃない。どうやればいいのかもわからない。それに、やはり私には教えること以外考えられない。

それじゃ、どうすればいいんだ。高校の教師？　だけど、何を教えたらいいんだ。

ああ、ダメだ、ダメだ。私は思わず呟いた。大学で教えるのを諦めることはできない。考えるんだ。何か方法があるはずだ。こんな形で放り出されることが許されてたまるものか。これまで、やることはちゃんとやってきた。彼らにも相応のことをしてもらわなければなるまい。何か方法があるに違いない。

私は部屋を出て、ジムに面会を求めにいった。

私の顔を見るなり、彼の顔が曇った。「どうやら、話は聞いたようだな。私も残念だ。君に連絡を取ろうと思って、あちこちにメッセージを残したんだが」

「知っています」そう言って、私は椅子に腰を下ろした。「論文の原稿のことで、私を探しているのかと思っていました」

ジムは黙ったまま、一言も言わない。ただ同情の眼差しで、私の顔を見つめるだけだった。

「ジム。私はこのまま黙って、諦めるつもりはありません。こんな仕打ちをされて黙っているわけにはいきません」

「ああ、気持ちはわかる。だけど、どうしようっていうんだ」

「わかりません。それを知りたくて会いにきたんです。闘う腹づもりはできています。どうしたらいいんですか」

「どうしたらいいかって？」ジムは私の質問をなぞった。「そうだな、そういくつも方法はないな。果たしてひとつでも、あるかどうか……」

「いいえ、何かあるはずです。あなたなら、大学のことをよく知っているはずです。きっと、何か方法を思いつくに違いありません」

ジムはしばらく考え込んだ。「ビジネススクールには特に問題はない。みな、君の終身在職には全面的に賛成だ。委員会の承認は得られたし、君について悪い評判はひと言も聞いたことがない」

「それじゃ、何が問題なんですか」

「B・Jだ。学長だよ。相手が悪い。彼女が、ビジネススクールの予算アップを全面的に凍結することに決めたんだ。その最初の標的はもちろん終身在職の新規承認だ。私も知らなかったんだが、うちの学部長は何か月も、B・Jとその件でやり合っていたらしい。相当なやり取りだったらしく、一時は、終身在職を新たに申請したら拒否するだけでなく、ビジネススクールの予算を大幅カットするとまで脅されたらしい」

「つまり、私は政治抗争の犠牲になったということですか。権力争いの犠牲者として見捨てられる。そのために、これまで一生懸命働いてきたというのですか」

ジムはゆっくりうなずいた。「そういうことらしい」

「何とか、学長に会って話をしてきます。彼女が、鍵のようですから」

「会うのは簡単だ」予想外のジムの返事だった。「大学の規定によると、君には学長に面会を求める権利がある。彼女も拒否はできないことになっている。だけど、そんなことをして、何になるというんだい。彼女が血も涙もない機械のような女性だということは、誰だって知ってるじゃないか。彼女の頭にあるのは大学のことだけだ」

「……なるほど、そうだといいのですが……。ありがとうございました、ジム」そう言って、ジムの部屋を去ろうとすると、彼は私の返事に狐につままれたような顔をしていた。

私も、ビジネススクールにはそれなりの貢献をしている。それを彼女に示す方法が何かしらあるはずだ。その方法を見つけないといけない。

三日後、私はB・Jの部屋を訪ねた。私が興味でもあると思っているのか、彼女はMBA市場のトレンドについて長々としたスピーチを私に披露した。「悪いけど、オムレツを作るには卵を割らないといけないの」その言葉を耳にした時、確かに彼女が石壁のように手強い相手であることを私は悟った。

つまり、私は卵なのだ。割られた卵、いや、それ以下かもしれない。

こっちの立場になって考えてもらおうなどと生やさしいことを計画していたのだが、そんなことができる相手でないことに、私はようやく気がついた。ここは、彼女のペースに合わせるしかない。

「もし、私がエグゼクティブMBAの学生数をもっと増やすことができたらどうですか」

この一言に、彼女の動きが一瞬止まった。しばらく考え込み、特に関心があるようでもないが、

「どうやって増やすつもりなの」と冷めた声で訊ねられた。

プランなど、まだない。しかし、失うものもまた何もない。

「いま、プロジェクト・マネジメントのクラスを教えているんですが、企業にとっては〝プロジェクト・イコール・お金〟なんです」

彼女は、黙ったままだ。続けなさいという意味に、私は理解した。

「ところが意外かもしれませんが、プロジェクト・マネジメントのノウハウや知識は、まだまだ未開発の状態なんです。スケジュールどおりに終わるプロジェクトなんか、ほとんどありませんし、それに予算をオーバーするのも普通です。もしスケジュールどおり、予算どおりに終わったとしたら、それはもともとの計画を縮小したからです」

Ｂ・Ｊは、さらに続けるよう身ぶりで合図した。

「そのためのノウハウをいま築いているところなんです。かなりのところまできています。どうすれば、プロジェクトをもっとうまくマネジメントできるか。どんな企業にとっても非常に重要なことです」

「企業だけじゃないわ。どんな組織にとっても重要よ」彼女もこれには同感のようだ。

彼女の言葉に気をよくして、私は畳みかけた。「ええ、そうです。非常に価値のあるノウハウなんです。だからこのノウハウをもってすれば、もっと多くの企業からエグゼクティブＭＢＡにマネジャーを送り込んでもらうことができると思います」

私の説明に、Ｂ・Ｊは明らかに興味をそそられている。「もう少し詳しく説明してくれないかしら」そう、彼女が促した。

これに応じて、私はそのまま説明を続けた。ステップを早く開始する場合と、遅く開始する場合のジレンマ、つまり、何を優先すべきか集中力を失う危険性や、それから進捗状況を評価する方法が原因で、しばしば本来の作業進行が妨げられたりすることについて、またプロジェクトの各ステップにセーフティーを組み込んでは、それを不注意にも無駄にしていることなどを詳しく説明した。一時間ほど、話しただろうか。その間、Ｂ・Ｊは熱心に私の説明に耳を傾けていた。質問もしてきた。なるほど、さすがだ。彼女の呑み込みが早いのには感心した。

「問題はわかったわ。それで解決策、ソリューションはあるの？」ひととおり私の説明が終わると、彼女が訊ねた。

私の返答に、彼女の表情が急に曇った。これはまずい。このままではすべてを失いかねない。そうはさせるもんか。必死の思いで「答えは見つけることができると思います。それから、エグゼクティブＭＢＡに、あと一〇人新しく企業からマネジャーを送ってもらうこともできると思います」と、私は思わず口走っていた。だが、そんなうわべだけの言葉が通用するような相手ではない。

そこで今度は、彼女のビジネスセンスに訴えることにした。「一〇人学生が増えれば、それだけで私の給料は十分カバーできるはずです」私は、何とか彼女を説得しようと試みた。

「シルバー先生……」彼女が、柔らかな口調で言った。「一〇人だけでは足りないわ。それだけでは、終身在職は永遠に無理ね。それに一度は可能かもしれないけど、再び同じことができる保証はどこにもないわ」

私は懸命に反論を試みたが、すぐさまＢ・Ｊに制された。「あなたの話は面白いわ。真に価値ある知識を提供しなければいけないのは確かよ。でなければ、ＭＢＡプログラムの将来はないわ。これは私の意見だけど、いまビジネススクールで教えていることで、本当に価値のあることなどほとんどないわ。卒業して実際に働き始めたら、ビジネススクールで学んだことがほとんど役に立たないっていう話をよく卒業生から聞くのよ。

だから、あなたの話もよくわかるわ。もっとうまくプロジェクトをマネジメントする方法を教えることが重要なのは、あなたに言われるまでもなくわかっています。問題は、それをやるのがあなたかどうかよ」

「やらせてください。結果は出します」

どこから、こんな自信が湧いてくるのだろう。自分でもわからない。きっと窮地に追い込まれた者の最後の悪あがきだろう。「簡単にはいかないわ。それにもう決めたことなの」そう言うところを見ると、B・Jも同じことを思っているに違いない。

「できます」私は、執拗に食い下がった。

B・Jは、吟味するかのようにまじまじと私の顔を見つめた。「口だけじゃないの？ 言っていることをきちんと行動に移すことができなければ、実用的なソリューションを見つけるなんてとうてい無理な話よ」

私は返す言葉を探したが、その前に彼女が話を続けた。「いいわ、言うのは簡単よ。それより証拠を示してほしいの。エグゼクティブMBAのプログラムに学生をあと一〇人連れて来て、証明してちょうだい。そしたら、あと一年は雇用を延ばしましょう」

私は抵抗を試みたが、まるで壁に向かって話しているような気分だった。大学と自分自身に対しひどく憤りを感じた。大学とは、教える能力と研究成果で評価されるべきところで、営業力で評価されるべきではない。それなりの実績を残してきた私には、終身在職が認められて然るべきだ。そう、委員会でも評決が下されたではないか。その私に、セールスマンになれとでも言うのか。なぜなんだ？

15

ジム、ジョニー、シャーレーン、そして私の四人で小さな教室に集まった。

外は、どんよりとした曇り空で冷えびえとしている。外だけではない。中も同じだ。私は気もそぞろでミーティングどころではなかった。ミーティングどころか、何も考えることができない。あれ以来、何も手につかない日々が続いている。気を落ち着かせてがんばったところで、何になるというのだ。ただ、やらねばならないことだけは機械的にこなしてきた。朝、大学に出勤し、授業を教え、学術誌に目を通し、そして帰宅する。まだ、ジューディスに真実を打ち明ける勇気は湧いてこない。間違っているのはわかっている。しかし、慌てて話をすることもない。彼女にだって、どうすることもできないのだ。結局のところ、彼女の言っていたことがすべて正しかった。それだけがせめてもの慰めかもしれない。彼女に真実を隠しておく権利など、私にはない。そんなことぐらい承知している。買ったばかりの新車はディーラーに返さないといけないだろうし、家も売らないといけない。どこかへ引っ越さなければいけないだろうが、いったいどこへ？　そんなことはどうでもいい。相変わらず、外はどんよりとした空で冷えびえとしている。

「私が教えている生産システムの授業なんだが……」ジムはそう切り出し、このミーティングの趣旨を説明し始めた。「最近、生徒からこれまでにないような鋭い意見が出るようになってきた。どう答えていいのか、こちらが戸惑うような時もある。シャーレーンも会計の授業で生徒からこれまでにないような指摘や質問をされて困っているようだ。リックのプロジェクト・マネジメントの授業も同じらしい。

最初はどこからそんな知恵を得てきているのかわからなかったんだが、ジョニー、君の研究発表会に出てみて謎が解けたよ。君だ。間違いない」

笑顔を浮かべながら、ジョニーが答えた。「余計なことは教えるなということですか？」

「いえ、そうじゃありません」すぐさまシャーレーンが否定した。「教えている内容はすばらしいと思います。会計の仕事に携わっている者なら誰でも、これまでのやり方に無理があることはわかっています。いまに始まったことではありません。ずいぶん前からです。確かに、あなたの生徒たちには苛々させられることがあります。あれがおかしい、これがおかしいとズバズバ指摘してくるんです。でも、それが困ると言っているわけではありません。ただ、訊かれても困らないように生徒たちよりはよくわかっておきたいんです。この間の話をもう少し詳しく聞かせていただきたいんですが、ダメですか？」

「そういうわけだ」そう言いながらジムは、ジョニーの肩に軽く手をかけた。「君の発表は実に面白かったんだが、あれだけでは不十分だ。君が製造の授業でどんなことを教えているのか、もっと知りたいんだ」

笑顔を浮かべながら、シャーレーンが付け足した。「そうなんです。もっと詳しく知っておきたいんです。それに知らないでいるわけにもいかないんです」

私は横にいたが、一言も口を開かなかった。私にはそんなことはどうでもよかった。そんなことは知りたいとも思わないし、知ったところで何の役に立つというのだ。あれやこれやどうでもいいことで、私の頭の中はもういっぱいだ。知ったところで何も変わらない。家を手放さなくてよくなるというのか。ジューディスに愛想を尽かされることもなくなるというのか。

それに鎖の輪がどうだのこうだのと、訳のわからないことを言っているが、そんな理論は間違っている。子供にだってわかることだ。何でもないことを、さも大袈裟に語っているだけのことではないか。

しかし、彼らの考えは違うらしい。「喜んで」ジョニーは満面の笑顔で彼らの求めに応じた。それはそうだろう。喜んで当たり前だ。何といっても、彼は終身在職教授なのだ。

それに去年は、研究のため一年間大学を休んでいながら、大学から給料はかなりもらっていただろうし、ユニコ社からも相当お金をもらったに違いない。

「製造へのＴＯＣの適用は非常にシンプルです」ジョニーの説明がさっそく始まった。「五つのステップをストレートに適用すればいいんです」そう言うと、立ち上がってボードに向かった。「最初のステップは、覚えているかもしれませんが、制約条件を見つけることです」そう言って、ジョニーはボードに〝1．制約条件を見つける〟と書いた。

「制約条件、つまりボトルネックが見つかったら、次のステップは……」

彼の声は自信に満ち溢れていて、それが私には我慢がならなかった。私は彼の説明に無理やり割って入った。「そんな説明はいいですから、現実はどうなんですか」私はジョニーに闘いを挑んだ。「現実には、制約条件がひとつなんてことはない。二つ以上あるじゃないですか。どれかひとつのワークセンターが他より負荷が必ず大きいはずだなんて言わないでください。数学的にはそうかもしれませんが、現実にはほとんど差なんてない」

私の勢いにジムとシャーレーンが驚いた顔をしているのが目に入ったが、私はそれを無視して続けた。「鎖の例でも明らかじゃないですか。理論的には強度が低い輪はひとつだけですが、実際にはどうですか。二番目に強度が低い輪は、いちばん低い輪とほとんど変わりません。ほんのわずかな差しかありません。それなのに強度がいちばん低いだとか何とか言っても、意味がありません。根拠のない理論です」

さあ、言いたいことは言った。この理論をどう思っているのか、自分の本音をぶちまけてやった。善人ぶるのはもうやめた。大学教授として残された時間は少ない。思っていることは、はっきり言ったほうがいい。くだらないものはくだらないと、はっきり言ってやればいいんだ。

ジョニーの話し方も気に入らない。血圧が上がりそうだ。いかにも大学教授でございといった澄ました口調で「これは面白い質問だ」などとぬかしやがる。

面白い質問だって？　痛いところを突かれて、どう答えていいかわからないだけじゃないか。自分でもわかっているはずだ。

予想どおり、ジョニーはすぐに訳のわからない数式を持ち出してきた。それでこちらを煙に巻こうっていうんだな。

線形計画法を使って、それから感度分析をして、でも制約条件が二つあると最適解が得られないとか何とか言っているが、そんな説明はこちらの耳にはちっとも入っていない。

「ジョニー。数学抜きで、リックの質問に答えてくれないか」ジムも私の肩を持ち始めた。

「いいですよ」すぐにジョニーは答えた。

私は身を前に乗り出し「聞かせてもらいましょう」とジョニーに迫った。意味のない複雑な説明でこちらをごまかそうとしても、そうはさせるものか。そういう遊びはもう十分だ。まがい物ならすぐに見破ってみせてやる。

ジョニーは、ボードの左隅に円をいくつか一直線に並べて描いた。「これらの円はワークセンターです。資材は左から右へ流れます」

いいだろう。

「例えば、このワークセンターを一〇〇パーセント活用するとします」そう言いながら、ジョニーは大きなX印を真ん中付近のひとつの円につけた。「ただし、そのためにはその前のワークセンターから常に十分な資材が流れてこなければいけません」

「現実には、機械が常にスムーズに動いているとは限りません。そのことを忘れないでください」ジョニーは論文を書く時、それは見事な架空の例をよく使うが、今日は、そんな手は使わせない。「それにトラブルもよく発生します。作業員の動きが遅くなったり、工具が壊れたり、資材や材料が機械に詰まったり、いろいろあります。何が起きるかわかりません。でも、トラブルが起きることだけは確かです」

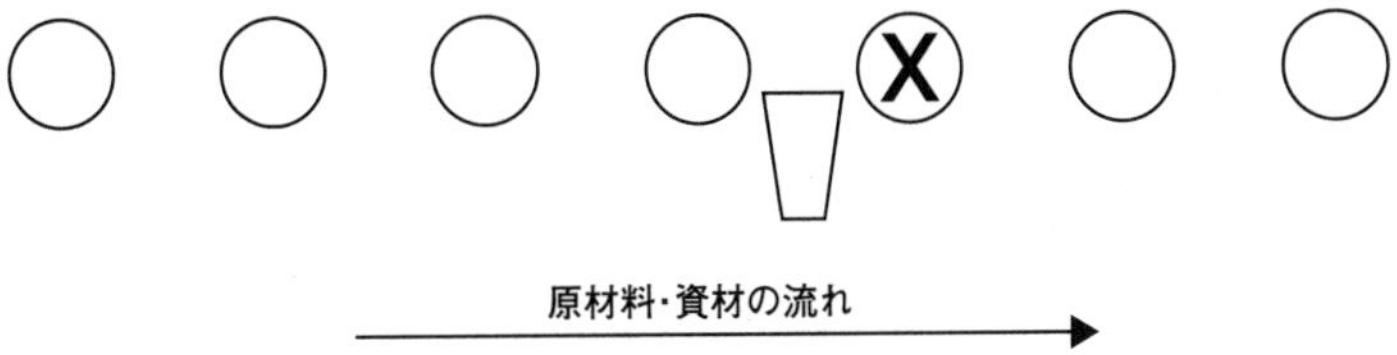

「そのとおり」私の攻撃にもジョニーは笑顔で応えた。まるで、私が彼の援護をしているような口ぶりだ。「いま、リックが説明してくれたような現実的なシチュエーションでは、どうやってXに十分な資材を供給して、Xを常に動かすことができるでしょうか」

「Xの前に、十分な仕掛り在庫を置く」ジムが間髪入れず答えた。

「いい考えですね」そう言うと、ジョニーはX印のついた円の前に仕掛り在庫を表すボックスを描いた。「ですが、ここでリックが言ったようにマーフィーが登場します。Xより前のワークセンターのひとつでトラブルが発生して、Xへの資材の流れがストップします。しかし、心配はいりません。ジムのおかげで、Xには必要な資材が確保されています。Xの稼動率は一〇〇パーセントを維持できます」

これはいい。シンプルでわかりやすい。ジョニーもじきに自分が間違っていたことを認めるに違いない。ボトルネックはひとつだけとは限らない。いくつあってもいいはずだ。問題になるのは在庫だけだ。在庫を持つとコストがかかるからボトルネックはひとつだけだ、などという見え透いた説明で逃げおおせると思ったら大間違いだ。

「ここまではいいですね」ジョニーは笑顔を見せた。「しかし、この時どんなことが起きるでしょうか。Xへの資材の流れがストップすると、Xは蓄えてあった仕掛り在庫を使って作業を続けます。当然、仕掛り在庫の量は減っていきます」

ここでジョニーは口を休め、私のほうを振り返って訊ねた。「マーフィーが登場するのは一回きりですか。Xより前のワークセンターのいずれかで、遅かれ早かれまたじきにトラブルが発生してストップしてしまうのでは？」

ジョニーが自分の都合のいいように話を誘導しようというのはわかっているが、この問いにはイエスと言わざるを得ない。

「もしそうなら、Xの前の仕掛り在庫はだんだん減っていくことになります。最後には、ゼロになってしまうかもしれません。そんなことが許されていいのでしょうか」

私は、答えなかった。私は、答えのわかりきった質問をする連中が好きではない。答えがわかりきった質問を自分でして、自分で答えるような連中はなおさらだ。悪いが、ジョニーはそういう連中の一人らしい。「もしそんな状況を許していたら、次にマーフィーが現れた時、Xには仕掛り在庫がなくなって作業がストップしてしまいます。稼動率一〇〇パーセントを保つことはできません。ということは、仕掛り在庫がゼロになるのを防ぐために、トラブルが解決して資材の流れがもとに戻った時、何をしないといけませんか」

「Xの前の仕掛り在庫を補充する」またジムが答えた。彼は、ジョニーの質疑応答ゲームの相手をするのが苦ではないらしい。

「しかし、そのためには」ジョニーが勝ち誇ったような口調で続けた。「Xより前のワークセンターではそれまでのペースで資材をXに流すだけでなく、仕掛り在庫を補充するための作業もしなければいけません。それも、次にマーフィーが現れる前までに迅速に行わなければいけません。ということは、つまり……」そう言いかけて、ジョニーは私の目を直視した。「Xよりもキャパシティが大きくなければいけないということです」

そう言い終えると、ジョニーは自分の席に戻った。「結論ですが、どれかひとつのワークセンター、つまりリソースを一〇〇パーセント用いるためには、その前のすべてのワークセンターにはより大きなキャパシティが求められます。マーフィーが現れるとそれなりのダメージが発生します。無視できるような小さなものではないはずです。仕掛り在庫を補充するために、各ワークセンターが作業できる時間も限られています。となると、Xよりごくわずかにキャパシティが大きい程度では対応できないということになります。二番目に強度が低い輪が、いちばん低い輪とほとんど同じではダメなんです」

私はボードを眺めた。ジョニーの証明は驚くほど鮮やかだ。どこにも、破綻がない。もし本当に彼の言うとおりなら、5ステップも受け入れざるを得ない。

でも、だから、どうだと言うのだ。それのどこが悪いと言うのだ。結構じゃないか。

そう考えていると、後ろからジムの声が飛び込んできた。「どれだけ余剰キャパシティが必要なんだ？」

「トラブルの程度にもよります。それにトラブルの頻度も。それから、もちろんどれだけXの前に仕掛り在庫を蓄えておきたいかにもよります」

どこが悪いのかわかった。この話を初めて聞いた時から、5ステップが正しいのは直感的にわかっていた。5ステップが、プロジェクト・マネジメントのさまざまな問題点を解く鍵になるだろうと感じていた。だから、試してみようと思った。しかし、いまはそれをB・Jから条件として突きつけられている。終身在職を与えられるに相応しいことを、これを使って証明しろというのだ。そんな相手の都合に合わせたゲームに乗って、自分の品位を下げるようなことは御免だ。もう、十分証明してきた。委員会の承認も得たじゃないか。

気がつくと、ジムとジョニーが二人揃ってボードに向かって何やら数式を書いている。しかし、もしそのゲームに付き合って彼女を打ち負かすことができたら？　いや、そんな可能性はまったくない。

しかし、どうして最初から諦めているのだ。プロジェクト・マネジメントの問題を解決する――それが自分の能力の及ぶところでないと、どうして最初から諦めなければいけないのだ。

「リック？」その時、シャーレーンが私の腕に手をかけた。「もう少し、この先の話を聞きたいの。いいかしら。ジョニーに先を続けてもらいたいんだけど」

私は、ぽかんとした表情で彼女の顔を眺めた。

「あと二時間で、授業があるのよ。時間が無駄になるから、話を横道にそらさないでちょうだい」

彼女は自分のことしか考えていない。もっと詳しく知りたいのはこちらも同じだ。こっちのほうが彼女よりもっと知りたいんだ。

「私が、時間を無駄にしている？」

私の問いに彼女は答えもせず、ジムとジョニーのほうに顔を向けた。「最初のステップは『制約条件を見つける』。ジョニー、ジム、その先を続けてもらえませんか」

「次のステップは」そこで、私は割って入った。「制約条件を徹底活用する。それから制約条件以外のすべてを制約条件に従属させ、制約条件の能力を高めて、そして最初のステップへ戻る。簡単です。私が知りたいのは、それをどうロジカルなソリューションにつなげるかです。実用的なソリューションでなければダメです」

ジムは席に戻り、ジョニーはボードを一部消して、残りの四つのステップを書き始めた。

書き終えると、ジョニーは私のほうを振り返って半分真剣に、半分皮肉交じりに「例を使ってもいいですか」と訊ねた。

「どうぞ」

彼はボードのほうへ向き直ると、先ほどの円に脚や鼻を描き足した。「隊列を組んで行進する兵隊です。工場に例えることができますが、わかりますか」

誰もうなずかない。

「先頭の兵隊は、まだ誰も歩いたことのない道を歩きます。つまり、原材料の加工を開始します。そのあとの兵隊も順に同じ道を歩いて次々と加工していきます。そして、最後尾の兵隊が道を通過すると完成品ができあがります」

「なるほどね」シャーレーンが深くうなずいた。「工場では機械が固定されていて、動くのは材料ですよね。この例とは反対なので、少し戸惑いますが、同じことですよね」

「先頭が原材料の加工を始めて、最後尾で完成品に仕上げるとしたら、先頭と最後尾の距離が仕掛り在庫ということになります」ジョニーが説明を続けた。「この例では、在庫をビジュアルに捉えることができます」

在庫？　在庫に、私は興味がない。プロジェクト・マネジメントには関係ないからだ。そこで、私は「リードタイムはどうなりますか」と訊ねた。

「同じことです。製造リードタイムは先頭がある地点を通過してから、最後尾が同じ場所を通過するまでの経過時間です。つまり先頭と最後尾の間の距離が長ければ長いほど、リードタイムも長くなります。仕掛り在庫とリードタイムは双子の兄弟なのです」

なるほど。そういうことなら在庫ではなく、リードタイムを使って説明をしてくれたほうがこちらは助かるのだが。

「隊列が基地を出発する時、兵隊たちは間を空けずにまとまって行進を始めます」ジョニーの説明は続いた。「しかし出発から二マイル過ぎると、どうなるでしょう。兵隊たちの間隔は大きく広がっています」

「つまり、リードタイムも長くなるということか」私は頭の中で呟いた。
「そうすると隊長が列を止めて、兵隊の歩く順を入れ替え、また出発します。しかし隊列が止まるということは、それだけスループットが失われることを意味します。つまり、こんな簡単な例でさえ問題が起きるということです。リードタイムがどんどん長くなり、そしてスループットが失われるのです」

これはなかなか面白い。ジョニーの例も悪くない。

「もし一人ひとりの兵隊のパフォーマンスを、能率を基準に評価したらどうなると思いますか」ジョニーが、シャーレーンに向かって訊ねた。

面白い質問だ。どう答えたらいいのだろう。

シャーレーンはロジカルに答えようと、ゆっくりと言葉を選んだ。「能率がいいということは、与えられた時間内でより多くの仕事をするという意味ですから……この例では、より速く歩くことを意味します」

彼女は、口調を少し速めながら続けた。「兵隊には、より速く進んでほしいわけですから、能率を基準に評価しても特に問題はないと思いますが」

私もそう思う。

「すべての兵隊に速く進んでほしいですか」ジョニーがシャーレーンに質問を重ねた。「それとも、隊列全体がひとつにまとまって速く進んでほしいですか」

「違いがよくわかりませんが」

「ボトルネックがあることを忘れているようですね」そう言うと、ジョニーはX印のついた兵隊を指差した。「隊列全体のスピードは、このボトルネックの進むスピードによって決定されます。このX印の兵隊は先頭ではありません。ですから、もしすべての兵隊にできるだけ速く歩けと命令したら、隊列は前後に広がってしまいます。つまり、リードタイムが長くなります」

そのとおりだ。みんな、そんなことわかっているはずなのに、簡単にコスト・ワールドの罠にはまってしまう。

「この間の発表会の製鋼会社の話と似ていますね」シャーレーンが言った。「それぞれのワークセンターを〝時間当たり生産トン数〟で評価するのと同じですね」

「そのとおりです」ジョニーがうなずいた。「問題は、〝時間当たり生産トン数〟を使わないで、何を代わりに使うかです。この例をもう一度見てください。何か、ヒントが隠されているかもしれません」

みんな、ジョニーの言葉どおり、ボードに描かれた例に目を凝らした。

「どうすれば、隊列が前後に広がるのを防ぐことができますか」ジョニーは、私たちに自分たちで答えを見つけさせようという魂胆らしい。

しかし、私は見当がつかずに冗談めかして言った。「兵隊をみんな鎖でつなげばいいんじゃないですか」

「組立ラインか」そう言って、ジムは椅子から急に立ち上がると、ゆっくりと部屋の中を考えながら歩き始めた。「組立ラインのコンベアのベルトだ」

私もしばらく考えたが、やはり何も思い浮かばない。「わかりません」と認めざるを得なかった。

「私もわからないな」ジムも降参して、椅子に腰を下ろした。

するとジョニーはボードに鎖を描き加えて兵隊をみんなつないだ。「鎖でつなぐと、どうなりますか?

ボトルネックの前の兵隊を見てください。定義上、この兵隊の歩くスピードはボトルネックよりも速いです。ということは、この二人の兵隊の間の鎖はピンと張っているはずです。鎖でつながれているため、この兵隊はもはや自分のペースでは進めなくなります。ボトルネックのペースにスピードが制限されるからです。これで、隊列が広がるのが防げます。ジムの言うとおり、組立ラインではこの鎖が使われているんです。ベルトコンベアのベルトが鎖の役目を果たしているんです。

いいですか。例えば組立ラインで、あるワークセンターがその後ろのワークセンターより作業のスピードが速いとします。この二つのワークセンターの間のベルトコンベアの上には、製品がいっぱい載って流れていきます。鎖がピンと張っている状態と同じです。ベルトコンベアの上がいっぱいということは、前に位置する作業の早いワークセンターはそれ以上のペース、自分のペースでは作業ができないということです。ベルト上に空きスペースができるまでは、製品を組み立てて載せることができません。つまり、後ろのワークセンターのペースに合わせて作業しなければいけないということです」

「JITも同じことが言える」ジムがゆっくりと言った。「JIT、つまりジャスト・イン・タイムはコンベアのベルトではなく箱を使って、ワークセンター間の仕掛りの量を制限している。コンセプトはまったく同じだ」

「そうなんです。組立ラインやJITは非常に効率的な方法です。みんなわかっていることです。従来の生産方式に比べ、リードタイムが格段に短いんです。

となると……、組立ラインやJITの真髄はいったい何なんでしょうか」ジョニーは質問を続けた。「組立ラインやJITがうまく機能するのはいったいなぜだと思いますか」そう訊ねるや否やジョニーは自ら答えを言った。「各ワークセンター間にどれだけの在庫を認めるか、その量を制限しているだけなんです。在庫の量がその上限に達すると、それを供給するワークセンターはもはやキャパシティ一〇〇パーセントで作業することを許されなくなるのです」

言っていることは理解できるのだが、私にはどこかしっくりこないところがあった。

「ちょっと待ってください」私はストップをかけた。「少し頭の中を整理させてください。ゆっくり考えないと、製造からプロジェクト・マネジメントへシチュエーションを切り替えることができないので。少し待ってください」

「どうぞ、ゆっくり考えてください」

「……少しばかりしっくりこないことがあるんですが」少し間を置いてから私は切り出した。「先日の研究発表会では、5ステップのごく一般的なプロセスを説明されたと思うのですが……。もし、私の理解が正しければ、あのステップはただ実行すれば役に立つということではなく、必ず実行しなければいけないものだと、そうおっしゃっていたのではありませんか」

「そのとおり」ジョニーに代わって、ジムが答えた。

「私のボキャブラリーでは、『やらなければいけない』とは、もしやらなければいい結果が得られないということを意味します」

ここで、私は行き詰まった。何がしっくりこないのか、はっきりと言葉に表すことができない。言葉が出ない私に代わってジムが続けてくれた。「組立ラインやＪＩＴがうまく機能することはわかった。ということは、この二つが５ステップに従った方法なのか、あるいはもし従っていなければやはり５ステップが間違っているということになる」

ジム、ありがとう。そのあとは私が続けさせもらおう。「組立ラインもＪＩＴも、５ステップに従っていないことは明らかです。ボトルネックを見つけることはおろか、ボトルネックの存在さえ考慮していません。ということは、５ステップが間違っているということになります。だとしたらどこが間違っているのでしょうか」

ジョニーは私たちを見てから、ボードを眺め、腰を下ろした。

「ちょっと待ってください」シャーレーンがジムに向かって言った。「５ステップが、一〇〇パーセント正しいのか、あるいは一〇〇パーセント間違っているのか、そんな白黒つけるような話ですが、もしＪＩＴが５ステップのうち、どれかひとつでもステップを行っているとしたらどうなんですか。ひとつも実行しないよりはいい結果が得られるんじゃないでしょうか」

「……そうだと思います」私も彼女と同じ意見だ。「しかし五つのステップのうち、ＪＩＴがいったいどのステップを行っているんですか。最初と二番目のステップを行っていないのは明らかです」

「三番目のステップはどうかしら。各ワークセンターはそれぞれの最大キャパシティ以下で作業するよう強いられているわ。制約条件への従属を強制されているじゃない」

「確かに……」これも彼女の言うとおりだ。「しかし……」

まだ、何かが違う。

「しかし」言いかけた私の言葉をジョニーが続けた。「もしひとつだけでなく、五つのステップすべてを実行すれば、そのほうがもっといい。もっといい結果が得られるんです」

「待ってください」私は再度待ったをかけた。「これは重要なポイントです。もう少しゆっくり話を進めてもいいですか……。確かに、五つのステップを全部実行するほうがいいと思います。そういう方法が存在し得ることも認めます。ですがその話に進む前に、JITや組立ラインのどこが足りないのか、どこが満足できないのか考えてみたいのですが」

「リック、それのどこが重要なんだね」ジムは、私の疑問に興味津々だ。

「5ステップのことを知らなかったら、組立ラインやJITよりもっといい方法が存在し得ることを予想できたかどうか、それが知りたいんだと思います」ジョニーが、私の代弁をしてくれた。

「いや、そこまではまだ考えていないんですが……」私はジョニーの言葉に多少戸惑った。「ただ、プロジェクト・マネジメントで見てきた問題が、組立ラインにも存在するかどうかチェックしてみたいんです」

シャーレーンは時間が気になるのか、しきりに腕時計に目をやっているが、ジムとジョニーはやってみろとばかりに私に激励の言葉を飛ばした。

しかし、どうやっていいものやら私には見当がつかない。

とにかく私は立ち上がり、ボードに向かうとゆっくりとマーカーを手に取った。そして、ジョニーが先ほど描いた兵隊の図をじっくりと眺めた。みんな鎖でつながれている。「さっきの説明と同じですが、鎖はワークセンターとワークセンターの間の在庫量が制限されていることを表しています」ゆっくりと私は始めた。X印のついた兵隊の前には、先ほどジョニーが仕掛り在庫を表すボックスを描き込み済みだ。特に何も考えずに、私は兵隊と兵隊の間すべてに同じようにボックスを描き加えた。

「ジョニー」ジムが声をかけた。「リックがいま描いたこれらのボックスもみんな、ワークセンターの前で作業を待機する仕掛り在庫と見なしていいんじゃないかな」

「ええ、そのとおり。みんな仕掛りです」

「在庫の話は少し置いておいてください。いまは時間の話をしましょう」苛立ちを抑えながら、私は二人に向かって言った。

「わかった」ジョニーはなかなか忍耐強い。

「もし、このワークセンターでトラブルが発生したら」そう言いながら、私は適当にひとりの兵隊を指差した。「その後ろの兵隊はどれだけ作業を中断しないで継続できるか——このボックスはその時間を表します。つまり……」私はここで一段口調を緩めた。「これらの箱はワークセンターを守る、つまりプロテクションの役割を果たします。自分より前のワークセンターでトラブルが発生した場合に対応するためのプロテクションです」

「なるほど、そういう言い方もできますね」ジョニーがうなずいた。「つまり、これらのボックスはセーフティーを表すと」

「セーフティー？　そう、セーフティー、セーフティーです。その言葉を探していたんです」私はつっかえていたものが取れたような気がした。「これでプロジェクト・マネジメントに話がつながります。さっきも在庫を時間に置き換えないといけないと言いましたが、製造ではワークセンターの前に仕掛り在庫を置いて保護します。プロジェクトでは、セーフティータイムを用意して保護するんです」

「なるほど、君の言っていることはわかる」ジムがコメントした。「私もそう思う。しかし、製造とプロジェクトではやはり違うな。プロジェクトのほうが、たちが悪い」

「どうしてですか」

「製造では、トラブルが発生して仕掛り在庫が減ってもあとから補充できるが、プロジェクトはそうはいかない。失われた時間は永遠に取り戻せない」

ジムの言葉を頭の中でなぞっていると、左からシャーレーンの声が飛び込んできた。「待ってください。ちょっと違うんじゃないですか。どうして、そんなことをする必要があるんですか。どうして、すべてのワークセンターにセーフティーを用意して保護しないといけないんですか。部分効率は重要ではないという話じゃなかったんですか?」

どこかで聞いたことのある質問だ。その時、私はルースの発言を思い出した。授業中「どうして、一つひとつのステップを守ろうとしているのか」と彼女に指摘されたのを思い出した。確か彼女は「一つひとつのステップにセーフティーをたくさん用意しても、プロジェクト全体としては役に立っていない」とも言っていた。組立ラインのパフォーマンスについても同じことが言えるのだろうか。

もちろん、そうに違いない。

「シャーレーン、ありがとう」

「ありがとう？　なぜ」彼女はまだ私の態度が気に入らないようだ。

「ヒントをくれたからです。組立ラインとＪＩＴに何が欠けているのか、問題点がわかりました。すべてのワークセンターにセーフティーを用意して保護したとしても、それだけでは十分ではないんです。ライン全体としては依然、危険にさらされたままです。組立ラインでは、ひとつのワークセンターにトラブルが発生してストップすれば、すぐにライン全体が止まってしまいます」

「もちろん」シャーレーンが相槌を打った。「一〇〇パーセントの能率で稼動させなければいけない、セーフティーを唯一必要としているのは、ボトルネックだけよ。ジョニーが最初に説明してくれたように、仕掛り在庫を溜めておくのはボトルネックの前だけなのよ。他には、必要ないわ」

確かに。しかし、どうすればいいのか、その方法は私にはわからなかった。ボトルネックの前にセーフティーを用意する。他の場所には必要ない。しかし同時に、隊列が前後に広がるのを防がないといけない。どうも矛盾しているように思えるのだが。

みんなの視線がジョニーに集中した。

みんな、ジョニーが答えを教えてくれるのを期待しているのだ。もっといい方法、ソリューションを示してくれるのを期待しているのだ。しかし、当の本人はそんなみんなの期待に気づかなかった。

「もう、答えは出ているじゃないですか」驚いたような口調でジョニーが言った。

「答えがもう出ている？　もしそうなら、私たちがまだ気づいていないということかな」ジムが三人を代表して言った。

「みんなで話し合ってきたじゃないですか。スタートポイントは、ボトルネックです。ボトルネックを徹底活用するには、どこでトラブルが発生してもいいように保護しないといけない。そのためにボトルネックの前に十分な仕掛り在庫を蓄えておく。しかし、多すぎてもダメです。在庫やリードタイムが増えすぎてしまいます。ということは……」

そう言いかけて、ジョニーは口を閉じた。そのあとは、私たちに答えさせようということらしい。

私たちは、お互いの顔を見合った。「ということは……、私たちにはどうしたらいいのかわかりません」それしか、私には言葉が見つからなかった。

「先頭の兵隊といちばん歩くのが遅い兵隊、つまりボトルネックとをロープで結ぶんです。それだけです。兵隊全員をロープでつなぐ必要はありません。全員をつなぐということはそれぞれの兵隊の間に仕掛り在庫を無理やり置くようなものです。それより必要な量の仕掛り在庫がボトルネックまで流れていって溜まるようにしてあげればいいんです。そして、もちろんロープの長さ、これはバッファーと呼ばれていますが、これによってどれだけ在庫を置いておくかが決定されます」

私はジョニーの説明を頭の中でなぞった。

ジムも同じだが、こちらは声に出している。「先頭の兵隊とボトルネックをロープで結ぶと、先頭の兵隊は、ボトルネックのスピードでしか前に進むことができない。隊列が前後に広がるのはこれで防げる。他の兵隊は、みんなボトルネックより歩くのが速いので、先頭の兵隊かあるいはボトルネックの後ろでつかえることになる。ということは、隊列の長さはロープの長さとだいたい同じくらいになる。なるほど。それから……、ボトルネックの前にはスペースが空くから、もしボトルネックより前の兵隊が立ち止まったとしても、ボトルネックはそのまま前へ進むことができる。このスペースに

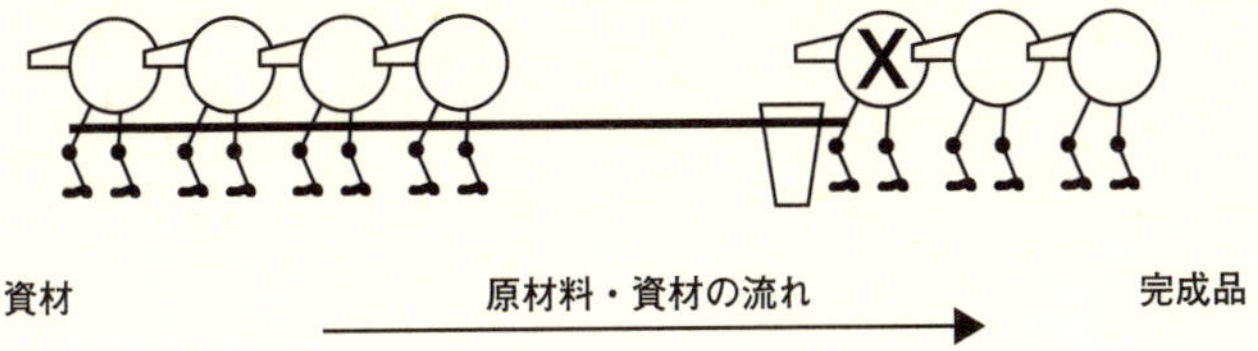

仕掛り在庫、つまりセーフティーが蓄えられる。いいじゃないか、ジョニー」

「実際には……」そう言って、ジョニーがジムの説明を補った。

「まず、最初にボトルネックを見つけます。次に、バッファーの長さを決めます。長さは、現在の製造リードタイムの半分くらいというのがだいたいの目安です。それから……」

ということは、製造でもバッファー、つまりプロテクションを時間で測るわけか。しかし、製造について説明されても私にはピンとこない。プロジェクトは製造と違って、作業は一回きりだ。製造のメカニズムをそのままプロジェクトに移し替えることはできない。だが、コンセプトは使えるだろう。同じコンセプトをもとにプロジェクトに合ったメカニズムを見つければいい。キーポイントはもうわかっている。5ステップに従えばいいのだ。

解かなければいけない問題もすでにわかっている。プロジェクトにおけるボトルネックは何かだ。ロープで何を結ばなければいけないのか。バッファーはどうやって決めたらいいのか。

その答えの多くもすでに見えている。ロープで結ぶことによって、ステップを早くスタートすべきか遅くスタートすべきか、その答えも決まる。また、投入できる作業の量も決まる。それゆえ、作業の掛け持ちの問題も大幅に減らすことができる。もう少し考えないとはっきりとはわからないが、答えがすぐ手の届きそうなところまで来ている感じはする。

その時、シャーレーンがすっと立ち上がった。「申し訳ありません。もう授業が始まるので行かないといけないんですが。ジョニー、あとひとつだけ質問させてください。部分効率や差異が間違った評価方法だというのは、私も全面的に認めます。しかし、それじゃその代わりに何を使ったらいいんですか。何を基準に評価したらいいんでしょうか。それとも業務評価は一切行う必要がないとでも言うのですか」

「いや、そうではない」ジョニーはすぐさま否定した。「そのことについては、また日を改めてということではどうでしょうか」

ジョニーの提案に、みんなすぐにスケジュール帳を取り出した。

Critical Chain

Ⅳ

ロジャーの挑戦

16

「ここまではいいかな」私は、みんなに向かって訊ねた。

もし異論を唱えようものなら、相手が誰であろうと飛びかからんばかりに、マーク、ルース、それにフレッドまでが身構えている様子がうかがえた。しかし、幸運にも手を挙げる者はひとりもいなかった。

とにかく、この三人がこれほど熱心になったのは驚きだ。前回の授業はみんなでソリューションを見つける作業をしたのだが、それから急にだ。それまで、やる気がなかったということではもちろんないのだが、前回の授業でやっと光が見えてきたのがきっかけらしい。まるであとはソリューションを実行するか否か、それだけに彼らの将来がかかっているかのような様子だ。

その三人が火曜の朝、揃って私の研究室にやって来て、彼らの会社であるジェネモデム社に足を運んで、ぜひマークのチームの前で話をしてほしいと言うのだ。

「例のソリューションですが、みんなが考えていることとは正反対なんです」マークが必死の口調で訴えた。「セーフティーを削ることを、どうやってみんなに納得させたらいいのかさっぱり見当がつかないんです」

「それにグループ・コンセンサスが絶対必要なんです」ルースも続いた。

「チーム全員が納得しなければ、結果は出せません」フレッドも繰り返した。

なにもそこまで必死になって、私を説得しようとする必要はない。本物のプロジェクトで試してみるチャンスがあれば、こちらも願ったりかなったりなのだ。

木曜日。A226型モデムの開発チーム、つまりマークのチームを相手に話を始めて、三時間が経過した。モデムのことはさっぱりわからないが、ことプロジェクト・マネジメントの落とし穴については知識豊富なところをみんなに印象づけることができた。簡単ではなかったが、現状を把握するという点については、何とかみんなのコンセンサスを得ることができた。とりあえずボードに書き出してみた。

1. プロジェクト全体をスケジュールどおりに終わらせるには、各ステップがそれぞれ定められた期日までに作業を終えるしかないと当然のことのように考えている。

2. 各ステップに多くのセーフティーを付け足してしまう。

3. (a) 学生症候群、(b) 作業の掛け持ち、(c) 作業の遅れは蓄積するが、作業が早く完了しても短縮はされない——この三つが合わさると、セーフティーの多くは浪費されてしまう。

その結果、

もうひとつ、みんなの同意を得ることができたのはTOCの5ステップだ。こちらは、ずっと容易だった。こちらもボードに書き出してある。

難題はここからだ。ボードに必要なことは書き出したが、ここからロジカルに話を展開させることができるかどうか、ソリューションを見つけ出せるよう、みんなをリードできるかどうかだ。

私は深呼吸して、闘いに臨んだ。

「さて、それでは、プロジェクトにとっての制約条件とは何でしょうか。ボトルネックに相当するのは何だと思いますか」

誰も答えない。

みんなが、私の話に興味があるのはわかっている。となると、沈黙が意味するものはひとつしかない。質問がいきなり飛びすぎていたのだ。慌てないで少しずつ詰めていけばいい。

「いいでしょう。それでは……みなさん問題を数多く抱えていると思いますが、とりあえずすべて忘れてください。そして、こういうシナリオを想像してみてください。A226モデルの開発は非常にうまくいき、すばらしい製品ができあがりました。開発もスケジュールどおりに終わり、マーケティングも大成功です。さて、この場合の制約条件は何になると思いますか」

「製造」誰かが答えた。

「そうです、製造だと思います」別の者も続いた。「そういう製品の場合、たいてい供給不足になります。市場のニーズを満たすだけの量を製造部門は供給することができません」

「なるほど。このシナリオでは、おそらく製造がボトルネックになるということですね。ところで、ボトルネックとは何でしょうか……。ボトルネックとは、市場が求める数量を製造するのに十分なキャパシティを持たないリソースのことです」私は自分で質問して、自分で答えた。「市場の需要を満たすことができなければ、会社の利益も伸びません」

みんな、ここまでは異論はない。

「それでは、現状を見てみましょう。A226のプロジェクトはいま現在、みなさんの掌中にあります。開発です。どうして会社は、まだA226から利益を上げることができないのでしょう」

「開発がまだ終わっていないからです」

「そのとおり。開発部門にとってのパフォーマンスとは数量ではなく……」

「製品開発を期限どおりに終わらせられるかどうかです」と、すぐに答えは返ってきた。

「あるいは期限より早く終わらせられるかどうかだ」とマークが補足した。

ところで、ミーティングはマークのチームルームで行われている。きっと、どこかにプロジェクトのPERTチャートがあるはずだ。部屋の中を見回すと、反対側の壁にかけられているのを見つけた。大きくてカラフルなチャートだ。私はチャートの脇に立った。

「このチャートを見てください」私は、みんなに向かって言った。「このチャートには、モデムを開発するためにやらなければいけないことがすべて書き込まれています。では、このプロジェクトの開始から完了までのリードタイムは何によって決定されますか」

「クリティカルパス」と、これまたすぐに答えが返ってきた。

「であれば、このプロジェクトの制約条件は何ですか。ボトルネックに相当するのは何ですか」私は質問を繰り返した。

「クリティカルパスです」

そう、答えは簡単なのだ。こんな簡単な答えを見つけるのに、私は一週間も時間がかかってしまった。どうしてそんなに時間がかかったのだろう。最も当たり前のことが、実はいちばん気づきにくいからかもしれない。

「いいでしょう。制約条件は見つかりました。次はそれを徹底活用するわけですが、何をしなければいけませんか」

「無駄にしない」

もっともらしく聞こえる答えでも、よく考えてみると実はまったく意味のないものもある。そんな答えで、私はこれまでずいぶんと自分をごまかしてきた。〝クリティカルパスを無駄にしない〟――いったい、これはどういう意味なのだろうか。

そのままでは意味がよくわからない。もっと違う言葉で具体的に表現しなければダメだ。その作業はみんなにやってもらおう。MBAの授業でも同じことを試みて、ずいぶんと苦労したが、いまはこちらも心得ている。準備OKだ。

「何を無駄にしないのですか」そう、私は質問を返した。

予想どおりの答えが返ってきて、そして私がまた質問を繰り返す。そんなやり取りが繰り返され、答えは〝クリティカルパス〟から〝時間〟へ、そして最後は〝クリティカルパスに割り当てられた時間を無駄にしない〟という結論にたどり着いた。クリティカルパスで遅れが生じると、プロジェクト全体が遅れる。

ただ言葉で遊んでいるだけのように聞こえるかもしれないが、しかし時にはそれが重要な鍵になることもある。

さて、問題は次だ。「それでは、いまは、どうやってクリティカルパスに割り当てられている時間を無駄にしているでしょうか」

これまでの彼らの話を総合すると、答えはいくつもあるはずだ。ありすぎるほどだ。だが、いちばんもっともな答えについては、みんなわざわざ答えるのを避けたいようだ。各ステップにセーフティータイムを組み込みすぎている——このコアの問題については誰も口にしようとしない。

なんとしても貴重なセーフティーは手放すわけにはいかないという恐れからか、あるいは単純にわかっていないからか、それは私にはわからない。わかっているのは、みんなから出てきた答え一つひとつをボードに書かれていることと照らし合わせ、症状一つひとつに手を打っても無駄なことで、結局のところ根本的な問題を解決するしかないと時間をかけて説明しなければいけないことだ。セーフティータイムをたっぷり取りたくなるのをじっとこらえて覚悟を決めなければいけないことを納得させなければいけない。

しかし、それが実際どういうことになるのか、それを想像すればやはり簡単な話ではない。「つまり、時間を三分の一に減らせというのですか」と誰かが質問した。

「いや、何かしろと言っているのではありません。ただ、みなさんの話を総合するとどういう結論になるのか、それを指摘したいだけです。各ステップにセーフティータイムをたくさん付け加えて保護しようとするのは間違っているという点には、同意してもらえますか」

「はい」

「各ステップに少なくとも二〇〇パーセント、セーフティーが付け加えられている点はどうでしょうか。これも認めてもらえますか」

これにはすぐに首を縦には振ってもらえなかったが、少しのやり取りの後、結局みんなを納得させることができた。

「1＋1＝2なんです」

私は、手を変え品を変え、少なくとも五回はこの説明を繰り返さなければいけなかった。最後には「でも、少しはセーフティーを付け加えるのですか」と誰かが訊ねた。

「もちろん。マーフィーは存在します。ですが、セーフティーはいちばん役に立つ場所に置きます。制約条件を保護するためにセーフティーを置くんです。みなさんの制約条件は何でしたか」

「クリティカルパスです」

「ということは、保護しないといけないのは、クリティカルパスの完了期日。違いますか」

「そうです」

「であれば、セーフティーはすべて、クリティカルパスの最後に置きます。各ステップからセーフティーを全部取り去れば、プロジェクト・バッファーを用意するのに十分な時間が確保できます」そう説明しながら、私はボードに図を二つ描いた。もともとのクリティカルパスとプロジェクト・バッファーを付け加えたクリティカルパスだ。図があったほうが、わかりやすい。

だんだん、みんなも私の話が呑み込めてきたらしい。自分たちのプロジェクトに重ねて理解し始めたようだ。A226はあと六か月で製品を完了させなければいけない。クリティカルパスには、まだやらなければいけないステップがたくさんある。彼らのいまの予想では、少なくとも二か月は遅れる

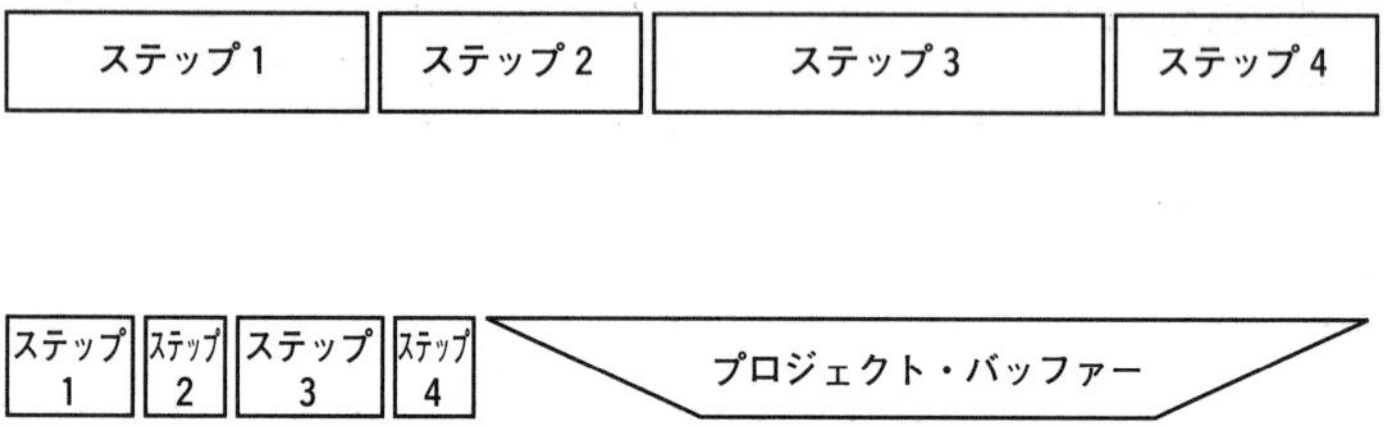

見通しだ。市場の競争を考えれば、二か月でも許されない。そこで機能を減らしたり、縮小して開発時間を短縮することさえすでに検討され始めているが、これはマークがまだ認めていない。

「残りのステップがいまの予想のままだとすれば、プロジェクト完了まであと八か月かかります。ただし、いま説明した方法を使えば、五か月以上のプロジェクト・バッファーを用意することができます」

みんな、この提案は素直に受け入れることができないようだ。マークは、バッファーが五か月というのは長すぎると言っているし、他の者は、いまの三分の一の時間で仕事ができると思っている奴は頭がどうかしているなどとあからさまに抗議し始めた。しばらくの間、部屋の中は騒然とした状態が続いた。

これを静めるために、マークは出せる限りの大声を出した。

「見積もり時間をこれだけ切り詰めたとしても、各ステップが時間内で作業を完了させることのできる確率は五〇パーセントある」そう言って、マークはみんなを落ち着かせようとした。

「五〇パーセント？」「いや、一〇パーセント以下です」「ゼロパーセントだ」とメンバーからはすぐに反応が返ってきた。

理論的にセーフティーが二〇〇パーセント以上あることは認めることができても、いざ自分の時間を削られるとなると、そう簡単に首を縦には振れない。

「時間内に終わらせることができなかったからといって、みんなの首を吊るし上げるようなことはしない」そう、マークはみんなに向かってはっきりと告げた。「ただ、みんながてきるだけ迅速に、かつできるだけ慎重に作業を進めることができるようにしたいだけだ」

この言葉には説得力があった。特に彼が意図するところがいったい何なのか、これを繰り返し説明したのは効果的だった。

しかし、ここでバッファーを置くことに対して懸念の声が上がった。「会社が許してくれないでしょう。すぐに取り上げられてしまいますよ」

「いや、そんなことはないさ」マークが自信を持って答えた。「プロジェクトはすでにスタートしているんだ。いまさら、横ヤリを入れるようなことはしないはずだ。約束した期限までに製品を完成させさえすればいい」

そしてようやく話はまとまって、次のような結論に落ち着いた。各ステップに割り当てられた時間は半分カットする。マークの説得の仕方がよかったのか、時間内に必ず終わらせてみせますなどとり

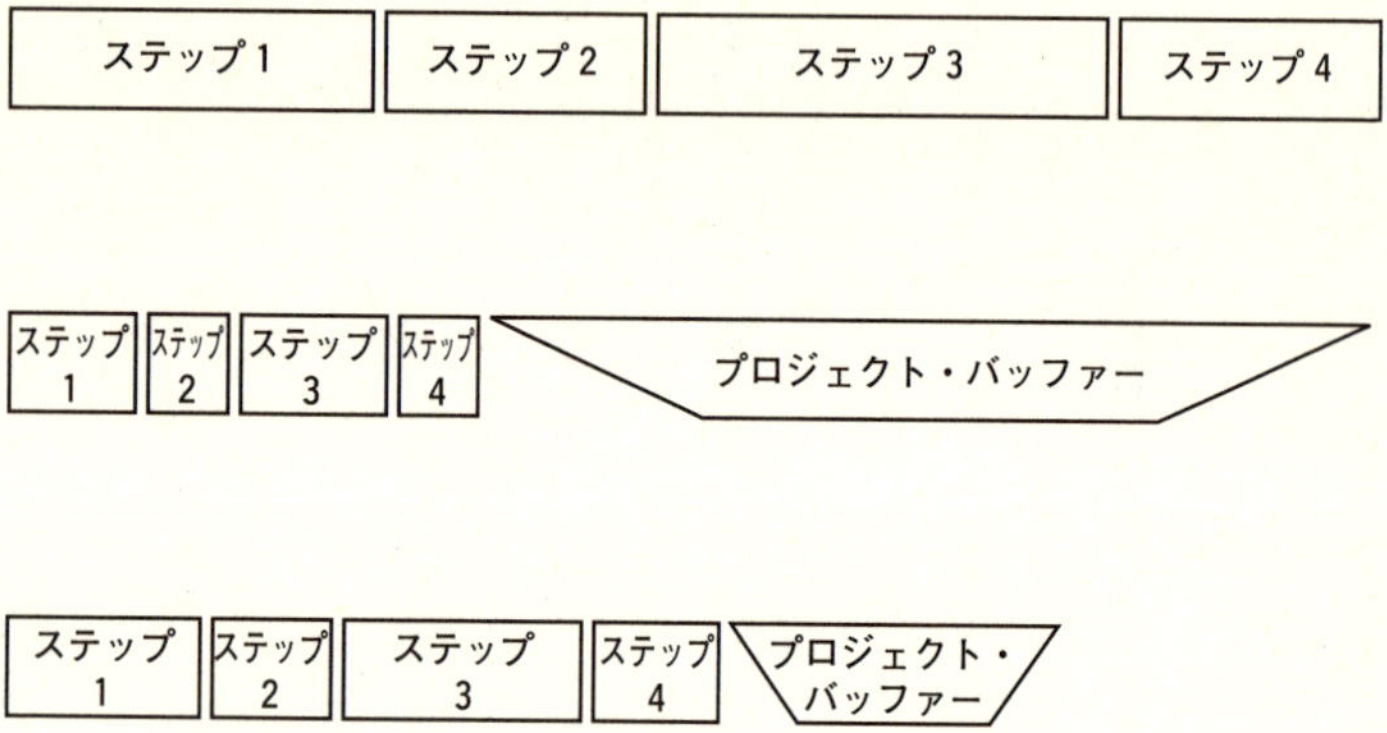

ップサービスをするメンバーまで出てきた。プロジェクト・バッファーは、各ステップから削った時間を合計したものではなく、その半分とする。これは二か月でも十分すぎると言って、マークが譲らなかったからだ。これまでの遅れを取り戻し約束の期日までにプロジェクトを仕上げたいということなのだろう。

私は、この計画をボードに書き加えた。

話が落ち着いたところで、マークが私にバトンタッチした。

「さて次は、『制約条件を徹底活用する』です」私は、さっそく説明を始めた。「クリティカルパスでは、少しでも時間を無駄にしてはいけません。しかしそのためには、次のステップで制約条件以外のすべてを制約条件に従わせないといけません。でないと、制約条件を徹底活用できなくなります」

「どうしてですか」ルースが訊ねた。

「従わせなければ、どこか他の場所で起こったトラブルが原因でクリティカルパスの時間が失われてしまうからです。制約条件を保護することができなくなります」

 私の説明で彼女は納得したが、他の者は怪訝な顔をしている。

 私は説明を補った。「ここまでは、クリティカルパスのステップについて考えてきました。それも非常に大事なことなんですが、しかし、どうでしょう。クリティカルパスに合流する他のパスでトラブルが起きて、それが原因でクリティカルパスにも遅れが生じるようなことはありませんか。このプロジェクトでも、もうすでにそういうことがあるんじゃないでしょうか」

私の問いにみんなは笑い出した。そして、いくつもの例を持ち出してきた。彼らが使う業界用語はよくはわからないが、とりあえず彼らの話を聞こう。ここで重要なのは、クリティカルパスに影響を及ぼす問題の多くが、実はクリティカルパス以外の場所で起きているということだ。それを彼らに理解してもらう必要がある。でなければ、制約条件以外のすべてを制約条件に従わせるということが、どれだけ重要なことか理解してもらえない。単に実行したほうがベターというようなことではなく、必ず実行しなければいけないことなのだ。

みんなの話が出尽くしたところで、私は次の質問をぶつけた。「どうです。何とかしないといけないと思いませんか。非制約条件で発生する問題から制約条件を守ってやる必要があると思いませんか」

これには、みんなすぐに同意してくれた。問題はどうやればいいかだ。

「製造ではどうしますか」私は質問を続けた。「製造では非ボトルネックで発生する問題から、どうやってボトルネックを守っていますか」

「ボトルネックの前に、仕掛り在庫のバッファーを置きます」

「プロジェクトには、仕掛り在庫はありません。プロジェクトでは、在庫の代わりに時間を基準に考えなければいけません。ということは、何をしなければいけませんか」

「タイム・バッファーを用意しないといけないのでは？」

「そうです、タイム・バッファー、つまり時間のバッファーを置きます。では、どこにタイム・バッファーを置けばいいでしょうか」そう質問して、私は壁にかけられたPERTチャートの脇に立ち、クリティカルパスに定規を当てた。「『ボトルネックの前』とは、プロジェクトにおいては何を意味しますか」

クリティカルパスに合流するパス、いわゆる合流パスがクリティカルパスと合流する地点にタイム・バッファーが必要だということにみんなが気づくまでに、それほど時間はかからなかった。

「それでは、どこからその時間をとってきますか」

ここまでくれば、みんなも心得ている。合流パスごとに、各ステップの見積もり時間を半分削り、削って得られた時間の半分を〝合流バッファー〟として使うことにした。

三〇分もしないうちに、新しいPERTチャートはできあがった。コンピュータを使えば、煩雑な作業を簡単にこなすことができる。あらためて驚かされてしまう。しかし、いかに高度なコンピュータ・ソフトでも実際の問題を解くとなるとそう簡単にはいかない。

みんなで結果を吟味した。心配していたほど、状況は悲惨ではなかった。遅れが生じて、いましがた作ったばかりのタイム・バッファーを完全に食い尽くしてしまった合流パスは二つしかない。

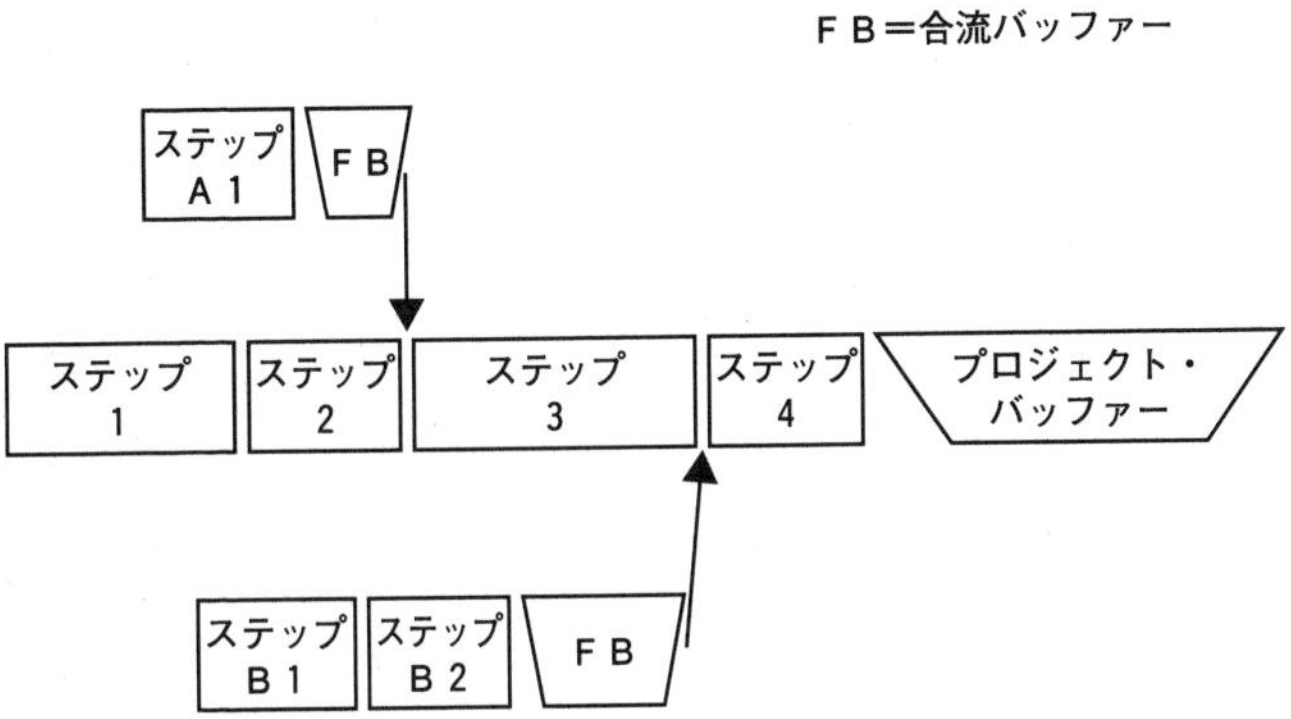

しかしこれを見てメンバーのひとり、細身の男が「うまくいくはずなどないと言ったじゃないですか」と、すぐさま結論づけようとした。

「どうしたらいいんですか」マークが私のほうを振り返って訊ねた。

「まずは、遅れているところを取り戻すことに神経を集中するんだ。しかし、警報を鳴らす必要はない。どちらの場合も遅れは二週間程度だ。もし、どうがんばっても遅れを取り戻せないとしても、まだ二か月のプロジェクト・バッファーが後ろに用意してある」

これは、彼らにとって新しい考え方だ。合流バッファーは非クリティカルパスで生じる遅れからクリティカルパスを守るのが役割だ。しかし発生した遅れが合流バッファーより大きい場合でも、プロジェクトの完成期日はプロジェクト・バッファーによって守られる。

みんな、気に入ってくれたようだ。さっそく、私の頭は次の課題へと切り替わっていた。大きな遅れが発生しているパスは二つあるが、この二つのパスで彼らがすでに取り組んでいるステップには赤い印がつけられている。この赤い印は、おそらく最優先であることを意味する。しかしここで問題なのは、赤い印のついたステップが他にも数多くあることだ。

その中から、私はひとつ赤い印のついたステップを指差した。彼らの計算によると、このパスからクリティカルパスへの合流バッファーには、まだ一切手がつけられていない。「このステップを最優先する理由は?」と、私はみんなに訊ねた。

誰も答えない。マークはチャートに近寄って目を凝らして確かめた。「どうして、これが最優先なんだ」

「さあ、わかりません」メンバーの一人がそう答えて、さっきの細身の男を指差した。

「次のステップを見てください」彼は、その体に似合った甲高い声で答えた。「次のステップは、私たちのステップです」

「だから?」

「前のステップが終わらないと、こっちは仕事が始められないんです」

私には、まだ理解できなかった。

マークも同様らしい。

「他の仕事はすべて終わっているのに、このステップだけが……」また、あの甲高い声だ。

そんな理由は許されない。さっそく、彼はみんなから吊るし上げにあった。困ったもんだ。製造だけでなく、プロジェクト・マネジメントにも能率症候群は健在らしい。赤い印のついたステップのいくつがこうした間違った警報なのだろう。みんなも同じことを思っているらしく、さっそくチャートにつけられた赤印をひとつずつチェックし始めた。結局、残ったのは四つだけとなった。まずまずだ。しかし、これで作業が終わったわけではない。

「他にもまだあります。他にもクリティカルパスを遅らせる原因があります」私は、みんなに向かって言った。「例えばクリティカルパスのステップで、他はもうすべて準備できているのに、必要なリソースが他の仕事で忙しく、まだ準備できていないような状況が時々起こります」

こうした状況をどうすれば防ぐことができるのか、私たちは再び話し合いを始めた。そして、これにはリソース・バッファーなるものを彼ら自ら考案した。

そんなコンセプトは、まだクラスでも話し合ったことがない。どうこれを使ったらいいのか実用面についても彼らから学ばせてもらった。もっとディスカッションを続けたいところだが、もうあまり時間がない。今夜はジューディスと映画を観にいく約束だ。彼女を失望させるわけにはいかない。

密度の濃い話し合いを終えて、私は、ジェネモデム社をあとにした。

17

「予想していたより、実行するのはずっと簡単でした」そう言って、マークはプレゼンテーションを締めくくった。

「成果は？」

さっそくのブライアンの質問に、マークは浮かぬ表情をして見せた。「このソリューションについて授業で勉強したのはたった四週間前だし、実際に実行してまだ三週間しか経っていません。二年もかかる開発プロジェクトで、三週間など……」

「ないに等しい」マークの言葉をブライアンが補った。「わかっているけど、何か目に見えるような具体的な成果はなかったかい」

「目に見えるような具体的な成果とは、どういう意味ですか」今度は脇からルースがすばやく反応した。彼女の声には多少の棘があった。「たったの三週間で、プロジェクトが完成したかどうか訊いているんですか？　そうじゃないとは思いますが、だったら具体的な成果って他にどんな意味があるんですか」

「おいおい、別に批判しているわけじゃない。君たちのやっていることはすごいことだと思うし、ただ、実際に効果が上がっている何か証拠みたいなものがないかどうか知りたかっただけだ。それだけさ」

フレッドがなだめるようにルースの腕に手を置き、ブライアンに向かって言った。「数字ならいくつかあります。しかし、その前に少し説明しておきたいことがあります。プロジェクトの進捗状況レポートについて話し合ったのを覚えていますか。評価方法が間違っていると、みんなで批判したのを？」

「ああ、はっきり覚えている」

「実は、評価方法を変えました。進捗状況はクリティカルパスでしか評価しないことにしたんです。クリティカルパスの何パーセントが完了したかだけを測る。それだけに的を絞ることにしたんです」

「私のところでも同じことをやっているよ」目を輝かせながらブライアンが応えた。「前よりもずっとうまくいっている」

ということは、生徒たちは授業で学んだことを実践しているということか。これはすばらしいニュースだ。

フレッドはうなずくと説明を続けた。「この評価方法にもとづけば、まだ三週間しか経っていないんですが、それでもずいぶんと成果は上がっています。例えば、その前の三か月は……」

「フレッド、数字の話はいい」話を遮るようにマークが割って入った。「どんな成果が上がったのか、具体的に説明しましょう。例えば、製品の完成が遅れるのが、誰の目から見ても明らかだとしましょう。ちょっとやそっとの遅れではない。かなりの遅れだとしましょう。そういう場合にどうするかです」

マークは苦々しい口調で自らの問いに答えた。「たいてい、近道しようとします。まずは、品質チェックを少し甘くして品質が多少落ちるのは仕方がないと妥協します。次に、製品の機能を削ったり、縮小して仕様を落とします」

「コンピュータのソフトも同じだ」チャーリーが苦笑して見せた。

「実は一か月前にはもう、チームのメンバーみんなが私のところへやって来て、どの機能を削ったらいいか、いろいろ提案しに来ていたんです。みんな、早く上と相談してくれとうるさかったんですが、それがたったこの三週間で、すっかりなくなりました。ブライアン、どういうことだかわかりますか」

「みんな、期限内にプロジェクトを完成できると信じ始めたということでは？　それはすごいな」

「話がうますぎるな」それまで静かだったテッドが声を上げた。「黙って聞かせてもらっていたけど、要は数字をいじっただけじゃないのかい。それで、そんな成果が上がったって言うのかい」

こんな反応にもフレッドは、マークやルースとは違って笑顔を浮かべている。「数字をいじるだけでも大きな影響を及ぼすことはできます。テッド、もし君の給料の一部が間違って他の人の口座に振り込まれたとしたらどうです。影響はありますか」

みんなと一緒に、テッドも笑いの輪に加わった。「マーク、君たちの説明は全部わかったんだが、他にも何かあるんじゃないかな。実際に何をどんなふうやったんだい。これまでとは何が違うんだい」

「何もありません」マークはすぐにそう答えたが、思い出したように言葉を付け足した。「しかし、みんなの考え方が一八〇度変わりました。さっきも言いましたが、これまでのように不必要に間違った警報が鳴ることもなくなったし、やることがないからと言って他にプレッシャーをかけることもなくなりました」

マークの説明を補おうと、今度はルースが身を乗り出した。「もうひとつ、大きな違いがあります。これまでのようなステップごとの期限設定は廃止しました。これまでは、例えば期限まであと二週間あると、まだ時間があると思って作業を先延ばしにしていましたが、いまは違います。パス（経路）の途中に作業中のステップがあったりして、パスの先まで作業を続けて実行できない状態の場合、作業は開始しないし、逆にパスの途中に作業中のステップがなく、パスの先まで作業を続けて実行できる状態の場合、すぐに作業に取りかかります。一つひとつのステップを期限内に終わらせることができるかどうか考える無駄を省いて、時間を節約したんです。まだ時間があると思って作業開始を先延ばしするようなことはできなくなりました。要するに、学生症候群が消えたっていうことです。そう思わない、マーク？」

「そのとおり。いいですか、テッド。期限を設定していた時は、作業を完了するまでの期限が二週間だとすれば、その二週間は彼らの時間でした。プロジェクト・リーダーだからといって、期限を与えている以上、もっと早く作業を終わらせろとプッシュすることはできません。一週間経ってからプッシュし始めたり、あるいは様子をうかがっただけでも、相手からは『まだ一週間あるじゃないか』と怪訝な顔をされてしまいます。

でも、いまは違います。余分な時間は削りました。作業が予定どおりに終わらない可能性が十分あることもみんなよく承知しているし、私が何を心配しているのか、どうしてみんなのところへ様子をうかがいに行くのかもよくわかっています」

「なるほど、理に適っている。それなら確かに影響はある」そう認めて、テッドは続けた。「これまでは、作業する側の心理的側面についてはあまり考えなかったけど、いまの説明で初めてわかった。作業を時間内に終わらせる可能性を九〇パーセントから五〇パーセントに落として、見積もり時間を削る必要がどうしてあるのか、それはわかっていたけど、それがいったいどういう意味を持っているのかはいま初めてわかったよ。しかしよくよく考えてみれば、当たり前のことだよな」

「理に適ったことさえしていれば、いずれ正しいことがわかるものよ」ルースが諭すように言った。

ルースの言葉を無視してマークは続けた。「他にもあります。仕事の掛け持ちです。間違った警報を鳴らすのをなくしたり、各ステップ完了までの時間を減らすことによって、仕事の掛け持ちを大幅に減らすことができます。ひとつのタスクから別のタスクへと頻繁に移動して作業する必要がなくなります。周りに気を遣って神経質になる必要もなくなります。それで、どれだけリードタイムを減らせるかですが、それは正確にはわかりません。ただかなり減らせるのは間違いありません」

「シルバー先生、先生には毎週我が社にいらしていただいていますが、先生の印象はどうですか」ルースが私に訊ねた。

私が話せることは、これまで見てきた事実だけだ。しかし、週一回一時間の訪問では大して目にすることはできない。「仕事の掛け持ちがどれだけ減ったか、私は評価する立場にはないな。ただひとつだけはっきりしていることがある。何を優先したらいいのか、みんなの注意が集中していることだ」

「それは間違いありません」マークが力強い口調で言った。

「ひとつ言っていいかな」フレッドがマークに向かって訊ねた。「我々がやった重要なことのひとつに、リソース・バッファーを用意したことが挙げられると思うんだが」

「そうだった。以前はあるステップの作業を始めるのに必要なものは全部揃っているのに、人だけが準備できていないことがよくありました。別の作業で忙しかったりしていたんです。でもクリティカルパス上のステップではそんなことは許されません。絶対そんなことは起こさないようにと考えました。いまクリティカルパスでやっているのは、他が全部準備されるのに合わせて、そのステップに必要なリソースも前もって準備するようにしています」

「どうやるんだ?」テッドが驚いた表情を見せた。「リソース・バッファーだけは絶対に無理だと思っていたんだが。クリティカルパスでの作業を控えているリソースに一週間前から何もさせないとか、そんなことをするのかい。みんな、それを承知しているのかい」

「いやいや、そんなことはしません。クリティカルパスでの作業が始まる一週間前に、担当者にそのことを伝えておくだけです。それから三日前にもう一度確認します。それから他が全部準備できるのを確認してから、前の日に再度担当者に連絡します。重要なのは、クリティカルパスでの作業が始められる段階になったら、他の仕事はとりあえず忘れてクリティカルパスでの作業に集中しなければいけないということをみんなが理解していることです」

「まだ、誰からも不平不満の声は出ていません」ルースが付け加えた。「逆に、みんな早めに警告されてありがたがっています」

「これは、非常に重要なことなんです」続けてフレッドが語気を強めた。「もし、みんながそれを理解していなければ、それまで早め早めに作業を行ってきたのがすべて無駄になってしまいます。どれだけうまくいっているのか、ひとつ数字を披露しましょう。このソリューションをスタートさせた三週間前のプロジェクト・バッファーは九週間でしたが、いまもまだ九週間のままです」

「各ステップの見積もり時間を削った時はみんな、時間が短すぎると思っていましたが、それでもまだプロジェクト・バッファーは少しも減っていないんです」マークが、フレッドの説明を補足した。

「ありがとう」そう、私が締めくくると、みんなから拍手が沸き起こった。

三人が席に戻ろうとしたその時、フレッドが振り返り言った。「訊きたかったことがあるんですが」

「何だい」

「進捗状況を評価する方法ですが、本当にあれだけでいいんでしょうか。違うと思うんですが」

その言葉にマークの足が止まった。「どうして?」

「いまのところはクリティカルパスだけ監視していて、すべて順調なんですが、非クリティカルパスで何か問題が起こらないか心配なんです。クリティカルパスの作業を遅らせるような段階になってからでは遅すぎますから」

「そうなっては問題だな」マークは通路に立ったまま足を止めた。

「まあ、座りたまえ。大丈夫だ。君たちの監視の仕方で正しい」

私には自信があった。この間のジョニーとのミーティングで業務の評価方法について話し合った時、バッファー・マネジメントについては詳しく討論した。それによれば、彼らのやり方で大丈夫のはずだ。

「フレッド、君はプロジェクト・バッファーを監視しているんだったな?」

「そうです」

「どうやって監視しているのかね」

「簡単です。クリティカルパス上のあるステップが、例えば予想より二日早く完了したとします。その時は、二日プロジェクト・バッファーを長くするんです。もし遅れた場合は、逆にプロジェクト・バッファーを減らします。実際にはステップが完了するまで待つ必要はありません。クリティカルパスで作業している人たちからは、毎日どんな状況か報告が入りますので」

「報告? どんな報告だね。どれだけ作業が終わったのか、パーセントか何かで報告が入るのかな」

「いえ、そうではありません。パーセントには興味ありません。作業が完了して次のステップに仕事を引き渡すまであと何日かかるか、その見積もりを報告してくるんです。しかし、時々面白いことがあるんです。あるステップの先週の報告なんですが、作業が完了するまであと四日、次の日は三日という報告が入ったと思ったら、その次の日は六日に増えていたんです。トラブルが発生してパニックになっていたんですが、また次の日は一日に減っていました」

「もし、非クリティカルパスでトラブルが起きるのが心配なら、そっちでも同じことをやってみてはどうだろう」

私の問いに、マークは困惑した表情を見せた。

「……やっていないの?」ルースも怪訝な顔をしている。「マーク、非クリティカルパスでトラブルが発生したかどうか、どうやって判断したらいいの? 合流バッファーでも同じことを計算していると思っていたけど、そうじゃないの？」

「いや、一応やってはいるけど、しかし正式にちゃんとやっているわけじゃない。フレッド、プロジェクト・バッファーだけでなく、バッファーすべてを監視することはできるかな」

「それは問題ない。毎日報告できるよ」フレッドはマークに協力的だ。

「では、どんな内容のレポートを用意したらいいと思う？」私は視線をクラス全体に向けて訊ねた。

「重要度順にまとめるのはどうですか」誰かが答えた。

「重要度？　では、重要度とは何かな。誰か定義を言ってくれないか」

私の問いに、さっそくみんなで重要度について話し合ったが、優先順位のリストができあがるまでにはさほど時間はかからなかった。いちばん重要度の高いのは、クリティカルパス上のステップで、作業が遅れているためにプロジェクト・バッファーを減らしてしまいそうなステップ、あるいはクリティカルパス上になくても作業が大幅に遅れていて、その結果、合流バッファーがすでにすべて使い切られてしまったようなステップだ。

次に重要度が高いのは、プロジェクト・バッファーにはまだ影響を及ぼしていないが、合流バッファーを食い始めているステップだ。みんなからはいくつか意見が挙がった。

どれだけ遅れが蓄積しているのか、つまりバッファーが何日分失われているのかだけ考えればいいと主張する者もいれば、そんな数字はバッファーのもとの長さと比較しなければ意味がないと主張する者もいた。例えば、もとのバッファーの長さが三〇日でそのうち一〇日失ったほうが、もとのバッファーが六日で失ったのが五日というよりはずっとましだという考えだ。要するに、バッファーが何パーセント失われたかを基準にしようという考えだ。

もうひとつの考え、これはテッドを中心とするグループの考えだが、彼らの考えは、バッファーが何日分失われているのか、あるいはバッファーが何パーセント失われたのかはさほど重要ではない、重要なのはあとバッファーが何日分残っているか、それだけだというものだ。

私個人としては、どの意見も大した差はないと思う。すべてのバッファーを継続して監視することさえ怠らなければ、集中力を切らさずに済む。並べ方であぁだこうだ議論するのは、私の目にはさほど重要なことのようには映らない。いずれにしても、できあがったリストは比較的短かった。まだ作業に取りかかる必要のないステップや、作業が終わって次のステップにバトンを渡し終わったステップは含まれていない。

しかし、みんなの議論は白熱化していった。それまでほとんど発言しなかったような学生まで全員が話し合いに積極的に参加している。その様子を私はしばらく黙って見ていることにした。ずいぶん長い時間黙っていたと思う。ほとんど授業の終わり近くまで、私は黙って様子を眺めていた。

しかし最後になって、ロジャーがその雰囲気を台無しにしてくれた。この男はベッドより教室の椅子のほうが寝心地がいいらしい。ただ寝るためだけに授業に来ているような男だ。議論があまりに白熱化したので、目を覚ましたらしい。

私がみんなの意見を三つに分けてボードに書き出すと、ロジャーが「絶対にうまくいかないですよ。誰も協力してくれるはずがありません」と、水を差したのだ。

気分を害した私は、彼にどういうことか説明するよう命じた。

すぐに彼は「会社で私は下請け業者との交渉を担当していますが、彼らがリードタイムを短縮することに同意するはずなど絶対あり得ません」と説明を始めた。「作業の状況を報告することも、ましてや毎日報告することなど、絶対に首を縦に振りませんよ。結局、こっちは辛抱強く待つしかないんです。彼らは、自分たちで立てる見積もりさえ信じていないんですから。この授業ではうまくいっても、現実は違います。そう簡単にはいきません」

納得のいかない私は、彼と議論しようと思ったのだが、彼に「もしよかったら、私と一緒に下請け業者のところへ行って話をしてみませんか」と、いきなり出鼻をくじかれた。

腹の虫がおさまらない私は、すぐにその挑戦を受けてたった。

馬鹿げていることはわかっている。一緒に下請け業者を訪問するなど、彼がそんなことを本当に設定するはずもない。せっかく白熱した議論に冷や水を浴びせられるような形で授業が終わったのだけが残念でならなかった。

授業が終わり、資料を整えていると、ブライアンが私のところへ歩み寄って来て言った。「工場長とプロジェクト・リーダーに話をしたんですが、この授業で勉強していることに興味があるみたいです。前にお話ししましたが、工場拡張のプロジェクトがうまくいっていないのです」

要は、彼らの工場に来てもらえないかという申し出だった。もう少し様子を聞いてから、私は彼らの工場を訪問することに同意した。

ここのところ、私はまるでジェットコースターに乗っているような気分だ。

息を切らしながら、私は到着便を示すモニターの前で立ち止まり、ジューディスのフライトを確認した。どこだ？　息を整えながら私は彼女のフライトを探した。よかった、遅れている。到着まであと二五分ある。慌てる必要などないことはわかっていた。雪のせいでシカゴからのフライトは遅れている。到着ゲートは一二番だ。

ゲートの近くに空いている席はない。出発を待つ乗客でロビーはごったがえしていた。私は別のゲートに行き、空いている椅子に腰を下ろした。ここからでも一二番ゲートのアナウンスは聞こえる。もし聞こえなくても、飛行機から降りてきたらジューディスは私を探すだろう。読書に没頭して、彼女が到着したのに気づかなかったことはいままでにもある。ただ、今日は読む本を持ち合わせていない。私は周りを見回した。誰かが置いていった新聞がある……、しかし芸術欄だけか。

三列離れた通路では、長身の女性が旅行用の衣服バッグを椅子に置くところだった。なかなかの容姿だ。……よく見ると……、B・Jではないか。

とっさに新聞紙で顔を隠そうと思ったのだが、それではあまりに子供じみている。そう思うや否や、B・Jがこちらに気づいた。私は笑顔を浮かべ、立ち上がると彼女のほうへ足を進めた。

「こんばんは、リック」そう言うと、彼女は握手を求めてきた。「どう、調子は。学生は新しく集まったかしら？」

彼女の柔らかな言葉の中に聞き取れる皮肉を私は無視しようと努めた。「はい、何人も」と思わず私は答えていた。

なぜ、誇張する必要があるのだ。なぜ、見栄を張る必要があるのだ。確かに進歩はあったではないか。それもたくさん。

「いいソリューションが見つかったと思います。いま、それを本物のプロジェクトでテストしている段階です」

「それはよかったわね」そう言って、彼女は腰を下ろしたが、さほど喜んでいる様子もうかがえない。私の言葉を信じていないのは察しがついた。無理もない。一か月前はまだわからないことだらけだったというのに、一か月経ったら今度は急にすべて解決したというのか。そんなこと誰だって信じられるはずがない。しかし、本当なのだ。それもこれもすべてジョニーのおかげだ。彼から大事なことを学ばせてもらったのが幸いだった。それを説明したら納得してくれるだろうか。いや、ダメだ。かえって不自然に聞こえる。

私は、相変わらず突っ立ったままだった。B・Jからは、特に席をすすめられることもなかった。とにかく彼女に合わせるしかない。この間はそれが功を奏した。

「他にももっと多くのプロジェクトで試してみることができそうなんです。成果さえ出すことができれば、会社のトップにもっと社員をうちのMBAプログラムへ派遣するよう話ができます」そう、私は彼女に約束していた。

「それはいつになるの?」

「あと二、三か月ぐらいでできればいいんですが」

「幸運を祈っているわ」そう言うと、彼女はブリーフケースを開いて本を取り出した。

「上手くいくはずなどないと思っているのでは?」

私がそう言うと、B・Jは長々と私の顔を見つめた。「シルバー先生、MBAのプログラムへ企業からどうやって社員が送られてくるのかわかっているの？」

もちろん知る由などない私は、黙って彼女の答えを待った。

「まずはMBAを取得したいと思っている社員が会社にそれを申請して、会社がその社員に期待していれば派遣されるわ。ただ、そのために社員は会社へ強くプッシュしないといけないわ。いい、あなたのアプローチは間違っているわ。説得しなければならない相手は会社ではないの。会社が自分のイニシアティブで社員をビジネススクールへ送ろうとすることなど滅多にないわ。説得しなければいけない相手は、ミドルレベルのマネジャーよ」

「ということは、いま私がやっていることはすべて無駄だとおっしゃるのですか。やめたほうがいいと？」

私は絶望感を覚えた。しかし「いいえ、そんなことはないわ。大学ではいつもコミュニティー・サービスを奨励しているから」という彼女の言葉を聞き、その絶望感はさらに深まった。

コミュニティー・サービス？　私はやり場のない憤りを感じ、我を忘れて苦々しい口調で言った。

「企業に真に価値あるノウハウを提供しなければいけないとおっしゃっていたのは本気だと思っていました」

「本気よ」そう言うと、彼女は本を開いた。

「それだったら、私の契約をもう一年延ばしてください」

B・Jは私のほうを向くと、信じられないような冷たい口調で言った。「私には、ポリシーがあるの。それに、あなたとはもう取引済みよ」

「あなたーっ、リック！」その時、私を呼ぶ声がした。辺りを見回すと、ジューディスが私に手を振っている姿が目に入った。

「すみませんが、行かないといけないので」そう私が言うと、「ええ、そうね。行かないといけないわね」と、Ｂ・Ｊが冷たく応えた。

18

教室に入ると、まだシャーレーンがいて資料を整えながらフレッドと会話を交わしていた。

会計の授業のすぐあとに教えるのがいいのか悪いのか、時々考えてしまうことがある。会計がつまらないせいなのか、授業の最初はいつもみんなの目に生気がない。エンジンがかかるまで少々時間がかかるので、そういう点ではマイナスだ。しかし考えてみれば、それだけこっちの授業のほうが生徒の目にはよく映るということだ。そういう意味では大きなプラスだろう。

シャーレーンは、私がいるのに気づくと「お願いしたいことがあるんだけど、いいかしら」と私の腕をつかんで教室の外へ連れ出した。

「ええ」と私は無造作に応えた。

「あなたの授業を見学させてもらいたいの。このまま残っていてもいいかしら」

二か月前、私は彼女のリクエストを断ることができる立場にはなかった。シャーレーンは終身在職を承認する委員会のメンバーなのだ。しかし、いまは無理に善人ぶる必要もないが、わざわざ失礼な態度を取る必要もなかろう。

「どうぞ」そう返事しながら、なぜだろうと私は訝った。

「ありがとう」そう言うと、彼女は説明を始めた。「この間、ジョニーとミーティングした時の話だけど、まだ考えているの。〝コスト・ワールド〟と〝スループット・ワールド〟の話よ。考え方自体はどちらも管理会計にとっては特に目新しいわけではないんだけど……でも、既存のノウハウとなるとずいぶん複雑で……」

「私の授業をご覧になるのは構わないんですが、それがお役に立つんですか」

「管理会計っていうのは、意思決定や管理体制と大きく関わっているの。ジムやジョニー、それにあなたが教えている授業では、みんな同じことを扱っているけど、でもそれぞれ違う観点から見ているわ。それで頭の中を整理するために、それぞれの授業を拝見させてもらって、もっと理解を深めようと思っているのよ」

他にも質問したいことがいくつかあったが、授業がもう始まる。私たちは教室に戻った。

私の机の上には何も置かれていない。そうか、前回の授業は終わり方がよくなく、カリカリしていたせいで宿題を出すのを忘れていた。いつも授業では宿題の話から入るのだが、今日はその導入のネタがない。まあ、いいだろう。大したことではない。最初から今日の主題に入ればいいだけだ。

「プロジェクトには、二つのタイプがある」私が話を始めると、みんなが一斉にメモを取り始めた。

「ひとつはブライアンがやっている工場拡張プロジェクトのように下請け業者を使って行うプロジェクト。もうひとつは、マークがやっている新製品開発のプロジェクトのように主に自社のリソースを使うプロジェクトだ。

前回はマークから、彼の会社でどのようにソリューションを導入したのか具体的な話をしてもらった。まずは概念だったと思う。これまでのみんなの考え方を変えなければいけなかった。実務面では主に三つあったと思う。ひとつ目、各ステップのリードタイムの見積もり時間を半分に削った。二つ目、各ステップの期限設定を廃止した。そして三つ目、予想完了日を頻繁に報告させた」

みんな急いでメモを取っているのだが、私のしゃべるのが速すぎるらしく、もう一度繰り返してほしいと生徒から言われてしまった。説明を繰り返し、私は話を先に進めた。

「マークの話では、実行するのは驚くほど簡単だったようです」

「そうです」張りのあるマークの声が教室に響いた。

ルースもこれに続いた。「もし、先生に私たちの会社で、みんなに協力するよう話をしていただかなかったら、あんな大きなパラダイムシフトは起こせなかったと思います」

「私もそう思います」フレッドも二人に続いた。

「ありがとう。まあ、どんな時でも周りの協力は必要だ。ちゃんと説明して納得させたうえで、協力してもらわないといけない。ただ、人に命じて仕事をさせる時代はもう終わった。みんなに自分で考え、自らイニシアティブをとってもらうには、ただ命じるだけではダメなんです」

みんな私の話にうなずいている。

「君たちは、それを一週間ぐらいでやったんだったね、マーク?」

「ええ、だいたいそのくらいです」

「私が知りたいのは、どうやったら他の会社でも同じことができるかです。下請け業者に仕事をほとんど任せているようなプロジェクトも多い。下請けとの交渉が仕事だというロジャーによれば、そんなことは不可能らしい。下請け業者は絶対協力してくれないと言っている。ロジャー、やっぱりそうかな」

「ええ」そう言うと、性格なのか、それだけでは言い足りないようだ。「どんなことを言っても変わらないですよ」彼は頭を抱えると目を閉じた。私は彼を無視した。

「下請け業者が問題だと言うんだな。彼らの仕事が遅くて、プロジェクトが大幅に遅れるなんてことがあるんだろうか。そんな話、聞いたことがあるかな」

ことさら強調するために私は皮肉ってみせた。要はそういうことだらけなのだ。

「私たちのプロジェクトでも、問題になっています」マークが言った。「それほど下請け業者には頼っていませんが、彼らの仕事が遅れるのは大きな問題になっています」

私は、彼に向かってうなずくと話を先に進めた。「ということは、下請けのリードタイムもプロジェクトにとっては非常に重要だということになる。その下請けをどうやって選ぶかだ」

「自分たちを使ってくれと、ああだのこうだのいろいろ言ってきます」テッドが叫ぶように言った。

「しかし、結局のところは価格です。私の会社もその下請けなので、わかっています。相手を説得するために、品質だの信頼性などといろいろ話をしますが、いざ契約書にサインする段階になると、やはり最後は価格なんです」

わざわざ大きな声を出す必要もない。テッドの話にみんなうなずいている。

「価格は重要だ。しかし、リードタイムもそれに勝るとも劣らず重要だ。時には価格より重要なこともある。まずは、そこから変化を加えていかないといけない。プロジェクトが遅れることで、どのような経済的インパクトがあるのか正しく理解しないといけない。プロジェクトが三か月遅れることのほうが、下請けへ支払う価格を一〇パーセント高くするよりも時としてコストがかかることがある。それをちゃんと理解していなければいけない」

うなずいている者もいるが、多くの生徒は訝るような表情だ。ブライアンなどは納得していないのがありありと顔に出ているが、彼だけではない。どうやら、もっと具体的に説明しないといけないようだ。さもなければ、要点を説明するためにただ誇張しているようにしか受け取ってもらえない。

「ブライアン、二週間前、君の工場に来て工場拡張プロジェクトチームのみんなと会ってくれと君に頼まれた。そのリクエストに応えて、君の工場を訪問させてもらい工場長やプロジェクト・リーダー、それから他にも何人かキーパーソンと会ったが、みんなプロジェクトが予定どおりに終わるかどうか非常に心配していた。みんなに、そのプロジェクトについてもう少し詳しく説明してくれないか」

「ええ」ブライアンは、クラス全体に視線を移すと説明を始めた。「六〇〇万ドルの拡張プロジェクトですが、私たちにとっては大きなプロジェクトです。いまのままだと少なくとも四か月は予定より完成が遅れる見込みです。もし遅れることになったらたいへんです。みんなとても気を揉んでいます。当然のことですけど」

私はブライアンに質問を続けた。「プロジェクトが予定どおりに終わらなかったら、どんな損失が出るか、みんなわかっているのかな。つまり、会社にどんな損失があるかだ」ブライアンに答える隙を与えず私は続けた。「君もこのプロジェクトのキーパーソンの一人だ。君はどうだね、どんな損失があるのかわかっているかな」

「もちろんです」彼は即答した。しかし、次の私の質問を予想してか「ですが、金額を訊いているのでしたら……、いえ、わかりません」と答えを正した。

「金額を知るには、どんなデータが必要だろうか」私は視線をクラス全体に移して訊ねた。

すぐには誰も答えない。しばらく間を置いてからブライアンがためらいがちに「売上げ予想?」と言った。

「ブライアン、それは答えかな、それとも質問かな」

「……どちらかと言うと、質問です」

「質問? 君は、ちゃんと答えを知っているはずじゃないか。それじゃ、私が答えを見つけるのを手伝ってあげよう。私たちが投資するのはどうしてかな。もっと利益を上げるためだ。違うかい」

「ええ、そのとおりです」

「ということはつまり、プロジェクトを期限までに終わらせることができない場合に出る損失は、利益が入ってくるのが遅れることと相関関係にあるということになる」

みんな、うなずいている。

「ブライアン、君のプロジェクトでもう一度考えてみよう。どうして君の会社は、確か六〇〇万ドルだったと思うが、それだけ投資して工場を拡張する必要があるのかな。それで、どれだけの利益が得られるんだい」

「もっとキャパシティが必要なんです」私が身ぶりで促すと、彼はそのまま説明を続けた。「我が社の製品は非常に優れていて、そのため需要も多いんですが、生産がこれに追いつかないんです。市場の需要を十分に満たすことができないんです。……なるほど、先生の言っていることがわかりました。つまり、入ってくるはずの売上げが入ってこない。入ってくるのが先に延びる。それが、会社にとっての損失ですね」

「それをきちんと数字で表さないといけない。工場を拡張してキャパシティを増やすことでどれだけ売上げが増えるのか、さっきまでの君はそれを知っておく必要があるのかどうかさえも定かでなかったと思う。いまはどうかな。知っておく必要があると思うかな」

「ええ、必要だと思います」

彼の答えに、私は笑顔を見せた。「君は、ちゃんと答えを知っていると言ったはずだ。頭をすっきりさせて考えるだけでいい。それだけだ」

みんなが笑った。

「さて、売上げがどれだけ増えるのか、知っておく必要があるということなら、どのくらい増えるか教えてくれないか。工場のキャパシティを増やすことで、いったいどれだけ会社の売上げは増えるんだい」

「予想では、一か月二〇〇万ドルです。これはかなり控えめな予想です。実際に工場が完成して立ち上がったら、もっと増えるというのが大方の見方です」

「いいだろう。だったら完成が遅れた場合の損失はどうなるかな。計算するのにもっと他にもデータが必要かな」

「製品のマージンはどれくらいですか」フレッドが訊ねた。

ブライアンが答える前に、私は「どうして、マージンを知りたいんだ?」とフレッドに訊き返した。

「マージンがわからなければ、利益にどれだけ影響があるのかどうやって計算したらいいんですか」

その時、私はジョニーから学んだことを思い起こした。「マージンを使って計算しようというのはあまり感心した方法ではないが、だいたいの見当をつけるぐらいだったら用が足りるだろう」そう言って、私はブライアンにフレッドの質問に答えるよう合図した。

「非常に優れた製品なので、正味のマージンは三五パーセント以上あります」

データがさらに増えたところで、私は質問を繰り返した。「ということは、工場の拡張が一か月遅れた場合、会社にはどれだけの損失が出るのかね。ブライアン、どうだい」

彼は、口を閉じたままだ。

「月二〇〇万ドル掛ける正味マージン三五パーセントだから……」私は、助け舟を出してやった。

「月七〇万ドル……、掛け算ぐらいできます。でも、違うと思うんです。この利益は失われるのではなく、ただ入ってくるのが先延ばしになるだけでは……、それから金利も考えないといけないし……」

「金利は考えなくていい」横からフレッドが口を挟んだ。「重要なのはキャッシュフローだよ」

「そう、キャッシュフローは非常に重要だ。しかしこの場合は、利益も失われる。ブライアン、どうして利益は失われるのではなく、先延ばしになるだけだと思うのかな。製品が売れるのが、後ろにずれ込むだけだからかね。それじゃ、君のその仮定を検証してみよう。検証するには他にどんなデータが必要かな」

「わかりません」他のみんなも見当がつかない。

ここで、私はまた助け舟を出すことにした。「ブライアン、そんなに大きなマージンをこの先どれだけ維持できると思うかな」

「そんなこと、誰にもわかりません。二年、あるいは三年ぐらいでしょうか。……なるほど、先生のおっしゃりたいことはわかります。ただお金が入ってくるのが遅れるだけではなく、そのほとんどは失われて、一度失われたらもう二度とは取り戻せない……、そういうことですね」ブライアンは大きく息を吸い込んだ。「月に何十万ドルという金額ですから、大きいですね」

さて、これでまた最初の質問に戻れる。「プロジェクトが予定どおりに完成しない場合、どれだけ損失が出るのか、プロジェクトチームははっきり認識していると思うかね」

「いいえ、認識していません」ブライアンがはっきり答えた。

「一か月遅れることで、どれだけ金額的な損失があるのか認識できていなければ、下請け業者にどう対応したらいいのか、当然そのあたりにも影響を及ぼす。違うかな？」

考え込んでいるブライアンを横目に、私は視線をクラス全体に移した。「残念ながら、どの会社でもよくあることだ。意外かもしれないが。プロジェクトに関わっている人はたいてい、プロジェクトの完成が遅れることによって毎月どれだけの損失が出るのか、はっきりとは認識していない。

下請け業者にどう対応すべきか、彼らとどう交渉すべきかについては、またあとから話し合いたいと思うが、その前にこれがどれだけ重要なことなのか、みんなにはっきりと理解してもらいたい。

それぞれ自分が関わっているプロジェクトについて考えてみてほしい。プロジェクトが遅れることによってどれだけの損失があるのか考えてほしい」

「考えなくてもわかります」すぐにマークが答えた。「私たちの場合、とんでもない金額になります」

彼の勤めるハイテク企業の場合、熾烈な競争に巻き込まれ、半年ごとに新製品を投入していかないといけない。新製品を出すのが二、三か月でも遅れようものならマーケットシェアは一気に落ち込んでしまうのだ。

「マークのプロジェクトの場合、損失はブライアンの場合よりもずっと大きい」途中で何度か重要なポイントを指摘するために、私は彼の説明を止めた。「彼の会社の場合、単に売上げが失われるだけでなく、既存のマーケットシェアまで失われてしまう」

「それだけではありません」マークの説明は続いた。「私の会社の株価は期待感で支えられているので、マーケットシェアが落ち込むということは、株主に対しても大きな損失を与えることになります。となると、私たち従業員の仕事も保証の限りでなくなる」

これは驚いた。「よくわかっているじゃないか。君の会社じゃ、新製品の開発に関わっている者は全員そんなことまで知っているのかね」

「いえ、そんなことありません」ルースが答えた。「わかっている人は、ごくわずかだと思います」

「いや、プロジェクト・マネジャーだったら、遅れを出さないようにすることがどれだけ重要なことかぐらいはわかっています」マークがルースに異議を唱えた。「プロジェクトをスケジュールどおりに仕上げろと、上からのプレッシャーがとにかくすごいですから、いやでもわかります。しかし私もプロジェクト・リーダーなのでわかるんですが、本当の理由はよくわかっていません。私たち三人も、副社長から直々に説明されるまでは少しもわかっていませんでした。もしかしたらフレッドはわかっていたかもしれませんが、私はわかっていませんでした」

「いや、私もわかっていませんでした。株主への影響や会社の将来への影響については考えてもいませんでした」フレッドがマークの言葉を正した。

「たいていの場合、それが普通だ」私は全員に向かって言った。「プロジェクトに関わっているほとんどの人は、プロジェクト・リーダーも含めてだが、プロジェクトが遅れるとどれだけ損失があるのか、その重大さをはっきりとわかっていない。だから下請け業者と交渉する時に、彼らのリードタイムにあまり注意しないのも仕方のないことなんだ」

「そうかもしれませんが……」ここで、ロジャーが割って入った。「でも、遅すぎますよ。下請け業者は、価格で競争するのが当たり前だと思っています。こちらがそうさせてきたんです」

さっきはロジャーの無関心な態度に、私は驚いたが、この話には彼も興味があるらしい。

彼の言いたいことはわかったが、念のため私は確認することにした。「価格で競争するのが当たり前、こちらがそうさせてきたとはどういう意味だね」

しかし、彼は説明しようともせず「リードタイムで競争させることなど、彼らには無理です」としか言わなかった。

私の訝る顔を見て、彼は続けた。「リードタイムがどんなに重要か彼らに説明しても理解してなんかもらえないですよ。価格よりリードタイムのほうが重要な時もあるなど、彼らが理解できるはずがありません」

「そうか。それじゃ、例えば下請けに見積もりを出させる時に、これ以上の価格はダメ、これ以上長いリードタイムはダメと条件をちゃんと書いたものを渡してみたらどうだね。相手にもはっきりとしたメッセージが伝わるんじゃないのかな」

「こちらから、価格を設定するんですか」私の提案にロジャーは驚いた。

「いや、価格じゃない。価格の上限だ」

彼は黙って考え込んだ。もしかすると、思ったほど手強い相手ではないのかもしれない。

しかし、思わぬところから攻撃の声が上がった。「しかし現実には、下請け業者の多くが価格だけで競争させられています」ルースだった。

「だから、どうだと言うんだい」今度は、私が驚いて見せた。

「私もいつも印刷所を相手にしているからわかります。これまで何度早くしてくれと催促してきたかわかりません。販促物の印刷が遅れるたびに、ということはしょっちゅうなんですが、そのたびにこちらから頭を下げてお願いするんですが、それでも一向に変わらないんです。彼らのリードタイムはまるで鉄で固められていて、変えようがないんです」

私は、釈然としなかった。ルースの説明をそのまま鵜呑みにすることはできないが、彼女はいい加減なことを言う人間ではない。私は続けていくつか質問を彼女にぶつけたが、協力的に答えてくれた。変に事実を歪曲させたり、理屈をこねたりはしない。ただ、私とは意見が違うらしく渋い顔をしている。他の者からもいろいろ意見が出た。印刷所で苦労させられているのはルースだけではないらしい。みんなの話を聞いて、どうしたらいいのかようやくわかってきた。

つまり、こうすればいい。印刷所に行きパンフレットを発注したいから、見積もりを出してくれと頼む。印刷所は四週間かかると言う。そこで、今度は原稿やら図版やら作業に取りかかるために必要な材料は全部を揃えて持って行き、もっとお金を払うから早くできないかと頼む。すると、印刷所は四日でできると言う。つまり印刷所は印刷所で、なかなか詳細を煮詰めきれずにずるずると時間を無駄にしているクライアントを相手に苦労しているのだ。

「ということは、お金でリードタイムを買えばいい」そう、私は話をまとめた。「自分たちにとってどんなインパクトがあるのか、それを正しく理解することが鍵になる。でなければ、リードタイムを短くするためにお金をもっと払うことを善しとはできないだろう」

「下請け業者のことも考える必要があると思います。彼らが何を考えているのか、理解しなければいけません」ルースが念を押した。「さもなければもっとお金を払ったとしても、下請け業者がちゃんと仕事をしてくれるかどうかはわかりません」

これには一〇〇パーセント、私も同感だ。一件落着したところで、私は次の話題へと話を進めた。

「作業を行う人間には、各ステップの完了日を知らせないというマークの話だったが……」

「もし知らせようものなら、ほぼ間違いなく学生症候群が起こります」とマークがことさらに強調した。「そうなったら、リードタイムを短くすることなどできません」

「しかし、相手が下請け業者の場合は、どうしたらいいだろうか。納入日を決めさせないわけにはいかない。まったく正反対じゃないか」

「ということは、下請けに納入日を約束させるなということですか」ロジャーがまた参戦してきた。

「そういうことになる」

「そんな曖昧な仕事をどうやって下請けに引き受けさせるんですか」ロジャーが皮肉った。

私には、答えが用意できていなかった。「相手に合わせるしかないな」とっさに私はそう答えた。

私の返事に、ロジャーは訝るように目を細めた。「この間は、私と一緒に下請けに会ってくれるという話だったと思いますが……。本当にいいですか、会ってもらえますか」ニヤリと笑いながらロジャーは教室を見回した。

彼の挑戦に、私はうなずいた。首を横に振ろうものなら、私の信用は失墜してしまう。しかし、これからは生徒の質問にはもう少し注意して答えないといけない。

「水曜の午前中はどうですか」

「大丈夫だ」

「先生が、どう連中に合わせるのか楽しみにしています」相手をいたぶれる時は徹底していたぶる。ロジャーはそんな機会を見逃さない。彼の言葉にみんなが笑った。

授業の最後に、私は宿題をたくさん出した。

学生たちが全員去ってから、シャーレーンが私のところへ歩み寄ってきた。まいった。彼女にまずいところを見せてしまった。

「とても面白かったわ。参考になることがたくさんあったわ」

私は、彼女に苦り切った表情を見せた。

「正味現在価値（NPV＝Net Present Value）なんか、もう一度考え直さないといけないと思ったわ。何かひどく間違っているところがあるのよ」

彼女が何の話をしているのかはわからなかったが、少なくとも、私の授業を喜んでくれたことだけはわかった。

「六週間？　もっと早くできないですか」

「無理ですよ」

相手は五〇代前半、大きな口ひげを蓄えた白髪頭の男だ。話し方は自信に満ち溢れている。自分の仕事に精通しているのが話しぶりでよくわかった。コーティングがどうのこうのと言われても、こちらには少しもわからない。

ロジャーはわかっているのだろうが、今日の彼はだんまりを決め込んでいる。彼の助けは期待できない。ただ座ってこちらを眺め、ニヤニヤしているだけだ。

フェアじゃない。下請け業者と話すといっても、多少なりとも相手のことがわかっていなければ無理だ。なのに、私はこれっぽっちも相手のことを知らない。

私は、業者からの見積もりに再度目を通した。ほとんど私には理解できないことばかり書かれている。訳のわからない業界用語ばかりだ。だが、数字ならわかる。数字を見ていると、何やら怪しい臭いがしてきた。

この見積もりは、異なる鋳型三つをコーティングするためのものだ。どの仕事もそれぞれかかる時間は違うはずだ。なのに、どれも納入までのリードタイムは六週間だという。〝この類いの仕事なら六週間〟と適当に決めているに違いない。それ以外には考えられない。

どうして六週間かと訊いても、この営業担当者は詳しくは説明したがらない。どうやらこちらの推測が正しいようだ。相手の態度を見て、私は確信を強めた。しかし、どうやってそれを証明したらいいのだ。それだけではない。どうやってこの男に六週間は適切ではない、六週間と決め込むのは間違っていると納得させることができるだろうか。私は黙ったままだった。

営業マンは、概して沈黙を好まない。「他の業者のように無理して五週間と見積もりに書くこともできましたが、こちらも評判を落とすわけにはいきません。うちがどれだけ信頼できるか、ロジャーに聞いてもらえばわかります」

「信頼できる?」この男の言葉に、ロジャーはもう少しで喉を詰まらせるところだった。「……」何か言いかけようとしたところで彼は考え直し「ええ、他の業者と同じぐらい信頼できます」とだけ言った。

「それはないでしょう」これには男が抗議した。

「まあ、他のところよりは多少は信頼できるかもしれませんね」そう言ったあとで、さらにロジャーは言葉を付け足した。「いずれにしても大したことではありませんが」

「六週間と約束したものは、六週間で届けます」男はきっぱりと言い放った。「それから、仕事の質も保証します。他社と違って品質に妥協は許しません」そう言って、彼は他社のコーティングとは違い、自分たちのは剝がれてくることもないと長々と説明を始めた。

彼の講義が終わって、ようやくこちらの番になった。「いちばん大きな鋳型ですが、価格は七四・二時間で計算していますね。ずいぶんと正確な数字ですね。コンピュータで管理しているんですか」

「もちろんです」誇らしげに彼が答えた。「我が社では、優れた最新の技術しか使っていません」

「シフトは一シフトだけですか」

「いえ、二交代でやっている部署が二つあります」そう言うと、彼は長々とまた説明を始めた。彼の話しぶりを聞いていると、まるで自分たち独自でコーティング技術を開発したように聞こえてくる。

とりあえず私は最後まで彼に話をさせ、それから質問することにした。「すべての作業を順にひとつずつ行ったとしても、七四時間では六週間になりませんが。二交代で作業すれば一週間弱です」

「コーティングした鋳型は、しばらく置いてから乾燥もさせなければいけません。その時間も足さないといけないので」

「どのくらい時間がかかるんですか。置いて乾燥させるだけだったら、丸々一日二四時間使えるわけですよね。あと二日かかるとしても、どうやっても六週間にはならないのでは」何の根拠もなかったが、私は当てずっぽうに言ってみた。

「四日弱です。コーティングは三回繰り返すので」しかし、それにしても六週間にはほど遠い。彼は何とかこじつけようと「うちは規模が大きいので、他にもやらなければいけない仕事がたくさんあるんです」と苦し紛れに説明した。

「社員一一人で大きい？」彼の言い訳に、ロジャーがぼそりと呟いた。

「でも、もしこの仕事を最優先にすれば、二週間以内で仕上げることも可能ですよね」私は追及の手を緩めなかった。

「この仕事だけ、特別扱いするわけにはいきませんよ」彼は抵抗した。「どのクライアントも自分の仕事を早く仕上げてもらいたいのは同じです」そう答える彼の顔は紅潮していた。「もしすべての仕事を最優先させたら、とんでもないことになります。何が何だかわからなくなってしまいます。問題外ですよ。そんなことはできません」

話しぶりを聞いていると、まるで彼はオーナーのようだ。一介の営業マンのようには聞こえない。しかし社員が全部で一一人ということは、もしかしたら彼がオーナーということも十分あり得る。

しかし、彼をコーナーに追い詰めてもしょうがない。あまり懸命な策ではないだろう。とりあえずこの件はここで終わりにして、私は「コストの計算の仕方について質問してもいいですか」と話題を変えることにした。

私の提案に彼はほっとした表情を見せた。コストなら彼の言いたい放題で、こちらに勝ち目はない。彼は時間をかけてゆっくり詳細を説明してくれた。自分たちのコスト効率がいかにいいか、それをクライアントに示すことが彼にとっては重要なことなのだ。この仕事で得られる彼らのマージンはわずか六パーセントという話だが、とりあえず私はそのまま信じることにした。隣では、ロジャーがあくびをしている。

「なるほど、マージンはあまり多くないんですね」そう、私はうなずいて見せた。

ロジャーはこれに異議があるようなのだが、この男はロジャーに話す隙さえ与えない。すぐに話題を切り替え、今度は見積もりを出す際にどれだけ慎重に計算を行っているのか、また長々と説明を始めた。彼の話だけ聞いていると、まるで彼の人生における使命は顧客のお金を節約すること以外にないような印象を受けてしまう。どうやら、彼は根っからの営業マンらしい。

彼の説明が終わったところで、ようやくこちらにも話す機会が回ってきた。「そちらはもっと利益を上げたい。ロジャーはもっと早く納入してもらいたい。それをそのまま提案してみたらどうですか」

「提案？」彼は、私の言葉に戸惑った。

「誰かの仕事を最優先にしろと言っているわけではありません」誤解のないよう、まず私ははっきりさせた。「顧客にオプションを与えてみてはどうでしょう。お金でリードタイムを買わせるんですよ」

彼は、まだ私の言っていることが呑み込めないらしい。

「例えば……、納入期限を三週間にして、その代わりマージンを倍にするんです」

「三週間は、絶対に無理です」私の提案を彼はすぐさま拒否した。

私はどう返していいのかわからなかったが、すぐに彼が「四週間なら、何とかできるかもしれません」と続けた。

「なるほど、それでもうまくいくかもしれません。そちらに鋳型を……例えば、三月に渡したとしたら……」そう言いながら、私は確認するためにロジャーの顔をうかがった。

「まあ、だいたいそのぐらいでいいです」ロジャーが応えた。

「例えば、三月にそちらに渡したら……」

「鋳型を渡してもらって、それからどのようにコーティングしてほしいのか、はっきりとした図面も必要です」男が言った。「必要なものをすべていただいた時点から四週間で、鋳型を完璧にコーティングしてお渡しします。しかし、その代わりマージンを六パーセント上積みさせてもらう。そういうことですね」

「具体的な納入日は?」ロジャーが訊ねた。

「決める必要はありません。必要なものをすべていただいた段階から四週間ですから。鋳型の部品は全部必要です。ひとつでも欠けていたらダメです。それから図面も。全部受け取ってから四週間です」

やたらと強調するところを見ると、普段ここでたくさん時間を失っているのは明らかだった。ルースから聞いた印刷所の話と似ている。同じ現象だ。

「もうひとつ、訊きたいことが」私は男に向かって言った。「小さいほうの鋳型ですが、こちらから鋳型を渡した時点で、他の仕事をひとまず止めて、こちらの仕事に取りかかってもらうことはできませんか」

「それは、とうてい無理ですね」と、これは軽くかわされてしまった。

しかし、たとえ相手が下請け業者であってもリソース・バッファーを築くことが可能なことを、私はロジャーに示したかった。そこで、私は諦めずに再度試みた。「いくら払ったら、やってもらえますか」この鋳型がクリティカルパスであるとしたら、お金を払ったとしても惜しくはないはずだ。

「無理だと言ったはずです。その日の都合で現場を動かすわけにはいきません。そんなやり方は通用しません」

私は、マークの話を思い浮かべていた。彼がどうやったのか思い出しながら、私は同じ方法を試してみることにした。「そんなことをお願いしているのではありません。鋳型の部品すべてと図面を渡す一〇日前に、こちらから連絡を入れます」

私の提案に彼は考え込んだが、「一〇日あれば、何が起こるかわかりませんから」とやはり断られてしまった。

「鋳型を渡す一〇日前に連絡を入れて、それから三日前にもう一度、そして前日にも再度連絡を入れたらどうですか。それだったら予定も立てやすいのでは」

「……さあ、どうでしょう。わかりません」

「それでは、マージンをもう六パーセント上積みしたとしたらどうでしょうか。通常の三倍のマージンですよ。このオプションを顧客に与えてみたらどうですか。下請けを選ぶ際の条件のひとつに挙げられるのが、どれだけリードタイムが短いかです。早く納入する代わりに、お金を払ってもらえばいいんです」

「……いいでしょう。やってみましょう」そう言うと、彼はロジャーのほうを振り向いた。「条件を書き直して見積もりを出しますから」

「ちょっと待ってください」私は口を挟んだ。「もうひとつだけあります」

「もうひとつ？　何ですか」彼は呆れた顔をしている。

「どんな仕事が来るのか、前もって知っておく必要があるわけですよね」

「もちろん。でなければ無理です」

「無理？」ロジャーが強い口調で迫った。

「さっきの話のように前もって連絡をくれなければ、無理ですよ。小さな鋳型を最優先させるわけにはいかないと言っているんです。どれだけお金を払ってくれたとしても関係ありません」

話をこじらせないために、私はロジャーより先に言葉を挟んだ。「おっしゃるとおりです」私はなだめるような調子で言った。「スムーズに工場を動かすには、次にどんな仕事が入ってくるのかはっきりわかっていなければいけません。それはロジャーの会社も同じだと思います」

「どういう意味ですか」

「鋳型をコーティングして客に納入すれば、それでいいということではありません」私は説明した。「ロジャーの会社では多くの仕事がその鋳型にかかっているんです。ロジャーも、いつ鋳型が戻ってくるのか前もって連絡を欲しいはずです」

「四週間です」

「四週間あれば、何があるかわかりません」私は、彼の先ほどの言葉をさらりと返した。「それに、小さい鋳型ですから、四週間も時間はかからないと思います。もう少し短い時間でできるはずでは」

「そうですね」彼はまた考え込んだ。「わかりました。一週間に一度なら報告できると思います。それ以上は無理です。それ以上は、書類だけ増えて収拾がつかなくなってしまいます。できて一週間に一度です」彼はロジャーのほうを振り向いて続けた。「いつまでに条件を書き直して見積もりを出したらいいですか」

「いや見積もりはいらない」無表情な声でロジャーが応えた。「時間を無駄にすることはない。ここで条件を決めてしまおう」

ほんの一〇分もしないで取引は成立し、相手は笑顔で去って行った。

「もし自分のこの目で見ていなかったら、とうてい信じることなどできないでしょうね」ロジャーが、私に言った。「納入日を決めない下請けなど聞いたことがありません。とんだ愚か者ですね」

教師たるもの生徒を愛すべきなのだろうが、相手によってはできないこともある。「どうして愚か者だと？」ロジャーの態度に、私は耐え難いものを感じ始めていた。「いまはまだ一月だ。いまから仕事が入ってくるのが三月上旬か下旬か気にしてもしょうがないんじゃないのかい。いま、交渉したのは納入日じゃなくリードタイムだ。本当はいつもそうであるべきなんだよ。リードタイムで相手と話がまとまれば、実際の納入日を決めるのは君だ。向こうじゃない。君が決定権を握っている」

私は、まだ言い足らず続けた。「見ていてわかったと思うが、相手に合わせてやればそう難しいことじゃない。下請けもリードタイムを短くすることには協力してくれるはずだ。要は、お金なんだ」

「ツバメを一羽見たからといって、もう春が来たと決めつけるのは早すぎるんじゃないですか」ロジャーはとにかくケチをつけたいらしい。ニヤリと笑いながら彼は続けた。「しかし、相手がよかったですね。先生のためにいちばん軽い業者を選んでおきましたから」

顔面に一発お見舞いしたくなるのを抑えて、「最新の技術を導入しているんだったら、軽いとは言いにくいな」と私は返してやった。

「最新の技術なんか使っていませんよ。腕の確かな職人を何人か抱えているだけです」

もう、今日は十分だ。私は帰ろうと思ったが、ひとつ問題がある。ロジャーは私の言っていることがどれも役に立たない無意味なことだと証明して、私に恥をかかせたかったのだと思う。しかし、結果は私の勝利だ。そんなことをロジャーが授業で認めるはずもない。だから、もし私が下請け業者に条件を変えさせることができたら、最初の見積書と修正後の見積書をコピーさせてもらうことでロジャーとは話がつけてあった。それさえあれば、相手が下請け業者であろうとお金を出せばリードタイムを短くしてもらえる、仕事の開始日や納入日を決めなくても相手が仕事を引き受けてくれることを証明できるはずだった。

しかし、その肝心の修正した見積書がない。

「ロジャー。教えてほしいんだが、どうしてもっとお金を出すことに同意したのかね。どこから、そんなお金が出てくるんだ？」

彼は肩をすぼめて言った。「長くこの仕事をやっていますから、多少の融通は利くんです」

「会社はどうなんだ。上は認めてくれるのか？」私は何とかこの自己過信の塊に風穴を開けてやりたかった。「たとえ、リードタイムを短くできても支払う額が大きくなれば、コスト削減の方針には逆らうことになるんじゃないのかね」

「大丈夫です。手配しておきましたから」ダメだ。こいつには通用しない。

「手配した？　どうやったのか、訊いても構わないかな」

「まず上司、財務部の部長ですが、彼に相談しました。それから、彼に連れられて社長のところへ説明に行きました。リードタイムが短くなったらどれだけ利益を伸ばすことができるのか説明したんです。先生が授業で話していたことです。それだけです。話はすぐにまとまりました」

私は我が耳を疑った。ロジャーからこんなことを聞かされるとは予想だにしていなかった。ロジャーこそ、私にとってはあのクラスで最低でいちばん忌まわしい皮肉に満ちた生徒だと思っていた。自分から率先して何かしてくれるなどとは露ほども期待していなかった。だが、確かに生意気で憎たらしい奴だが、行動力はあるらしい。

「ところで、あと下請け三社と来週また大切なミーティングがあるんですが、同席してもらうわけにはいきませんか。また少し鍛えてやりたいんですが……」

私がどう答えていいのかわからず、言葉に詰まっていると彼が続けた。

「もちろん、ただでお願いしているわけではありません。一回のミーティング当たり五〇〇ドルという条件ではどうでしょう」

「下請け業者にどうやってリードタイムを短くさせることができるのか、その交渉方法を君が授業でプレゼンテーションしてくれるのならいいだろう」

ようやく、彼にも話が伝わったらしい。彼は顔をしかめたが、私は譲らなかった。

帰りのクルマの中で、私は思った。全部で一五〇〇ドルだ。ジューディスに週末のニューヨーク旅行をプレゼントしてやることができる。きっと、また喜ぶに違いない。

Critical Chain

V

夕食会

19

マーク、ルース、フレッドは、三人でアイザック・レビのもとへ報告に向かった。詳細まで説明を求められたが、それほど時間はかからなかった。このプロジェクトも完成までそう長くはかからない。プロジェクト・バッファーは相変わらず九週間を保っている。残りの合流バッファーも健全だ。

三人の説明が終わると、「なかなかの調子だな。順調すぎるんじゃないのかね。実は、最初はできるかどうか不安だったんだが、これだけ成果が上がればもう疑ってもしょうがないな」とアイザックが言った。

「製品は最初の仕様のままで、予定より二か月も早く完成できる見込みです」マークの声には自信が溢れていた。

アイザックは笑みを浮かべた。

「私の知っている限りでは、世界記録です」そう、マークが結論づけた。

相変わらず笑みを浮かべたまま、アイザックが訊ねた。「トーストがバターを塗った面を下にして床に落ちる確率は？　つまり、失敗する確率はどれくらいあると思う？」

「五〇パーセントでは」フレッドが答えた。

「もうここまでくれば、ほぼ失敗しません」マークが、フレッドの答えを正した。「楽観的すぎるんじゃないのかね。バターを塗った面が床に落ちる確率は……、カーペットの値段に比例する」そう、アイザックがジョークを飛ばした。

和気あいあいとした雰囲気で、しばらく笑いは止まらなかった。

「まだ完成していないんだ」あらためて、アイザックが三人に向かって言った。「モデムの最終検査は始まったばかりだ。どんなことが起きるかわからない」

「それでは、まだマーケティングのほうは少し作業を待たせておいたほうがよかったのですか」ルースが少し不安そうな表情を見せた。

彼女の問いに、アイザックは少し考え込んだ。

「いまさら作業を中断させるのは……」ルースは説得しようと試みた。「もし中断させたら、いままでがんばってきた私たちの努力もすべて無駄になってしまいます」

「そうだな」アイザックが相槌を打った。

「どうですか」マークがアイザックに答えを迫った。「もし最終検査で特に大きな問題が見つからなければ、私たちの仕事を認めてもらえますか」

アイザックは、三人の顔を見た。みんな静かに判決が下されるのを待っている。「整理してみよう。もし最終検査で問題が見つかったとしても、それは君たちのこれまでの努力とは関係ない。君たちにお願いしたのは開発時間を大幅に短縮する方法を見つけてもらうことだった。その任務を君たちは果たした。しかし……」

アイザックは考えを整理しようとしばらく間を置いた。三人は瞬きもせずにじっと待った。

「しかしプロジェクトを完成させるまでには、まだやらなければいけないことがたくさん残っている。私にも、まだ君たちに答え切れないほどたくさん質問がある。まだ入り口に入ったばかりで、これからが本番だ」

アイザックは、例を挙げて自分の言葉の意味を説明した。「君たちがこの革命的な方法を導入し始めた時、A226はすでに開発の最終段階に入っていた。別に、君たちのこれまでの努力を否定しようっていうんじゃない。君たちは、実にすばらしい仕事をしてくれた。しかし、もしこの方法をプロジェクトの最初から最後までフルに用いたらどうなるのか、それが知りたいんだ」

「特に大きな違いはないと思いますが」マークは反論した。

「そうかもしれないが、試してみるまではわからない。それに、君たちの方法を最初から用いたらどれだけ開発時間を短縮できるのか、知りたいと思わないかね」

三人は答えない。

「それからもうひとつ、気になることがある」アイザックは説明を続けた。「今回、試したのはひとつのプロジェクトだけだ。単体ではうまくいったが、同時に複数のプロジェクトを対象にした時、どうなるのかはわからない。プロジェクト同士いろいろ絡み合っている部分もあるじゃないか」

「そうですね」ぼそりと呟いたあと、マークは勇気を振り絞り、アイザックの目を見つめて言った。

「完璧は無理です。多少わからない、未知の部分があるのはしょうがないことだと思いますが」

アイザックが黙っていると、続けてルースが言葉を付け足した。「もとの仕事にはいつ戻れますか」

アイザックは、フレッドのほうを見た。「君も、何か質問はないのかね」

「あります。この仕事に成功したら会社の株を一万株ずつもらえるという話でしたが、成功の基準は何ですか。どうすれば成功したと認めてもらえるのですか」

「ひとり一万株というのは相当な額だ。もう、それをもらえるだけの仕事をしたと思っているのかね」

三人が答えないでいると、アイザックが続けた。「君たちの方法は、どんな時でも必ずうまくいくと思うかね。賭けてみるかい。これまで、この方法を何回試したというんだね。プロジェクトの開始から完了までだ。まだ一度も試していないじゃないか。もしモデムだったら、そんな中途半端な製品を完成品として認めることができるかね。私たちは、まだプロトタイプの製品がもう少しでできそうな段階でしかないんだ。成功の基準が何なのか、そんなことは訊かないでもらいたい。どの段階で成功したと言えるのか、そんなことは君たちもよくわかっているはずだ」

「それはわかりますが、もう少し具体的な目標があったら助かります」静かな声で、ルースが言った。

「数字で示すのは難しいが、ただ、君たちの方法がこの会社で標準として用いられることになったら、その時ははっきり成功したと言ってやれる。それでは不十分かね」

「いえ、それで十分です」マークははっきりと答えると、ルースとフレッドのほうを見やった。二人もうなずいている。

「ところで、予算には上限がないという話だったと思いますが。……実は、大学の先生にお金を払って手伝ってもらいたいと思っているのですが、できますか。これ以上、シルバー先生の親切に甘えるわけにはいきません。これから、彼に手伝ってもらいたいことがもっとあるので」

「もちろんだ。いい考えじゃないか。通常のコンサルティング・フィーで構わない。一日一〇〇〇ドルだ。ひと月、三日程度で大丈夫かね」

「大丈夫です」三人を代表してマークが答えた。

「他に何かないかな、シンクタンク諸君。……いいだろう。このまま、がんばってくれよ。それから、私への報告もこれまでどおり続けてほしい」


マークからの電話をもらい、私は目が眩んだ。笑いが止まらないのをこらえて、私はダウンタウンに向かった。今日は、宝石店で本物のバレンタイン・プレゼントをジューディスに買ってやろう。今夜こそ、彼女に相応しい贈り物をするんだ。ようやくそんなことができるようになった。


しかし、言うは易く行うは難しだ。こちらは宝石のことなどまるっきりわからないし、店員もアドバイスしてはくれるが大した参考にならない。自ら宝石を身にまといモデルまで務めてくれるのだが、ジューディスはふさふさのブロンドヘアーに高い頬骨、それに首は長く美しい。それに比べ、この店員は……。

とにかく店内の宝石は全部、少なくとも四回は目を通しただろう。まだ迷いはあったが、ようやく私はどの宝石を買うのか決めた。それから万が一の場合に備えて、チョコレートも買った。買いに行った店では最も高級なチョコレートだ。

夕食が終わった後、私たちはリビングルームに場所を移し、そこで彼女にプレゼントを渡した。チョコレートではなく、イヤリングだ。

どれだけ気に入ってくれたか、彼女から言葉は必要なかった。彼女の青い瞳を見ればわかった。彼女の耳に輝くアクアマリンのようにきらきらと輝いている。本当に気に入ったようだ。

二人でソファーに腰を下ろしてから、私はジェネモデム社からのコンサルティングの仕事について彼女に説明を始めた。

「月に、三〇〇〇ドル!?」彼女は、私の言葉に飛び上がらんばかりだった。「すごい金額じゃない」

私もこれ以上ないくらいの笑顔を浮かべた。

「だから言ったじゃない。きっとうまくいくって」そう言いながら、ジューディスは踊り始めた。「もし大学があなたの価値をちゃんと認めてくれなくても、誰か他の人が認めてくれるって言ったでしょ」

私はソファーにさらに腰を深く沈めた。「ああ、そう言ってたね」

「いま、いくらコンサルティングからお金をもらっているの? 大学のお給料よりもたくさん?」そう言いながら彼女は目を閉じ、両手を広げゆっくりと何度も何度もターンして見せた。「来年は、きっともっとたくさんの会社が、あなたのことを聞きつけるわ。そうしたら、もう何も心配することなんかなくなるわね」

そうなればいいのだが。彼女の言葉に、私の表情は少し曇った。

彼女は私の顔を見ると、急にターンするのをやめた。「ごめんなさい。あなたは教えるのが好きなのよね。でもコンサルティングも教えることには変わりないって、先月言ってたわよね。違ったかしら」

「やり方にもよるよ」

「あなたのやり方では？」

「いま、やってるやり方だったら悪くない。でも……」

そう私が言いかけると、ジューディスが隣に腰を下ろした。「どうしたの、何か問題でも？」

「実は……、来年は大学に残れそうにないんだ」私はそう切り出し説明を始めた。「企業からの学生を相手に教えることができなくなる。自分の力だけで、コンサルティングの客を開拓していくなんて絶対無理だよ。ジューディス、わかってくれ。私には自分を売り込む力なんてないんだ。そりゃ努力してみることはできるけど、でもわかってくれ。これからバラ色のコンサルティング・ビジネスが僕のことを待っているわけじゃないんだ」

彼女は、私の両手を取った。「大丈夫よ。あなたよりも私のほうがあなたの力を信じているわ。でも、少なくともいまはお金持ちよね」

「それはどうかな」私は笑った。「でも、そうだな。月三〇〇〇ドルは確かに大きい。僕たちの生活もこれでだいぶ変わるさ。借金もだいぶ減らせるよ」

「生活が変わる？」ジューディスが柔らかな声で訊ねた。

その質問がどういう意味なのかはすぐにはわからなかったが、さすがに彼女は鋭い。彼女の言うとおりだ。生活は大して変わらない。来年はきっと何か別の仕事を見つけているだろう。そんな大した仕事ではないだろうが、生活は何とかしているはずだ。借金が減るのはありがたいが、生活がだいぶ変わるなんてことはない。だいぶどころか、少しでも変わるかどうか。

「どうしたらいいと思う？」私は彼女に向かって訊ねた。「ジェネモデム社の仕事はどのくらい続くの？」

「四か月、もしかしたら六か月かな。それが終わったら、僕の役目はおしまいさ。もう、僕なんか必要なくなる」

ジューディスは時間をかけ、慎重に言葉を選んだ。「リック。この一三年間は、毎月最後の一セントまで数えなければいけなかったわ」

「そうしなければいけない理由があったからね」

「もしかしたら、これからもずっと同じことをしなければいけないのかもしれないわ」

「そうかもしれない」私は苦々しく答えた。「大学で上を目指しても、もう意味がないし……」

「大丈夫よ、あなた」彼女が、私の目をじっと見つめた。「本当よ」しばらく間を置いてから、彼女が続けた。「リック。でも、よかったじゃない。人生で一度きりかもしれないけど、お金が十分あるって感じることができるのよ。六か月、いいえ四か月だけかもしれないけど」

どういう意味だろう。私は、彼女の言葉を深く考えてみた。要するに彼女は全部使ってしまうつもりなのだ。

それはダメだ。クレージーだ。だけど、人生で一度きりかもしれない。好きなようにするのも悪くない。

「投資だと思えばいいのよ。投資して思い出を作るの。ずっといつまでも残る思い出よ」

彼女の提案に、私は考え込んでしまった。しかし、それ以上ジューディスは自分の考えを押しつけなかった。そこに座ったまま、じっと暖炉の火を見つめていた。考えれば考えるほど、彼女の言うことがもっともらしく思えてきた。

結局、私は彼女の提案に賛成した。「入ってきたものは、出て行くのを拒まずだ」

ジューディスは、笑顔を見せた。誇らしげな表情だ。その時、私は正しい選択をしたのだと思った。

「人生で、最高の冬と春を過ごすんだ」私は彼女に誓った。「イースターはバハマで過ごそう。いや、クルーズのほうがいいかな」はしゃいでいる私を見て、ジューディスが笑った。「いや、もっと他にも楽しいことがあるはずだ。やっぱり、やめた。君に任せるよ。君が計画してくれ」

ミリアムは席を外していた。私は空いているドアの隙間からジムの部屋をうかがった。「ジム、ちょっと助けてほしいことがあるんですが」

「何だい」

ジムの言葉を、どうぞという意味に解釈して、私は部屋へ入ってドアを閉めた。

彼は手に持っていたペンを置き、背もたれに深く寄りかかった。「教えるのは悪くないんだが、ひとつだけ面倒なことがある。提出された宿題のレポートに目を通さないといけないことだ」

「博士課程の研究生にやらせればいいのでは。私が研究生の時は、ずいぶん先生にやらされましたよ。いまは研究生をあまり使わないんですか」

「使えたらいいんだが」ジムは大きくため息をついた。「ジョニーのせいで、私も授業の内容をずいぶん変えないといけなくなった。研究生にとっても、慣れない内容だから無理なんだよ。しかし、君もたいへんそうだな。いったいどうしたんだね」

「ええ、たいへんなんです」私は笑みを浮かべた。そして今度は、真剣な顔をして言った。「問題があるんです。同じ部署が同時に複数のプロジェクトを担当して、そのスキルのひとつがボトルネックの場合、どう対応していいのかわからないんです」

「リック、いつからそんな理論に興味を持つようになったんだ？」

「問題はそこです」私はため息をついた。「実は、これは理論じゃないんです。ジェネモデム社で実際にいま起こっている問題なんです。プロジェクトが同時に複数進行していて、そのすべてに関わっているデジタル・プロセッシングがボトルネックになっているんです」

「順序立てて考えてみたらどうかね。まず最初に『制約条件を見つける』。ボトルネックはすぐに見つけることができるかね」

「見つけることができるとします。でも、ボトルネックが制約条件だとどうして決めつけることができるんですか」

ジムは〝制約条件〟と〝ボトルネック〟という二つの用語を同義語のように使っている。「質問の意味がわからない」とジムが訊ねるのも無理はない。

「プロジェクトの話をしているんです。プロジェクトにおいて制約条件は、クリティカルパスです」

「ボトルネックが制約条件であることは間違いない。しかし、君の言うとおりだ。クリティカルパスも制約条件だ。つまり制約条件が二つある場合、どうするかだな」

「もっとあります。プロジェクトごとにクリティカルパスがあるんですから」

私の指摘に、ジムはじっと考え込んだ。頭の中でフル回転している音が聞こえてきそうだ。制約条件がたくさんある場合……、一つひとつのプロジェクトを別々に扱えないだろうか。いや、ダメだ。別々に扱ったら、ボトルネックを無視することになってしまう。それは間違っている。「リック、私にはわからないな。どこから考えていいのかもわからない」

「私もです。ここ五日間ずっと考えているんですが、さっぱりわからないんです」

「ジョニーに訊いたら、何かわかるかもしれない」そう言って、ジムは受話器を取り上げた。

数分後、ジョニーが現れた。シャツが半分ズボンからはみ出ていて、髪はくしゃくしゃだ。きっと何か大事な考えごとをしていたに違いない。どうやら邪魔をしてしまったようだ。私は悪いことをしたと思った。

部屋に入って来たジョニーはそのままソファーへ腰を下ろした。「お呼びいただき、ありがとうございます。つまらない疑問が頭に浮かんで、ずっと考えていたんです。だけど出口が見つからなくて頭がごちゃごちゃになっていたんです。何かもっと簡単な問題はないですか。さらさらと五分ぐらいで解けるような問題がいいですね。そしたら、気分がすっきりするかもしれません」

「ちゃんとそういうのを用意しておいたよ」ジョニーに向かって、ジムが茶化した。

問題の説明は、私が行った。

しばらく説明を聞いたあと、ジョニーが言った。「プロジェクトについてはあまりわからないんですが」

「私たちも制約条件についてはあまりわかっていないんです。少し知恵を貸してもらえませんか」

「道を知らない人に道を尋ねるようなものですね」彼はため息をついた。「いいでしょう。一緒に考えましょう。でもその前に、ジム、コーヒーをもらえませんか」

「ミリアム」ジムは外に向かって声をかけた。

20

私は、自分の研究室で生徒の宿題のレポートに目を通していた。いま私は、四つの授業を教えているが、どの授業でも宿題はよく出す。宿題の信奉者だ。ジムとは違って、私はレポートを読むのが好きだ。確かに時間はかかるが、生徒から本当のフィードバックを得るには宿題しかない。生徒が何を学んだのか、教え方のペースが速すぎはしなかったか、説明が足りないのはどこかなど宿題を通して知ることができる。だから、宿題に目を通していて退屈することなどない。それに、たまに驚くほど面白い間違いもあったりして、十分楽しませてもらっている。

その時、ドアをノックする音がした。

「どうぞ!」

私の返事に、ドアの隙間からテッドが赤毛の頭を覗かせた。「ちょっと、よろしいですか」丁重に彼が訊ねた。

「もちろん。入りなさい」生徒からの訪問を受けるために、私はスチューデントアワーと称する時間を設けているが、いまはその時間外だ。しかし、平日にわざわざ訪ねて来なければいけないほどの大事な用件なら構わない。

「宿題のやり方がわからないんです」そう言うと、テッドはため息をついた。

「宿題のやり方？　いつから、そんなことを私の生徒が気にするようになったのかな」と茶化した。

テッドがそわそわした様子で笑みを浮かべた。「今回のは特別です。大事なことなんです。リードタイムを短くしないといけないのはわかっています。先生の話を聞いたり、ジェネモデム社での成功事例を聞くと、もしかしたら本当にできるのかもしれないという気になってきたんです。ですが……」

「ですが、何だね」私は彼を促した。

「プロジェクトの完成が遅れると、会社にどの程度の損失があるのか計算してくるのが宿題だったと思います」

「そうだ。で、何が問題なんだ」

「その損失が見つからないんです……。プラスになることしか、見つからないんです。そんなことがあるはずないんでしょうが……」

訴えるように、テッドは説明を続けた。「私の会社でも、ぜひ導入してみたいんです。上司にも話をしに行ったらちゃんと話を聞いてくれました。でも、その先がわからないんです。リードタイムを短くしても会社にとって利益がなければ、何のためにわざわざやる必要があるのか……」

「まあ、落ち着いて。結論を急ぐ必要はない」

「ええ、わかっています。そのために、ここに来たんです」

「わかった。じゃ、ゆっくりと考えてみよう。ブライアンやマークがやったことと同じことをやってみたらどうだ？　試してみたかい」

テッドは首を振った。「彼らとは業界が違うので、あまり参考にはなりません」

「どうして？」

「彼らの場合は自社のプロジェクトですが、私の会社は下請け業者にすぎません。プロジェクトのオーナーは私たちではなく、デベロッパーなんです」

なるほど、そういうことか。プロジェクトが完成して利益を得るのは、プロジェクトのオーナーであるデベロッパーというわけだ。ということは、予定どおりに完成しない場合、損失を被るのは主にデベロッパーということになる。だが、プロジェクトに関わっている他の会社にもある程度の影響はあるに違いない。

「もう少し詳しく理解したいんだが、プロジェクト、つまり建物の完成が三か月遅れた場合、君の会社の損失って何だい。もちろん、君の会社だったらそんなに遅れることはないとは思うが。例えば、クライアントが設計の変更を要求してきて、それが原因で最初の完成予定期日より三か月遅れたとしよう。そういうことは、あるんだろ？」

「ええ、よくあります。私が授業中に言ったこと、あれは忘れてください。ここだけの話ですが十分にセーフティーをとってあるはずなのに、これまで期日どおりにプロジェクトが完成したことなんか、私の知っている限り一度もありません。授業でもみんないろいろ問題を指摘していましたが、この仕事はまさにそのオンパレードです。でも、そういった一つひとつの問題は気にする必要などないというのが、先生の説明だったと思います。

とにかく私の会社では、プロジェクトが遅れても損失は出ないんです。逆に、プロジェクトが遅れたほうが助かるんです」

「遅れたほうが助かる？　どうして」

彼はすすんで答えた。「契約書を交わした段階では、こちらの価格はとても低く抑えてあります。競争が厳しいので、そうしないと仕事が取れないんです。価格が三パーセント違っただけで、仕事が取れたり取れなかったりするんです。同業者同士、みんなで首を絞め合っているんです。それじゃ、どこで利益を上げるかなんですが……」テッドは、私が答えを言うのを期待しているのか一瞬間を置いた。

しかし、もちろん私には答えがわからない。

「変更です」そう言って、彼は説明を始めた。「『顧客は常に正しい』というのが、私の会社のモットーです。顧客が変更を求めるなら、反対はしません。喜んで協力します。実は、変更は多ければ多いほどいいんです。そこまでの段階にいけば、顧客が別の業者に乗り換えることはありませんし、お金も払ってくれます。それもたくさん」テッドは、まるでトップ・シークレットを暴露してしまったかのように、こわばった表情をしている。

我が家でもジューディスが、大がかりなリフォームをしたばかりなので、最初の契約書に書かれていないことでどれだけ業者が請求してくるかはわかっている。彼女のほうから変更を言い出していなければ、そうさせようときっとあの手この手を使ってきていたに違いない。しかし考えてみれば、たぶんそうしたのだろう。うまく向こうの口車に乗せられたに違いないと思う。でなければ、なんで屋根に八インチもの断熱材が必要なんだ。

テッドの言うとおりだ。彼の会社にとっては、プロジェクトを期日どおりに仕上げなければいけない理由はない。

代金を早く支払ってもらえるから？　いや、そんなことは大した理由にならない。この業界では代金は最後にまとめて全額受け取るのではなく、段階ごとに少しずつ支払われる。

うまい答えが見つからず諦めようと思ったが、その前にもう少しこの業界について理解しようと、私は思った。「変更したらその分、顧客はたくさんお金を支払わなければいけないわけだが、それ以外に、もし建物の完成が三か月遅れたら顧客にはどんな損失があるのかね」

「……わかりません。それは、彼らの問題ですから」

「そうかもしれないが、少し考えてみようじゃないか。三か月遅れた場合、顧客、つまりデベロッパーにどんな損失があるのか」

「デベロッパーにですか？」テッドは考え込んだ。「予定より、マンションの販売が三か月遅れます」

「それはデベロッパーにとって大きいことかい」私は質問を重ねた。「キャッシュフローに影響するのでは」

「そうですね。そういう問題はあるかもしれません……、きっと大問題です」

「どうして？」

「ほとんどのデベロッパーは、十分に資金を持っていません。投資額のほうがはるかに大きいので、お金を借り入れてプロジェクトを行っています。どのデベロッパーも、ぎりぎり借りられる限度まで借り入れています。だから、彼らにとってキャッシュフローはとても重要です。

プロジェクトの完成が遅れたために、潰れたデベロッパーも知っています。一社や二社じゃありません。私たちは、そんな心配をしなくていいので助かります。仕事をして、その分だけお金をもらうだけです……、だと思いますが」

しばらくの沈黙の後、彼が続けた。「先生のおっしゃるとおりかもしれません。デベロッパーが倒産したせいで、私たちの利益も損なわれているかもしれませんね。どれだけ損なわれているのか調べてみる価値はあるかもしれません。それに考えてみれば、彼らがキャッシュフローで苦しい時はこちらにも影響があります。支払いが遅くなるんです。私たちにとっても問題です」

テッドは立ち上がり「ありがとうございました」と言いながら、私に握手を求め、笑顔で部屋を出て行った。

「それじゃ、また週末」私は閉じられたドアに向かってそう言い、すぐに仕事に戻った。

だが、しばらくしてまたドアをノックする音がした。これじゃ、まるでひっきりなしに列車が発着する駅のホームのようだ。

「どうぞ！」

今度は、ジョニーだった。私は立ち上がって彼を迎えた。

「プロジェクトのボトルネックでしたら、まだ、あれから何も進んでいません」と、私は前もって彼に告げた。

「私も同じさ」ジョニーが微笑んだ。「実は、今日は別の用件で来たんだ。シャーレーンが、君の授業に出たそうだね。面白いことを学ばせてもらったと言っていたよ」

「正味現在価値のことだったらわかりませんよ。私は教えていませんから。シャーレーンから説明されましたが、ちっともわかりませんでした。きっと彼女の話は逆でしょうが、でも……」そう言いかけて、私は口を閉じた。

「面白いことをいろいろと教えているそうだけど、私が興味あるのは下請け業者との交渉の仕方だ。リードタイムをどうやって短くさせるか、というやつだよ」

この話題は私も好きだ。ロジャーが授業ですばらしいプレゼンテーションを披露してくれてからは、特にそうだ。彼は下請け業者四社とのミーティングすべてを洒落たユーモアを交えて説明してくれた。私もだんだんと彼のことが気に入り始めていた。

「何が知りたいんですか」

「全部だよ」そう言うと、彼は説明を始めた。「私がユニコ社とコネがあるのは君も知っているとおりだが、彼らはこの近くに大きな生産施設を建設中なんだ」

もちろんそんなことぐらい知っている。知らない人がいるだろうか。「ええ、だけど工事はもうだいぶ進んでいるんじゃないんですか」

「ああ、そうなんだ。だいぶ進んではいるんだが、完成が遅れるんじゃないかと彼ら、気を揉み始めているんだよ。それで電話があって、建設業者の仕事をスピードアップさせるために何とかできないか、調べてみてくれと依頼があったんだ。それで君から学べるものはすべて学ぼうと思って来たんだ」

それほど時間はかからなかった。私が授業二回をかけて理解したことを、彼はほんの三〇分足らずで呑み込んでしまった。まるで、スポンジみたいな男だ。何でもすぐに吸収してしまう。説明がだいたい終わったところで、私は話をまとめた。「リードタイムはお金を出して買わなければいけません。建築業者は、決して自分たちからリードタイムを短くしようとは考えません。リードタイムを短くすることは、彼らの利益に反するんです」

この説明に、ジョニーは驚いた顔をした。

そこで私は、テッドから今日学んだことを彼に披露することにした。

熱心に耳を傾けていたジョニーだったが、「そうは思わないな」と私の意見を拒んだ。

「どうしてですか」

「わからない」

それでは、答えにならない。

不服そうな私の表情に気がついて、ジョニーは慌てて言葉を付け足した。「はっきりした理由はわからないが、それは違うと思う。どこか間違っているはずだ」

ジョニーは客観的な事実やロジックがなければ、何ごとをも信じないガチガチの人間だと思っていたが、もしかするとそうではないのかもしれない。意外と我々と同じように迷信家なのかもしれない。

「何が間違っていると言うのですか」私はあからさまに落胆した表情をして見せた。

「君の説明だと、下請け業者のプラスは、デベロッパーにとってはマイナスということだ。制約条件の理論では、そんなことはあり得ない。Win-Lose（ウィン・ルーズ＝片方が得をして、もう一方が損をする）のシチュエーションなど存在しないんだよ」

なんという議論だ。「なるほど、理論ときましたか」私は冷ややかに言った。

「いやリック、違うんだよ。Win-Loseのシチュエーションになった時は、まだ問題を狭い視野でしか見ていないからなんだ」

私は口を閉じたまま答えなかった。理論なんかで議論するつもりなど私にはなかったし、ジョニーの気分を害するようなこともしたくなかった。

彼は肘を私の机に乗せると、顔を手で覆った。私は、相変わらず口を閉じたままだ。だんだんと嫌な雰囲気が漂ってきた。いったい、彼は何を考えているんだ。頭の中で〈雲〉でも描いているのだろうか。仮定を書き出しているのだろうか。

ずいぶんと長く沈黙が続いたあと、三分かそこらだったと思うが、ジョニーは顔を上げて急に笑顔を見せた。「わかったぞ」

「何がですか」

「プロジェクトが遅れると、デベロッパーのキャッシュフローに影響があるという話だが、逆に期限より早く終わった場合にもキャッシュフローに影響があると考えていいだろうか」

「ええ、それは構わないと思いますけど」

「デベロッパーにとって、キャッシュフローは非常に大切だ。これも問題ないね」

「はい」

「それから、建築業界は非常に価格に敏感で、三パーセント価格が違うだけでどの業者を使うか判断が変わってくる」

「そのとおりです」

「どうやってこれらの矛盾を解決するかだ」

ジョニーの質問に、私は戸惑いを覚えた。「訊かれていることがよくわかりませんが。何が矛盾しているんですか」

「もしプロジェクトの完成が一か月遅れて大騒ぎするぐらいだったら、最初から下請けを選ぶ際にリードタイムをもっと重要視すべきじゃないか。しかし君の話では、そうではないらしい。どこも、価格だけで業者を決めているようじゃないか」

「そうです」そう答えたものの、私はまだジョニーがどこへ話を持っていこうとしているのか見当がつかなかった。

すると、ジョニーはまた違う切り口で説明を始めた。「リック。デベロッパーにとって、リードタイムは短いほうがいいと思うかね」

「ええ、それは間違いありません」

「だったら、デベロッパーは下請け業者にリードタイムを短くするよう求めるべきだ」

「でも、どうやって」

「ひとつの方法として、早く完成すればボーナスを支払って、逆に遅れた場合はペナルティーを課すというのがあると思う」

私が言おうとするのをジョニーが手で制した。言い足りないことがあるようだ。「デベロッパーの投資はほとんどの場合プロジェクトの終わりまで固定されている。ということは三か月プロジェクトが早く終わるだけで、場合によってはデベロッパーの投資利益率が倍増することもある。だったら早く終わらせることができたら、下請けに大きなボーナスを出せばいいのでは？　逆に、プロジェクトが遅れてデベロッパーが潰れるんだったら、大きなペナルティーを課すような契約を下請けとすればいい。そんなボーナスやペナルティーを課すようなデベロッパーはいるのかな」

ボーナスを少し提供するという話は聞いたことはあるが、ジョニーの話していることとは程度が違う。ボーナスは問題ない。問題はペナルティーだ。「そんなペナルティーを善しとする、下請けなんていません。いたら紹介してください。たとえ、どんな小さなペナルティーでも難しいと思います。彼らのわずかなマージンでは引き受けるわけにいかないんです。彼らを倒産させるつもりですか」

「いや、そうじゃない。だけど、リック。もし他社より三か月早く完成させることができる業者がいたらどうだろう」

「いませんよ」

「君が教えていることを実行すれば、できるはずだ」

「そうおっしゃるのなら。でも、何が言いたいんですか」

「わからないのかい。もしそれができたら、他の業者と価格で競争する必要がなくなるんだ」

「……わかりません」別に頑固を装っているわけではない。本当にわからないのだ。

「いいかい。下請け業者は、地域でどんなプロジェクトが計画されているのかだいたいわかっているものだ。いろんなコンタクトもあるだろうし、それに業界誌にもいろいろ情報が掲載されている。だから正式な入札が始まる前に、デベロッパーに連絡を取ればいい。下請けは、たいていいくつかのデベロッパーとつながりがあるはずだから、そう難しいことではないと思う。そして入札の条件として、リードタイムを短くすることと、大きなペナルティーを課すようデベロッパーを説得すればいい」

「ペナルティーではなく、ボーナスでは？」

「いや、ペナルティーだ」

大きなペナルティーを課すよう下請けがデベロッパーを説得する？　どうも、訳がわからない。逆ではないのか。……いや、そうではない。これでいいのだ。

「わかりました。つまりデベロッパーが入札を受け付ける際に、リードタイムを短くすることと、もしそれを果たせない場合は大きなペナルティーを課すことを条件として明記すれば、他の業者は怖がって誰も入札しない。デベロッパーの投資利益率はずっと高くなるしリスクも軽減できる。一方、仕事が取れたこの下請けは大きな利益を得られる」私はジョニーに向かって笑みを浮かべた。「そうですね。おっしゃるとおりです。いまのデベロッパーと下請けの関係は、Win-Loseではなく、Lose-Lose（ルーズ・ルーズ＝双方が損をしている状況）です。デベロッパーはリードタイムが長くなって、それもいつになったら終わるかわからない。一方、下請け業者は価格を競い合って、同業同士お互いの首を絞め合っている」

「もし、これに気づく下請けがいれば、大きな競争優位性を築くことができる」ジョニーが続けた。「それができる下請けは、価格を高くしてもちゃんと仕事が取れる。問題は他のプロジェクトと同じで、リードタイムを短くすることなど無理だと下請け業者が思っていることだ。ということは、最初に目を覚ました者の勝ちだ」

ジョニーが部屋を出て行ったあと、私はすぐにテッドの電話番号を探した。

21

メールボックスを開けると、いちばん上にピンク色のメモが置かれていた。「ブラッド・ニューボルト氏に電話してください」。電話番号も書かれている。ブラッド・ニューボルト？　いったい誰だろう。おそらくセールスマンか何かで、私に物を売りつけようっていうのだろう。私は、そのメモを脇へ置いた。やらなければいけないことは他にもたくさんある。ジムからは、三つ目の論文を仕上げるよう急かされている。論文はともかく、ジムを失望させたくはない。

さっそく、その作業をしていると突然電話が鳴った。

「リック・シルバー先生でいらっしゃいますか」

そうだと答えると、相手は「ただいま、ニューボルトに代わりますので、少々お待ちください」と告げた。

「ニューボルト？」私は小さく呟いた。セールスマンのくせに、人を待たせるとはずいぶん横柄な奴だ。自分の都合に合わせて人の邪魔する。いったい、何様だと思っているのか。「ニューボルトさんとは、どなたでしょうか」と私は答えを求めた。

すると、電話の向こうから深いバリトン調の声が聞こえた。「私ですか？　ＱＥＣの社長です」

私は、息を呑んだ。確か、チャーリーの働いている会社だ。

「前から電話しようと思っていたのですが」彼は続けた。「先生が授業で教えていることには、ずいぶん感心させられています。私の会社でも使わさせていただいていますが、非常にうまくいっていいます」

「ありがとうございます」ということは、チャーリーもやってみたのか。そんなこと、一言も言っていなかったが。

「実は今度、先生に講演をお願いできないかと思いまして。YPOの集まりがあるので、そこでどうかと思うのですが、いかがでしょうか」

Y……、P……、O……？　何の略だろう。

考えていると、向こうが答えを告げた。「YPOとは、Young President's Organization（ヤング・プレジデント・オーガニゼーション）のことです。小さな集まりなのですが、月に一度集まって夕食会をしているのです。出席者は、会社の社長ばかりです。ジェネモデム社のプルマン氏もいます。いつも、たいていゲストスピーカーを招いて、いろいろ話を聞かせてもらっているのです。他のメンバーとも話をしたのですが、みなさん、先生からプロジェクト・マネジメントの話を聞きたがっていいます」

私は、突然の申し出に面食らった。「喜んで」丁重に、私は応えた。プルマン？　ジェネモデム社？

「今度の水曜日ですが、よろしいでしょうか」

「もちろんです」

私は、はやる気持ちを抑えようとした。今度の水曜日とは、すぐではないか。きっと、もっとちゃんとしたゲストスピーカーを用意していたのに、突然キャンセルされたのだろう。要は、私はピンチヒッターだ。まあ、それでも……。

「詳しいことは、ファックスさせていただきます。それでは先生、来週の水曜日に」

私は勇気が萎える前に、B・Jにメモを書いた。短いメモだ。エグゼクティブMBAに生徒を一〇人集めるのをまだ諦めていないこと、それとYPOの夕食会で講演することも書いた。ジェネモデム社のプルマン氏が来ることも忘れずに書き足した。

こんなメモを書いて、何になるのだ。何の役にも立たない。しかし、こちらには失うものは何もない。とにかく私は浮き足立つようないい気分だった。

集まりは、シェラトンホテルのプライベートルームで行われた。部屋に入って、まず顔を会わせたのはB・Jだった。私は緊張して膝ががくがく震えていた。

すぐに私は、彼女に部屋の隅へ追い詰められた。「ここに出席させてもらうのに、コネをいろいろ使ってずいぶん苦労したわ。YPOのメンバーになることまで約束させられるところだったわ」

まるで、私のせいのような彼女の口調だ。私が何をしたというのだ。

「いい講演を期待しているわよ」彼女が私に迫った。「だらだらと理論の話ばかりしてはダメ、実践的な話をするのよ」

「わかっています。私には他に話すことがありませんから」

「それからエグゼクティブMBAで、生徒がどんなユニークなノウハウを勉強しているのかもちゃんと話をして。それも実践的な内容でお願いするわ。このノウハウで、企業がどれだけお金が節約できるのか強調したらいいわ」

「どれだけと言われても、それはわかりません」

「どのくらい節約できるのか、その可能性を示すだけでもいいわ」

ここに来るまで、私はずいぶんと緊張していた。B・Jの顔を見た時は、さらにその緊張感が増した。しかし、本当の緊張感とはそんなものではない。B・Jから余計にプレッシャーをかけられたいま、それがわかった。ようやくB・Jとの話も終わり、私は彼女から解放された。助かった。他の人に話しかけられる前に、私はウェイターをつかまえた。喉が渇いていたわけではない。トイレがどこか知りたかったのだ。

講演を始めて一分も経たないうちに、私はすっかり落ち着きを取り戻していた。用意したオーバーヘッドプロジェクターのスライドもなかなかだ。簡潔に要点がまとめられている。出席者も話に聴き入っている。今日の昼に印刷したばかりなどと誰が思うだろう。

講演は、途中質問もほとんどなく、遮られることなく、最後までスムーズに進んだ。重要なポイントではみんなちゃんとうなずいてくれた。出席者の表情を見る限り、みんな私の話に納得してくれているようだ。講演が終わると拍手が沸き起こった。ただの儀礼的な拍手よりは大きい。いや、自分でそう思っているだけかもしれないが。

だが、B・Jのリクエストどおりのプレゼンテーションではなかった。自分の席に戻って初めて、私はそのことに気づいた。

続いて、ニューボルト氏が前に出て私に儀礼的な感謝の辞を述べた。その後の彼の言葉が驚きだった。「先生のいまのお話ですが、非常に実践的なノウハウです。私の会社でもやってみましたが、非常にうまくいっています。どうしようもないほど遅れていたプロジェクトを、元のスケジュールに戻すことができました。いま、我が社ではすべてのプロジェクトをこの手法でマネジメントし始めています」

「私のところもだ」プルマン氏が声を上げた。

「ジェネモデム社でも、試したのですか」B・Jが訊ねた。彼女の声は、驚いた様子もなく平然としていた。

「ええ、試しました。おかげさまで、他社より二か月も早く新製品を発表できます」

「御社の規模で二か月でしたら、何百万ドルになるのでは」B・Jが穏やかに言葉を足した。

「ええ、ずいぶん助かります」

話が一段落したところで、ようやくディナーとなった。

コーヒーが運ばれる頃までには、B・Jはすっかり話の中心になっていた。企業から大学への支援がもっと必要だという話になり、集まった社長連中に罪悪感を覚えさせるところまではよかったのだが、そのあとが悪かった。エグゼクティブMBAにもっと社員を派遣すべきだとB・Jが迫ったのだ。

それが、墓穴を掘る結果となった。大学で教えていることはあまり役に立たない、と彼らが嘲笑し始めたのだ。大学を卒業して入社したばかりの新入社員の〝ファースト・イヤー・ショック〟（一年目のショック）のことや、大学でちゃんと教育を受けてきたはずなのに会社に入ったらまたトレーニングし直さなければいけない、そのために莫大なコストがかかることなどいろいろ話し始めたのだ。

Ｂ・Ｊも応戦した。エグゼクティブＭＢＡを支援しているという、社長の発言もあったが、要は法外な授業料を支払っているのだと言う。別の社長からは、どうしてエグゼクティブＭＢＡの授業料は通常のＭＢＡの三倍もするのかと問いただされた。

この質問をＢ・Ｊは何とかかわし、逆に企業が自社のマネジャーを十分に支援していないと主張した。「夏季は二週間、有給を使って、集中講義を受けています。どうしてですか。彼らが学ぶことが、会社にとっても利益になるとは思わないんですか。それとも週末を犠牲にして大学に通い、夜は夜で仕事を片づけたあとで宿題をしてがんばっているマネジャーたちには休暇は必要ないということですか」

これに対し社長連中は、今夜の話のようなことを教えてもらえるなら、もっと協力しようと反論した。

それだけ聞けば、Ｂ・Ｊにとっては十分だった。さっそく彼女は、彼らのニーズに合った特別なコースをエグゼクティブＭＢＡ内に設けることを提案し、その計画の検討へ参画してもらえるよう言葉巧みに合意を取りつけたのだった。さらに、社長三名またはその代理から成る委員会の設置まで漕ぎ着けてしまった。

会場をあとにすると、Ｂ・Ｊが私のところへ来て私の腕をつかんだ。「私のクルマまで、一緒にお願いしていいかしら。私、あなたのことをずいぶん過小評価していたようね。確かに、あなたは価値のあるノウハウを作り上げたわ」

外は暗いため、私の顔が紅潮しているのは彼女にはわからない。「でも、一人ではできませんでした。フィッシャー先生から教えてもらったことや、それからウィルソン先生がいなければ……」

「ということは、チームワークね。なおさらいいわ」

じき、私たちは彼女のクルマに着いた。すばらしいクルマだ。私もいつか、キャデラックに乗れるような身分になってやる。

「どう思う？　二年間のコースを作ることができるかしら。本当に価値のある内容を教えるコースよ。今夜、あなたが講演で披露したような内容よ」

「……できると思います」相手が期待しているような答えを聞かせようと思ったわけではない。ジムやジョニー、それから特にシャーレーンから聞いた話にもとづけば、本当にできると思う。

「よかったわ」そう言いながら、彼女はクルマに身を滑り込ませた。「また今度、連絡するわ。エグゼクティブＭＢＡの生徒がどれだけ増えたか、その連絡も忘れないで。期待しているわ」

彼女は去った。私はそのまま自分のクルマに向かった。見上げると、満天の星空が広がっていた。

Critical Chain

Ⅵ

クリティカルチェーン

22

土曜の朝、私は頭を悩ませていた。今日は授業で何を教えたらいいんだ。もともと考えていたのは、複数のプロジェクトが共通のリソースを用いて行われ、しかもそのリソースのうちのひとつがボトルネックであるような場合について話をしようと思っていた。私が〝プロジェクト・ボトルネック〟と呼んでいるトピックだ。白熱したディスカッションになるのは間違いない。私もその中から何か新しい発見が一つや二つあるかもしれないと期待していた。しかし、危険すぎる。今日は、ジムが授業を見学にやって来るのだ。

ジムも自分が教えている生産システムの授業の中でプロジェクトについて教えることにしたらしく、生徒の知識がどのくらいのレベルなのか前もって把握しておきたいのだ。どうしたものか。来ないでください、とでも言おうか。そんなことが言えるはずがない。

私は、夏の間に用意しておいた授業のスケジュール表に目を通した。最初の二、三回は予定どおり行えたが、そのあとは予定どおりの授業内容とは言いがたい。飛ばした内容もいくつかあるが、ちゃんとした理由があってのことだ。だが、どれもいまさら取り上げるほど大した内容でもない。さあ、どうしたらいいんだ。

もしかしたら、ジムは病気で来ないかもしれない。いや、そんなことを期待してもダメだ。学年末まで、まだ授業が四回も残っている。一コマ二時間をあと四回教えなければいけない。

私はもう一度スケジュール表に目を通した。何も見つからない。

どんな授業がいいのだろう。これまで教えてきた内容に関連していること、最適化とは一切関係がないこと、そして私が精通している内容でなければいけない。となると、ほとんど何も残らない。もちろん〝プロジェクト・ボトルネック〟も対象外だ。それは絶対にダメだ。しかもこれまでの授業でまだ詳しく話をしたことのない内容でなければいけない。他に何が残っているんだ。

もう一度、バッファーについて話をしようか。プロジェクト・バッファー、合流バッファー、それとリソース・バッファーの概念的な違いについて説明しようか。リソース・バッファーによってプロジェクトの経過時間が変わることがないことを何人の生徒が理解しているだろうか。いたとしても、ほんの少数だろう。

面白い内容だが、それでどれだけ時間を稼げるだろうか。三〇分？　しかし、他にいいアイデアも浮かばない。生徒が積極的にディスカッションに参加し、たくさん時間を稼げることを期待して、私はこれでいくことにした。

「おはようございます。ゲストのみなさんも、おはようございます」

「おはようございます」ジムとシャーレーンが応えた。

これで、一〇秒経過だ。まだまだ先は長い。いたずらに時間を潰すことは考えないで、さっさと授業を始めたほうがよさそうだ。

「この授業では、これまでいろいろなことを学んできましたが、みんなそれぞれの職場で実践する機会もあったと思います。今日はもう一度戻って、これらのコンセプトについて勉強をしたいと思います」

反対する者はいない。

さっそく話を始めようとすると、ルースがさっと手を挙げた。「コンセプトなら訊きたいことがあります。コンセプトに少し問題があると思うんですが」

いきなり、何という発言だ。それもルースからというのは、どうも幸先が悪い。私は努めてジムのほうへは視線を向けないようにした。

平然を装い、私は訊ねた。「何が問題なのかな」

「例えば、どれかひとつ非クリティカルパス上で作業が非常に遅れて合流バッファーをすべて使い果たし、そしてプロジェクト・バッファーも食い始めたとします。ですが、クリティカルパス自体では特に問題が起きていないとします」

「そういう場合もあるだろうね」私はうなずいた。「合流パスでは、大きなトラブルになるかもしれない。それで、問題は？　何が問題なのかな」

「いま、ルースが言ったような状況では、クリティカルパスが移動すると思うんですが」ルースに代わってフレッドが答えた。「今度はトラブルが発生したところから先が、クリティカルパスになるんじゃないですか」

フレッドの問いに、私は少し考え込んだ。そして私が結論を出そうとする前に、今度はマークが説明を付け足した。「クリティカルパスの定義ですが、従属ステップがいちばん長く、時間でですが、いちばん長くつながっているパスだったと思います」

「そのとおりだ」

「ルースが言っているのは、例えば、非クリティカルパス上にNというステップがあって、このステップで大きなトラブルが発生して、それが原因でプロジェクト・バッファーがどんどん侵食されるような状況です。こういう場合、今度はNを先頭とするパスが時間的にいちばん長くなるんじゃないですか」

「おいおい、何を言っているんだよ」そう言って、今度はテッドが割って入ってきた。「プロジェクトの途中で、クリティカルパスを変えろというのかい。それは、ちょっとどうかしているよ」

「どうしてだ?」私は訊き返した。なぜなのか、私には理由がわかっている。どうしてそうしなければいけないのか、その理由もわかる。しかし、ここは時間を稼がないといけない。もう少し考える時間が必要だ。

テッドは答えに詰まった。彼の直感はなかなかのものだが、それを説明するとなるとどうも頭が追い着かないらしい。テッドが黙っていると、フレッドが彼に代わって答えた。マーク、ルース、テッドの三人のシンクタンク組だが、とにかく彼らはよく勉強している。「合流バッファーは、非クリティカルパスがクリティカルパスと合流するところにしか置きません。であれば、クリティカルパスを変えるとなると、当然、合流バッファーの位置も変える必要が出てきます。たくさん変えないといけなくなります」

「そうすると、プロジェクト全体が混乱に陥る。そんなことはできない」テッドが結論づけた。

「そうね」ルースが穏やかな口調で応えた。「でも、クリティカルパスを変えなかったら、どういうことになるかわかる?」

「いや!」顔を引きつらせてテッドが答えた。非クリティカルパスで作業が大幅に遅れるたびに、クリティカルパスを変えたり、合流バッファーを変えたりしなければいけない。それを考えるだけで恐ろしくなったのだろう。確かにそうだ。私だって怖い。

「もしクリティカルパスを変えなければ、現実を無視することになるわ」ルースが説明を続けた。

「いい? 好き嫌いじゃなくて、クリティカルパスはNからスタートするのよ。なのに、このパスには合流バッファーが用意されていないから、他のパスでトラブルが発生してもそれから守ることもできないわ。リソース・バッファーもない。ということは、遅れが発生してもそれを取り戻せる可能性は少なくなるわ。逆に、遅れがどんどん溜まっていく可能性が増えるの。やっぱり、プロジェクトをちゃんと並び直さなければいけないのよ」

「そんなことをしたらたいへんだ。でも、しなくてもたいへんか」テッドが苦々しい表情を見せた。

「問題はそこよ。理論に無理があるわ」ルースが指摘した。

私も頭の中がパニックになりそうだった。理論に無理がある? いや、そんな生やさしい表現では済まされない。ここまでやってきたすべてのことが水の泡となりかねない。

しかし、そんな状況はまだ実際に見たことはない。どうしてだ。これまでに四つのプロジェクトを期限より大幅に早く終わらせることに成功したのだから、この方法が有効なのは確かだ。いや、この手法を導入した時点でどのプロジェクトもすでにかなり進んでいたからかもしれない。しかしどのプロジェクトでも、一〇〇パーセント使い切ってしまった合流パスがあった。ルースが言っているような状況があったわけだ。ということは、問題は思っているほどたいへんなことではないのかもしれない。それでは、いったいどこが間違っているのだ。シンクタンク組の仮定のどこかが間違っているのかもしれない。どこなのだ。

まったく見当がつかない。それにゆっくり考えている時間もない。みんな、私の答えを待っているのだ。生徒だけではない。ジムも期待している。とりあえず、私はボードに向かい〈雲〉を描き始めた。目標はプロジェクトをスケジュールどおりに終わらせること。必要条件は、一つはテッドがさっき言ったこと——すべてを並び替える余裕などないだ。つまり〝クリティカルパスを変更しない〟ということになる。もう一つの必要条件は、ルースが指摘した点だ——真のクリティカルパスを放置しておくことはできない。つまり〝クリティカルパスを変更する〟ということになる。

ここで、私はジョニーから教わった方法を試した——いちばん気に入らない矢印のところに集中するのだ。私もテッドと同じで、プロジェクト途中での並び替えには気が進まない。クリティカルパスを変更することなどしたくはない。そんなことをしたら、このソリューションの実用性自体が疑われてしまう。それにこれまで取り組んできたプロジェクトが、結局、すべて無駄な努力だったということになってしまう。実際のプロジェクトでは、そんなことをする必要などなかったではないか。仮定に問題があるのだろうか。いったい、どんな仮定なんだ。

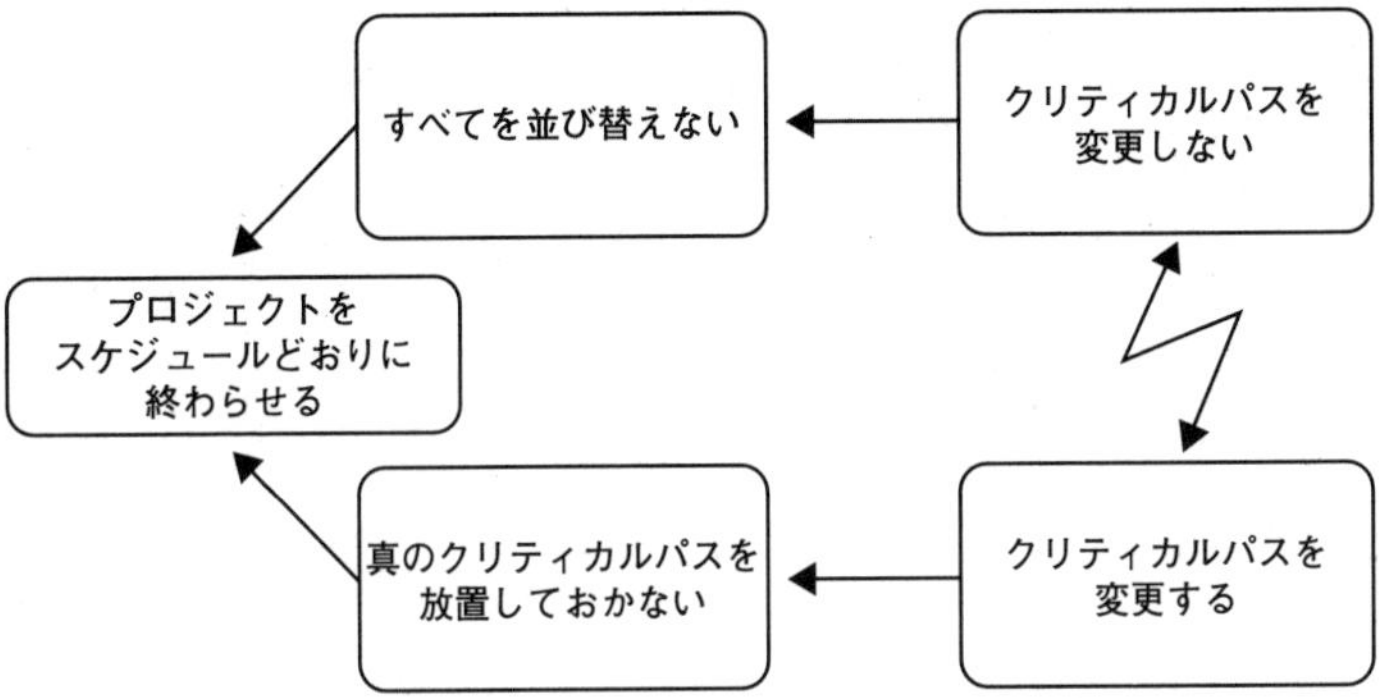
クリティカルパスを変更しない
すべてを並び替えない
プロジェクトをスケジュールどおりに終わらせる
クリティカルパスを変更する
真のクリティカルパスを放置しておかない

真のクリティカルパスを放置しておくわけにはいかない。……そのためには、クリティカルパスを変更する必要がある。なぜか。……もし変更しなければ、真のクリティカルパスが守られないからだ。……本当にそうだろうか。……わかったぞ。

私は自信に満ちた口調で、全員に向かって質問した。「クリティカルパスを変更しないと、本当のクリティカルパスが守られないという意見だが、その裏にはどんな仮定があるのだろう」

誰も手を挙げないので、私は続けて質問した。「もともとのクリティカルパスと真のクリティカルパスはどの程度違うだろうか。全然、違うんだろうか」

「いいえ」すぐさまルースが手を挙げた。「二つのパスが合流する地点からプロジェクトの終わりまでは同じです。違うのは、ステップNから二つのステップが合流する手前のステップまでです。この部分だけが、守られないことになります。……ということは、ほとんどの場合、新たに追加しなければいけないような合流バッファーもありません。でも、リソース・バッファーはどうなりますか。途中のステップに必要なリソース・バッファーを用意してあげる必要があると思うのですが」

「大丈夫だよ。それは問題ない」マークが答えた。「もとの合流バッファーはもうすべて使い切ってなくなっているわけだから、自然とそっちのステップに注意が向けられるはずだ」

「そうね、ごめんなさい。誤った警報を鳴らしてしまったみたいね」と、ルースが謝った。

「そうだろうか？」チャーリーが異議を唱えた。「僕は、誤った警報だとは思わないな」

「どうしてだい」マークが訊ねた。

「少なくとも僕の会社の場合、クリティカルパスが実際にあちこち移動し始めている。何日かに一回の割合で起こっている。正直言って、もうギブアップ寸前だよ」

「よくあることだよ」今度はロジャーが言った。「プロジェクト・リーダーだったら、プロジェクトの途中でクリティカルパスが移動することぐらい、みんなわかっていることだ」

これは深刻だ。ロジャーはともかく、チャーリーの発言内容は重大だ。仮の話や一般論を論じているのではない。実際の問題について話しているのだ。彼の会社では、社長も彼の働きに満足している。その彼が言っているのだ。相当大きな問題に違いない。

「チャーリー。何が起きているのか、もう少し詳しく説明してくれないかな」

「ええ、もちろん。とにかくたいへんなんです。これまで何の問題もなく順調に作業が進んでいた非クリティカルパスが、突然トラブルになってしまうんです。合流バッファーも全然減っていない非クリティカルパスですよ」

「マーフィーの大襲来だな」

「それが不思議なんですが、特に大きな問題も何もないのに遅れ出すんです」

チャーリーの説明に、私は困惑した。他のみんなも同じだ。

「チャーリー、ゆっくり考えてみよう。非クリティカルパス上にあるステップNで作業しているとして……そして、何が起きるのかな」

「いえ、違うんです。もっと不思議なんです。ステップNの作業はまだ開始すらしていないんです。なのに、この非クリティカルパスが問題になってしまうんです。何ひとつしていないのに、合流バッファーがなくなってしまうんです」

「おいおい、いったいどういうことなんだ」テッドが、みんなの疑問を代弁してくれた。

「いま、言ったとおりさ。非クリティカルパス上のステップで仕事を始めようと思ったら、必要なリソースがないんだ」

「リソースがない？　どこに行ったんだ」テッドが迫った。

「別の非クリティカルパスで仕事をしているんだ」

「連れ戻せばいいじゃないか」

「それができないんだ。向こうの非クリティカルパスも遅れているんだよ」

「そんな馬鹿な」テッドが鼻を鳴らした。「そんなことあり得ない。ナンセンスだ」

テッドの言葉にチャーリーは顔を紅潮させたが、落ち着きは失っていない。テッドに言葉を返すこ

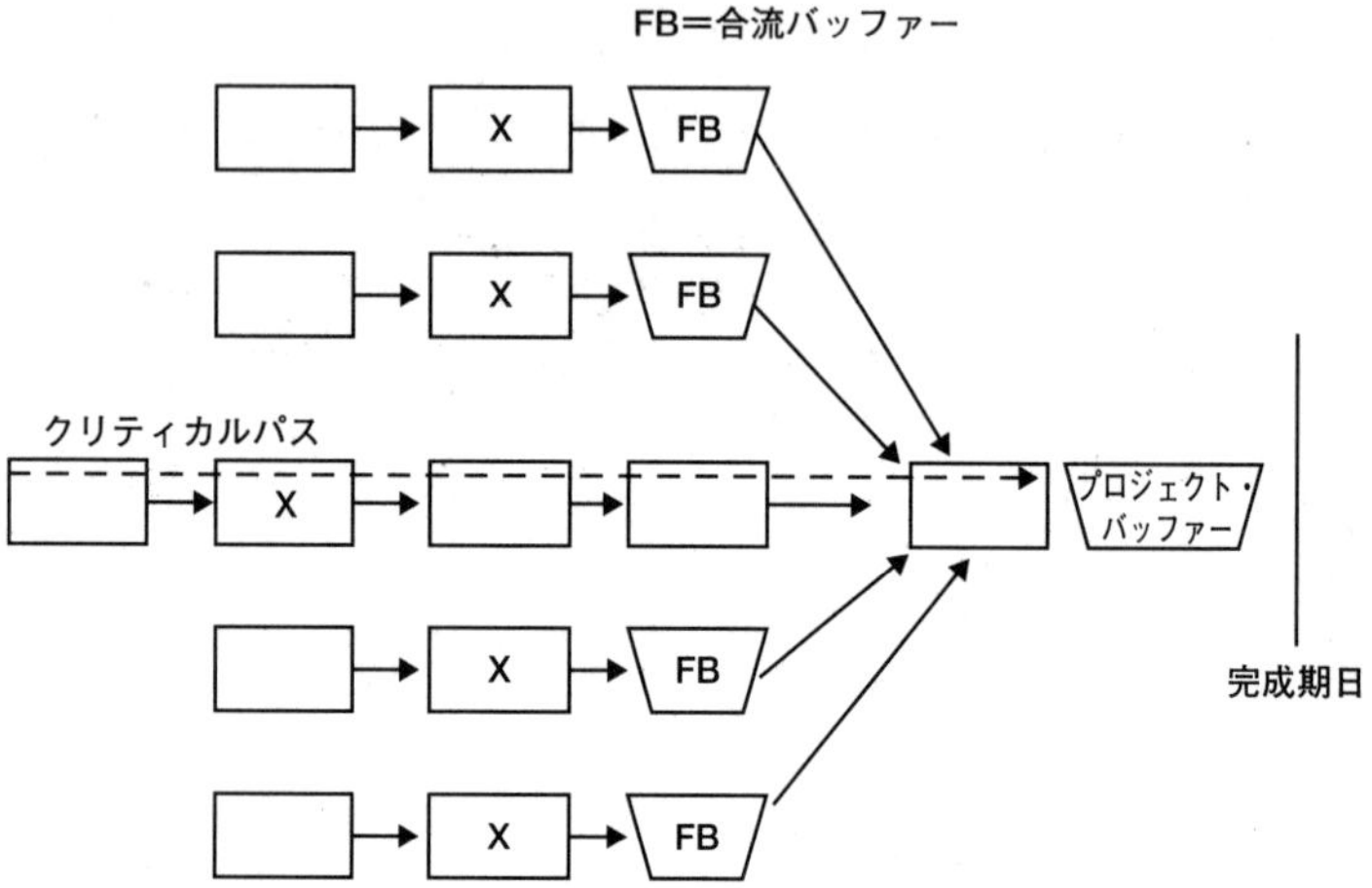

ともしない。彼は、私の顔を見て言った。「ボードを使って説明したいんですが、いいですか」

「ああ、もちろん」

チャーリーがボードに向かいながら言った。「これは実際のプロジェクトではありません。問題をわかりやすく説明するための簡単な例です」二分後、ボードには図が描き出された。

「Xは何かな」私は訊ねた。

「同じスペシャリストによって行われるステップです。このスペシャリストは、一人しかいません。どのステップも五日間かかるとします。合流バッファーも五日分だとします。問題がわかりますか」

みんな、じっくり図を眺めた。チャーリーが抱えている問題は明白だ。どんなプロジェクトでもあり得る問題だ。みんなでXを取り合う。そのため、一時的にXの負荷が過剰になり作業が追い着かなくなる。そしてひとつの非クリティカルパスから、別の非クリティカルパスへと遅れが連鎖的に発生する。

合流バッファーだけですべてこの遅れを吸収することはできない。なるほど、クリティカルパスが次から次へと移動するのもうなずける。

「Xのキャパシティには限度があります。そのことも考えないといけないんです。でもそうすると、このソリューション自体が崩壊してしまいます」チャーリーが苦々しい表情で訴えた。

「まあ、慌てるな。図を見ながら考えてみよう。この場合のクリティカルパスはどれになるかな」

「わかりません」チャーリーが首を横に振った。「Xのキャパシティに限度があることを考慮しないといけないとしたら、どれがクリティカルパスになるのかわかりません」

だが、私には先に光が見えてきた。「クリティカルパスの定義に戻ってみよう」私は、自信満々に言った。「クリティカルパスとは、従属ステップがいちばん長く続くパス、いちばん時間の長くかかるパスだ。この時、Xのキャパシティに限度があることを無視してはダメだ。それから二つのステップがキャパシティに限度がある共通のリソースを必要とする場合、この二つのステップ間には従属関係が発生する。そのことも無視してはダメだ。二つのステップを同時に行うことはできないからだ。同時並行ではなく、順に行わなければいけない。それが従属関係だ」

「ということは、どれがクリティカルパスになるんですか」ルースが訊ねた。

「どれになるかな。みんなはどう思う」私は全員に向かって質問した。ジムは、熱心にメモを取っている。

「Xから始めるわけにはいきませんから、どこか他の場所からスタートしないといけませんね」ルースが言った。「でも、すぐにXが問題になって、それによってリードタイムが決まります。Xの作業が終わってもプロジェクトはまだ終わっていません。他にもたくさんこなさないといけないステップがあります」

「そのとおり。つまりステップ間の従属関係というのは、それぞれのパスにおける作業の流れに起因する場合と、共通するリソースを複数のステップで用いる時に起きる場合とがある。どのパスがいちばん長くなるのか、それを決めるのはこの両方の従属関係が絡むことになる。驚くことでも何でもない」

みんな、ここまでは納得している。私は、そのまま説明を続けた。「概して、いちばん長いパスは、この二種類の従属関係、パスに起因している部分と共通のリソースに起因している二つの部分によって構成されている」

「ということは、これまでのクリティカルパスの定義に固執すれば、これまでとはずいぶん違うクリティカルパスになるということですか」ブライアンが困惑した表情をした。

「そんな困った顔をしなくてもいいだろう」テッドが言った。「このクラスで教わっていることで、普通のことなんてないじゃないか」

「そうだ。でも定義は大事だ。一度、定義を整理してみよう。とりあえずクリティカルパスの定義は、そのままということにしておこう。いちばん長いパスだ。さて、ここからだ。もう、みんなわかっていると思うが、ここで重要になるのが制約条件だ。制約条件は、従属ステップがいちばん長くつながっているところだ。従属関係がリソースに起因することも考慮しないといけないわけだから、これには別の名前を用意したほうがいいだろう」

「『クリティカルチェーン』というのは、どうですか。従属ステップがいちばん長くつながっているところ、つまり鎖ですから」ブライアンが提案した。

悪くない。

「クリティカルチェーン。それで決まりだ」他から意見が出る前に、私はそう宣言した。待っても、どうせろくな名前は出てこないだろう。どんな名前にするか、みんなで話し合ったら確かに盛り上がるかもしれないが、そんな時間はない。ここまで話し合ってきたことを整理し、それがどういうことを意味するのか徹底的に分析しなければいけない。定義だけではないのだ。

「チャーリーの例に戻ろう。もう一度、質問するが、クリティカルチェーンはどうなるかな。どこがクリティカルチェーンになるかな」なんとも響きのいい名前だ。私は、この名前が気に入った。「ルース？」

「……わかりません。Xを必要とするステップは五つあります。この五つのステップをどういう順で作業させたらいいのかわからないんです」

「誰か、わかる人は？」

こういう質問はみんな好きらしく、あちこちで手が挙がった。しかし予想どおり、その意見の多くはお互い矛盾し合うものばかりだった。こうした無意味なディスカッションは、いつもだったら私はすぐにやめさせるが、今日はそれを我慢した。話はどんどん複雑になり生徒の頭の中もどんどん混乱していく。これでいい。一五分ほど経っただろうか、そろそろ準備もできた頃だ。

「8×8は？」そう、私は切り出した。

誰も答えない。突然の質問にみんな戸惑っている。

「いいかい、プロジェクトでは絶対的な数字を相手にしているわけではない」私は、質問の意図を説明し始めた。「例えば、あるステップを仕上げるのに八日かかるとしよう。しかし八日と言っても、正確に八日という意味だろうか。もちろん違う。ということは8×8はいくつになるかな」そう言いながら私はボードに「(8±1)×(8±1)=?」と書いた。

「答えは64ではない。プロジェクトには、そんな精度はない」

「いちばん上の位の数字さえ確かでないのに、最後の一セントまで正確に計算させられている経理みたいですね」フレッドがジョークを飛ばした。

「そのとおり」こういう例が、私は好きだ。「みんな、いまの話がどう関係あるのかわかるかな。データが正確でない時に、いくら正確に答えを出そうとしても無駄だということだ。問題が不明確な時に、いくらこの答えは正確ですよと装ってみたとしても、意味がない」

「つまり、Xをどういう順に作業させるか考えてもしょうがないということですか」チャーリーが訊ねた。

「いや、必ずしもそうとは限らない。順番が大切な場合もある。どういう順にしたらいいのか、これについてはたくさんの学者がいろいろ論文を書いているが、考えなければいけないのは順番を変えたところで、本当の違いがあるかどうかだ」

「『本当の違い』とは、どういう意味ですか」予想どおりのルースからの質問だ。

「プロジェクトには不確実性がつきものだが、その不確実性よりもっと大きな違いという意味だ」ルースに質問する隙を与えずに私は続けた。「では、プロジェクトの不確実性をどうやって測ったらいいかだ」

私は、みんなにしばらく考えさせた。

「プロジェクト・バッファーですか?」ブライアンがためらいがちに訊ねた。

「どうしてだ」

「プロジェクト・バッファーは、プロジェクトの不確実性の掃き溜めだからです」

「どうだろう」私は、全員に向かって訊ねた。

みんな、ブライアンの意見に賛成だ。私もだ。

「リソースの配列の最適化に関する論文や文献は、これまでかなり数多く読んだ。どのくらい読んだかも覚えていない。どういう順にリソースを並べたらいいのか、みんなアルゴリズムやルールなどいろいろ書いてある。この授業で話し合った内容はもちろんすべてカバーされているし、それ以外にもいろいろなことについて論じている。しかしこれ以上、そんな論文を読んで時間を無駄にするのはやめた。どうしてか? どの論文で扱われているケースも、プロジェクトのリードタイムへのインパクトは、プロジェクト・バッファーの半分にも満たないからだ」

私の言葉に、ジムが眉を吊り上げた。もちろん、こうした論文がプロジェクト・バッファーについて特に論じることなどない。各ステップの見積もり時間にセーフティーが組み込まれているとして、プロジェクト・バッファーはリードタイムの四分の一程度だ。だいたい、そんなところだろう。ジムにはあとでもう一度きちんと説明しておいたほうがいい。しかし、学生たちは違う。彼らが学術論文を読むようなことはない。私は気にせず、そのまま説明を続けた。

「チャーリーの指摘どおり、共通のリソースが複数のステップによって用いられる場合、こうしたステップ間の競合も検討しないといけない。プロジェクトによってはこうしたステップ間の競合が大きくて、合流バッファーだけでは吸収しきれないような場合もある。しかし、このリソース競合の問題をちゃんと検討することと、単にリソースのスケジュールを最適化しようと、あれこれ順番を並び替えることとはまったく別のことだ」

チャーリーからの反論もない。反論しても意味がない時は反論しない。彼は合理的だ。「でも、何をどうしたらいいんですか」

「競合をなくしてやればいい」テッドが言った。

「簡単に言ってくれるじゃないか」

チャーリーの冷ややかな反応に、テッドはすぐさま説明を加えた。だが、簡単なのだという彼の説明はどうも複雑で、私ですら理解できない。

「テッド、ボードを使って説明してくれないか。チャーリーの図の上から描いてもらって構わない」

私は彼に向かって言った。

私のリクエストにテッドは勇んで前へ出て来たが、しかし思ったようにははかどらない。みんなも、ああだこうだと助け舟を出そうとするのだが、大して役には立たない。どう見ても、秩序のある授業とは言えない。ようやくテッドが図を描き終えた。Xを用いるステップが一か所でも重ならないようスケジュールが組まれている。

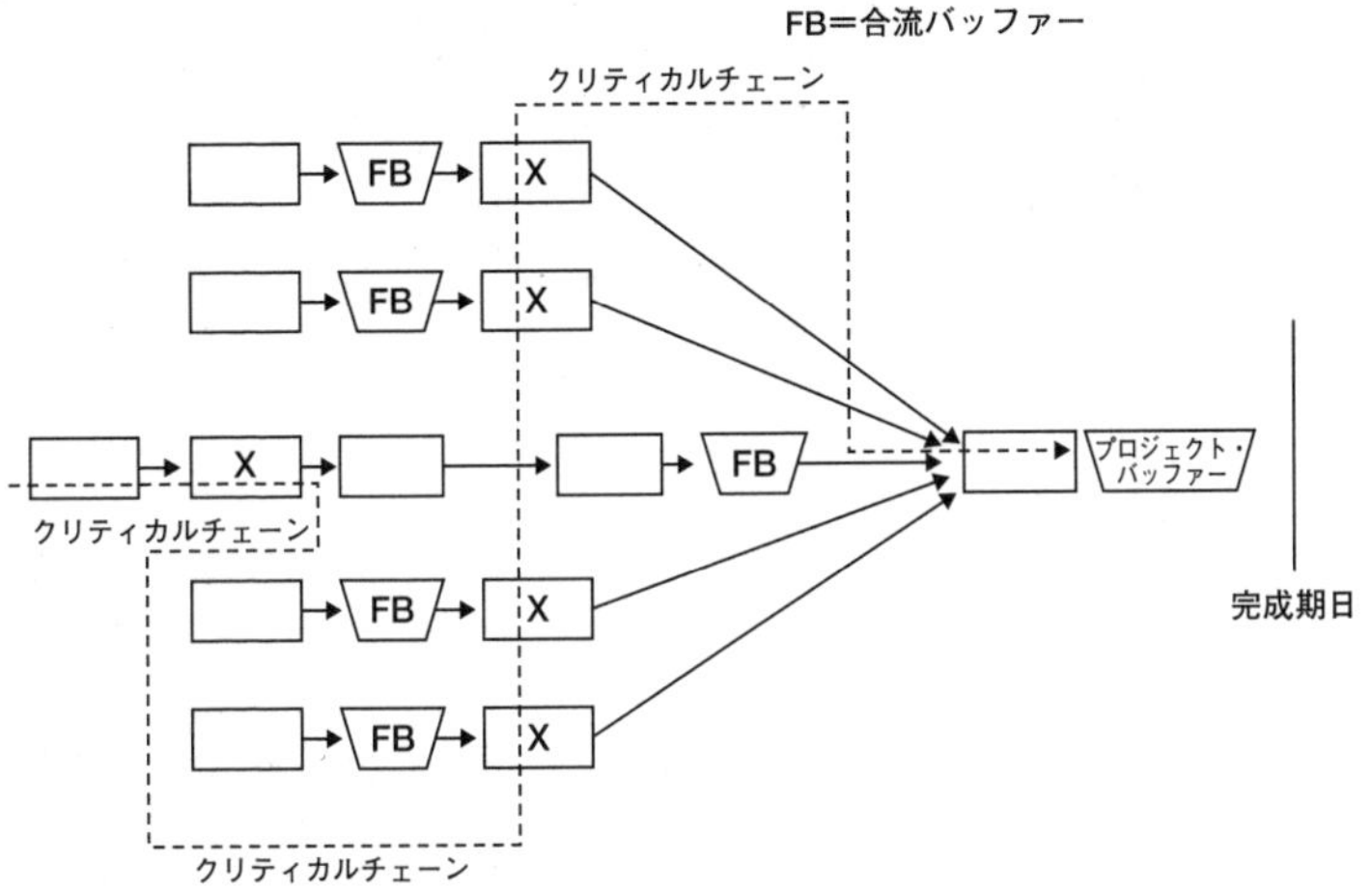

「クリティカルチェーンは、どこかな。印をつけてくれないか」

私の指示に従って、テッドが点線を引いた。

「制約条件が変わったのだから、合流バッファーもそれに合わせて変えないといけない。それを忘れないように」

他の者からも助けを少し借りて、彼は図を完成させた。

私たちは二つの図を見比べてみた。チャーリーが最初に描いたクリティカルパスと、テッドが描いたチェーンだ。ずいぶんと違う。

「完成日が遅れます」チャーリーが不安げな表情を見せた。

「いや、そんなことはない」マークが言った。「このほうが、はっきりわかっていい。変な期待をしないで済む」

「もちろん。図を描き変えたら、遅れるって言っているんじゃない。私が言っているのは、リソースX

のせいで完成日が遅れてしまうかもしれないということだよ」チャーリーが説明した。「Xの負荷を少し減らせないかどうか少し調べてみたほうがよさそうだな。他でこなせる仕事があるかもしれない」「あるいは他の人に仕事を回すんじゃなく、他の時間に仕事をずらしたらいいかもしれない」ブライアンがそう提案すると、チャーリーがブライアンをどんよりした眼差しで見つめた。

チャーリーの表情にブライアンは慌てて説明を付け足した。「リソースXはプロジェクトの間じゅう、ずっと仕事があるわけじゃない。彼の仕事の内容を詳しく調べればわかると思うけど、中にはもっと早く、あるいはあとからできるものもあるはずだ。みんな、仕事はまとめてやろうとする。まとめてやらないといけないからではなく、そのほうが時間的に節約できるからだ」

「確かに、君の言うとおりかもしれない」チャーリーが認めた。「Xの仕事の大部分はプログラムのコードのドキュメンテーション、つまり文書化だ。コードの中にはソフトウェアのパーツ、パーツを統合していくのに欠かせないものもある。こうしたコードはすぐにドキュメンテーションしないといけないが、他の大部分は将来のメンテナンス用だ。もちろんコードができあがってすぐのほうがよく覚えているだろうから、ドキュメンテーションしやすいのは当たり前だが、しかし君の言うとおり、別にあとからでもできないことはない」

私は依然として、ボードに描かれた二つの図をじっと眺めていた。クリティカルチェーンがクリティカルパスより長いのは、もともと予想していたことだから、そう気にはならないのだが、合流バッファーの場所がほとんどすべて移動したのにはまいった。いつも、必ずこうなるのだろうか。あるいは、架空のケースだからこうなったのだろうか。

これまで成功裡に終わらすことのできた四つのプロジェクトでは、まだ見たことがない。しかし考えてみれば、どのプロジェクトも途中からしか知らない。みんな完成間近のプロジェクトで、作業もほとんどすでに終わっていた。リソースの競合がなかったのも当然だ。

ここで、私はひとつ問題を提議した。このリソースの競合が、実際にはどの程度深刻な問題なのか、それぞれのプロジェクトに当てはめて考えてみるよう、私は全員に指示を出した。

ほんの一〇分もしないうちに答えは出た。到達した結論は「場合による」というものだ。

プロジェクトのなかには、リソースの競合とは縁のないものも多くある。しかし、逆に非常に重要な場合も少なくない。

「こうしたリソースの競合があると、クリティカルチェーンがクリティカルパスと大きく異なってくる場合がある。そうした状況で、クリティカルチェーンではなく、クリティカルパスに従ったとしたら、どんな危険があるだろうか」

「大惨事につながりかねません」チャーリーが警告した。「私のところではそうです。クリティカルパスがあちこち移動してたいへんです。コントロールできなくなります」

「それよりもっと悪い」マークが太く低い声で言った。「ボードの二つの図を見てください。合流バッファー、それとリソース・バッファーは言うまでもありませんが、どちらも間違った場所に置かれていています。制約条件がまったく守られていないことになります」

「そんなことになったらたいへんです」今度はテッドだ。「どうぞ来てくださいと、マーフィーを誘っているようなものです」

「みんな、自分のプロジェクトをもう一度見直したほうがよさそうだ」フレッドがみんなに言った。「私のところは、きっといくつもあると思います。みんなで同じリソースの競合をしているはずです」

「いいだろう。それでは具体的に何をどうやったらいいのか考えてみよう。わかる人?」

すぐにマークが手を挙げた。「まずPERT図にリソースを描き足します。どのプロジェクトでもはっきりとは認識されていないはずです。次に……」そう言いかけて、マークは口を閉じた。

「キャパシティに限度があるリソースを用いるステップですが、どうすればスケジュールが重ならないよう組むことができますか」ルースが不安そうな表情を見せた。

「ルース、それなら僕に訊いてくれ」そう言うと、マークが説明をした。「ステップをチャートに描き出すより、もっと柔軟性のある方法を使わないといけないだろうな。例えばステップごとに四角く紙を切って、その紙の長さでステップの時間を表す。そうすれば、リソースの競合がなくなるまでステップを自由にあちこち移動させることができると思うんだが」

「いい考えね」ルースがうなずいた。「もしかしたら、何かいいソフトウェアがあるかもしれないわ」

私は腕時計に目をやった。時間を確認してから、「続けてくれ」と促した。

「リソースの競合をすべて取り払うことができたら、ただその場合、リソースをどういう順にするのか配列を考えるのに時間をかけすぎないようにしないといけませんが、そうしたらクリティカルチェーンが見えてきます。それから、合流バッファーを挿入すればいいです」一息ついてマークは話を続けた。「そうすると、いくつか日付を変えないといけないものも出てきますが、これまで学んできたプロジェクトのマネジメント方法まで変える必要はありません」

「もし、同じぐらいの時間をとるチェーンがいくつかある場合はどうするんだい」ブライアンが質問した。

マークは、答えを期待して私のほうを見やった。

「どれでもいい、好きなのを選べばいい。本当だ。私の言っていることが正しいことを証明するために、ひとつ宿題を出そう。みんな自分のプロジェクトで、今日学んだことを実践してみてください」

「宿題なんか出されなくても、やってみますよ」ブライアンが言った。

「そうだろう。それじゃ、もうひとつ。もし長さが同じくらいのチェーンがいくつかあったら、どうしてどれを選んでも関係なく、どれかひとつを選びさえすればＯＫなのか、これも考えてきてください。宿題です」

生徒たちが教室を出て行くなか、ジムが私のほうへ歩み寄ってきた。「君の教え方は、実に大したものだ。まるで新しい知識が、まさに生徒たちの目の前で作られていくようだった。すばらしい」

まさにジムの言うとおりだ。この授業が始まる前まで、クリティカルチェーンなるものがあるなどと考えたこともない。しかし、そんなことをジムに告白する勇気など私にはなかった。

23

「ご存じのとおり、地元企業が委員会設立に参加してくれることになりました」クリス・ペイジが、艶のあるバリトン調の声で伝えた。「大手企業も何社か、含まれています。私たちのビジネススクールでどんなことを教えてほしいのか、授業内容やコースについて意見をまとめてもらうのがこの委員会の目的です」

クリスの説明の仕方が、B・Jには気に入らないらしい。「この大学のプログラムの中で、いちばん利益率が大きいのはエグゼクティブMBAよ。しかし残念なことに、学生の数が十分ではないわ。こういう形で、企業と直接話をするのは初めてのことよ」彼女が声に力を込めた。「今回、委員会設立に参加してくれる企業の社長たちは、今後このままではエグゼクティブMBAには社員を派遣できないと言っているわ。彼らのニーズを満たしていないからだそうよ」

「ここ二週間、ジムが委員会のメンバーと何度も会って、どんなことを教えてほしいのか、どんな授業内容を彼らが求めているのかいろいろ意見を聞いてきました。これが、それをまとめたレポートです」そう言って、クリスは資料をB・Jに手渡した。

やたらと薄っぺらなレポートだ。最初のページには『エグゼクティブMBA特別コース』とタイトルしか書かれていない。

二ページ目には、項目が短くまとめられている。一瞬にして目を通せるほどの短い項目だ。

「彼らのニーズに合わせるのは、そんなに難しいこととは思いません」クリスがB・Jに向かって言った。「いま現在でも、内容的には全部カバーしています。ジム、どう思う?」

「ええ、カバーしていると思います」抑揚のない声でジムが答えた。「いくつか突飛な要求もありましたが、それを除けばどれも標準的なものです。プロジェクト、製造、システム、ファイナンス、人事、マーケティングなど一般的な課目です。特別なものはありません。どこの大学のMBAでもカバーしている内容です」

彼らの説明にB・Jは苛立たしさを感じ始めていた。「いい、この機会は逃すわけにいかないの。そのためには、特別なプログラムを用意しないとダメなの。他の大学と同じように、これまでと同じことを教えていては、いつまで経っても企業は満足してくれないわ。私が知りたいのは、どうしたら特別なプログラムにすることができるのかよ」

「次のページをご覧ください」ジムが言った。「問題は科目ではなく、授業の内容と教え方です」

「知識だけでは、企業に価値を提供することはできない」B・Jが最初の項目を読み上げた。

「どうして、そんなことが言えるんでしょうかね」クリスが憤りを露わにした。

「そうね、簡単に言ってくれるわね」B・Jがあっさり返した。「問題は、私たちに何かできるかどうかね」

「できると思います」ジムが語気を強めた。「例えば、ジョニーが新しく教え始めた製造の授業ですが、学生が授業で学んだことを実際に会社で実行して大きな成果が上がっています。生産量を増やしながらも在庫を減らすことに成功したそうです。それから、シャーレーンが教えている会計の授業ですが、これもまたすばらしいんです」

「すばらしい？　会計の授業が？」クリスは、驚きを隠せなかった。

「ええ。投資案件の評価法について教えているんですが、これがかなり役に立っているようです。会社で実行して何十万ドルも節約できたと、私も学生から個人的に話を聞きました」

「信じ難いな」クリスがぼそりと呟いた。

聞こえないふりをして、ジムは続けた。「それから私の生産システムの授業ですが、私も今年は内容をがらりと変えました。自分で言うのもなんですが、企業にとって価値のある内容になっていると思います。それから何と言っても、リックです。話はお聞きだと思いますが」

「ええ、もちろん。でも訊いていいかしら。みんな、これまで同じクラスを何年もずっと教えてきたのに、それがいまになってどうして突然、出来がよくなったの」

「ジョニー・フィッシャーです」ジムがすかさず答えた。「彼がユニコ社に行って学んできてくれたおかげです。みんな、彼から教えてもらったことを参考にしているんです。おかげで授業内容もずいぶん変わりました。これまで教えてきたこと、ほとんどすべてが変わりました。クリス、あなたも彼の研究発表会には出席されたと思いますが」

「ああ、でも最初の一五分だけだ。大切な会議があったもので。しかし、ずいぶん評判がよかったそうじゃないか。いろいろと話は聞いているよ」

捜し求めていた救世主が実はこの大学にいたというのか――B・Jは信じ難い気持ちで、彼らの話を聞いていた。続けて、彼女は二番目の項目を読み上げた。「授業で用いられる事例は、現実にそぐわない」

「これは難しいな」クリスが苦い表情を見せた。「これまでずっとハーバードのケーススタディーを用いるよう、みんなに言ってきたんです。これまでやってきたことを否定するのは楽ではありません。特に、私たち教授連中にとっては」

「ハーバードのケースも悪くはないんですが、あれでは十分ではないんです」ジムが大胆な発言をした。

「十分ではない？　どういう意味だね」ジムの言葉に、クリスは驚いた。

「ケーススタディーは、内容が固定されているんです。データが用意されているかいないか、はっきりしています。しかし、現実は違います。状況がはっきりしていなかったり、不確実な要因がたくさんあったりします」

「確かにそうね」B・Jがうなずいた。「でも、それはどうしようもないわ」

「いえ、そんなことはありません。方法はあります。リックが証明してくれました」

「リックが？」

「はい。彼の授業ではいつも実際のプロジェクトを使って進めています。すべて現実のものです。学生がそれぞれの会社から問題を持ち寄って、それについて話し合っているんです。もちろん、彼のようなティーチングスタイルは簡単ではありません。しかし、少なくとも彼の授業ではうまくいっています」

「わかったわ。えーと、最後の項目は、『学生が問題解決スキルを身につけない』。リックの授業では、そんなことはないわね」

「ええ」ジムが答えた。「ですが、それだけでは不十分です。問題を二つや三つくらい解いただけでは十分ではありません。どんな問題にぶつかっても、システマティックに問題を解決できるようなノウハウを教える必要があります」

「それは、少し要求が高すぎるな」クリスが険しい表情を見せた。

「そうかもしれませんが、ジョニーがユニコ社から学んできた〈思考プロセス〉を使えば、思っているよりずっと簡単です。これからは、〈思考プロセス〉も教えるべきです。少なくとも私たちは、これからは授業に組み入れて教えていくつもりです。リックのようなティーチングスタイルを用いる際には特に役立つと思います。誰でも彼のように教えることができるわけではありませんが……いや、できる、できないじゃないと思います。やらないといけないんです」

B・Jがじっくり考え込んでいると、ジムがゆっくりと説明を続けた。「ですが、実はひとつ大きな問題があります。どうやって企業にそれを認めさせるかです。私たちのエグゼクティブMBAプログラムが価値あるものだということを、どうやって納得させるかです」

「簡単ではないわね」B・Jはいくつか方法を考えたが、どれも見込みは薄い。「何かいいアイデアは？」彼女は訊ねた。

「実は四人で話し合って、ひとつアイデアが出たんですが、多少斬新すぎるかもしれません」

「いいわ、聞かせて」Ｂ・Ｊが優しく促した。

「問題は、エグゼクティブＭＢＡを出たからといって、それでいいマネジャーになれるとは、企業がもはや考えていないことです。企業にとって、いったいどんなメリットがあるのか、彼らの目には何も映っていないのです。だったら、約束してあげればいいんです」

「約束する？　どういう意味だ？」クリスが訊ねた。

「例えば……そう例えば、エグゼクティブＭＢＡで学んだ知識を活かして、社員が会社に一〇万ドル以上の利益をもたらしたら、その時初めて授業料を払ってもらうというのはどうでしょうか。それほど大きなリスクがあるとは思いません。企業の犯す過ちの多くは、実のところ非常に基本的なことなんです。四人で力を合わせれば、きっとできると思います。みんな、そう思っています。少なくとも私たちの教えた知識が彼らの会社で標準的なノウハウになるまでは、メリットを感じてもらえると思います。それまでには、私たちのプログラムに対する評価もきっと確立していると思います」

「そんなの問題外だ！」クリスが声を荒げた。「ここは大学なんだ。どこかの無責任なコンサルティング会社とは違う。そんなことを証明する必要なんかさらさらない」

「いえ、それは違うわね」Ｂ・Ｊが異議を唱えた。「そんな傲慢なことは、もう言っていられないわ。エグゼクティブＭＢＡなんて役に立たないと絶えず聞かされているのよ。きちんと証明する必要があると思うわ」

「そんなことを考えている大学なんか、他にどこもありません。恥さらしです」

「いい、よく考えて」Ｂ・Ｊが柔らかな口調で言った。「確かにそんなことを考えている大学なんて他にはないわ。あなたの言うとおりよ。でもそれは、彼らにはそんなことをすることができないからよ。それに他にそんなことを考える大学がなければ、それに越したことはないじゃない」

クリスは首を横に振った。「大学がそんな約束を申し出るなんて、どうかしていますよ。

「でも、慎重に考えたほうがいいわ」B・Jが冷静な声で言った。「視野を広く持って検討してちょうだい。ありがとう、ジム。私も、少し目が覚めたわ。いろんな意味で」

ジムが部屋を出て行くと、クリスがB・Jのほうに向き直った。「B・J、私たちは大学なんです。ギャンブラーじゃないんです。いったい、何をお考えなんですか」

「あなたは、ジムの言ったことをどう思う？　信じられる？」

「彼のことは、もう二〇年以上前から知っています。彼ほど、しっかりして信頼できる人間はいません。彼の言っていることは信じ難いですが、彼ができると言うのであれば、きっとできると思います」

「ということは、それほど大きなギャンブルじゃないわね」

B・Jの言葉にクリスは抵抗を試みようとしたが、それを遮って彼女が言った。「言い争うのはやめましょう。それより、まずは宿題よ。来週までにお互い一人ずつ、どこかの会社の社長と会って話をするの。委員会に入っている会社でなくても構わないわ。私たちのプログラムがいかにすばらしいか、企業にわかってもらうには何が必要かを調べるの」

「こんな馬鹿げた取引をオファーする気はありません」クリスの態度は頑なだ。

「そんなことは頼んでないわ。ただ、すばらしいMBAプログラムがあることを企業に知ってもらいたいの。それを手伝ってくれと言っているのよ。さっき話し合ったことを特に強調すればいいわ。企業にきちんと価値をもたらす内容であること、企業が抱える実際の問題を題材に使っていること、それからその問題をどう解決したらいいのか、その手法を教えていることよ。どうやれば納得してもらえるのか、調べてみましょうよ」

「それなら私にもできます」

「もちろんよ。それからもうひとつ。リックのことだけど、彼はなかなかやるわ。金の卵よ」

「ええ、でも彼はもうすぐいなくなります。終身仕職を認めていただけなかったので」

「そうだったわね。だけど、彼を失うわけにはいかないわ。書類を出してちょうだい。すぐにサインするわ」


「ドン・ペダーソンさんをお願いします」

「どちらさまでしょうか」

「ジョニー・フィッシャーです」

「フィッシャー先生、少々お待ちください」

電話の向こうから保留の音楽が聞こえてきたが、すぐにドンが電話に出た。「やあ、ジョニー、元気かい」

「ええ、元気です。いま、よろしいですか」

「君なら、いつでもＯＫだよ。どうしたんだい」

「先月話し合ったことですが、私のほうは全部やることをやりました。今度はそちらの番です」

「ずいぶん早いな。本当かい？」

「ええ、本当です」ジョニーの声からは、言葉以上の自信が感じ取れた。

「そうか。じゃ、話を聞こう」性格なのだろう、ドンは自分で話を聞いて評価しないと気がすまない。

「私をユニコ社に招いてくれたのは、新入社員を自分たちで教育する代わりに、私たち五人にTOCを学ばせ、大学で教えさせようということだったと思いますが、違いますか」

「そのとおりだ。ユニコ社が、いちいち新入社員の教育をする必要などない。それは大学の仕事じゃないか」

「ええ、そうですね、確かに。私たちの大学はもう準備ができています」ジョニーは、自信満々に言った。「今年のエグゼクティブMBA卒業生には、徹底的にスループット・ワールドを叩き込んであります。製造、ファイナンス、システム、それからプロジェクト・マネジメントもですが、TOCをどのように用いたらいいのか、みんなきちんと学んでいますよ」

「そうか。ということは、教えたのは君だけじゃないんだな」

「もちろん、私だけではありません。ひとりですべて教えられるわけはありませんから。エグゼクティブMBAで教えている教授は、もう全員TOCに染まっています。みんな、すばらしい授業ですよ」

「どうして、そんなことがわかるんだ。学生の成績で判断しているのかな」

「いえ、そんなことで判断はしません。それに期末テストはまだ一か月以上先のことですから。あなたがおっしゃっていた基準で判断しているんです。学生がそれぞれの会社でどれだけの成果を上げたのか、それによって判断しています」

「そうか。それじゃ、マーケティングとラーニング・オーガニゼーションのほうはどうかな」

「そちらも少しずつ進んでいます。でもそれより、ドン、もっと大事なことがあります。いちばん大きなハードルをクリアすることができたんです。学長と学部長の二人から全面的なサポートを取りつけることができたんです。それで、TOCを中心にした特別なエグゼクティブMBAのコースを立ち上げることになったんです。それだけじゃないんです。このコースは、地元の企業にオファーするんですが、授業料のほうは成果に応じてという形で売り込んでいます。こんな条件だったら、どんな企業もきっと断れないと思います。来年はプログラムを三つ並行して設けることになりそうです」

「それはよかった。しかしジョニー、売り込むだけじゃうまくいかない。他にもやらないといけないことがあると思うが」

「大丈夫です。TOCをプロジェクト・マネジメントに応用する方法も開発したんですが、すでに何社かで実際にテスト済みです。TOCの他のアプリケーションと同じで驚くような成果が上がっています」

「私たちにも必要だな。プロジェクトのマネジメントがどうもうまくいっていないんだ」

「ええ、知っています。ここに建設中の工場も、予定よりすでに半年も遅れているようですね。ドン、この手法は非常に有効ですよ。新製品の開発プロジェクトでも試しましたが、非常にうまくいっています」

「すばらしいじゃないか。必要な下準備を全部やってくれたみたいだな。今度は、私の出番か」

「そうです。大学院だけでなく四年制の学部のほうでも教えてほしいというのであれば、そろそろ動いてもらわないと。ところで、他の大学の先生たちはどうですか。進んでいますか」

「まあまあだ。工学部や人事関係を中心に動いてもらっている。とにかく、いま君の言ったことから判断すると、君のところがいちばん進んでいるようだ。こうしよう。三週間後に建設中の工場の現地視察でそっちに行くので、その時、できたらプロジェクト・マネジメントのコースを短くまとめて一日で聴きたいんだが」

「わかりました、大丈夫です。だったら、その時にビジネススクールの学部長にも会われますか」

「ジョニー、心配しないでくれ。そんなことはちゃんと考えているよ。MBAだけでなく学部の学生にも教えてもらえるよう提案するつもりだ。もし同意してくれたら、毎年優秀な学生を何人か採用することを約束するつもりだよ」

「それはすごい」ジョニーは興奮を隠し切れなかった。「そうしてくれたら、うちの大学の評価が上がります」

「ああ、それにうちがたくさん寄付して、それでもっと授業内容を充実させることができたらもっといいだろう。それからジョニー、学部長だけでなく学長にも会いたいね。こういう話は、やはり学長とも会っておかないといけない。彼は、どんな感じの人だい」

「彼？　彼でなく、彼女ですよ」ジョニーはニヤリと笑った。

24

今日は、今年度最後の授業だ。たいてい最後の授業の頃にはこちらの気力も失せ、教えることまでなくなっている時もある。だが、今回は少しばかり違う。ここ数週間ずっと私の頭にひっかかっていた問題があるのだが、今日はそのソリューションについて話をしようと思う。特別な授業になりそうだ。ジョニーにも出席してもらえるように声をかけた。

「マーク、君たちの会社の状況をみんなに説明してくれないか」

私の求めに応じて、マークは立ち上がって説明を始めた。教室には彼の太く低い声が響いた。

「ご存じだと思いますが、Ａ２２６は完了しました。もう、あのモデムは過去の話です」

「私たちの会社にとっては、それが現実なんです」誤解のないようにとルースが説明を足した。「でも、これまででいちばんの大成功でした」

「そうなんです」マークが、ルースに向かって誇らしげな笑顔を浮かべた。「あのあと、私たち三人にはプロジェクトの開発時間を短縮する責任が与えられました。ジェネモデム社全部の開発プロジェクトです」

「やったな」テッドが囁いた。

「その責任を与えられた時点から、リソースの競合がいちばん大きな問題になると思っていました」マークは間を置き、どう説明したらみんなに問題の本質をよく理解してもらえるか言葉を探した。

「その問題は、解決済みじゃなかったのかい」ロジャーが訊ねた。「クリティカルチェーンで、もう解決したと思っていたけど、違ったのかい」

これまで、この授業ではいくつものパラダイムシフトを経験してきたが、その最たるものはロジャーかもしれない。「何でも知っている」といった傲慢さがなくなっただけではなく、TOCにも大きな関心を抱くようになった。時々、TOCをどう導入したらいいのか、私に意見を求めてくることもある。だが、性格は以前と変わらない。皮肉っぽく、自己中心的なのは相変わらずだ。

「クリティカルチェーンは、一つひとつのプロジェクトにおけるリソース競合の問題は解決しますが、異なるプロジェクト間のリソース競合には対応していません」ロジャーの質問に、マークが答えた。

「プロジェクトが複数あっても、同じロジックを使えばいいんじゃないのかい。何が違うんだ」プロジェクトが一つの時と、複数の時の違いがテッドにはわからなかった。

「テッド、君の会社でもプロジェクトがひとつだけということはないだろう。並行して複数進行しているはずだ」マークが答える前に、私が割って入った。

「ええ、もちろんです」

「だったら、君にも答えはわかるはずだ。考えてみるんだ。何か問題があると思わないか」

「すぐに頭に浮かぶのは、同期化の問題ですが」

「同期化とは、またずいぶん派手な言葉を使ってくれるな。だが、派手すぎるがために、しばしば無知を隠すために使われたりもする。テッド、君はそんなことはないと思うが」

「もちろん違います」そう言って、彼は慌てて説明を足した。「リソースの競合とは、同一のリソースが異なる二つのステップを同時にしなければいけないような状況を指します」わかりきったことを彼はわざわざ定義し直した。「この二つのステップ間のリソースの競合を取り除くには、多くの場合、どちらか一方のステップを先延ばしにしなければいけません」今度は理論を披露し始めた。「みんなで時間をかけて論議したことですが、問題はどちらのステップを先に延ばしたらいいのか、それを決める明確な方法がないことです。ほとんど任意に決めなければいけません」


アプローチの仕方としては悪くない。そのまま続けるよう、私は彼を促した。「プロジェクトがひとつの場合はそうだ。しかし同じステップが異なる二つのプロジェクトに属している場合は、どうしてそれが大きな問題になるのかな」

「プロジェクト・リーダーが二人関わっているからです」テッドが答えた。

「ひとりだけであれば、どちらのステップを遅らせようが関係ありませんが、プロジェクト・リーダーが二人いる場合は違います。みんな、自分のほうを先に済ませようと考えるのが普通です」

「それが、どうして大きな問題なんだ」私はわざとわかりきった質問をした。

「どうして？　冗談のつもりですか」テッドが笑みを見せた。「マーク、君たちが直面している問題はそういうことだと思うんだが。単なる同期化の問題じゃなくて、もっとたいへんな問題だと思う。悪夢だよ」

「まあ、そんなところかな」マークがうなずいて見せた。「ただ、実際に足を突っ込むまでは、どんなにたいへんな問題か知らなかったんだ」

「両足ともどっぷり漬かっちゃったわ」ルースが苦笑いした。

「別に愚かだったからでなく、会社からの指示だから他にどうしようもなかったんです」フレッドが慌てて補足した。

「どうなったか、話を聞きたいかい」マークがじらすように訊ねた。

こういう、わかりきったいやらしい質問の仕方をするのは私だけではないようだ。

「最初に出食わした問題は、機械的な問題でした。私たちのプロジェクトもそうですが、たいてい大きなプロジェクトの場合、ステップがたくさんあります。一〇〇とか、そのくらい数多くあります。これだけたくさんステップがあると、リソースの競合をなくすまでには相当時間がかかります。あるリソースの競合をなくすためにステップをひとつ動かす。すると、同じパスの別のステップも動かさないといけなくなる。そうすると多くの場合、他のリソースにも競合が起きてしまいます。それをなくすのが本当にたいへんです。相当時間がかかります。プロジェクトを六つ抱えていたらどうなるのか、想像してみてください」

「それで、コンピュータ部門に相談に行ったんです」フレッドが説明を続けた。

「それで、こと尽きた?」ブライアンが口を挟んだ。「うちの会社では、コンピュータ部門に依頼したらどんなことでも何か月もかかってしまう」

「私たちの会社でも、それは同じです」フレッドが答えた。「ただ、私たちの仕事は社内では一応、超最優先事項として扱われているので、それを利用させてもらいました。すぐにソフトウェアを用意してもらいました。とりあえず、最低限の仕事ができるソフトです。それですぐにデータを全部読み込んで、分析を始めました」

「分析して、分析して、そして分析しました」脇でルースがまた苦笑して見せた。

「そう、コンピュータっていうのはとにかく時間稼ぎには最高なんです」マークが相槌を打った。

「コンピュータを使わなかったら、手をつけることもないような些細な競合までちゃんと考えてくれるんです。おかげでリソースの競合は、すべてなくなりました。でも、そのあとがたいへんだったんです。テッドが言ったように、今度はプロジェクト・リーダーと闘わなければいけなかったんです」

「とにかく長い話を短くまとめると、プロジェクト・リーダーから同意を取りつけることができたんです」何日もかかった闘いの様子を説明するのに、フレッドはたったその一行だけで済ませた。

「しかし、現実はそう甘くなかったんです。どうなったと思います？」マークがみんなに訊ねた。

全員、考えてはいるものの、手を挙げる者は誰もいない。テッドでさえ、口を閉じたままだ。

マークは待ちきれなかった。「どれかひとつでもステップが遅れたらどうなるかわかりますか」マークはまずヒントを与えた。「どれかひとつのステップが少しでも遅れたら、あとはドミノ倒しです。リソースの競合があちこちに広がってしまいます。プロジェクト同士でリソースの取り合いを始めるので、これを仲裁しないといけないんです。これで、ずいぶんと時間を無駄にしてしまいました。テッド、さっき悪夢だと言っていたけど、まさにそのとおりだったよ」

「よくわかるよ」テッドがうなずいた。「私の会社でも十分に起こり得る問題だ。それで、それからどうしたんだい」

「どうやって問題を解決したのか説明してくれる前に、論理上どんな欠点があったのか、それを説明してくれないか」そう、私はマークたちに求めた。

「彼らの見積もり時間をそのまま、真に受けていたんです」ルースが答えた。

「どういう意味だ?」

「例えば、あるステップが一〇日かかるとします。しかし場合によっては、七日で終わることも一五日かかることもあります。そのぐらいのことは、みんなわかっています。でもコンピュータに一〇日とインプットすると、この一〇日という数字は動かせなくなってしまいます」

「まだわからないな」

「パス全体の見積もり日数が三〇日ある時でも、三日間のリソース競合を重大な問題だと見なしてしまったんです」

「つまり8×8=64という考え方に捉われてしまったんです」フレッドが説明を補足した。「できるだけ正確に正確にと焦りすぎていたんです。みんなでリソースを争っていたので仕方なかったんですが、そのままにしておけばよかったんです。そのままにしておけば、楽にバッファーで吸収できたはずなんです」

「その結果、常にスケジュールの変更を余儀なくされたんです。これがいちばんの問題でした」マークがそう話をまとめた。

「なるほど、そういうことか」ブライアンがため息をついた。「教えてくれてありがとう。おかげで、何をしてはいけないのかがわかった。だけど、何をしたらいいのかはまだわからないな。リソースの競合を無視するわけにはいかないし」

「もちろん」マークが相槌を打った。「リソースの競合は無視してはいけない。プロジェクトが複数ある時はなおさらだ」

「我々のジレンマがわかっていただけましたか」フレッドが訊ねた。「リソースの競合は無視できない。でも、リソースの競合をなくそうと努力すればするほど、どんどん深みにはまっていったんです」

「それで、いったいどうしたんだい」ブライアンは答えを聞きたくて待ちきれない。

「シルバー先生のところへ相談に行きました」

「本当はそんなこと必要なかったんだが」私は、ことさら大袈裟に言った。「自分たちでちゃんと答えを知っていたのに、怠けていてそれに気づかなかっただけなんだよ」

「先生、それはないでしょう。ずるいですよ」ルースが抗議した。「先生に教えてもらってからも、理解できるまでしばらく時間がかかったんですよ」

「いや、答えは製造の授業でフィッシャー先生から教わっていたはずだ。生産システムの授業でもウィルソン先生が詳しく説明していたはずだ」

確かに、私はフェアでないかもしれない。私自身、何週間もかけてやっと答えが見つかったのだ。しかし、学生にはもっと視野を広げて見てもらいたい。一つの分野から別の分野へと、いいコンセプトは広げて使ってもらいたい。

「私たちが、いま話し合っているのはリソースの競合の問題だ」私は説明を始めた。「製造の授業でも同じような問題について勉強したんじゃないかな」

「ええ、勉強しました」ブライアンがすぐに答えた。「機械の前に作業がいくつか溜まっていて、どれから作業したらいいのか優先順位がはっきりしていない場合は、いつもリソースの競合の問題が発生します。複数の作業が同じリソースをめぐって争うのです」

「そのとおり。そういう場合はどう対応したらいいのかな。すべての機械の仕事一つひとつにスケジュールを組もうとするのが馬鹿げていることは、もう学んだことだ。だったら、どうしたらいいだろうか」

「ボトルネックを見つける」チャーリーの声が響いた。

「それから?」

「ボトルネックを徹底活用する。ボトルネックでの作業の順序を決めるんです」

「そうすれば、制約条件上の競合はなくなる。ボトルネックは同時に複数の作業をしなくて済むようになる。チャーリー、その次は?」

「それから制約条件に従わせます。制約条件以外のすべてのリソースを従わせるんです」

「そうしたら、どうなる?」わかっていながら私はわざと質問をした。ジョニーの授業を受けた者ならみんな知っているはずだ。

「そしたら、他のリソースからは余計な負荷をほとんど取り除くことができます。散発的に残るものもあるかもしれませんが、それはバッファーで吸収することができます」

「そのとおり!」勝ち誇ったように私は声を上げた。「同じことをプロジェクトでもやってみたらどうなんだい」

「ええ、でもプロジェクトにはボトルネックがありません」すぐさまテッドが返した。

「本当かい」マークが皮肉交じりに訊ねた。「君の会社には、ボトルネックがないのかい。プロジェクトが一つだけの時の話をしているんじゃないんだ。プロジェクトが複数ある時の話をしているんだよ」

「なるほど……」

「そういう場合にボトルネックをちゃんと認識しないでいると、どういうことになるのかわかるかな」私は訊ねた。「プロジェクト間の同期化が難しくなるだけではなく、製造の場合と同じで悲惨な結果を招くことになる。ボトルネックにちゃんと注意を払うこともしない。バッファーを用意してボトルネックをマーフィーから守ることもしない。必然的にボトルネックの貴重な時間が無駄にされる結果になる」

「その結果、会社全体のスループットが減ります」フレッドが説明を足した。「完成するプロジェクトの数も減ります」

「私たちの場合、ボトルネックは簡単に見つかりました」マークが続けた。「最初からずっとわかっていたんです。デジタル・プロセッシング部門です。とにかく、彼らの作業スケジュールをまず決めました」

「どうやって」今度はブライアンが質問した。

「製造の時と同じです。製造の場合、優先順位は主にオーダーの納期に従って決めますが、私たちの場合はプロジェクトの目標完成期日によって決めました」

ルースが説明を続けた。「そこからは簡単でした。一つひとつのプロジェクトを個別に扱えばいいんです。他のプロジェクトからの影響は、デジタル・プロセッシング部門のスケジュールが決まれば自然と考慮されます」

この説明は少々省略しすぎか、みんな首を傾げている。

「私たちの会社の場合、どのプロジェクトにもデジタル・プロセッシングで行うステップがあります」フレッドが説明を補足した。「デジタル・プロセッシングのスケジュールが固まれば、これらのステップの作業開始日と作業終了日がわかります。各プロジェクトでは、他のプロジェクトのことはまったく気にせずに普通に作業を行います。リソースの競合をなくしてやるんです。あとは各プロジェクトをデジタル・プロセッシングのスケジュールに合わせて調整すればいいんです」

「クリティカルチェーンは？　それでクリティカルチェーンが変わったりはしないのかい」テッドがすかさず質問した。

「プロジェクトによっては、変わったものもあります」フレッドが答えた。

「バッファーは挿入するのかい」ブライアンが確認した。

「もちろん」マークが答えた。「しかし、そこからがいちばん重要なポイントなんです。これまで話し合ってきたバッファー、つまりプロジェクト・バッファー、合流バッファー、リソース・バッファーはどれも、個々のプロジェクトを保護するために使われます。ここで忘れてはいけないのは、ボトルネックも保護しないといけないことです。つまり、会社全体のパフォーマンスも守らなければいけないということです」

「そのために、もうひとつ別のバッファーを組み込みました。ボトルネック・バッファーです。聞こえは大袈裟ですが、それほどたいそうなものではありません。私たちの場合、二週間もあれば十分すぎると判断しました。それでデジタル・プロセッシングを通過するすべてのパスについては二週間早めに作業を開始するようスケジュールを組んだんです。それだけです」

みんな黙ったままだ。いまの説明を一生懸命消化しようとしている。私はしばらく黙っていた。

「デジタル・プロセッシング部門のスケジュールを決めるだけで本当に十分かどうか、実はまだ確信はないんです」沈黙を破ったのはフレッドだった。「製造の場合、時にはボトルネックだけではなく他のリソースも考慮しないといけないことがあるじゃないですか。キャパシティに制約があるリソースをです」

「だけど、どうすればわかるんだ？」チャーリーが訊ねた。

「合流バッファーをちゃんと監視していれば、早めにわかるはずです」フレッドが答えた。「リソースが競合しているせいで合流バッファーがひとつ、二つと食い潰され始めたら、それでわかります」

「しかし、その時まではじっと我慢です。実際にそういう状況になるまではすぐにリソース競合だといって動いてはいけません」マークがすかさず割って入った。「負荷が過剰になったとクレームが来ても、すぐに騒いではいけません。自分たちの経験から学んだことです。以前の悪夢には、絶対逆戻りするわけにはいきません」

私たちは、ニューヨークの小さなデリで朝食を取っていた。ジューディスと私の二人だ。郷に入っては郷に従えという。そこで、私はクリームチーズ・ベーグルをひとつ注文した。悪くない。

ニューヨークは、ジューディスお気に入りの街だ。彼女には、彼女なりの楽しみ方がある。店から店へ何か面白いものはないか探しながらぶらぶらしたりはしない。もっと綿密な楽しみ方だ。訪れる店と回るルートまで、前もってすべて計画しておくのだ。

昨日は、二人でオリエンタルラグを探して回った。七軒目までは回った店を数えていたが、そのあとはへとへとに疲れて数えるどころではなかった。夕方六時になって、朝回った二軒目の店へ戻り、そこから闘いは始まった。三〇分後、九四〇ドルを支払って私たちは店を出た。小さめだが驚くほど美しいペルシャ絨毯を手に入れ、二人して誇らしげな気分に浸っていた。「少なくとも四〇〇ドルは節約できたわね」そう、ジューディスが一日の戦果をまとめた。

「本日の攻撃目標は？」私は将軍に訊ねた。そう、ジューディスは私の将軍だ。

「アンティークのコーヒーカップセットよ」

「去年買ったコーヒーカップがあるじゃないか。あれじゃダメなのかい」私はなかなか気に入っているのだが、買った時はまた五〇〇ドルお金が減ったことのほうが気になってしょうがなかった。ジューディスに愚痴もこぼした。

「あれもいいんだけど、シルバーのセットも必要よ。特別な時のためにね。……あなた、あごにチーズがついているわ」彼女がさりげなく言った。

私は、喉が詰まりそうだった。特別な時のため？　イギリスの女王陛下が年に二回、我が家をご訪問されるような時のためにと言うのか。

「あごを拭いて」彼女が言った。

私は彼女の言うとおり、あごを拭いて「ご予算は？」と訊ねた。

「六〇〇〇ドルぐらいね」さらりとジューディスが答えた。「簡単じゃないわよ。今日はあなたにもちゃんと仕事してもらわないと。ただ、でくの坊のように突っ立ってないで、ちゃんと値切るのを手伝ってちょうだいね」

終身在職の資格も手に入れたので、老後のことを心配する必要はない。大学の年金でちゃんと食っていける。だけど、それにしても六〇〇〇ドルとは高すぎる。それも決して使うこともないような物に？　しかし、彼女の考えもわかった。考え自体は悪くない。

満足して私は叫んだ。「コレクションを始めよう」

「シルバー・コレクションよ」ジューディスが命名した。

私は食べかけのベーグルを口に突っ込み、手を挙げてコーヒーのおかわりを求めた。「これから何年もかけて集めるんだ。立派なコレクションにしよう」そして冗談のつもりで「それを町に残すんだ。そうしたら、世界中からたくさん人が見学にやって来るぞ」と言った。

「自分の子供に残すことができたらもっといいのに」急にジューディスが暗い声で呟いた。

「そうだね……」

ジューディスの言葉に呆然としたまま、私はコーヒーをすすった。「何かできることがあったらいいんだが……」そう言って、私はカップを置いた。「そうだ、ジューディス、ニューヨークを制覇しよう」私は気分を変えようと勢いよく声をかけ立ち上がった。準備は万端だ。

私はジューディスの後ろへ回って椅子を引こうとした。しかし、彼女は立ち上がろうとしない。

「子供を作る方法があるわ」

彼女の言葉に私はまた腰を下ろした。「でもジューディス、養子をもらうのはいやじゃなかったのかい」

ジューディスが、私の手に上に彼女の手を重ねて言った。「自分たちの子供よ」

「自分たちの子供？　でも……」私は体から力が抜けていくのを感じた。

彼女が私の腕をさすった。「私の卵子やあなたの精子に問題はないわ。だから……」

「おいおい、代理出産で作ろうっていうのかい？」

「そうよ」

私は彼女の言葉に考え込んでしまった。私たちにも子供が作れる。本当だろうか。

「リック……、あなた……行きましょう」彼女が突然立ち上がった。「私たちにはやっぱり無理な話よ」

「いや……」私は彼女の腕をつかみ、もう一度席に着かせた。「本当に可能なのかい。絶対確実でないことぐらいは承知しているけど、本当に可能性はあるのかい」

「ええ、可能よ」立ち上がって彼女が答えた。「でも、そんなことで苦しい思いをしてもしょうがないわ。それにそんな大金、うちにはないわ。行きましょう、あなた」

「もし君にその気があるのなら……やってみる気はあるのかい」

「……ええ、あるわ」そう言ってジューディスはまた腰を下ろした。

「もし失敗してもいいかい。諦められるかい」

「私には、まだあなたがいるわ」

「ジューディス、君がその気なら、お金は何とかなる。僕が何とかするよ」

「でも問題がひとつあるわ」

「問題？　何だい」

「シルバー・コレクションは先に延ばさないといけないわね。いいかしら」

私はジューディスをきつく抱き締めた。ニューヨークでなければ、公然わいせつ罪で警察に捕まってもおかしくないような熱い抱擁だった。

25

今日のスタートは早かった。午前一一時には、リックのプレゼンテーションも終わっていた。その内容に、ドン・ペダーソンが感心していたのは明らかだった。このノウハウはユニコ社にとって大いなる価値になるとまで言わしめたのだ。

リックの次は、ジムがプレゼンテーションを行った。プロジェクト・マネジメント向けのコンピュータシステムの設計についてだった。システムがあまりに緻密すぎるとプロジェクトが混乱する危険性があると、マークたちシンクタンク組の三人が指摘していたが、ジムのプレゼンテーションはこの話を中心に展開された。プレゼンテーションが終わると、ドンは彼に称賛の言葉をかけた。

昼は外に出ず、みんなはジョニーが手配してくれたサンドイッチで済ませた。

しかしドンは、完全には満足していなかった。午前中のプレゼンテーションはどれもプロジェクトの一側面に限られた話だったからだ。重要であることは間違いないが、それ以上にもっと重要なことがある。ドンの考えでは、企業が犯す最も大きな経済的過ちは、プロジェクトの実行前に起きる。どのプロジェクトを行うのか、プロジェクトの範囲はどこまでか……その意思決定の段階で起きるのだという。午前中のプレゼンテーションは確かによかった。いや、よかったどころではない。並外れてよかった。しかし、その内容はすべてプロジェクト・リーダー以下の実務レベルに関してだった。では、トップ・マネジャーの意思決定プロセスはどうなるのだ。これを支援する方法はあるのか。

ドンは躊躇した。どう、話を切り出したらいいのか、いや果たしてこの話を持ち出していいものかどうか考えた。彼らのこれまでの仕事は大したものだ。下手なことを言ってそれを非難しているように取られることはしたくなかった。

それに探していたものは、もう見つかった。彼らだ。彼らなら新しいノウハウを作り出すことを信頼して任せられる。ただ彼らのこれまでの働きは、ロジスティックな分野に限られている。これをファイナンスの領域まで広げることができればなおさらすばらしい。絶対できなければダメだというわけではないが、できればベターだ。ドンは意を決した。投資案件の評価法についても話を訊くことにした。しかし、彼らが従来の手法にこだわるようであれば、深追いはしないつもりだ。

「今週はここに残って、新工場建設のプロジェクト・チームと仕事をする予定だ。あなたたちに教えてもらったことは、ぜひ活用してみたいと思う」ドンは話の下準備をした。「ところで、ひとつアドバイスしてもらいたいことがあるんだが。プロジェクト・リーダーがきっと追加投資してくれと言ってくると思う。プロジェクト・リーダーは、みんなそうだから」

「確かに、そうかもしれませんね」リックがうなずいた。

「例えば、あと一〇〇〇万ドルあれば、工場の操業開始を三か月早めることができるから追加投資してくれと要求してきたら、どう評価したらいいだろうか」

「そうですね。でも、いま私たちが説明したことを実行すれば、追加投資などしなくても、それだけで三か月以上時間を節約できるはずです」自信満々にリックが答えた。

「おそらく、そのとおりだと思うわ」シャーレーンもリックと同意見だ。「だけど、それじゃいまの質問の答えになっていないわ。追加投資すればプロジェクトの完成期日を早めることができるとして、いったいどうすれば投資すべきか否かを判断できるかしら」

ドンがうなずいた。数字に強いシャーレーンは、こうした問題には精通している。しかし、ドンはそれほど彼女には期待していない。これまで投資判断については、さまざまな機会でファイナンスのエキスパートとディスカッションを行ってきたが、何かを得られた試しがない。それどころか、なぜ彼が従来の手法に満足できないのかを理解できないエキスパート連中の無能さに、時には苛立ちさえ感じていた。

「ペイバック、つまり投資の回収期間で判断してみては?」リックが訊ねた。

ドンが答えを頭の中で準備していると、意外にもシャーレーンがいち早く答えた。それも核心をついた答えだった。「ペイバックの計算には、いちばん重要なことが考慮されていません。資金がどれだけあって、どれだけ使えるかです」

リックが困惑した表情をした。ジムとジョニーもだ。ドンだけが笑顔を浮かべてシャーレーンの話の続きを待っていた。

さすがに優秀な教師だけあって、シャーレーンは最初に問題を明確に提示することを忘れない。「リック、二つのプロジェクト候補からどちらか一方を選ばないといけないのはどういう時かしら。どちらか一方、あるいは両方ともいつまで経っても投資したお金を回収できない時は、判断は簡単ね。

問題は、両方とも見込みのあるプロジェクトの時よ。その時、どちらを選ぶかね」

「確かに」

「さて、二つのプロジェクトが両方とも見込みのあるプロジェクトなのに、どうしてどちらか一方を選ばないといけないのでしょう。両方行えばいいのでは？　どちらか一方を選ばないといけないのは、資金量が制約条件になっている時です」

ドンは、シャーレーンの明確な説明に満足した様子だ。続きを聞こうと椅子の背に寄りかかった。

「ペイバックの話に戻りますが、リック、選択肢が二つあるとするわ。どちらもペイバックは二年。しかし一方は一〇〇万ドル、もう一方は一〇〇〇万ドルの投資が必要としましょう。ペイバックを基準に判断すれば、この二つのプロジェクトは両方とも同じね。でも使える資金量に制約がある場合は、大きな差が出るわ」

「私にとっては大した差はないな。一〇〇万ドルも一〇〇〇万ドルも私の手に届かない大金であることには違いないから」リックはジョークを飛ばすと、すぐさま真顔になった。「ユニコ社のような大企業の場合もそうじゃないですか。大した違いはないと思います。一〇〇万ドルも一〇〇〇万ドルも使える資金という意味では大した違いはないのでは」

「いや、そんなことはない」ドンがリックの発言を正した。「手持ちの資金では対応しきれないほど投資機会がたくさんありすぎるんだ。シャーレーン、正味現在価値を基準にするのはどうだろうか」

「いいえ、お勧めしません。正味現在価値はペイバックより少し複雑な手法ですが、概念的に無理があります」

ドンは、椅子を正して座り直した。彼も同じ意見だ。しかしファイナンスのエキスパートたちからは、正味現在価値だけが唯一賢明な投資判断を下せる方法だと言われ続けてきた。

「正味現在価値は、将来の投資や収入を現在の価値に換算する方法だ」今度はドンの番だ。これまでに何度も聞いてきた説明だ。「この方法では、金利やインフレが存在することを前提とする。来年の投資一〇〇ドル、あるいは収入一〇〇ドルは、今日の投資一〇〇ドル、収入一〇〇ドルとは同じでないと考える。それのどこが問題なのかな」

「いま、ご自分でおっしゃったじゃないですか」シャーレーンが答えた。「投資価値を推定するために、この方法は金利を用います。でも資金量が制約条件である場合、金利は適切な尺度にはならないと話したばかりじゃないですか」

「でも、それが金利というものじゃないんですか」リックはまったく理解できないでいた。「銀行から金利を一〇パーセント課されるということは、それが銀行のお金を借りることに対して支払わなければいけない対価ということじゃないんですか」

「リック、銀行に行って金利を一〇パーセントじゃなくて二〇パーセント払うからと言ったら、一〇万ドル貸してくれると思う?」

「いや、担保がなければダメです」素直にリックは認めた。実は、昨日実際にあったことなのだなどと、口にはできない。代理出産をするには、全部で一〇万ドル以上かかるかもしれない。そんなお金をどこから集めてくればいいのだ。

「わかった? 使えるお金があるかないか、ドンの質問の核心だけど、それは金利とはほとんど関係ないのよ」

「そのとおり」ドンが相槌を打った。「我が社では、ペイバック、正味現在価値のいずれの方法にも満足していない。何か他にいい方法はないかな」わずかばかりの希望を込めてドンが訊ねた。

「あると思います」シャーレーンがすかさず答えた。「でも、おそらくお気に召さないと思います」

「どうして?」

「これまでとは違う、新しい勘が必要だからです」

みんな、その説明の先を待った。

「使える資金があるかないかがプロジェクトを選択する際の鍵になるというのは、みなさん異論ないと思いますが、実は、時間も非常に重要です。時間を考慮しなくてもよく、すぐに投資を回収できるのであれば問題はありません。ひとつのプロジェクトに投資してすぐに回収する。そして、また別のプロジェクトに投資すればいいわけです。つまり、ここでは二次元の問題、時間とお金を考えないといけないのです」

「それは間違いない」ドンがうなずいた。

「そうです。しかし、普通私たちは時間かお金のどちらか一方の観点からしか考えません。時間とお金を同時に考慮することにはあまり慣れていません。ペイバックと正味現在価値もそうです。ペイバックは、時間を基準にした方法です。二年、三年といった時間です。正味現在価値はお金を基準にしています。しかし実は、時間とお金を一緒に考慮して初めて意味のある答えになるのです。別々に考えても意味がありません」

「よくわからないな」ドンが眉をひそめた。

「別の例をひとつ挙げましょう。この自然界には重要なことがたくさんあります。しかし、たいていは異なる二つの次元の乗法の和になっているので、簡単には理解できません」

「もっと難しくなってきたな」今度はジョニーが声を上げた。「もう一度言ってくれないか」

「物理学者は、運動量の保存の法則が最も重要な法則のひとつであることを知っています。あるひとつのシステムの中に存在するすべての物質の質量に、それぞれ対応する速度を乗じて得られた和は、そのシステム内でたとえどんなことが起きようと保存されます。物理学者ならそんなこと誰でも知っていますが、物理学とは縁のない人にとって、この概念は容易には理解できません」

「悪いが、いまの説明もわかりにくいな」ドンが苦笑いした。「もっと簡単な例で頼むよ」

「例えば、石ころだらけの畑があるとします。その畑から石を取り除くのにどれだけの作業が必要か知ることができたら面白いと思いませんか」

「そう思う人もいるかもしれないな……」

「どうやって作業量を測ったらいいでしょうか。それには、石一個ずつの重さとその石が落ちている地点から畑の端のいちばん近いところまでの距離がわからなければいけません。石一つを取り除くのに必要な作業は〝石の重さ×畑の端までの距離〟という形で表されます。ということは、畑から石全部を取り除くには、石全部にこの計算をして、その和を求めればいいわけです。

異なる二つの次元の乗法の和で表すとはこういうことです」

「なるほど」ドンが唸った。「これが投資とどう関係があるのか、なんとなくわかるような気もするけど、でもやっぱり説明してくれないかな」

「例えば、二ドル投資するとします」シャーレーンは少しずつ段階を追って説明するのが好きなようだ。「投資して一日経つと、2ダラー・デイズ（dollar-days）投資したことになります。五日経ったら、10ダラー・デイズ投資したことになります。意味がわかりますか。お金と時間を掛けるのです」

やはりこれでもわかりにくいかもしれない。もし否定的な反応があれば、この話はやめようと考えながらシャーレーンは説明した。

「なるほど、もっともだ」ドンの目が光った。「続けてくれないか」

「一一日目の最初に今度は三ドル投資したとします。さて、その日の最後にはどれだけ投資したことになるでしょう」

「……」ドンが考え込んだ。「最初の二ドルは一一日間投資しているわけだから、22ダラー・デイズになる。それに加えて三ドルを一日投資したわけだから、あと3ダラー・デイズを足せばいい。ということは、合計で25ダラー・デイズになる。なるほど、確かに乗法の和だ。しかしポイントはいったい何なんだ」

「ポイントは……、一二日目の朝に投資した五ドルが戻ってきたとします。インフレや金利はないと仮定します。五ドル受け取ってあなたは満足ですか」

「いや、満足できないな」ドンが笑みを浮かべた。「一定期間自分の金が拘束されていて、そしてそのお金は戻ってきた。しかし拘束されていたにもかかわらず、それに見合う対価を受け取っていない」

「そのとおり」シャーレーンは学生と話す時のような口調になっていた。「25ダラー・デイズ投資して、そして五ドルは戻ってきた。しかしまだ25ダラー・デイズ分、赤の状態のままなんです。これがペイバックされるまでは、満足するわけにはいきません」

「お金が戻ってきたのに、赤の状態のまま?」ドンは、すぐにはその説明が呑み込めなかった。

全員が考え込んだ。「いや、君の言うとおりだ」しばらくたってドンが声を上げた。「私の実際の投資はダラー・デイズの和だ。ところで、何と呼んだらいいのかな。これにはちゃんとした名前があるのかな」

「私は〝フラッシュ〟(洗い流す)と呼んでいます」シャーレーンは、クスクスと笑わんばかりだった。「投資したものは洗い流して出してやらないと、満足できないからです。ペイバック期間の最後になって、お金が戻ってきたのだから満足しろと周りのみんなに言われたとしても、その時が実はダラー・デイズで考えればいちばん赤が大きくなっているんです」

「さっき、君が新しい勘が必要だと言っていたが、なるほど、そういうことか。理由がわかったよ」ドンがシャーレーンに向かって言った。「通常、お金と投資はほとんど同義語のように扱われているが、実はそんなことはない。大きな違いがあることがわかった。その尺度もまったく違う。お金はドルで測られる。しかし、投資はダラー・デイズで測る。これは少し考えないといけないな。もしかすると、我が社の投資戦略も大きく変わるかもしれない」

ドンが腕時計に目をやった。「残念だが、もうそろそろ行かないといけない。ぜひ、またいろいろ話を聞かせてもらいたい。ジョニー、悪いが学長の部屋まで案内してくれないかな。ところでB・Jって、何の略だい」

●用語解説

PERT（Program Evaluation and Review Technique）
プロジェクト管理の手法で、プロジェクトを構成する一連の作業の流れをネットワーク図に表して用い、プロジェクト全体の完了時間を推定したり、クリティカルパスを明らかにする。

ガントチャート（Gantt Chart）
工程管理に利用されるグラフで、縦軸に工程、横軸に時間をとり、工程ごとの作業期間（作業開始日、作業完了日）を横棒で表す。

クリティカルパス（Critical Path）
プロジェクトの開始から完了までの一連の作業、工程をつないだ経路の中で、最も長い時間を要する経路。プロジェクト全体の時間はこのパスによって決定される。

ウェイトタイム（Wait Time）
完成品を組み立てるのに必要な他の部品が届けられるのを待機する時間。

キュータイム（Queue Time）
製品、部品の加工に必要な工程（機械や装置など）が、ほかの製品、部品の加工を行っている間、その工程の前で待機する時間。

マーフィー（Murphy）
前もって予想することが困難な突発的なトラブル、問題。

JIT（Just In Time）
工程間の仕掛りを徹底的に減らし、製造リードタイムを短縮する「必要なモノを、必要な時に、必要な量だけ」

作るという生産方式。

雲（Cloud）**または、蒸発する雲**（Evaporating Cloud）
問題の根本的な原因となっている矛盾や対立（コンフリクト）を解消するための手法で「対立解消図」とも呼ばれる（『ザ・ゴール２』参照）。

ステートメント（Statement）
思考プロセスの各ツリーや雲の中に描かれる一つひとつの文言のこと。

思考プロセス（Thinking Process）
ゴールドラット博士が開発した問題解決手法。「何を変えればよいか（What to change?）」「何に変えればよいか（What to change to?）」「どのように変えればよいか（How to cause the change?）」といった一連のプロセスを系統的に考える。思考プロセスを実行するためのツールには、①現状問題構造ツリー、②雲、③未来問題構造ツリー、④前提条件ツリー、⑤移行ツリーがある。

正味現在価値（NPV = Net Present Value）
投資することで予想される将来のキャッシュフローを市場利子率で割り引いて求めた現在価値。この額から投資額を差し引くことで、投資案件の評価を行う。

線形計画法
一定の制約条件下（生産時間など）で、目的関数（生産量など）の最適解（最大値あるいは最小値）を求める手法。

訳者あとがき

本書を手にされた方のほとんどは、ゴールドラット博士のビジネス小説・邦訳第一作『ザ・ゴール』（*The Goal*）もきっと読まれているに違いないだろう。その『ザ・ゴール』が、日本で出版されたのが一昨年五月。その後、『ザ・ゴール2』（*It's Not Luck*）、『チェンジ・ザ・ルール！』（*Necessary But Not Sufficient*）と続けて博士の著作の翻訳に関わり、そしてシリーズ四作目の本書の翻訳に今回また携わることとなった。『ザ・ゴール』が日本で出版されてから二年半が経った。その間、博士とは何度か直接お会いしたり、またメールを交換させていただいたり、TOC（制約条件の理論）に対する博士の思いと情熱をこの肌で直接感じてきた。

そのつど博士が強調されていたのは、TOCは生産管理、製造スケジューリングだけの理論ではなく、ビジネス全般に広く適用できる包括的な理論であるということだった。『ザ・ゴール』では、主人公アレックス・ロゴが恩師ジョナのアドバイスのもと、見事に倒産寸前の工場を立て直すという製造の現場を舞台にしたストーリー展開だったのに対し、『ザ・ゴール2』では、思考プロセス（Thinking Process）を、また『チェンジ・ザ・ルール！』では、いかにルールを変化させていくことが組織の改善にとって重要かを論じている。しかし、『ザ・ゴール』を読み、同じような製造現場を中心に展開されていくストーリーを期待されていた方にとっては、二作目、三作目は多少戸惑いを感じるものだったのではないだろうか。しかし、そこにこそゴールドラット博士が提唱するTOCの真の醍醐味がある。要するに、TOCは非常に多岐にわたる理論だということだ。その内容すべてを一冊の本で書き示すことなど、とうていできない。

ただ、TOCが生産管理以外にも適用できる非常な包括的な理論だと言われても、あまりピンとこない人も多いのではなかろうか。『ザ・ゴール2』、『チェンジ・ザ・ルール!』を読まれても、TOCを製造の現場以外でどう用いたらいいのか、はっきり呑み込めない方も多かったのではなかろうか。そういう意味では、本書『クリティカルチェーン』は、TOCをプロジェクト・マネジメントという異なる領域でいかに応用することができるのか、その方法を見事に示してくれたすばらしい内容だ。ストーリー展開も『ザ・ゴール』同様、なかなかのもので、先へ先へと読みたくなる。なおかつ、TOCの理論をプロジェクト・マネジメントにいかに適用することができるのか、クリティカルチェーンとは何かを、読み進むうちに自然と理解させてくれる。

さて、企業の成長は、健全なプロジェクト・マネジメントなしには考えられない。企業が設立され、そしてどのような製品を開発販売するのか、どのようなサービスを提供するのかを決める。その一連の活動すべてがプロジェクトなのだ。つまり企業とはプロジェクトの連続、集積の上に成り立っている。にもかかわらず、実はプロジェクトをいかに効率よく運営するのかというテーマについては、考えこそすれ、それほど大きな努力は払われていないのではなかろうか。

私自身、これまで大小さまざまなプロジェクトに関わってきた。いま現在で言えば、アメリカ・ユタ州、昨年冬季オリンピックが開催されたソルトレークシティー近郊で不動産投資、開発に携わっている。全二一棟、総戸数二五二戸、工費総額二〇〇〇万ドル（約二四億円）というそれなりの規模だが、実のところことプロジェクト・マネジメントという観点からは、それほど大きな注意を払ってこなかった。本書を訳していて面白かったのは、第20章に、テッドが建築業界のジレンマ（プロジェクトの完成が遅れてもメリットこそあれ、デメリットはない）を説明する件があるのだが、これが実に的を射ていたことだ。私が自らのプロジェクトで日々経験している状況、まさにそのものなのだ。一棟ごとに工期の完成時期は組まれているのだが、これまで工期どおりに工事が終わったためしがない。予定どおりにいかなくても当たり前、仕方ないと考えているのだ。いかにプロジェクト・マネジメントをおろそかにしていたのか、本書訳者として恥ずかしい思いがする。そういう意味では、本書は単に訳者としてではなく、一プロジェクト・マネジャーとしての私にとっても非常に参考になった。いや、単なる参考になる情報ではなく、実際に行動に移すことのできる生きたアドバイスだ。

本書を読まれて私と同じような感想を抱かれた方もきっと多いと思う。ぜひ、クリティカルチェーンを実行してみようと思われた方も少なくないと思う。本書で描かれているシチュエーションは、実は私たちの周辺で数多く起こっている現象なのだ。

誰にでも身に覚えのある現象なのだ。ＴＯＣの生みの親ゴールドラット博士の望むことは、ＴＯＣが領域なしに広く産業界に浸透、普及し、単なる理論としてではなく、生きたメソッドとして活用されることだ。

ＴＯＣは実に面白い。コモンセンス（常識）をベースにしているから面白い。特に難しい予備知識やノウハウがなくても、コモンセンスを持ってさえいれば理解できる。これまで、私たちが当たり前と思っていたことを、そんな簡単なコモンセンスでことごとく撃破していってくれる。実に爽快だ。ぜひ、本書を読まれたら、再度『ザ・ゴール』、『ザ・ゴール２』、『チェンジ・ザ・ルール！』を読み返して、その感を新たにしていただきたい。

三本木 亮

二〇〇三年秋

解　説

エリヤフ・ゴールドラット博士の提唱する制約条件の理論（TOC：Theory of Constraints）は、「システムのアウトプットは、その最も弱い部分の能力で制約される」というものだ。TOCは理にかなったやり方でビジネス界の話題となっているが、それをプロジェクトのマネジメントに当てはめるとどうなるか。それが、日本での博士の四作目となる『クリティカルチェーン』のテーマである。

プロジェクトはドラマである？

これは男たちの汗と涙のドラマである……。このナレーションで始まる「プロジェクトX」はさまざまなプロジェクトを取り上げて高視聴率を誇り、国民的人気番組となっている。読者の中にもご覧になった方は多いはずだ。番組の中で、プロジェクトは予想しない困難や数々の失敗に悪戦苦闘しながら、最後は栄光のゴールに到達する。すでに現役を引退された当時のプロジェクト・メンバーが苦しかったこと、つらかったこと、苦心されたことなどを回想する。「……技術を導入したといっても、契約でしばられて図面などは見せてもらえなかったのです……。彼らは図面をいちいち鍵のかかる金庫にしまっていました」

そうか、国産ロケットの開発といっても簡単ではなかったんだなぁ。プロジェクトはいつも難しいこと、予想外のことだらけだ。やっぱり、プロジェクトはドラマだ！　手に負えないことばかりで、うまくいかなくても仕方がないんだ――こう思われているみなさん、ちょっと待っていただきたい。プロジェクトはドラマではない。いや、ドラマにしてはいけないのである。

プロジェクトは、予定どおりに淡々とゴールに到達するのが本当の姿だ。プロジェクトをドラマにしないやり方、プロジェクトをうまく運営する技術がプロジェクト・マネジメントだ。番組の売り物だった「男たちの汗と涙」をなるべく節約するのがマネジメントの役割だ。そのプロジェクトにドラマがたっぷりあったとすれば、それはマネジメント力が相当に足りなかったということだ。つまり適切なマネジメントでプロジェクトが運営されていれば、汗と涙のドラマはうんと少なくなるのである。あの番組の題材をなくすのが、プロジェクト・マネジメントだと言えるかもしれない。

プロジェクトとは

ここで、プロジェクトやプロジェクト・マネジメントになじみの薄い読者のために、簡単な説明をしておこう。一般的に言えば、「目的」「資源」「納期」の三つのバランスをうまくとりながら実行するのがプロジェクトと言えよう。

まず、いつもとは違うという独自の「目的」がある。プロジェクトでは、特にこの目的のことをスコープ（範囲）という言葉を使っている。ヒトやカネといった「資源（リソース）」に制約があり、いつでもよいというわけにはいかない有期性（「納期」）がある。

いつもと違うことや、まったく初めてのことをうまくやるのは難しい。そのうえ、ビジネスの場合は、必要な資源（ヒトやカネ）や納期（与えられた時間、所要期間）に制約がある。つまり、これらは自分で決めることはできずに、他の条件から決まることが多い。例えば、この条件で営業が受注したからこれでやるしかないなど、当事者の意見が反映されない。また、当事者がこれらを見積もる場合も初めてのことだからヌケやモレが発生してなかなかピタリとはいかない。以前と違うことをやるというだけで十分難しいのに、資源や納期に制約がつくのでさらに難しくなる。おまけにチームのメンバーは必ずしも顔見知りの同僚のみというわけにはいかないので、コミュニケーションもゼロからスタートする場合もある。つまり、日常業務、ルーティン業務に比べれば、桁違いに難しいのがプロジェクトなのである。

プロジェクト・マネジメント発展のきっかけ

こうしたプロジェクトの困難さをきちんと認識したうえで、プロジェクトを成功させるために考案されたものがプロジェクト・マネジメントである。その起源は一九五〇年代の米国国防省のミサイルなどの兵器開発に遡り、それが民間に転用されて普及し、今日に至っていると言われている。

さて、現在のプロジェクト・マネジメントを語る時、欠かせないのがアメリカのプロジェクト・マネジメント協会（ＰＭＩ）と、同協会発行による「ＰＭＢＯＫ®（プロジェクト・マネジメントの知識体系）」である。プロジェクト・マネジメントは、かつては宇宙開発、建設・エンジニアリングなどの限られた分野で、限られたプロフェッショナルたちの間で使用されるものだったが、一九八七年に「ＰＭＢＯＫ®」が発刊されてからは、広く一般のビジネス分野にも急速に浸透することになった。特に、一九九〇年代のＩＴ業界の急成長と重なって大きく発展した。それまでは限られた業界・企業のなかにあって「秘伝」のような位置づけだったものに、「科学的な」アプローチが加えられることになったのである。喩えて言えば、勘と経験と度胸の世界に理論的な裏づけを持ち込んだようなものであり、これを機にプロジェクト・マネジメントは、強力なビジネス・ツールとしての位置づけを確立することになったのである。「ＰＭＢＯＫ®」の普及で、広くプロジェクト・マネジメントのインフラが整備されてきたのは、ビジネス界にとっては大きな進歩だった。

プロジェクト・マネジメントに欠けていたもの

ところが、プロジェクト・マネジメントに欠けているものがあった。

それは「期間短縮」をどう実現するかというアプローチ、方法論である。例えば、納期を半減できれば、競争上、大きな優位を得ることができるだろうし、持てる資源を二倍に活かすことも可能だろう。もちろん、ここで納期を半減するというからには、成果の品質を犠牲にしてはならないし、資源の増加を伴うことなしに、という前提である。

また、「複数プロジェクトのマネジメント」も欠けているものとして挙げられる。たいていのプロジェクト・メンバーは複数のプロジェクトを掛け持ちで担当している。そして彼らの仕事量は「負荷率」として測られる。代わりのメンバーがいくらでもいる、という前提ならば負荷率で測ってよい。しかし、現実の状況は「代わりのメンバーはいない」のである。これらについて、従来のプロジェクト・マネジメントは的確なソリューションを与えてくれなかったのである。

本書のストーリーは、ジェネモデム社の「新製品の開発期間を短縮する」という使命を三人のメンバーがどう達成していくかというところからスタートする。「新製品の開発」と「期間短縮」が同時になされなければならないので、プロジェクトの難しさという点からは、最大級の困難な状況に相当すると言えるだろう。

なぜ、時間は延びるばかりなのか？

ここで、本書で述べられているプロジェクトの特性や人間行動の特徴をまとめてみよう。
余裕時間は積み増しされる——依頼された仕事の時間を見積もる時、誰でもぎりぎりの時間見積もりはせず、「まず大丈夫」という時間を見積もる傾向がある。なぜか？　ぎりぎりの時間の見積もりで約束して、もし遅れたら個人の評価に響くからである。誰でも組織の評価基準に従って行動するということである。
浮いた時間は無駄に消費される——一方、たまたま計画より早めに作業が終了してもそれがそのまま有効に活用されない。正直に申告するとその実績が次回から適用されることになる。次回もその時間でできるとは限らないから、正直に申告するよりも浮いた時間はなんとなく無駄に消費されることになる。
学生症候群——期限までに時間的な余裕があるとつい他のことに手が出て、結局、ぎりぎりになるまで作業に着手しない傾向をいう。時間はあるのだが、ぎりぎりになるまで着手しないから、結局、予定の期限には間に合わなくなる。

掛け持ち作業（マルチタスキング）の弊害――複数のプロジェクトを担当していて優先順位が不明確だといずれのプロジェクトにも「均等に」時間を割かなければならなくなる。ひとつずつ集中して片づけていくのに比べ、掛け持ち作業は段取りのロスや待ち時間のために所要期間が大幅に延びる。

依存関係――作業同士が依存している時、ひとつの先行作業が遅れるとそれがどんどん波及してしまう。

結論として、余裕時間の積み増しやせっかく早めに終了しても、それは活かされないなど、プロジェクトの所要期間は延びる一方の構造になっているということだ。

クリティカルチェーンの誕生

こうしたプロジェクト・マネジメントの課題を解決するソリューションとして、クリティカルチェーンは誕生した。プロジェクトの特性や人間行動の特徴は、従来のプロジェクト・マネジメントでは考慮されてこなかった。それらを踏まえて、クリティカルチェーンの特長を挙げると次のようになる。

〈マネジメントに人間行動の特徴を織り込む〉

作業ごとの期限設定はしない――従来、プロジェクトの納期を守るためにはなるべく細かく作業ごとに期限設定するという傾向があった。期限を設ければ、学生症候群が起こる。したがって、期限設定はせずに、期間のみを提示する。作業が回ってきたらすぐに着手し、終わればすぐに申告する、というやり方にする。こうすることで、無駄な時間の消費をなくせる。このためには、「リレー走者」

と呼ばれる組織のカルチャー変化が必要となる。

余裕時間は必要なところに集中する——個人の時間見積もりは余裕を持たないぎりぎりの時間、つまり「厳しそうだが、やればできる」時間にする。削った余裕はプロジェクト全体の余裕、「プロジェクト・バッファー」として集中する。集中する効果で、プロジェクト・バッファーは削った時間のおよそ半分ですむ。残りの半分は期間短縮に寄与することになる。このやり方では個人には余裕はないので遅れる確率も半分はある。したがって、遅れても恥じない、責めない組織カルチャーへの変化が前提となる。

資源の競合は計画段階で解消する——プロジェクト内、あるいは複数プロジェクト間のいずれにおいても資源の競合（同一担当者の掛け持ち）は、計画段階で解消する。

〈不確実性（バラツキ）を織り込む〉

マイカーで買い物に行く時の目的地までの所要時間を考えてみよう。道路の渋滞などで、その時間はばらつくはずだ。ここで所要時間を正確に見積もろうとしても当然、限界がある。プロジェクトにおいては、時間見積もりをはじめとしていろいろな事象はばらつく。ただ、一つひとつはばらついても、まとまると一定の傾向を示す。個々の見積もりの精度を高めるよりもバラツキを前提に確率分布としてとらえる、という発想は合理的である。従来のプロジェクト・マネジメントにおいても三点見積もりなどの方法はあったが、突き詰めて考えれば確率分布に行き着くことになる。

〈投資判断の新しい尺度「フラッシュ」〉

計画段階で複数のプロジェクトがある時、それらの間で優先順位をつけたくなる時がある。特に資源に限りがある時は、経済的に最も有利になるような意思決定が迫られる。このような投資評価の尺度としては、伝統的な「回収期間（Payback Period）」や「正味現在価値（Net Present Value）」などが挙げられているが、いずれも不十分なやり方だと説明される。回収期間は「時間」を基準にしたやり方、正味現在価値は「お金」を基準にしたやり方であり、お金と時間を一緒に考慮して初めて意味があるという。それは「フラッシュ（洗い流す）」という尺度として説明される。フラッシュの単位は、ダラー・デイズ（Dollar-Days）である。投資判断の尺度としては、我々は正味現在価値や内部収益率（Internal Rate of Return）などを思い浮かべるのだが、それらはお金の面のみしか考慮しておらず、お金と時間の二次元の問題と考えるべきだという。

正味現在価値や内部収益率などにおいては、時間は金利という指標で考慮されている。これらの伝統的な投資判断の立場から見ると、フラッシュは、直観的には金利がより大きな重みで考慮されている方法であると解釈できよう。したがって、ここでいうお金が純粋に「現金」のことだとしたら、フラッシュは金利の重みが大きい尺度というにすぎないように思われる。しかし、お金が開発能力などの「資源」を指すものだとすれば、時間も一緒に考慮したい気持ちはよく理解できるのである。それらが拘束される時間は、金利などではとても換算できないくらい貴重なものだからである。

その後のクリティカルチェーン

さて、米国においては、原書の発行された一九九七年以降もクリティカルチェーンは進化・発展を続けている。最後に、本書で記述されていない主な項目を紹介しておこう。

ネットワーク作成――プロジェクトの計画作成において作業間の依存関係を正しく把握することはきわめて重要になる。クリティカルチェーンでは従来のネットワーク作成のやり方に比べて、過度に詳細な分解は行わず、最終の成果物から遡ってネットワークを作成していく。依存関係を「必須」または「なくてもよい」という観点から吟味していく。作業の見落としを防ぐセーフティーネットが幾重にもあることも特長となっている。

同期バッファー――複数プロジェクトの計画において、共通のリソースに対して本書では「ボトルネック・バッファー」を使用しているが、現在ではこれを進化させた「同期バッファー」を用いている。また、「リソース・バッファー」は作業者への予告通知であり、プロジェクトの所要期間として組み込む必要はない。同期バッファーの設定方法も確立しており、複数プロジェクトの計画には欠かせないものとなっている。

クリティカルチェーンは、「過去四〇年の間、目新しいことは何も起きていない」プロジェクト・マネジメントの分野で、画期的なやり方を提供した。「プロジェクトは遅く開始して、早く終了する」、「マイルストーン管理は、原則不要」など、我々が常識として疑わなかった前提条件にも鋭い分析を加えるクリティカルチェーンは、日本のプロジェクト・マネジメント界に新風を吹き込むことになるだろう。

二〇〇三年九月　　津曲公二

著者略歴

エリヤフ・ゴールドラット（Eliyahu M. Goldratt）

イスラエルの物理学者。1948年生まれ。本書『ザ・ゴール』で説明した生産管理の手法をＴＯＣ（Theory of Constraints:制約条件の理論）と名づけ、その研究や教育を推進する研究所を設立した。その後、博士はＴＯＣを単なる生産管理の理論から、新しい会計方法（スループット会計）や一般的な問題解決の手法（思考プロセス）へと発展させ、アメリカの生産管理やサプライチェーン・マネジメントに大きな影響を与えた。著書に、『ザ・ゴール』『ザ・ゴール２』『チェンジ・ザ・ルール！』（いずれも小社刊）などがある。

訳者略歴

三本木 亮（さんぼんぎ・りょう）

1960年生まれ。早稲田大学商学部卒。米ブリガムヤング大学ビジネススクール卒、MBA取得。在日南アフリカ総領事館（現大使館）、大和證券を経て、1992年に渡米。現在、ブリガムヤング大学ビジネススクール国際ビジネス教育研究センター準助教授として教鞭を執るかたわら、日米間の投資事業、提携事業に数多く携わる。翻訳書に『ザ・ゴール』『ザ・ゴール２』『チェンジ・ザ・ルール！』『実践ＴＯＣワークブック』（いずれも小社刊）などがある。

解説者略歴

津曲 公二（つまがり・こうじ）

1948年生まれ。東京大学工学部卒。日産自動車㈱で、数多くのプロジェクトに参画。現在、㈱ロゴ（www.logokk.com）にて、クリティカルチェーンのコンサルティングに従事、同社代表取締役社長。著書（共著）に、『ＰＭプロジェクト・マネジメント　クリティカル・チェーン』（日本能率協会マネジメントセンター刊）などがある。

クリティカルチェーン

なぜ、プロジェクトは予定どおりに進まないのか？

2003年10月30日　第１刷発行
2003年11月13日　第２刷発行

著者／エリヤフ・ゴールドラット
訳者／三本木　亮
解説者／津曲公二
装丁／藤崎　登

製作・進行／ダイヤモンド・グラフィック社
印刷／堀内印刷所　製本／川島製本所
カバー加工／トーツヤ・エコー

発行所／ダイヤモンド社
〒150-8409　東京都渋谷区神宮前6－12－17
http://www.diamond.co.jp/
電話／03·5778·7233（編集）03·5778·7240（販売）

ISBN 4-478-42045-9
落丁・乱丁本はお取替えいたします。
Printed in Japan

T. Ishiguro